Stirb ewig

PETER JAMES, geb. 1948, ist Schriftsteller und Filmproduzent und liebt schnelle Autos. Er hat lange Jahre in den USA gelebt und war dort als Drehbuchautor und Filmproduzent tätig. Mittlerweile leitet er eine Filmproduktionsfirma in England. Peter James lebt heute in Sussex und in London.

Peter

James

Stirb ewig

Thriller

Aus dem Englischen
von Susanne Goga-Klinkenberg

Weltbild

Die englische Originalausgabe erschien 2005 unter dem Titel
Dead Simple bei Macmillan,
an imprint of Pan Macmillan Ltd, London.

Besuchen Sie uns im Internet:
www.weltbild.de

Genehmigte Lizenzausgabe für Verlagsgruppe Weltbild GmbH,
Steinerne Furt, 86167 Augsburg

Übersetzung: Susanne Goga-Klinkenberg
Umschlaggestaltung: Jarzina Kommunikations-Design, Köln
Umschlagmotiv: © Thomas Jarzina
Gesamtherstellung: Freiburger Graphische Betriebe
GmbH & Co. KG, Bebelstraße 11, 79108 Freiburg
Printed in Germany
ISBN 3-8289-7983-1

2009 2008 2007 2006
Die letzte Jahreszahl gibt die aktuelle Lizenzausgabe an.

VON EIN PAAR KLEINIGKEITEN ABGESEHEN, funktionierte Plan A bis jetzt ganz ausgezeichnet. Zum Glück, denn eigentlich hatten sie keinen Plan B …

1

… Sie hatten sich darauf verlassen, an einem Maiabend um halb neun noch etwas Tageslicht zu haben. Gestern war es jedenfalls so gewesen, als sie zu fünft dieselbe Strecke gefahren waren, mit vier Spaten bewaffnet und einem leeren Sarg. Doch als sie nun in einem weißen Ford Transit über die Landstraße in Sussex schossen, fiel aus einem Himmel, der wie ein verschwommenes Negativ wirkte, nebliger Nieselregen.

»Sind wir bald da?«, fragte Josh mit Kinderstimme.

»Der große Guru sagt, da, *wo ich hingehe, werde ich sein*«, entgegnete Robbo, der am Steuer saß und fast so betrunken wie die Übrigen war. In drei Pubs in den letzten anderthalb Stunden – vier weitere sollten noch vor ihnen liegen – hatte er sich an eine Mischung aus Bier und Limo gehalten. Aber irgendwie waren auch ein paar Pints Harveys Bitter dazwischengeraten – um einen klaren Kopf fürs Autofahren zu kriegen, wie er sagte.

»Da wären wir!«, verkündete Josh.

»Sag ich doch.«

Ein Wildwechsel-Schild blitzte auf und verschwand, als die Scheinwerfer über den glänzend schwarzen Asphalt glitten, der sich bis zum Wald in der Ferne erstreckte. Sie kamen an einem kleinen, weißen Cottage vorbei.

Michael, der im Laderaum auf einer Karodecke lag mit dem Kopf auf einem Kreuzschlüssel, fühlte sich angenehm benebelt. »Brauch noch waschhh zu trinken«, nuschelte er.

Hätte er seine fünf Sinne beisammen gehabt, wäre ihm aufgefallen, dass mit seinen Freunden etwas nicht stimmte. Er trank meist wenig, hatte an diesem Abend aber mehr Pubs besucht, als gut für ihn war, und seinen Verstand irgendwo zwischen den zahllosen leeren Bier- und Wodkagläsern verloren.

Sie waren alle seit ihrer Teenagerzeit befreundet, und Michael Harrison war immer der geborene Anführer gewesen. Falls das Geheimnis des Lebens darin bestand, seine Eltern klug auszuwählen, hatte Michael das große Los gezogen. Von seiner Mutter hatte er das gute Aussehen, von seinem Vater den Charme und Unternehmergeist geerbt, wobei ihm die selbstzerstörerischen Gene, die seinen Vater letztlich das Leben gekostet hatten, erspart geblieben waren.

Michael war zwölf gewesen, als sich sein Vater in der Garage mit Auspuffgasen vergiftet und einen Berg Schulden hinterlassen hatte. Er wurde schnell erwachsen, trug Zeitungen aus, um seine Mutter zu unterstützen, und arbeitete später in den Schulferien in der Fabrik. Er lernte frühzeitig, wie schwer es war, Geld zu verdienen – und wie leicht man es wieder verlieren konnte.

Mit achtundzwanzig war er ein smarter, anständiger Mann, wenn auch ein wenig zu vertrauensselig und bei besonderen Gelegenheiten mit einem Hang zu albernen Streichen. Letzterer sollte ihm zum Verhängnis werden. Und zwar richtig.

Doch davon ahnte er noch nichts.

Er sank wieder in seliges Vergessen, dachte nur an angenehme Dinge, vor allem an seine Verlobte Ashley. Das Leben war schön. Seiner Mutter ging es, nach dem Tode seines Vaters, wieder gut, seine jüngere Schwester Carly trampte ein Jahr durch Australien, und die Geschäfte liefen unglaublich gut. Vor allem aber würde er in drei Tagen die Frau heiraten, die er liebte. Und vergötterte. Seine Seelengefährtin.

Ashley.

Er achtete nicht auf den Spaten, der bei jedem Schlagloch klapperte, während die Reifen über den nassen Asphalt summten und der Regen zunehmend heftiger aufs Wagendach prasselte. Und auch nicht auf die Gesichter seiner beiden Freunde, die mit ihm hinten saßen, hin und her schwankten und atonal Rod Stewart begleiteten, der aus einem knisternden Radio »I am sailing« krächzte. Der ganze Wagen stank nach Benzin aus einem lecken Kanister.

»Isch liebe sie«, nuschelte Michael. »Iiisch liebe Ashley.«

»Ein tolles Mädchen«, stimmte Robbo zu, der grundsätzlich seiner Meinung war. Es lag in seiner Natur. Unbeholfen gegenüber Frauen, ein bisschen plump, mit rotem Gesicht, strähnigen Haaren, Bierbauch unter dem T-Shirt, hing Robbo der Gang ständig am Rockzipfel und wollte sich unentbehrlich machen. Heute Abend war er zur Abwechslung mal wirklich unentbehrlich.

»Ja, ist sie.«

»Jetzt gleich«, warnte Luke.

Robbo bremste, als sie die Abzweigung erreichten, und zwinkerte Luke im dunklen Wagen zu.

»Isch meine, isch lieb sie wirklich. Wisst ihr, was isch meine?«

»Wir wissen genau, was du meinst«, sagte Pete.

Josh lehnte sich von hinten gegen den Fahrersitz, einen Arm um Petes Schulter gelegt, nahm einen Schluck Bier und reichte die Flasche an Michael weiter. Schaum quoll aus dem Flaschenhals, als der Lieferwagen scharf bremste. Er rülpste. »Tschuldigung.«

»Was zum Teufel gefällt Ashley bloß an dir?«, fragte Josh.

»Mein Schwanz.«

»Nicht dein Geld? Oder dein Aussehen? Oder dein Charme?«

»Das auch, aber vor allem mein Schwanz.«

Der Lieferwagen schlingerte, als sie scharf nach rechts abbogen, ratterte über ein Viehgitter, dann über das nächste und rollte auf den Feldweg. Robbo spähte durch die beschlagene Scheibe und lenkte den Wagen in die tiefen Furchen. Ein Kaninchen schoss über den Weg und tauchte ins Unterholz. Die Scheinwerfer zuckten hin und her, beleuchteten flüchtig die dichten Nadelbäume, die den Weg säumten. Als Robbo herunterschaltete, veränderte sich Michaels Stimme, eine leise Furcht schwang darin mit.

»Wohin fahren wir?«

»In ein Pub.«

»Okay, super.« Dann: »Isch hab Ashley versprochen, dass isch nicht – nicht – zu viel trinke.«

»Hör mal, du bist noch nicht mal verheiratet und lässt dir schon Vorschriften machen. Noch bist du ein freier Mann. Noch drei Tage.«

»Dreieinhalb«, fügte Robbo bereitwillig hinzu.

»Habt ihr keine Mädchen organisiert?«, wollte Michael wissen.

»Bist du geil?«, erkundigte sich Robbo.

»Isch bleib treu.«

»Dafür sorgen wir schon.«

»Schweinehunde!«

Der Lieferwagen hielt an, setzte zurück, bog noch einmal rechts ab. Dann blieb er wieder stehen. Robbo stellte den Motor ab und damit auch Rod Stewart. »Da wären wir! Nächste Wasserstelle! *Zum lustigen Bestatter!*«

»*Zum nackten Thai-Girl* wär mir lieber«, meinte Michael.

»Die haben wir auch dabei.«

Jemand öffnete die hintere Tür, wer, wusste Michael nicht so genau. Unsichtbare Hände packten seine Fußgelenke. Robbo nahm einen Arm, Luke den anderen.

»Hey!«

»Mann, bist du schwer«, meinte Luke.

Schon plumpste Michael in seinem Lieblingsjackett und seiner besten Jeans (nicht gerade eine kluge Wahl für einen Junggesellenabend, warnte ein leises Stimmchen in seinem Kopf) auf die durchweichte Erde. Es war stockdunkel, bis auf die roten Hecklichter des Lieferwagens und den weißen Strahl einer Taschenlampe. Regennadeln stachen ihm in die Augen, seine Haare klebten nass an der Stirn.

»Meine – Sachen –«

Dann rissen sie ihm die Arme beinahe aus den Achseln, hoben ihn hoch und legten ihn in etwas, das trocken und mit weißem Satin ausgekleidet war und sich eng an seinen Körper schmiegte.

»Hey«, sagte er noch einmal.

Vier betrunkene Schattengesichter grinsten ihn von oben an. Jemand drückte ihm eine Zeitschrift in die Hand. Im Schein der Taschenlampe erhaschte er einen Blick auf eine nackte Rothaarige mit gigantischen Brüsten. Sie legten ihm eine Whiskyflasche, eine kleine Taschenlampe und ein Walkie-Talkie auf den Bauch.

»Was –?«

»Wir haben den Kanal schon eingestellt«, erklärte Robbo. »Du willst doch nicht mit Fremden plaudern.«

Jemand schob ihm einen übel schmeckenden Gummischlauch, wie sie im Krankenhaus verwendet werden, in den Mund. Als Michael ihn ausspuckte, hörte er ein Kratzen, dann verdeckte etwas die Gesichter. Alle Geräusche verstummten. Der Geruch von Holz, Stoff und Kleber drang in seine Nase. Einen Moment lang fühlte er sich warm und geborgen. Dann kam Panik auf.

»Hey, Leute – was –«

Robbo nahm einen Schraubenzieher zur Hand, während Pete die Taschenlampe auf den Sargdeckel richtete.

»Du schraubst ihn doch nicht fest, oder?«, fragte Luke.

»Und ob!«, meinte Pete.

»Meint ihr wirklich?«

»Ihm geht's gut«, sagte Robbo. »Er hat doch den Schlauch zum Atmen.«

»Ich finde, wir sollten ihn nicht festschrauben!«

»Natürlich – sonst kann er ja raus!«

»Hey –«, sagte Michael.

Doch niemand konnte ihn hören. Und er selbst hörte auch nichts außer einem leisen Schaben über sich.

Robbo nahm sich alle vier Schrauben vor. Es war ein erstklassiger handgefertigter Teakholzsarg mit verzierten Messinggriffen, den er sich im Bestattungsinstitut seines Onkels ausgeliehen hatte, in dem er nun nach einigen beruflichen Umwegen eine Ausbildung zum Einbalsamierer machte. Gute, solide Messingschrauben. Sie ließen sich mühelos anziehen.

Michael sah hoch, seine Nase berührte beinahe den Deckel. Im Licht der Taschenlampe war er von elfenbeinfarbenem Satin umschlossen. Er trat mit den Beinen, sie fanden keinen Spielraum. Er wollte die Arme ausstrecken. Auch kein Platz.

Als er begriff, wo er sich befand, wurde er vorübergehend wieder nüchtern.

»Hey, ihr wisst doch, ich hab Angst vor engen Räumen – das ist nicht witzig! Hey!« Seine Stimme kam als gedämpftes Echo zurück.

Pete öffnete die Wagentür, beugte sich hinein und schaltete die Scheinwerfer ein. Wenige Meter vor ihnen befand sich das Loch, das sie am Vortag ausgehoben hatten, daneben ein Haufen Erde, Seile lagen bereit. Dazu noch eine Wellblechplatte und zwei der Spaten, die sie benutzt hatten.

Die vier Freunde traten an den Rand und spähten hinein. Plötzlich wurde ihnen klar, dass nichts im Leben je so hundertprozentig abläuft, wie man es geplant hat. Das Loch wirkte tiefer, dunkler, mehr wie ein – nun ja, wie ein Grab.

Der Boden glitzerte im Schein der Taschenlampe.

»Da steht Wasser«, meinte Josh.

»Nur ein bisschen Regenwasser«, sagte Robbo.

Josh runzelte die Stirn. »Na, wenn das mal kein Grundwasser ist.«

»Scheiße«, warf Pete ein. Auch in der Freizeit sah er immer wie ein BMW-Verkäufer aus, Stoppelschnitt, schicker Anzug, selbstsicher. Nun wirkte er nicht mehr ganz so selbstsicher.

»Das ist nichts, nur ein paar Zentimeter«, beschwichtigte ihn Robbo.

»Haben wir wirklich so tief gegraben?«, fragte Luke, ein frisch gebackener Anwalt, der erst vor kurzem geheiratet hatte. Er fühlte sich noch nicht ganz erwachsen, akzeptierte aber allmählich die neue Verantwortung.

»Es ist schließlich ein Grab, oder? Wir hatten uns für ein Grab entschieden«, meinte Robbo.

Josh blinzelte in den Regen, der immer stärker fiel. »Aber wenn das Wasser nun steigt?«

»Scheiße, Mann, wir haben es gestern gegraben, und in vierundzwanzig Stunden ist es nur um ein paar Zentimeter gestiegen. Kein Grund also zur Sorge.«

Josh nickte nachdenklich. »Und wenn wir ihn nicht wieder rauskriegen?«

»Klar kriegen wir ihn raus«, sagte Robbo. »Wir müssen nur den Deckel abschrauben.«

»Na los, machen wir weiter, okay?«, meinte Luke.

»Er hat es verdient«, versicherte Pete seinen Freunden. »Luke, weißt du noch, was er bei deinem Junggesellenabend angestellt hat?«

Das würde Luke nie vergessen. Er war im Nachtzug nach Edinburgh aus einem Alkoholrausch aufgewacht und am nächsten Nachmittag mit vierzig Minuten Verspätung vor den Altar getreten.

Auch Pete erinnerte sich nur zu gut. Am Wochenende vor seiner Hochzeit war er in Spitzenunterwäsche und mit umgeschnalltem Dildo an die Clifton-Gorge-Hängebrücke gefesselt worden und musste von der Feuerwehr befreit werden. Beide Scherze gingen auf Michaels Konto.

»Typisch Mark, dieser Verpisser«, sagte Pete. »Hat die Sache organisiert, und jetzt ist er verdammt noch mal nicht da …«

»Der kommt. Er wartet im nächsten Pub, er kennt die Strecke.«

»Ach ja?«

»Er hat angerufen und ist unterwegs.«

»Nebel in Leeds, wer's glaubt«, meinte Robbo.

»Er wartet im *Royal Oak* auf uns.«

»Verpisser«, sagte Luke. »Der will bloß die harte Arbeit nicht machen.«

»Dabei verpasst er den ganzen Spaß«, gab Pete zu bedenken.

»Macht das etwa Spaß?«, fragte Luke. »Im Regen in einem beschissenen Wald rumzustehen? Das versteht ihr unter Spaß? Gott, seid ihr trostlos. Er sollte verflucht noch mal besser herkommen und uns helfen, Michael wieder da rauszuholen.«

Sie hievten den Sarg hoch und wankten damit zum Rand des Grabes, wo sie ihn unsanft auf die quer liegenden Seile fallen ließen. Sie kicherten, als ein dumpfes »Autsch« von innen ertönte.

Dann ein lauter Rums.

Michael hämmerte mit der Faust gegen den Deckel. »Hey, es reicht!«

Pete holte das Walkie-Talkie aus der Tasche und schaltete es ein. »Test!«, rief er, »Test!«

Petes Stimme hallte im Sarg wider.

»Der Spaß ist vorbei!«

»Entspann dich, Michael. Viel Spaß!«

»Lasst mich raus, ihr Schweinehunde! Ich muss pissen!«

Pete schaltete das Walkie-Talkie aus und steckte es in die Tasche seiner Barbour-Jacke. »Also, wie funktioniert das jetzt genau?«

»Wir heben die Seile an, zwei an jeder Seite«, erklärte Robbo.

Pete holte das Walkie-Talkie wieder hervor und schaltete es ein. »Jetzt wirst du abgeseilt, Michael!«

Die vier lachten, dann griff jeder nach einem Seilende.

»Eins ... zwei ... drei«, zählte Robbo.

»Mann, ist der schwer«, sagte Luke, als sich die Seile mühsam spannten und den Sarg anhoben. Langsam und ruckend wie ein leckes Schiff senkte sich der Sarg in die tiefe Grube. Als er den Boden erreichte, konnten sie ihn kaum noch sehen. Pete leuchtete mit der Taschenlampe in die Grube. Der Atemschlauch hing schlaff aus dem Loch im Deckel.

Robbo griff nach dem Walkie-Talkie. »Hey, Michael, dein Schwanz guckt raus. Hast du Spaß an dem Heft?«

»Leute, der Spaß ist vorbei. Lasst mich raus!«

»Wir gehen jetzt zum Table Dance. Schade, dass du nicht mitkommen kannst!« Robbo schaltete das Gerät aus, bevor Michael noch etwas sagen konnte. Er steckte es ein, griff sich einen Spaten und begann Erde über den Rand zu schaufeln. Begleitet von seinem dröhnenden Gelächter prasselte die Erde auf den Sargdeckel.

Mit einem lauten Juchzen nahm Pete den nächsten Spaten und legte los. Sie schaufelten weiter, vom Alkoholrausch getrieben, bis der Deckel nicht mehr zu sehen war. Der Atemschlauch ragte nur wenige Zentimeter aus der Erde heraus.

»Hey«, rief Luke, »hört auf damit! Je mehr ihr jetzt da reinschaufelt, desto mehr Arbeit haben wir hinterher, wenn wir ihn in zwei Stunden wieder ausgraben müssen.«

»Es ist ein Grab!«, versetzte Robbo. »Und in einem Grab bedeckt man den Sarg mit Erde.«

Luke riss ihm den Spaten aus der Hand. »Es reicht«, sagte er entschieden. »Ich will heute Abend saufen, nicht schaufeln, klar?«

Robbo nickte, er wollte niemanden verärgern. Pete warf schwitzend seinen Spaten weg. »Beruflich könnte ich das jedenfalls nicht machen.«

Sie zogen das Wellblech über die Grube und traten schweigend einen Schritt zurück. Der Regen trommelte auf das Metall.

»Okay«, sagte Pete, »nichts wie weg hier.«

Luke vergrub die Hände in den Taschen. Er wirkte mit einem Mal skeptisch. »Wollen wir das wirklich machen?«

»Wir haben uns doch darauf geeinigt, dass wir ihm eine Lektion erteilen«, sagte Robbo.

»Und wenn er an seiner eigenen Kotze erstickt, oder so?«

»So betrunken ist er nun auch wieder nicht«, meinte Josh. »Lasst uns fahren.«

Josh kletterte in den Laderaum, Luke schloss die Türen. Dann quetschten sich die drei Übrigen vorne auf die Sitze, und Robbo ließ den Motor an. Sie fuhren einen knappen Kilometer Feldweg entlang und bogen dann nach rechts auf die Hauptstraße.

Er schaltete das Walkie-Talkie ein. »Wie sieht's aus, Michael?«

»Hört mal zu, Leute, ich finde das wirklich nicht witzig.«

»Ehrlich nicht?«, fragte Robbo. »Wir schon!«

Luke nahm das Funkgerät. »Rache ist süß, Michael!«

Die vier grölten vor Lachen. Nun war Josh an der Reihe. »Hey, Michael, wir fahren in einen fantastischen Club, wo es tolle Frauen mit nackten Hintern gibt, und sie rutschen an Stangen rauf und runter. Versteh ich gut, dass du sauer bist!«

Michaels nuschelnde Stimme klang ein wenig bittend. »Können wir jetzt bitte aufhören? Das macht wirklich keinen Spaß.«

Robbo sah eine Baustelle vor sich und die grüne Baustellenampel davor. Er trat aufs Gas.

»Hey, Michael, entspann dich, in ein paar Stunden sind wir ja wieder da!«, rief Luke über Joshs Schulter.

»Was soll das heißen, *in ein paar Stunden*?«

Die Ampel sprang auf Rot. Keine Zeit zum Bremsen. Robbo gab noch mehr Gas und schoss daran vorbei. »Gib mir das Ding«, sagte er, griff nach dem Funkgerät und lenkte das Fahrzeug mit einer Hand in eine lange Kurve. Im schwachen Licht der Armaturenbrettbeleuchtung schaute er hinunter und drückte die Sprechtaste.

»Hey, Michael –«

»ROBBO!«, schrie Luke.

Scheinwerfer. Sie kamen genau auf sie zu.

Blendeten sie.

Dann das lange, tiefe, gefährlich klingende Dröhnen einer Hupe.

»ROOOOOBBBBBBOOOOO!«, brüllte Luke.

Robbo trat in wilder Panik auf die Bremse und ließ das Walkie-Talkie fallen. Das Lenkrad ruckte heftig, als er nach einem Ausweg suchte. Rechts Bäume, links die Baustelle, ein paar Scheinwerfer genau vor der Windschutzscheibe, schmerzhaft grell, die wie eine Lokomotive aus dem strömenden Regen auf ihn zuschossen.

2

WIE DURCH EINEN NEBEL hörte Michael die Schreie, dann einen scharfen *Rums*, als hätte jemand das Walkie-Talkie fallen lassen.

Dann Stille.

Er drückte die Sprechtaste. »Hallo?«

Nur leeres Rauschen.

»Hallo? Hey, Jungs!«

Immer noch nichts. Er konzentrierte sich auf das Funkgerät. Es war ein rundliches Teil aus schwarzem Plastik mit einer kurzen und einer längeren Antenne, auf dem Sprechteil stand der Name *Motorola.* Es gab einen Ein-Aus-Schalter, Lautstärkeregler, Kanalsuchlauf und ein winziges grünes Lämpchen, das hell aufleuchtete. Dann starrte er auf den weißen Satin, der nur Zentimeter von seinen Augen entfernt war, bekämpfte die aufsteigende Panik, sein Atem ging schneller und schneller. Er musste pinkeln, und zwar furchtbar dringend.

Wo zum Teufel war er nur? Wo steckten Josh, Luke, Pete und Robbo? Standen sie kichernd um die Ecke? Oder waren die Schweinehunde wirklich in einen Club gefahren? Dann überwältigte ihn wieder der Alkoholrausch, die Panik legte sich. Seine Gedanken wurden bleiern, alles verschwamm. Er schloss die Augen und glitt sanft hinüber in den Schlaf.

Als er wieder wach wurde, blickte er wie durch einen Weichzeichner auf den weißen Satin. Eine Welle der Übelkeit stieg in ihm auf, warf ihn hoch und ließ ihn wieder fallen. Und auf. Und nieder. Er schluckte, ihm war flau, er schloss die Augen und schwamm hin und her, trieb dahin. Das Pinkelbedürfnis ließ nach. Auf einmal war die Übelkeit gar nicht mehr so schlimm. Gemütlich hier drinnen. Einfach nur sanft dahintreiben. Wie in einem großen Bett!

Ihm fielen die Augen zu, und er schlief wie ein Stein.

3

ROY GRACE SASS IN SEINEM altersschwachen Alfa Romeo im Stau, der Regen trommelte aufs Dach, seine Finger aufs Lenkrad, und er achtete kaum auf die CD von Dido, die gerade lief. Er war angespannt. Ungeduldig. Trübsinnig.

Er fühlte sich beschissen.

Morgen würde er vor Gericht erscheinen müssen. Und das bedeutete immer Schwierigkeiten.

Er nahm einen Schluck Evian, schraubte die Flasche zu und steckte sie in die Türablage. »Na, komm schon!«, sagte er und trommelte fester. Er kam bereits vierzig Minuten zu spät zu seiner Verabredung. Er hasste es, zu spät zu kommen, fand es ausgesprochen unhöflich, als wollte man damit sagen: *Meine Zeit ist wichtiger als deine, also lasse ich dich warten …*

Wäre er eine Minute früher aus dem Büro gegangen, wäre er jetzt nicht so spät dran. Jemand anders hätte den Anruf entgegengenommen, und ein Kollege würde sich mit dem Raubüberfall auf ein Juweliergeschäft in Brighton herumschlagen, den zwei völlig zugedröhnte Punks begangen hatten. Dies gehörte zum Berufsrisiko – Kriminelle hielten sich leider nicht an feste Dienstzeiten.

Eigentlich hätte er heute Abend zu Hause bleiben und sich auf morgen vorbereiten sollen. Er zog die Flasche wieder heraus, trank noch etwas. Sein Mund war wie ausgedörrt. In seinem Magen zuckten bleierne Schmetterlinge.

Seine Freunde hatten ihn in den letzten Jahren wiederholt zu Blind Dates genötigt, und er war jedes Mal als Nervenbündel dort erschienen. Heute Abend war es noch schlimmer als sonst, und er fühlte sich noch zusätzlich unwohl, weil keine Zeit zum Duschen und Umziehen gewesen war. Er hatte sich genau überlegt, was er anziehen wollte, doch dann hatten die Punks alle Pläne durchkreuzt.

Einer von ihnen hatte – zum Glück aus größerer Entfernung – mit einer abgesägten Schrotflinte auf einen Polizisten geschossen, der gar nicht im Dienst und nur zufällig in der Nähe des Juweliergeschäfts war. Roy hatte leider nur zu oft erlebt, was eine Schrotflinte Kaliber 12 aus nächster Nähe mit einem menschlichen Körper anrichten konnte – Gliedmaßen abtrennen oder fußballgroße Löcher reißen. Der Detective namens Bill Green, den Grace kannte, weil sie in derselben Mannschaft Rugby gespielt hatten, war aus etwa dreißig Metern durchsiebt worden. Auf diese Entfernung hätte man höchstens einen Fasan oder ein Kaninchen töten können, nicht aber einen fünfundneunzig Kilo schweren Rugbystürmer in Lederjacke. Bill Greens Jacke hatte den Körper geschützt, aber mehrere Schrotkörner waren in sein Gesicht, darunter in sein linkes Auge, geflogen.

Als Grace zum Tatort kam, waren die Punks bereits verhaftet, nachdem sie sich mit ihrem Fluchtjeep überschlagen hatten. Er war fest entschlossen, sie nicht nur wegen bewaffneten Raubüberfalls, sondern auch wegen versuchten Mordes dranzukriegen. Er fand es entsetzlich, dass immer mehr Kriminelle in Großbritannien zu Schusswaffen griffen und die Polizei zunehmend zwangen, ebenfalls bewaffnet zu gehen. Zu Zeiten seines Vaters wären bewaffnete Polizisten undenkbar gewesen. Heute hatten sie in manchen Städten schon routinemäßig Waffen im Kofferraum. Grace war kein rachsüchtiger Mensch, doch wenn es nach ihm ging, sollte man alle Leute aufhängen, die auf Polizisten oder unbeteiligte Zivilisten schossen.

Auf der Straße rührte sich immer noch nichts. Er warf einen Blick auf die Uhr am Armaturenbrett, sah hinaus in den Regen, wieder auf die Uhr, auf die leuchtend roten Rücklichter des Wagens vor ihm –

der Idiot blendete ihn mit seiner Nebelschlussleuchte. Dann schaute er auf seine Armbanduhr, weil er hoffte, die Uhr im Wagen möge vorgehen. Aber nein, in den letzten zehn Minuten hatte er sich keinen Meter von der Stelle gerührt. Auch aus der Gegenrichtung kam kein einziger Wagen.

Blaue Blitze zuckten im Rückspiegel und in den Seitenspiegeln. Dann ertönte eine Sirene. Ein Streifenwagen schoss vorbei. Dann ein Krankenwagen. Noch ein Streifenwagen, gefolgt von zwei Feuerwehrautos.

Scheiße. Vor ein paar Tagen hatte er hier eine Baustelle gesehen und vermutet, dass sich der Verkehr deswegen staute. Nun aber wurde ihm klar, dass es ein Unfall sein musste, und zwar ein schlimmer, wenn die Feuerwehr herbeigerufen wurde.

Ein weiteres Feuerwehrauto brauste vorbei. Dann noch ein Krankenwagen mit Blaulicht und Sirene. Gefolgt von einem Abschleppwagen.

Wieder schaute er auf die Uhr. Viertel nach neun. Er hätte sie vor einer Dreiviertelstunde in Tunbrige Wells abholen sollen, das auch ohne Stau noch zwanzig Minuten entfernt war.

Terry Miller, ein frisch geschiedener Detective Inspector aus seiner Abteilung, hatte ständig mit seinen Internet-Eroberungen geprahlt und Grace gedrängt, sich ebenfalls auf der Seite registrieren zu lassen. Roy hatte sich geweigert, doch als er plötzlich zweideutige E-Mails bekam, stellte er wutentbrannt fest, dass Terry Miller ihn ohne sein Wissen auf einer Seite namens U-Date angemeldet hatte.

Er konnte sich noch immer nicht erklären, warum er auf eine Mail tatsächlich geantwortet hatte. Einsamkeit? Neugier? Trieb? Er wusste es selbst nicht genau. In den vergangenen acht Jahren hatte er ruhig von Tag zu Tag gelebt. Manchmal versuchte er zu vergessen, dann wieder fühlte er sich schuldig, weil er nicht an sie dachte.

Sandy.

Und nun hatte er plötzlich Gewissensbisse wegen der Verabredung. Sie sah toll aus – jedenfalls auf dem Foto. Ihr Name gefiel ihm auch: Claudine. Klang französisch, irgendwie exotisch. Und das Bild war wirklich heiß! Bernsteinfarbenes Haar; ernstes, hübsches Gesicht;

enge Bluse, und Brüste, für die man einen Waffenschein gebraucht hätte. Sie saß im Minirock auf einer Bettkante und ließ erahnen, dass sie spitzenbesetzte Strümpfe und womöglich *kein* Höschen trug.

Sie hatten nur einmal miteinander telefoniert, wobei sie ihn praktisch durch die Leitung hindurch verführt hatte. Neben ihm lag ein Blumenstrauß, den er an einer Tankstelle gekauft hatte. Rote Rosen, ziemlich kitschig, aber er war nun mal ein unverbesserlicher Romantiker. Die Leute hatten Recht, er musste irgendwie weiterleben. Die Verabredungen, die er in den letzten acht Jahren gehabt hatte, konnte er an den Fingern einer Hand abzählen. Er wollte einfach nicht glauben, dass es noch einmal die Richtige für ihn geben, dass eine Frau es je mit Sandy aufnehmen könnte.

Vielleicht würde sich das heute Abend ändern.

Claudine Lamont. Netter Name, nette Stimme.

Mach deine verdammte Nebelschlussleuchte aus!

Er roch den süßen Blumenduft. Hoffte, dass er selber auch gut roch.

Er schaute im Dämmerlicht des Armaturenbretts und der Rücklichter vor ihm in den Spiegel, ohne zu wissen, was genau er dort zu sehen erwartete. Es war Traurigkeit.

Du musst weiterleben.

Er trank einen Schluck Wasser.

In zwei Monaten wurde er neununddreißig. Und noch ein anderer Jahrestag rückte damit drohend näher. Am 26. Juli wäre Sandy zehn Jahre verschwunden. Spurlos, an seinem neunundzwanzigsten Geburtstag. Ohne Brief. Alles, was ihr gehörte, war noch im Haus, alles, bis auf ihre Handtasche.

Nach sieben Jahren konnte man jemanden offiziell für tot erklären lassen. Alle hatten ihm dazu geraten – seine Mutter im Hospiz, wenige Tage bevor sie an Krebs starb; seine Schwester, seine engsten Freunde, sein Seelenklempner.

Undenkbar.

John Lennon hatte einmal gesagt: *Leben ist, was geschieht, wenn du gerade etwas ganz anderes vorhast.* Und damit hatte er verdammt Recht.

Er war immer davon ausgegangen, dass er mit neununddreißig eine Familie haben würde. Er hatte von drei Kindern geträumt, am liebsten zwei Jungs und ein Mädchen, und am Wochenende würde er ganz viel mit ihnen unternehmen. Familienurlaub. Ausflüge zum Strand oder in Vergnügungsparks wie Alton Towers. Ballspiele. Reparaturen. Die Kinder baden. Ihnen später bei den Hausaufgaben helfen. All die gemütlichen Dinge, die er mit seinen Eltern gemacht hatte. Stattdessen nagte eine innere Unruhe an ihm, die nur selten von ihm abließ, selbst wenn sie ihn nicht am Schlafen hinderte. War sie lebendig oder tot? Er hatte sieben Jahre und zehn Monate nach ihr gesucht und war der Wahrheit keinen Schritt näher gekommen.

Sein Leben jenseits der Arbeit war leer. Er konnte oder wollte bislang keine neue Beziehung beginnen. Alle Verabredungen waren katastrophal geendet. Manchmal kam es ihm vor, als wäre sein Goldfisch Marlon sein einziger echter Gefährte. Er hatte den Fisch vor neun Jahren an einer Kirmesschießbude gewonnen, und dieser hatte bislang sämtliche Gefährten aufgefressen, die Roy in sein Aquarium setzte. Marlon war ein mürrisches, unsoziales Geschöpf. Vermutlich mochten sie einander deshalb. Sie waren sich ähnlich geworden.

Manchmal wünschte er sich, er hätte einen anderen Beruf, in dem er pünktlich um fünf Uhr Schluss machen, ins Pub und dann nach Hause gehen konnte, um vor dem Fernseher die Füße hochzulegen. Ein normales Leben. Doch er konnte nicht anders. Er besaß eine angeborene Sturheit, die schon seinen Vater geprägt hatte, und sie trieb ihn dazu, ruhelos Fakten zu prüfen und nach der Wahrheit zu suchen. Diese angeborene Sturheit hatte ihn nach oben gebracht, sodass er relativ früh zum Detective Superintendent befördert worden war. Seinen Seelenfrieden hatte er dabei nicht gefunden.

Sein Gesicht schaute ihn aus dem Spiegel an. Er schnitt sich selbst eine Grimasse, seiner platten, schiefen Nase, die er sich bei einer Prügelei gebrochen hatte und die ihm das Aussehen eines Preisboxers verlieh.

Sandy hatte bei der ersten Verabredung gesagt, er habe Augen wie Paul Newman, das hatte ihm unheimlich gefallen. Es war eines von einer Million Dingen, die er an ihr mochte. Wie die Tatsache, dass sie alles an ihm bedingungslos geliebt hatte.

Roy Grace wusste, dass er nicht besonders eindrucksvoll aussah. Mit eins siebenundsiebzig lag er kaum über der für die Polizei vorgeschriebenen Mindestgröße. Doch obwohl er gerne trank und beim Rauchen immer wieder rückfällig wurde, hatte er durch hartes Training im polizeieigenen Fitnessstudio einen kraftvollen Körper entwickelt und hielt sich in Form. Er lief dreißig Kilometer in der Woche und spielte gelegentlich noch Rugby – meist als Außendreiviertel.

Zwanzig nach neun.

Verdammte Scheiße.

Er wollte wirklich nicht lange wegbleiben. Das konnte er sich nicht leisten. Auf keinen Fall. Morgen musste er vor Gericht erscheinen und brauchte seinen Schlaf. Der Gedanke an das bevorstehende Kreuzverhör bereitete ihm Unbehagen. Für die Anklage auszusagen, war anstrengend genug. Dass die Verteidigung mit einer Vorladung drohte, war noch viel schlimmer. Er wusste nicht genau, worum es ging, hatte aber so eine Vorahnung.

Plötzlich breitete sich von oben her ein Lichtkegel aus, und er hörte das Knattern eines Hubschraubers. Dann bewegte sich das Licht nach vorn, und er sah die Lichter des landenden Helikopters.

Er wählte auf dem Handy eine Nummer.

»Hallo, hier Detective Superintendent Grace. Ich stecke im Stau auf der A26 südlich von Crowborough, scheint ein Unfall zu sein – können Sie mir etwas darüber sagen?«

Er wurde mit der Leitstelle verbunden. Eine Männerstimme meldete sich: »Hallo, Detective Superintendent, es gab einen schweren Unfall. Wir haben Berichte über Tote und Eingeschlossene. Die Straße wird noch eine Weile blockiert sein – Sie drehen am besten und nehmen eine andere Strecke.« Roy Grace bedankte sich und hängte ein. Dann zog er sein Blackberry aus der Hemdtasche, suchte Claudines Nummer und schickte ihr eine SMS. Sie antwortete umgehend, er solle sich keine Sorgen machen und kommen, sobald es möglich sei.

Das machte sie noch sympathischer.

Und half ihm, nicht an morgen zu denken.

4

SOLCHE FAHRTEN ERLEBTE ER NUR SELTEN, aber wenn, fand Davey sie ganz toll! Er saß angeschnallt auf dem Beifahrersitz neben seinem Dad, als das Polizeiauto auf der falschen Straßenseite an ihnen vorbeiraste, mit blinkendem Blaulicht, einer Sirene, die *wup, wup, wup* machte und den ganzen Stau einfach überholte. Mann, das war mindestens so toll wie die Karussells, auf denen er mit seinem Dad gewesen war, sogar wie die in Alton Towers, und das waren die besten überhaupt!

»Juuhuu!«, schrie er übermütig. Davey war süchtig nach amerikanischen Polizeiserien und sprach gern mit amerikanischem Akzent. Manchmal war er aus New York. Oder aus Missouri. Dann wieder aus Miami. Meistens aber aus L.A.

Phil Wheeler, ein Trumm von einem Mann mit ansehnlichem Bierbauch, der seine Arbeitskleidung trug – brauner Overall, abgenutzte Stiefel und schwarze Strickmütze – lächelte seinem Sohn zu. Vor Jahren war seine Frau unter der Last, sich um Davey kümmern zu müssen, zusammengebrochen und hatte ihn verlassen. Siebzehn Jahre lang hatte er ihn allein aufgezogen.

Der Streifenwagen fuhr jetzt langsamer, kam an einer Reihe von Baufahrzeugen vorbei. Auf den Türen des Abschleppwagens und den bernsteinfarbenen Leuchten auf dem Dach war WHEELER'S ABSCHLEPPDIENST zu lesen. Vor ihnen erhellten die zahllosen Scheinwerfer zuerst das zermalmte Vorderteil eines Lieferwagens, das noch halb unter der vorderen Stoßstange des Betonmischers klemmte, und dann den Rest des Fahrzeugs, das platt gequetscht wie eine Coladose in einer zerstörten Hecke lag.

Blaue Lichter zuckten über den nassen Asphalt und das glitzernde Gras am Straßenrand. Löschzüge, Streifenwagen und ein Krankenwagen waren noch vor Ort, überall standen Feuerwehrleute und Polizisten in reflektierenden Westen. Ein Polizist fegte Glassplitter von der Straße.

Die Kamera des Polizeifotografen blitzte. Zwei Ermittler rollten ein Maßband aus. Überall glitzerte Metall und Glas. Phil Wheeler sah einen Kreuzschlüssel, einen Turnschuh, einen Teppich, eine Jacke herumliegen.

»Sieht aber verdammt übel aus, Dad!« Heute Abend also Missouri.

»Und wie.«

Phil Wheeler war im Laufe der Jahre abgehärtet worden, ihn konnte nichts so leicht schockieren. Er hatte so ziemlich alle Tragödien gesehen, die bei Verkehrsunfällen denkbar waren. Zu seinen lebhaftesten Erinnerungen gehörte ein enthaupteter Geschäftsmann, noch in Anzugsjacke, Hemd und Krawatte, der angeschnallt in den Trümmern seines Ferrari saß.

Davey, der gerade sechsundzwanzig geworden war, trug seine Kappe von den New York Yankees mit dem Schirm nach hinten, dazu eine Fleecejacke, Karohemd, Jeans und schwere Stiefel. Davey kleidete sich gern wie die Amerikaner im Fernsehen. Er war auf dem geistigen Stand eines Sechsjährigen und würde es auch bleiben, besaß aber geradezu übermenschliche Kräfte, die seinem Dad oft zugute kamen. Davey konnte mit bloßen Händen Metallblech biegen. Einmal hatte er ganz allein das vordere Ende eines Pkw von einem Motorrad gehoben.

»Sehr übel«, bekräftigte er.

»Meinst du, da sind tote Leute, Dad?«

»Hoffentlich nicht, Davey.«

»Meinst du denn?«

Ein Verkehrspolizist mit Schirmmütze und gelb fluoreszierender Weste trat an den Wagen. Phil kurbelte das Fenster hinunter und erkannte den Beamten.

»'n Abend, Brian. Sieht schlimm aus.«

»Wir warten auf einen Kranwagen für den Lkw. Kannst du den Lieferwagen übernehmen?«

»Kein Problem. Was ist passiert?«

»Frontalzusammenstoß, Lieferwagen und Lkw. Wir brauchen den Wagen am Abstellplatz.«

»Wird erledigt.«

Davey nahm seine Taschenlampe und stieg aus der Fahrerkabine.

Während sein Dad mit dem Polizisten redete, beleuchtete er mit der Lampe die Ölspuren und den Schaum auf der Straße. Dann spähte er neugierig zu dem hohen, eckigen Krankenwagen hinauf, dessen Innenbeleuchtung durch die geschlossenen Vorhänge drang, und fragte sich, was wohl dort drinnen passierte.

Es dauerte fast zwei Stunden, bis sie alle Teile des Transits aufgeladen und festgekettet hatten. Sein Dad und Brian, der Verkehrspolizist, gingen ein kurzes Stück und zündeten sich mit dem Sturmfeuerzeug seines Vaters eine Zigarette an. Davey drehte sich mit einer Hand eine Zigarette und zündete sie mit seinem Zippo an. Der Krankenwagen und die meisten anderen Notfallfahrzeuge waren bereits abgefahren, und ein großer Kranwagen zog mit einer Winde das Vorderteil des Betonmischers hoch, bis die Vorderräder – der Reifen auf der Fahrerseite war platt, das Rad verbogen – in der Luft schwebten.

Der Regen ließ nach, durch einen Spalt in den Wolken drang der Dachsmond. Sein Dad und Brian redeten jetzt übers Angeln – welche Köder man um diese Jahreszeit für Karpfen nehmen sollte. Da Davey sich langweilte und überdies pinkeln musste, schlenderte er die Straße hinunter, zog an seiner Selbstgedrehten und hielt Ausschau nach Fledermäusen. Er mochte Fledermäuse, Ratten, Maulwürfe, Mäuse und so. Eigentlich mochte er alle Tiere. Die lachten ihn nie aus, wie die Leute es getan hatten, als er noch in der Schule war. Vielleicht würde er zum Dachsbau gehen, wenn sie zu Hause waren. Er saß gern im Mondlicht da und sah ihnen beim Spielen zu.

Der Lichtstrahl hopste vor ihm her, als er ans Gebüsch trat, den Reißverschluss öffnete und seine Blase in ein Brennnesseldickicht entleerte. Als er gerade fertig war, hörte er unmittelbar vor sich eine Stimme, die ihn fast zu Tode erschreckte.

»Hey, hallo?«

Eine knisternde, körperlose Stimme.

Davey zuckte zusammen.

Dann hörte er die Stimme wieder.

»Hallo?«

»Scheiße!« Er leuchtete ins Unterholz, doch es war niemand zu sehen. »Hallo?«, rief er zurück. Bald darauf erklang die Stimme von neuem.

»Hallo? Hey, hallo? Josh? Luke? Pete? Robbo?«

Davey schwang die Lampe nach links und rechts, dann weiter nach vorn. Ein Rascheln, ein Kaninchenschwanz lugte hervor und verschwand. »Hallo, wer ist da?«

Schweigen.

Atmosphärisches Rauschen. Knistern. Dann erklang die Stimme etwa einen Meter rechts von ihm. »Hallo? Hallo? Hallo?«

Unter einem Busch schimmerte etwas. Er kniete sich hin. Ein Funkgerät mit Antenne. Als er es näher untersuchte, stellte er aufgeregt fest, dass es sich um ein Walkie-Talkie handelte. Davey richtete den Lichtstrahl darauf und betrachtete es, traute sich kaum, es anzufassen. Dann hob er es auf. Das Gerät war schwerer, als es aussah, kalt und nass. Unter einer großen, grünen Taste stand *Sprechen*.

Er drückte sie und sagte: »Hallo!«

Die Stimme stieß hervor: »Wer ist da?«

Dann rief jemand aus größerer Entfernung seinen Namen.

Sein Dad.

»Ich komme schon!«

Als er auf die Straße trat, drückte er erneut die grüne Taste. »Ich bin Davey. Wer bist du?«

»DAAAVEEEY!«

Wieder sein Dad.

Er ließ vor lauter Panik das Gerät fallen. Es prallte auf die Straße, das Gehäuse zerbrach, die Batterien rollten umher.

»Ich komme schon!«, brüllte er, kniete sich hin, hob das Walkie-Talkie auf und stopfte es in die Tasche. Die Batterien steckte er ebenfalls ein.

»Komme schon, Dad! Musste nur mal pinkeln!«

Er schob die Hand in die Tasche, damit man die Ausbuchtung nicht sah, und lief zurück zum Abschleppwagen.

5

MICHAEL DRÜCKTE DIE SPRECHTASTE. »Davey?«

Stille.

Er drückte erneut. »Davey? Hallo? Davey?«

Weiße, satinglatte Stille. Völlige, undurchdringliche Stille, die von oben kam, anschwoll, ihn von allen Seiten bedrängte. Er wollte die Arme bewegen, doch so sehr er auch drückte, nichts rührte sich. Auch versuchte er, die Beine zu spreizen, traf aber auf dieselben unnachgiebigen Wände. Er legte das Walkie-Talkie auf seiner Brust ab und drückte gegen das Satindach, das sich ganz knapp vor seinen Augen befand. Es war, als drückte er gegen Beton.

Dann richtete er sich so weit wie möglich auf und blinzelte durch den roten Gummischlauch, nichts. Umschloss ihn mit den Fingern, führte ihn an die Lippen und versuchte hineinzupfeifen – das Ergebnis war jämmerlich.

Er ließ sich zurücksinken. In seinem Kopf hämmerte es, er musste immer noch dringend Wasser lassen. Wieder betätigte er die Taste. »Davey! Davey, ich muss pinkeln. Davey!«

Immer noch Stille.

Er segelte seit vielen Jahren und hatte Erfahrung mit Funkgeräten. *Versuchs mit einem anderen Kanal*, dachte er. Er fand den Kanalsuchlauf, doch der Schalter rührte sich nicht. Er drückte fester, nichts. Dann sah er auch warum – jemand hatte ihn festgeklebt, damit er den Kanal nicht wechseln konnte – unmöglich also, Kanal 16, den internationalen Notrufkanal, zu erreichen.

»Hey! Das reicht, ihr Schweine, ich bin am Ende!«

Er hielt das Walkie-Talkie ans Ohr und wartete.

Nichts.

Er legte es wieder auf seine Brust und tastete mühsam mit der rechten Hand nach unten, bis er die Tasche seiner Lederjacke erreicht hatte. Er holte das Handy heraus. Drückte die Taste, das Display glomm auf. Neue Hoffnung keimte in ihm – bis er sah, dass er keinen Empfang hatte.

»Scheiße.«

Er ging das Telefonbuch durch, bis er auf den Namen seines Geschäftspartners Mark stieß.

Marks Handy.

Trotz des fehlenden Empfangssignals drückte er die Wähltaste.

Nichts geschah.

Mit wachsender Verzweiflung versuchte er es bei Robbo, Pete, Luke und Josh. Dann drückte er wieder die Sprechtaste am Walkie-Talkie. »Leute, könnt ihr mich hören? Verdammt, ich weiß, ihr könnt mich hören!«

Nichts.

Das Handy-Display zeigte dreizehn Minuten nach elf.

Er hob die linke Hand, bis er seine Uhr sehen konnte. Elf Uhr vierzehn. Er versuchte, sich zu erinnern, wann er das letzte Mal auf die Uhr gesehen hatte. Es war mindestens zwei Stunden her. Er schloss die Augen. Grübelte, was genau geschehen sein mochte. Im hellen, beinahe blendenden Licht der Taschenlampe sah er neben sich die Flasche und das Herren-Hochglanzmagazin. Er zog es bis über sein Gesicht, sodass er fast unter den riesigen, glänzenden Brüsten erstickte, die ihm vor den Augen verschwammen.

Ihr Arschlöcher!

Noch einmal drückte er die Sprechtaste. »Sehr witzig. Lasst mich jetzt bitte raus!«

Nichts.

Wo zum Teufel war Davey?

Seine Kehle war wie ausgedörrt. Er musste was trinken. Ihm war schwindlig. Er wollte nach Hause, zu Ashley ins Bett. Sie würden in ein paar Minuten kommen. Er musste nur warten. Morgen würde er sie erreichen. Die Übelkeit von vorhin kehrte zurück. Er schloss die Augen. Alles schwamm. Er trieb dahin. Glitt in den Schlaf.

6

ZUM BESCHISSENEN ABSCHLUSS eines beschissenen Fluges ließ ein lautes Krachen die ganze Maschine erzittern, als die Räder mit exakt fünfeinhalb Stunden Verspätung auf den Asphalt prallten. Während der Flieger gewaltsam abbremste, warf Mark Warren, müde und genervt im zu engen Sitz, dessen Gurt schmerzhaft in seinen Bauch schnitt, der gegen zu viele Brezeln und eine ekelhafte Moussaka rebellierte, auf die er besser verzichtet hätte, einen letzten Blick auf die Fotos des Ferrari 360 aus dem Fahrbericht seines Automagazins.

Ich will dich, Baby, dachte er, *irgendwann gehörst du mir!* Die Lichter der Landebahn, die im peitschenden Regen verschwammen, zuckten an seinem Fenster vorbei, als das Flugzeug Rollgeschwindigkeit erreicht hatte. Der Pilot meldete sich ganz charmant und zerknirscht über den Lautsprecher und gab dem Nebel die Schuld.

Verdammter Nebel. Verdammtes englisches Wetter. Mark träumte von einem roten Ferrari, einem Haus in Marbella, einem Leben in der Sonne und einer ganz besonderen Frau, mit der er es teilen konnte. Falls er den Immobiliendeal, über den er in Leeds verhandelt hatte, abschloss, wäre er dem Haus und dem Ferrari schon einen Schritt näher. Die Sache mit der Frau stand auf einem anderen Blatt.

Müde löste er den Gurt, zog die Aktentasche unter dem Sitz hervor und stopfte die Zeitschrift hinein. Dann stand er auf, mischte sich unter das gemeine Volk in der Kabine, holte den Regenmantel aus der Ablage und ließ die Krawatte auf Halbmast. Mittlerweile war es ihm egal, wie er aussah.

Ganz anders als sein Geschäftspartner, der sich immer nachlässig kleidete, legte Mark gewöhnlich größten Wert auf sein Erscheinungsbild. Doch seine Kleidung wie auch seine Frisur wirkten zu adrett und konservativ für einen Achtundzwanzigjährigen. Was er trug, sah meistens aus wie frisch von der Stange. Er betrachtete sich gern als aristokratisch angehauchten Unternehmer, doch in Wirklichkeit fiel er immer auf, weil er aussah, als wollte er den Leuten etwas verkaufen.

Elf Uhr achtundvierzig. Er schaltete sein Handy ein, doch bevor er einen Anruf tätigen konnte, piepste der Akku, und das Display erlosch. Er steckte das Handy wieder ein. Zu spät, verdammt noch mal, es war viel zu spät. Er wollte nur noch nach Hause ins Bett.

Eine Stunde später parkte er seinen silbernen BMW X5 auf seinem Stellplatz in der Tiefgarage des Van Alen Building. Dann fuhr er mit dem Aufzug in den fünften Stock und betrat seine Wohnung.

Der Kauf der Wohnung hatte seine Mittel strapaziert, doch bedeutete er einen Aufstieg in der Welt. Außer ihm wohnten auch einige VIPs in dem imposanten, im modernen Art-Déco-Stil erbauten Haus an der Seepromenade von Brighton. Das Haus hatte Klasse. Wer im Van Alen wohnte, war wichtig. Und wenn man wichtig war, galt man als reich. Sein ganzes Leben lang hatte Mark nur ein Ziel verfolgt – reich zu werden.

Der Anrufbeantworter blinkte, als er in den großen, offenen Wohnbereich trat, doch er stellte zunächst einmal die Aktentasche ab, schloss das Handy ans Ladegerät an, trat an die Hausbar und goss sich einen ordentlichen Balvenie-Whisky ein. Dann ging er ans Fenster und schaute hinunter auf die Promenade, auf der es trotz des Wetters und der späten Stunde noch von Menschen wimmelte. Dahinter sah er die hellen Lichter des Palace Pier und die tintenschwarze See.

Plötzlich gab das Handy ein schrilles Piepsen von sich. Er ging hin und schaute aufs Display. *Scheiße.* Vierzehn neue Nachrichten! Er ließ das Handy am Ladegerät und wählte die Nummer der Mailbox. Die erste Nachricht war um sieben Uhr von Pete gekommen, er wollte wissen, wo Mark steckte. Die zweite um Viertel vor acht kam von Robbo, sie seien unterwegs zum nächsten Pub, dem *Lamb* in Ripe. Die dritte war um halb neun von einem ziemlich abgefüllten Luke und von Josh gekommen, während Robbo sich im Hintergrund zu Wort meldete. Sie zögen vom *Lamb* ins *Dragon* an der Uckfield Road.

Die nächsten beiden Nachrichten stammten von dem Immobilienmakler, der wegen des Deals in Leeds anrief, und von dessen Firmenanwalt. Die sechste war um elf Uhr fünf von einer ziemlich besorgten Ashley gekommen. Ihr Tonfall erstaunte ihn, da sie gewöhnlich ruhig und unerschütterlich wirkte.

»Mark, bitte, bitte, *bitte*, ruf mich an, sobald du das abhörst«, drängte sie mit ihrem weichen nordamerikanischen Akzent. Er zögerte und hörte dann die nächste Nachricht ab. Wieder Ashley. In Panik. Und die nächste und übernächste waren ebenfalls von ihr, sie hatte im Abstand von zehn Minuten angerufen. Die zehnte Nachricht kam von Michaels Mutter. Auch sie klang bestürzt.

»Mark, ich habe auch bei dir zu Hause eine Nachricht hinterlassen. Bitte ruf mich sobald wie möglich an, egal wie spät.«

Mark hielt die Mailbox an. *Was zum Teufel war passiert?*

Der nächste Anruf kam wieder von Ashley. Sie klang beinahe hysterisch. »Mark, es hat einen schrecklichen Unfall gegeben. Pete, Robbo und Luke sind tot. Josh liegt auf der Intensivstation. Und niemand weiß, wo Michael ist. O Gott, Mark, ruf mich bitte ganz dringend an.«

Mark hörte die Nachricht noch einmal ab, weil er seinen Ohren nicht traute. Dann ließ er sich schwer auf die Sofalehne fallen. »Mein Gott.«

Er hörte die beiden übrigen Nachrichten ab. Noch einmal Ashley und Michaels Mutter. *Ruf an. Ruf an. Ruf bitte an.*

Er trank seinen Whisky aus, goss sich nach, trat ans Fenster. Durch sein geisterhaftes Spiegelbild schaute er auf die Promenade hinunter, dann hinaus aufs Meer. Am Horizont konnte er zwei winzige Lichtpunkte ausmachen, sicher ein Tanker oder Frachter, der den Kanal überquerte.

Wenn mein Flug pünktlich gegangen wäre, hätte ich auch in dem Auto gesessen, dachte er.

Und dachte noch weiter.

Er trank den Whisky aus und setzte sich aufs Sofa. Schon wieder das Telefon. Er starrte aufs Display. Ashleys Nummer. Es klingelte viermal und verstummte. Dann ging sein Handy. Wieder Ashley. Er zögerte und drückte dann die Taste zum Beenden des Gesprächs, um es an die Mailbox weiterzuleiten. Er schaltete das Handy aus und setzte sich wieder, lehnte sich nach hinten, die Füße auf den Hocker, das Glas in beiden Händen.

Die Eiswürfel klapperten; er merkte, dass seine Hände zitterten. Er zitterte am ganzen Körper. Er ging zur Bang-und-Olufsen-Anlage und legte eine Mozart-CD ein. Mozart half ihm beim Nachdenken. Plötzlich gab es eine Menge, über das er nachdenken musste.

Er setzte sich wieder und starrte in den Whisky, konzentrierte sich auf die Eiswürfel, als wären sie Runen, die sein Schicksal verrieten. Erst nach über einer Stunde nahm er das Telefon und wählte.

7

DIE KRÄMPFE KAMEN JETZT HÄUFIGER. Michael konnte gerade noch verhindern, dass er in die Hose machte, indem er die Oberschenkel zusammenpresste, die Luft anhielt und die Augen zukniff. Undenkbar, er hätte ihr Gelächter nicht ertragen, wenn die Schweinehunde zurückkamen und ihn mit nasser Hose vorfanden.

Allmählich überfiel ihn die Klaustrophobie. Der weiße Satin um ihn herum drängte näher und näher an sein Gesicht heran.

Im Licht der Taschenlampe sah Michael, dass es zwei Uhr siebenundvierzig war. *Scheiße.*

Was hatten die verdammt noch mal vor? Zwei Uhr siebenundvierzig. Wo zum Teufel steckten sie? Irgendwo total besoffen in einem Nachtklub?

Er starrte auf den weißen Satin, mit hämmerndem Kopf, ausgedörrtem Mund, zusammengepressten Beinen, unterdrückte die Schmerzen, die von seiner Blase ausstrahlten. Er wusste nicht, wie lange er den Drang noch aufhalten konnte.

Frustriert schlug er mit den Knöcheln gegen den Deckel und brüllte »Hey, ihr Schweinehunde!«

Schaute wieder aufs Handy. Kein Signal. Er klickte sich bis zu Lukes Nummer durch und wählte trotzdem. Ein scharfes Piepsen, auf dem Display erschienen die Worte *kein Empfang.*

Er tastete nach dem Walkie-Talkie, schaltete es ein und rief erneut die Namen seiner Freunde. Und dann die andere Stimme, an die er sich schwach erinnerte.

»Davey? Hallo, Davey?«

Nur atmosphärisches Rauschen.

Er lechzte verzweifelt nach Wasser, sein Mund war trocken und pelzig. Hatten sie ihm etwas zu trinken dagelassen? Er hob den Kopf, so weit es ging, sah die Flasche aufschimmern, griff nach unten. Famous Grouse Whiskey.

Enttäuscht riss er das Siegel auf, schraubte den Deckel ab und nahm einen Schluck. Einen Moment lang tat die Flüssigkeit ungeheuer gut, verwandelte sich dann in Feuer und brannte in Mund und Kehle. Dennoch fühlte er sich besser. Trank noch einmal. Genoss es, nahm einen dritten Schluck und schraubte die Flasche wieder zu.

Er schloss die Augen. Seine Kopfschmerzen waren einen Tick besser geworden. Das Pinkelbedürfnis ließ nach.

»Schweinehunde ...«, murmelte er.

8

ASHLEY SAH AUS WIE EIN GESPENST. Ihr langes, braunes Haar umrahmte ein Gesicht, das ebenso farblos wirkte wie die Gesichter der Patienten in den Betten hinter ihr, die an Infusionsschläuche, Beatmungsgeräte und Monitore angeschlossen waren. Sie lehnte an der Empfangstheke der Intensivstation des Sussex County Hospital und kam Mark in ihrer ganzen Verletzlichkeit noch schöner vor als sonst.

Er war noch benommen von der schlaflosen Nacht, trug aber einen eleganten Anzug und makellose schwarze Gucci-Slipper. Er ging auf sie zu und umarmte sie fest, wobei er über ihre Schulter auf einen Verkaufsautomaten, einen Wasserspender und ein Münztelefon unter einer durchsichtigen Plastikkuppel blickte. In Krankenhäusern wurde ihm immer ganz flau, seit er seinen Vater nach einem beinahe tödlichen Herzanfall besucht und erlebt hatte, wie aus dem ehemals so starken Mann eine zerbrechliche, erbarmungswürdige, nutzlose und verängstigte Erscheinung geworden war. Er drückte Ashley auch, um sich selber Mut zu machen. Neben ihrem Kopf blinkte ein Cursor auf einem grünen Computerbildschirm.

Sie klammerte sich an ihn, als wäre er eine rettende Planke im sturmgepeitschten Ozean. »Oh, Gott, Mark, ich bin so froh, dass du hier bist.«

Eine Krankenschwester telefonierte; es klang, als spräche sie mit einem Angehörigen. Die andere tippte gerade etwas in den Computer ein.

»Das ist furchtbar«, sagte Mark, »unfassbar.«

Ashley nickte und schluckte mühsam. »Ohne deinen Termin wärst du –«

»Ich weiß. Ich muss dauernd dran denken. Wie geht es Josh?«

Ashleys Haar roch frisch gewaschen, in ihrem Atem schwang ein Hauch von Knoblauch mit. Die Mädchen hatten am Vorabend in einem italienischen Restaurant ihren Junggesellinnenabschied gefeiert.

»Nicht gut. Zoe ist bei ihm.« Er folgte mit den Augen ihrem ausgestreckten Finger, quer über mehrere Betten, vorbei an zischenden und klickenden Beatmungsgeräten und blinkenden Digitalanzeigen bis ganz zum Ende der Station, wo er Joshs Frau gebückt auf einem Stuhl sitzen sah. Sie trug ein weißes T-Shirt, Joggingjacke und Schlabberhose, die wirren blonden Locken fielen ihr ins Gesicht.

»Michael ist immer noch nicht aufgetaucht. Wo ist er, Mark? Du musst es doch wissen.«

Als die Krankenschwester das Telefonat beendete, piepste der Apparat erneut. Sie meldete sich.

»Keine Ahnung«, sagte er. »Ich habe nicht die geringste Ahnung.«

Ashley sah ihn eindringlich an. »Aber ihr habt das doch seit Wochen geplant – Lucy sagte, ihr wolltet Michael all die Streiche heimzahlen, die er den Jungs vor der Hochzeit gespielt hat.« Sie wich einen Schritt zurück, schob sich das Haar aus dem Gesicht, und Mark sah, dass ihre Wimperntusche zerlaufen war.

»Vielleicht haben die Jungs es sich in letzter Minute anders überlegt«, meinte er. »Klar, die hatten alle möglichen Ideen, wollten ihm was in die Drinks tun und ihn in irgendeinen Flieger setzen, aber das konnte ich ihnen dann doch noch ausreden – dachte ich jedenfalls.«

Sie lächelte dankbar.

Er zuckte die Achseln. »Ich weiß, dass du Angst hattest, wir könnten etwas Dummes anstellen.«

»Stimmt, ich war total verzweifelt.« Sie warf einen Blick auf die Schwester und zog die Nase hoch. »Wo ist er also?«

»Er war definitiv nicht im Wagen?«

»Auf gar keinen Fall. Ich hab die Polizei angerufen – sie sagen – sie sagen – sie –« Sie brach in Tränen aus.

»Was haben sie gesagt?«

»Dass sie nichts unternehmen«, platzte sie zornig heraus. Dann schluchzte sie weiter, rang um Fassung.

»Sie sagen, er schläft vermutlich irgendwo seinen Rausch aus.«

Mark wollte warten, bis sie sich beruhigt hatte, doch sie weinte weiter. »Vielleicht haben sie ja Recht.«

Ashley schüttelte den Kopf. »Er hatte mir versprochen, sich nicht zu betrinken.«

Mark sah sie fragend an.

»Es war sein Junggesellenabschied. Das macht ihr doch bei solchen Feiern, oder? Euch sinnlos besaufen.«

Mark schaute hinunter auf die grauen Teppichfliesen. »Gehen wir zu Zoe.«

Ashley folgte ihm mit einigem Abstand. Zoe war eine schlanke Schönheit und wirkte noch schlanker, als er ihr die Hand auf die Schulter legte und die Knochen unter dem weichen Stoff der Designer-Joggingjacke spürte.

»Mein Gott, Zoe, es tut mir so Leid.«

Sie zuckte leicht die Achseln.

»Wie geht es ihm?« Mark hoffte, die Sorge in seiner Stimme möge überzeugend klingen.

Zoe drehte sich um und sah ihn an, mit rot geweinten Augen und Tränen auf den ungeschminkten Wangen, die beinahe durchscheinend wirkten. »Sie können nichts für ihn tun. Sie haben ihn operiert, jetzt können wir nur abwarten.«

Mark stand reglos da und schaute auf Josh hinunter, der mit geschlossenen Augen dalag. Sein Gesicht war mit Blutergüssen und

Risswunden übersät, das Bett von medizinischen Geräten umgeben. Ein Infusionsschlauch führte in seine Hand, ein undurchsichtiger Schlauch in seine Nase. Sein Mund war von einem dicken Beatmungsschlauch geweitet. Drähte ragten unter der Decke und aus seinem Kopf hervor, die mit Digitalanzeigen und krakeligen Kurven verbunden waren. Das bisschen Haut, das zu sehen war, wirkte alabasterweiß. Sein Freund sah aus wie ein Versuchstier im Labor.

Doch Mark schaute Josh kaum an, sondern betrachtete die Anzeigen, wollte sie deuten. Er dachte daran, wie er in demselben Raum neben seinem sterbenden Vater gestanden hatte, und versuchte sich zu erinnern, wo EKG, Sauerstoffsättigung und Blutdruck angezeigt wurden und was das alles bedeutete.

Und er überlegte. Josh hatte es immer leicht gehabt. Er sah gut aus, hatte reiche Eltern. Er redete über Versicherungen, rechnete andauernd, alles war vorgezeichnet, er kam ihnen ständig mit Fünfjahresplänen, Zehnjahresplänen, Lebenszielen. Er hatte als Erster geheiratet, weil er früh Kinder wollte, damit er sein Leben noch genießen könnte, wenn sie größer wären. Er fand in der süßen, reichen Zoe die perfekte Frau, die zudem fruchtbar war und ihm half, seinen Plan zu verwirklichen, indem sie in schneller Folge zwei ebenso perfekte Babys lieferte.

Mark sah sich auf der Station um, musterte Schwestern und Ärzte, merkte sich ihre Positionen und ließ seinen Blick zu dem Infusionsschlauch wandern, der in Joshs Handrücken führte. Gleich neben dem Plastikband mit seinem Namen. Seine Augen wanderten zum Beatmungsgerät, dann zum EKG. Wenn der Herzschlag zu langsam wurde oder die Sauerstoffsättigung nicht mehr in Ordnung war, erklang ein Warnton.

Falls Josh überlebte, hätte er ein Problem – das hatte Mark fast die ganze Nacht beschäftigt, und er war zögernd zu dem Schluss gelangt, dass er dieses Risiko nicht eingehen konnte.

9

DER GERICHTSSAAL 1 des Crown Court in Lewes schien Roy Grace eigens dazu entworfen worden zu sein, um die Leute einzuschüchtern und zu beeindrucken, obwohl er im Grunde kein größeres Gewicht als die übrigen Säle im Gebäude besaß. Der georgianische Raum hatte eine hohe, gewölbte Decke, eine Besuchergalerie, alte Eichentäfelung, Sitzbänke und Anklagebank aus dunklem Holz und einen Zeugenstand mit hölzerner Balustrade. Den Vorsitz führte Richter Driscoll mit seiner Perücke, der das Verfallsdatum längst überschritten hatte und in seinem leuchtend roten Stuhl zu schlafen schien, über sich das Wappen mit der Inschrift *Dieu et mon droit.* Der ganze Raum sah aus wie eine Theaterkulisse und roch wie ein altes Klassenzimmer.

Als Grace in den Zeugenstand trat – wie immer, wenn er vor Gericht erscheinen musste, adrett in blauem Anzug, weißem Hemd, mit dezenter Krawatte und polierten schwarzen Schnürschuhen – sah er besser aus, als er sich tatsächlich fühlte. Zum Teil war dies auf Schlafmangel wegen seiner Verabredung vom Vorabend zurückzuführen, die sich als katastrophal erwiesen hatte, aber er war auch schlichtweg nervös. Er rasselte, die Bibel in der Hand, zum vielleicht tausendsten Mal den Eid herunter und schwor bei Gott, die Wahrheit, die ganze Wahrheit und nichts als die Wahrheit zu sagen, wobei er sich verstohlen umsah.

Die Geschworenen glichen wie immer einem Haufen Touristen, der auf einem Busbahnhof gestrandet ist. Eine unordentliche, wild zusammengewürfelte Gruppe mit farbenfrohen Pullovern, offenen Hemden und zerknitterten Blusen, darüber ein Meer aus leeren, weißen Gesichtern in Zweierreihen, vor sich Wasserkaraffen, Gläser und einen Wust aus Notizblöcken und losen Blättern. Neben dem Richter stand ein Turm, bestehend aus einem Videorekorder, einem Diaprojektor und einem riesigen Tonbandgerät. Die Stenographin spähte streng hinter einer Batterie elektronischer Apparate hervor. Auf einem Stuhl drehte sich ein Ventilator träge hin und her, ohne die stickige Nachmittagsluft wesentlich zu verbessern. Auf der Besuchergalerie drängten sich Presse und Publikum, nichts lockte die Leute mehr an als ein Mord. Und dies war der Lokalprozess des Jahres.

Der große Triumph von Roy Grace.

Auf der Anklagebank saß Suresh Hossain, ein fleischiger Mann mit pockennarbigem Gesicht und ölig zurückgekämmtem Haar, der einen braunen Nadelstreifenanzug und eine purpurne Satinkrawatte trug. Er folgte dem Verfahren mit lakonischem Blick, als gehörte ihm der ganze Saal und als diente der Prozess einzig seiner persönlichen Unterhaltung. Kotzbrocken, Arschloch, Slum-Vermieter. Seit über zehn Jahren war Roy Grace hinter ihm her und hatte ihn nun endlich vor Gericht gezerrt. Mordverschwörung. Das Opfer war ein ebenso unappetitlicher Konkurrent, Raymond Cohen. Wenn dieser Prozess wie erhofft lief, würde Hossain zu einer Strafe verdonnert, die über der seiner Lebenserwartung lag, und mehrere hundert Bürger von Brighton and Hove würden das Leben in Wohnungen genießen, die vom hässlichen Schatten seiner Handlanger befreit waren, die ihnen das Leben zu Hölle gemacht hatten.

In Gedanken wanderte er zurück zum letzten Abend. *Claudine. Claudine Lamont, so ein Mist.* Sicher, es war nicht hilfreich gewesen, dass er mit eindreiviertel Stunden Verspätung zum Rendezvous erschien. Aber es war auch nicht hilfreich gewesen, dass ihr Foto auf der Webseite gut zehn Jahre alt war und sie vergessen hatte, sich als abstinente, vegane Polizistenhasserin zu outen, deren einziger Lebenssinn in der Sorge für ihre neun Katzen zu bestehen schien.

Grace mochte Hunde. Er hatte auch nichts gegen Katzen, konnte aber keinen Draht zu ihnen finden, während er mit Hunden sofort Freundschaft schloss. Nach zweieinhalb Stunden in einem schäbigen veganen Restaurant in Guildford, in dem sie ihn abwechselnd über den freien Geist der Katzen, die Unterdrückung durch die britische Polizei und durch Männer, die Frauen ausschließlich als Sexobjekte betrachteten, belehrt hatte, trat er nur zu gern die Flucht an.

Er hatte schlecht geschlafen und den ganzen Tag im Gericht herumgehangen, bis man ihn aufrief, und nun sollte er sich den nächsten Sermon anhören. Es regnete noch, die Luft war warm und feucht. Grace spürte, wie ihm ein Rinnsal den Rücken hinunterlief.

Nun folgte der Auftritt des Kronanwalts der Verteidigung, der ihn überraschend als Zeugen geladen hatte. Arrogante Haltung, graue Perücke, wallende schwarze Seidenrobe, die Lippen zu einem bemühten Grinsen verzogen – Richard Charwell, Queen's Counsel. Grace war ihm schon einmal begegnet, und es waren keine glücklichen Stunden gewesen. Er verabscheute Anwälte. Für sie war das alles ein Spiel. Sie mussten nie ihr Leben riskieren, um die Schurken zu fangen. Und sie kümmerten sich keinen Deut um die Verbrechen, die ihre Mandanten begangen hatten.

»Sind Sie Detective Superintendent Roy Grace, Sussex Police Headquarters?«, fragte der Kronanwalt.

»Ja.« Seine Stimme klang nicht selbstsicher, sondern eher wie ein heiseres Krächzen.

»Und Sie waren mit diesem Fall betraut?«

»Ja.« Wieder der trockene, erstickte Tonfall.

»Ich werde nun den Zeugen befragen.«

Pause. Niemand sagte etwas. Richard Charwell, Queen's Counsel, war die Aufmerksamkeit des ganzen Saales sicher. Ein vollendeter Schauspieler, distinguiert, gut aussehend, der absichtlich innehielt, bevor er weitersprach und einen gänzlich anderen Tonfall anschlug, der beweisen sollte, dass er urplötzlich der beste Freund von Roy Grace geworden war.

»Detective Superintendent, ich wüsste gern, ob Sie uns in einer bestimmten Angelegenheit weiterhelfen können. Ist Ihnen bekannt, dass ein Schuh in diesem Fall eine Rolle gespielt hat? Ein brauner Slipper aus Krokodilleder mit Goldkette?«

Grace funkelte ihn an, bevor er antwortete. »Ja, das ist mir bekannt.« Plötzlich überkam ihn leichte Panik. Noch bevor der Verteidiger die nächsten Worte sprach, ahnte er, wohin dies führen würde.

»Können Sie uns etwas über die Person sagen, der Sie diesen Schuh weggenommen haben, oder möchten Sie, dass ich es aus Ihnen heraushole?«

»Sir, ich bin mir nicht sicher, worauf Sie hinauswollen.«

»Detective Superintendent, Sie wissen nur zu gut, worauf ich hinauswill.«

Richter Driscoll mischte sich übellaunig ein wie jemand, den man aus dem Schlaf aufgeschreckt hat. »Mr Charwell, würden Sie bitte auf den Punkt kommen, wir haben nicht den ganzen Tag Zeit.«

»Selbstverständlich, Euer Ehren«, erwiderte der Kronanwalt glatt und wandte sich wieder an Grace. »Detective Superintendent, ist es nicht so, dass Sie sich an einem wichtigen Beweisstück in diesem Fall zu schaffen gemacht haben? Nämlich an diesem Schuh?«

Der Kronanwalt nahm den Schuh von dem Tisch, auf dem die Beweisstücke lagen, und hob ihn hoch wie eine Trophäe, damit der ganze Saal ihn sehen konnte.

»Ich würde nicht sagen, dass ich mir daran zu schaffen gemacht habe«, erwiderte Grace, den die Arroganz des Mannes auf die Palme brachte. Zugleich jedoch war ihm bewusst, dass der Anwalt ihn vorführen wollte.

Charwell legte den Schuh nachdenklich beiseite. »Verstehe, Sie sind also der Meinung, Sie hätten sich nicht daran zu schaffen gemacht.« Ohne auf eine Antwort zu warten, fuhr er fort. »Ich werfe Ihnen vor, dass Sie Ihre Position missbraucht haben, um ein Beweisstück zu entfernen und es zu einer Person zu bringen, die mit Schwarzer Magie herumdilettiert.«

An den Richter gewandt erklärte er: »Euer Ehren, ich möchte diesem Gericht darlegen, dass die DNA-Beweise, die von diesem Schuh stammen, nicht aussagekräftig sind, weil Detective Superintendent Grace das Beweisstück zwischenzeitlich entfernt und dadurch eine mögliche Kontaminierung des wichtigen Beweisstücks verursacht hat.«

Er wandte sich an Grace. »Es trifft doch zu, Detective Superintendent, dass Sie am Donnerstag, dem 9. März dieses Jahres, den Schuh zu einem so genannten Medium in Hastings gebracht haben, einer gewissen Mrs Stempe. Und werden wir nun von Ihnen hören, dass dieser Schuh in eine andere Welt gereist ist? In eine andere Sphäre?«

»Ich habe eine sehr hohe Meinung von Mrs Stempe«, warf Grace ein. »Sie –«

»Einspruch, Euer Ehren«, sagte der Kronanwalt. »Hier geht es nicht um die Meinungen von Detective Superintendent Grace, sondern einzig und allein um Fakten.«

Doch die Neugier des Richters schien geweckt. »Ich halte seine Meinung in dieser Frage für durchaus relevant.«

Nach kurzem Schweigen zwischen Verteidiger und Richter, nickte Charwell widerwillig.

»Mrs Stempe hat mir schon bei einigen Ermittlungen geholfen. Vor drei Jahren erhielt ich von Mary Stempe ausreichende Informationen, um einen Mordverdächtigen zu finden. Sie führten unmittelbar zu dessen Verhaftung und nachfolgender Verurteilung.«

Er zögerte, spürte die durchdringenden Blicke aus dem Saal, und sagte dann zu Charwell: »Was nun Ihre Bedenken bezüglich der Entfernung des Beweisstücks betrifft, Sir, hätten Sie nur die Akten lesen und die Verpackung ansehen müssen, was Ihnen durchaus zusteht. Das Etikett weist aus, wann ich das Beweisstück an mich genommen und zurückgegeben habe. Der Verteidigung war dieses Beweisstück, das man am Abend seines Verschwindens vor Mr Cohens Haus fand, von Anfang an bekannt. Sie hat nie darum ersucht, es zu überprüfen.«

»Sie suchen als leitender Polizeibeamter also regelmäßig Hilfe in Schwarzer Magie?«

Ein hörbares Kichern ertönte im Saal.

»Als Schwarze Magie würde ich es nicht bezeichnen«, meinte Grace. »Ich nenne es eine alternative Ermittlungsmethode. Die Polizei hat die Pflicht, alles in ihrer Macht Stehende zu tun, um ein Verbrechen aufzuklären.«

»Also könnte man mit Recht behaupten, dass Sie ein Anhänger des Okkulten sind? Dass Sie an das Paranormale glauben?«

Grace schaute den Richter an, der ihn ansah, als stünde er nun selbst vor Gericht. Er suchte verzweifelt nach einer passenden Erwiderung, warf einen Blick zu den Geschworenen, dann zur Besuchergalerie und wandte sich wieder dem Kronanwalt zu. Und plötzlich hatte er sie gefunden.

Seine Stimme gewann an Nachdruck, klang nun schärfer und selbstsicherer. »Was verlangt das Gericht als Erstes von mir, wenn ich in den Zeugenstand trete?«

Bevor der Kronanwalt reagieren konnte, beantwortete Grace die Frage selbst. »Auf die Bibel zu schwören.« Er ließ seine Worte wirken.

»Gott ist ein übernatürliches Wesen – *das* übernatürliche Wesen schlechthin. Es wäre schon eigenartig, wenn ein Gericht von Zeugen verlangte, einen Eid auf ein übernatürliches Wesen abzulegen, wenn niemand in diesem Saal an das Übernatürliche glaubte.«

»Keine weiteren Fragen«, sagte der Kronanwalt und setzte sich.

Der Staatsanwalt, ebenfalls in Perücke und Robe, stand auf und wandte sich an Richter Driscoll. »Euer Ehren, diese Angelegenheit würde ich gern noch einmal unter vier Augen besprechen.«

»Sie ist ungewöhnlich«, sagte der Richter, »doch ich bin der Ansicht, dass sie zufriedenstellend geklärt wurde. Allerdings«, fuhr er mit einem Blick auf Grace fort, »möchte ich hoffen, dass die nächsten Fälle in meinem Gericht auf Beweisen und nicht auf irgendwelchem Hexengemurmel beruhen.«

Das Gelächter hallte im ganzen Saal wider.

Der Prozess wurde fortgesetzt und ein weiterer Zeuge der Verteidigung aufgerufen. Es handelte sich um einen Handlanger des Toten namens Rubiro Valiente. Roy Grace hörte zu, wie der Kleinkriminelle einen Haufen Lügen auftischte, die vom Staatsanwalt binnen Minuten zerpflückt wurden. Bis zur Mittagspause war das Gericht so fassungslos angesichts der dreisten Lügen, dass Roy Grace schon hoffte, sie würden die Sache mit dem Schuh verdrängen.

Doch die Hoffnung zerplatzte, als er in die Lewes High Street trat, um frische Luft zu schnappen und ein Sandwich zu kaufen. Gegenüber schrie es das Werbebanner des *Argus,* der Lokalzeitung, bereits heraus:

POLIZEIBEAMTER GESTEHT OKKULTE PRAKTIKEN!

Plötzlich brauchte er ganz dringend einen Drink und eine Kippe.

10

DER HUNGER WOLLTE NICHT VERGEHEN, so sehr Michael ihn auch zu verdrängen suchte. Ein steter dumpfer Schmerz, als nagte etwas von innen an seinem Magen. Sein Kopf war seltsam leicht, seine

Hände zitterten. Er dachte ständig an Essen, an saftige Burger mit knusprigen Pommes und Ketchup. Als er dieses Bild beiseite schob, trat der Geruch von gegrillten Flusskrebsen an dessen Stelle; dann folgten gedünstete Maiskolben, Grillchampignons und gebratene Eier mit Würstchen. Krosser Speck.

Der Deckel schien ihn niederzudrücken, und er geriet wieder in Panik, schnappte nach Luft, sog sie gierig durch den Schlauch ein. Er schloss die Augen und versuchte sich vorzustellen, alles sei gut, er schaukle auf einer Jacht im warmen Mittelmeer. Doch die Seiten des Sarges kamen immer näher. Es wurde enger und enger. Er tastete nach der Taschenlampe auf seiner Brust und schaltete sie ein. Die Batterie ließ nach, das Licht wurde schwächer. Vorsichtig und mit zitternden Fingern schraubte er die Whiskyflasche auf und setzte sie an die Lippen. Dann nahm er einen winzigen Schluck, ließ die Flüssigkeit in seinem ausgedörrten, klebrigen Mund kreisen, kostete jeden Tropfen aus, genoss jede Sekunde. Die Panik legte sich, sein Atem ging wieder ruhiger.

Als sich einige Minuten später das warme Brennen in Kehle und Magen gelegt hatte, konzentrierte er sich darauf, die Flasche wieder zuzuschrauben. Noch halb voll. Ein Schluck, immer zur vollen Stunde.

Ein fester Ablauf.

Er schaltete die Lampe aus, um die restliche Energie zu sparen. Jede Bewegung strengte ihn aufs Äußerste an. Seine Gliedmaßen waren steif, er zitterte vor Kälte, dann wieder brach ihm klammer, fiebriger Schweiß aus. Sein Kopf hämmerte unablässig – er sehnte sich verzweifelt nach Paracetamol. Nach Geräuschen von oben, nach Stimmen. Nach Freiheit.

Nach Essen.

Wie durch ein Wunder enthielt das Walkie-Talkie die gleichen Batterien wie die Taschenlampe. Also eine Reserve. Endlich etwas Positives, an dem er sich festhalten konnte. Und daran, dass er in einer Stunde den nächsten Schluck Whisky trinken durfte.

Der feste Ablauf half ihm, die Panik zu unterdrücken.

Man blieb bei Verstand, wenn man sich an einen festen Ablauf halten konnte. Vor fünf Jahren war er auf einer Zwölf-Meter-Schaluppe quer über den Atlantik von Chichester nach Barbados geschippert. Siebenundzwanzig Tage auf See. Davon zwei Wochen in einem Sturm, der nie unter Stärke sieben fiel und manchmal Stärke zehn oder elf erreichte. Fünfzehn Tage in der Hölle. Wachwechsel im Vierstundenrhythmus. Wenn sich das Schiff gewaltsam hob und senkte, erschütterten die Wellen seinen ganzen Körper, alle Ketten rasselten, die Schäkel schlugen gegen Deck und Takelage, Messer und Gabeln klirrten im Schrank. Mit Hilfe eines festen Ablaufs hatten sie es durchgestanden. Indem sie jeden Tag in Abschnitte von mehreren Stunden einteilten. Und diese mit kleinen Belohnungen versüßten. Mit einem Schokoriegel. Einem Schluck zu trinken. Einigen Seiten in einem Roman. Blicken auf den Kompass. Abwechselndem Lenzen.

Der feste Ablauf gab einem Halt. Der Halt verlieh neue Perspektiven. Und mit einer Perspektive sah man auch den Horizont.

Und wenn man den Horizont sah, wurde man ruhiger.

Nun maß er jede Stunde mit einem kleinen Schluck Whisky. Noch eine halbe Flasche, und als Horizont diente der Stundenzeiger seiner Uhr. Der Uhr, die Ashley ihm geschenkt hatte, eine silberne Longines mit leuchtenden römischen Ziffern. Die edelste Uhr, die er je besessen hatte. Ashley hatte wirklich Geschmack. Und Klasse. Alles an ihr hatte Klasse, der Schwung ihres langen, braunen Haars, ihr Gang, ihr Selbstvertrauen, ihr klassisch schönes Gesicht. Wie er es liebte, einen Raum mit ihr zu betreten. Sie zog alle Blicke auf sich. Gott, wie er das liebte! Sie war etwas ganz Besonderes. Einzigartiges.

Das hatte seine Mutter auch gesagt, die meist wenig von seinen Freundinnen hielt. Aber Ashley war anders. Sie hatte seine Mutter becirct. Auch das liebte er an ihr, mit ihrem Charme konnte sie jeden becircen. Selbst die unausstehlichsten Kunden. Er hatte sich in sie verliebt, als sie zu einem Vorstellungsgespräch in das Büro gekommen war, das er sich mit Mark teilte. Und heute, nur acht Monate danach, waren sie so gut wie verheiratet.

Sein Schritt und die Oberschenkel juckten wie verrückt. Wie bei einem Wickelkind. Er hatte den Kampf gegen seine Blase längst aufgegeben. Mittlerweile waren sechsundzwanzig Stunden vergangen.

Etwas musste passiert sein, aber was? Sechsundzwanzig verdammte Stunden, in denen er ins Walkie-Talkie gebrüllt, Nummern mit dem Handy gewählt und immer die gleiche verdammte Meldung erhalten hatte: *kein Empfang.*

Ashley wollte, dass der Junggesellenabend nicht unmittelbar vor der Hochzeit stattfand. *Du betrinkst dich und fühlst dich beschissen. So sollst du dich an unserem Hochzeitstag aber nicht fühlen. Also mach es rechtzeitig, damit du dich erholen kannst.*

Zum hundertsten Mal drückte er mit den Händen gegen den Deckel. Vielleicht war es auch das zweihundertste Mal. Oder das tausendste. Es war ohnehin egal. Er hatte bereits versucht, mit dem Handy, dem einzigen Gegenstand aus Metall, ein Loch in den Deckel zu bohren. Doch das Gehäuse war nicht hart genug.

Wieder schaltete er das Walkie-Talkie ein. »Hallo? Jemand da? Hallo?«

Nur das atmosphärische Rauschen antwortete ihm.

Dann stahl sich ein finsterer Gedanke herbei. War Ashley etwa eingeweiht? Hatte sie deshalb darauf bestanden, den Junggesellenabschied schon dienstags zu feiern? War er deshalb schon über vierundzwanzig Stunden hier eingeschlossen, ohne dass ihn jemand zu vermissen schien?

Nie im Leben. Sie wusste, dass er unter Klaustrophobie litt, und Grausamkeit war ihr völlig fremd. Sie dachte immer zuerst an andere. Seine Mutter war sprachlos gewesen angesichts der vielen liebevoll ausgesuchten Geschenke. Ihr Lieblingsparfum. Die Jazz-CD von Sidney Bechet, dem Lieblingssänger seiner Mutter, und der Kaschmirpulli, den sie sich so sehnlichst gewünscht hatte. Woher wusste Ashley das alles, wie hatte sie es in der kurzen Zeit ihrer Bekanntschaft herausfinden können? Es war eine Gabe, eine der vielen wunderbaren Eigenschaften, die sie so außergewöhnlich machten.

Und ihn zum glücklichsten Mann der Welt.

Der Strahl der Taschenlampe wurde nun deutlich schwächer. Er schaltete sie aus, um die Batterie zu schonen, und lag still im Dunkeln. Hörte, wie sein Atem sich beschleunigte.

Und wenn sie nicht zurückkamen?

Fast elf Uhr dreißig. Er wartete auf ein albernes Kichern, das ihm verraten würde, dass seine Freunde wieder da waren. Verdammt, wenn er erst draußen wäre, würde ihnen das noch Leid tun. Er sah wieder auf die Uhr. Fünf nach halb elf. Sie würden jeden Moment kommen.

Sie *mussten* kommen.

11

SANDY STAND GRINSEND ÜBER IHM und verdeckte die Sonne, um ihn zu ärgern. Das blonde Haar fiel ihr ins sommersprossige Gesicht und strich über seine Wangen.

»Hey, ich muss den Bericht lesen – ich –«

»Mann, Grace, bist du langweilig, ewig musst du lesen!« Sie küsste ihn auf die Stirn. »Lesen, lesen, lesen, Arbeit, Arbeit, Arbeit!« Noch ein Kuss auf die Stirn. »Gefalle ich dir etwa nicht mehr?«

Sie trug ein offenherziges Strandkleid, aus dem ihre Brüste hervorquollen. Er erhaschte einen Blick auf ihre langen, gebräunten Beine unter dem hoch gerutschten Saum und wurde plötzlich ausgesprochen geil.

Er umfasste ihr Gesicht mit beiden Händen, zog sie zu sich herunter, blickte in ihre vertrauensvollen, blauen Augen, erfüllt von einer unglaublich tiefen Liebe.

»Ich vergöttere dich«, sagte er.

»Ehrlich, Grace?« Sie flirtete. »Mehr als deine Arbeit?« Sie neigte den Kopf nach hinten und verzog den Mund zu einem nachdenklichen Schmollen.

»Ich liebe dich mehr als alles –«

Dunkelheit. Als hätte jemand den Stecker herausgezogen.

Grace hörte seine Stimme in der kalten, leeren Luft.

»Sandy!« Der Schrei blieb ihm in der Kehle stecken. Das Sonnenlicht verblasste zu einem schwachen Glühen; Straßenlaternen, die durch die Vorhänge schienen.

Die Digitaluhr zeigte 03.02 Uhr.

Er lag schwitzend und mit aufgerissenen Augen da, sein Herz tanzte in der Brust wie eine Boje im Sturm. Er hörte einen Mülleimer scheppern, sicher eine streunende Katze oder ein Fuchs. Dann knatterte ein Dieselmotor – vermutlich sein Nachbar drei Türen weiter, der nachts Taxi fuhr.

Er verharrte reglos. Schloss die Augen, bis sein Atem ruhiger ging, wollte in den Traum zurück, klammerte sich an die Erinnerung. Wie all die wiederkehrenden Träume von Sandy war auch dieser ungeheuer lebensecht gewesen. Als wären sie noch zusammen, wenn auch in einer anderen Dimension. Als müsste er nur den Eingang finden, die Kluft überbrücken, damit sie wieder beisammen wären, beisammen und glücklich.

So verdammt glücklich.

Nun überkam ihn eine ungeheure Traurigkeit. Die sich in Furcht verwandelte, als die Erinnerung zurückkehrte. Die Zeitung. Die Schlagzeile im *Argus.* Alles war wieder da. Oh Gott, was würde nur in den Morgenzeitungen stehen? Mit Kritik konnte er umgehen, Spott war schwerer zu ertragen. Schon jetzt machten sich einige Kollegen über ihn lustig, weil er sich mit dem Übernatürlichen beschäftigte. Der frühere Chief Constable, obwohl selbst zutiefst fasziniert von paranormalen Phänomenen, hatte ihn gewarnt, dass es seiner Karriere abträglich sei, wenn seine Interessen öffentlich bekannt würden.

»Alle wissen, dass du ein Sonderfall bist, Roy – weil du Sandy verloren hast. Niemand wird dich kritisieren, wenn du die ganze Welt nach ihr absuchst. Das würden wir an deiner Stelle auch machen. Aber es darf nicht deine Arbeit beeinflussen.«

Manchmal glaubte er, darüber hinweg zu sein, neue Kraft gefunden zu haben. Doch es gab auch Momente wie diesen, in denen er begriff, dass er praktisch keine Fortschritte gemacht hatte. Er wünschte sich verzweifelt, den Arm um sie legen, sich an sie zu kuscheln und mit ihr über seine Probleme reden zu können. Sie war eine geborene Optimistin mit scharfem Verstand. In seiner Anfangszeit bei der Kriminalpolizei hatte sie ihm ein Disziplinarverfahren durchstehen geholfen, das seine Karriere bedrohte. Die Beschwerdestelle hatte ihm vorgeworfen, bei der Verhaftung eines Straßenräubers übertriebene Gewalt angewendet zu haben. Man hatte ihn vor allem deshalb freigesprochen, weil er Sandys Ratschlägen gefolgt war. Und auch diesmal hätte sie genau gewusst, was zu tun war.

Manchmal fragte er sich, ob Sandy – von wo auch immer – über diese Träume Kontakt zu ihm aufnehmen wollte.

Seine Schwester sagte, es sei an der Zeit, einen Schlussstrich zu ziehen und zu akzeptieren, dass Sandy tot war, ihre Stimme auf dem Anrufbeantworter zu löschen, ihre Kleider aus dem Schrank und die Sachen aus dem Badezimmer zu entfernen, kurzum, nicht mehr in einem Schrein für Sandy zu leben, sondern einen Neuanfang zu wagen.

Doch wie sollte das gehen? Wenn Sandy nun am Leben war und von einem Irren gefangen gehalten wurde? Er musste weitersuchen, die Akten offen lassen, ihre Fotos überarbeiten, jedes Gesicht mustern, das er auf der Straße oder in einer Menschenmenge sah. Er würde weitermachen, bis …

Bis zum Schluss.

Am Morgen seines neunundzwanzigsten Geburtstags hatte Sandy ihm ein Tablett ans Bett gebracht, auf dem sich ein winziger Kuchen mit einer Kerze, ein Glas Champagner und eine ausgesprochen schweinische Glückwunschkarte befanden. Er hatte die Geschenke ausgepackt, sie hatten miteinander geschlafen. Er war etwas später als sonst, um Viertel nach neun, aus dem Haus gegangen, und um kurz nach halb zehn im Büro erschienen, wodurch er zu spät zu einer Besprechung in einem Mordfall kam. Er hatte Sandy versprochen, zeitig Feierabend zu machen, weil sie mit einem anderen Paar – seinem besten Freund, dem Ermittler Dick Pope, und dessen Frau Leslie, mit der Sandy sich gut verstand – essen gehen wollten. Leider wurde es ein hektischer Tag, und er kam fast zwei Stunden später als geplant nach Hause. Keine Spur von Sandy.

Zuerst hatte er gedacht, sie sei wütend auf ihn und wolle ihm eins auswischen. Das Haus war aufgeräumt, ihr Auto und ihre Handtasche waren weg, es gab keine Anzeichen eines Kampfes.

Vierundzwanzig Stunden später fand man ihren Wagen auf dem

Kurzzeitparkplatz am Flughafen Gatwick. Ihre Kreditkarte war am Morgen ihres Verschwindens zweimal belastet worden: £ 7,50 bei Boots, £ 16,42 an der Tankstelle des örtlichen Tesco-Supermarktes. Sie hatte weder Kleidung noch sonst etwas mitgenommen.

Seine Nachbarn in der ruhigen Wohnstraße nahe des Strandes hatten nichts bemerkt. Auf einer Seite wohnte eine überaus freundliche griechische Familie, die in der Stadt einige Cafés besaß, zurzeit jedoch verreist war. Auf der anderen Seite lebte eine ältere, schwerhörige Witwe, die bei laut plärrendem Fernseher schlief. Selbst jetzt, um Viertel nach drei, konnte er durch die Trennwand zwischen den Doppelhaushälften die Geräuschkulisse eines amerikanischen Fernsehkrimis hören. Schüsse, quietschende Reifen, jaulende Sirenen. Sie hatte nichts gesehen.

Noreen Grinstead von gegenüber war die einzige, die etwas hätte bemerken können. Eine scharfäugige, nervöse Frau Mitte sechzig, die über sämtliche Nachbarn Bescheid wusste. Wenn sie sich nicht gerade um ihren Mann Lance kümmerte, dessen Alzheimer-Erkrankung sich laufend verschlimmerte, lief sie in gelben Gummihandschuhen herum und wusch ihren alten silbernen Nissan, spritzte und schrubbte den Gehweg ab oder putzte die Fenster. Sie schleppte sogar Sachen aus dem Haus, um sie in der Einfahrt zu reinigen.

Ihren Blicken entging nur wenig. Doch selbst sie hatte Sandys Verschwinden nicht bemerkt.

Er schaltete das Licht ein und stand auf, wobei sein Blick auf das Foto von sich und Sandy fiel, das auf seinem Nachttisch stand. Es war nur wenige Monate vor ihrem Verschwinden, bei einer Konferenz zum Thema genetische Fingerabdrücke in Oxford aufgenommen worden. Er rekelte sich in Anzug und Krawatte auf einer Chaiselongue. Sandy mit Abendkleid und blonden Ringellocken lehnte sich an ihn und schenkte dem Kellner, der das Foto gemacht hatte, ihr übliches unwiderstehliches Grinsen.

Er hob das Foto hoch, küsste es und stellte es wieder hin. Er ging ins Bad, um Wasser zu lassen. Mitten in der Nacht aufstehen und pinkeln zu müssen war ein lästiger Nebeneffekt, seit er einem Gesundheitsplan folgte und täglich mindestens acht Gläser Wasser trank. Dann tappte er, nur im T-Shirt, nach unten.

Sandy hatte einen guten Geschmack. An sich war das Haus bescheiden wie alle Häuser in der Straße, Pseudo-Tudor-Stil, vier Zimmer, in den dreißiger Jahren erbaut, aber sie hatte es schön eingerichtet. Sie liebte die Sonntagsbeilagen, Frauen- und Designmagazine, riss Seiten heraus und zeigte sie ihm. Sie verbrachten Stunden damit, Tapeten abzulösen, Böden zu schmirgeln, zu polieren und zu streichen.

Sandy interessierte sich für Feng Shui und legte einen kleinen Wassergarten an. Füllte das Haus mit Kerzen. Kaufte so oft wie möglich Biokost. Sie dachte über alles nach, stellte alles in Frage, interessierte sich für alles, und er fand es wunderbar. Das waren die guten Zeiten gewesen, in denen sie ihre Zukunft, ihr gemeinsames Leben planten.

Sie war auch eine ausgezeichnete Gärtnerin, verstand sich auf Blumen, Pflanzen, Büsche und Bäume. Wusste, wohin man etwas pflanzte und wie man es beschnitt. Grace mähte gern den Rasen, zu mehr war er nicht in der Lage. Der Garten wirkte jetzt vernachlässigt, was ihm ein schlechtes Gewissen bereitete, und er fragte sich manchmal, was sie wohl bei ihrer Rückkehr dazu sagen würde.

Ihr Auto stand noch in der Garage. Der Erkennungsdienst hatte es gründlich untersucht, dann war er damit nach Hause gefahren. Jahrelang überprüfte er in regelmäßigen Abständen die Batterie, falls ... So wie er auch ihre Pantoffeln neben dem Bett, ihren Morgenmantel am Haken, ihre Zahnbürste im Becher ließ. Wo sie auf ihre Rückkehr warteten.

Hellwach setzte er sich in den weißen Sessel im weiß gehaltenen Wohnzimmer mit dem Holzboden und drückte die Taste der Fernbedienung. Er zappte durch drei Filme und mehrere Satellitensender, doch nichts konnte ihn länger als ein paar Minuten fesseln. Er hörte Musik, wechselte ruhelos von den Beatles zu Miles Davis und Sophie Ellis Bextor, dann herrschte Stille.

Er nahm eines seiner Lieblingsbücher, *The Occult* von Colin Wilson, aus dem Regal, das reihenweise Werke zu paranormalen Themen enthielt, setzte sich hin und blätterte lustlos darin herum, konnte sich aber nur auf wenige Absätze konzentrieren.

Dieser verdammte Verteidiger, dieses aufgeblasene Arschloch namens Richard Charwell, ließ ihn nicht los, stolzierte noch immer in seinem Kopf herum. Er hatte Grace überlistet. Ausmanövriert und überlistet. Das tat richtig weh.

Wieder griff er nach der Fernbedienung und schaltete auf Videotext. Lauter Nachrichten, die seit einigen Tagen kursierten und allmählich schal wurden. Keine handfesten politischen Skandale, keine Terroranschläge, kein Flugzeugabsturz. Er wünschte niemandem etwas Schlimmes, hatte aber auf eine Sensationsmeldung gehofft, die Schlagzeilen machen würde. Auf etwas, das den Mordprozess gegen Suresh Hossain von den vorderen Seiten verdrängte.

Pech gehabt.

12

ZWEI GROSSE BOULEVARDBLÄTTER und eine Tageszeitung berichteten auf der Titelseite lang und breit über den Mordprozess gegen Suresh Hossain, und die übrigen Morgenzeitungen brachten Artikel im Innenteil.

Sie waren nicht am Prozess als solchem interessiert, sondern an den Bemerkungen, die Detective Superintendent Grace im Zeugenstand geäußert hatte. Er stand in diesem Augenblick vor seiner Chefin Alison Vosper und kam sich vor, als hätte man die Zeit um dreißig Jahre zurückgedreht und er fände sich als zitternder Junge vor seiner Schuldirektorin wieder.

Ein Kollege von Grace hatte ihr den Spitznamen »Nr. 27« gegeben, und der war hängen geblieben. »Nr. 27« war ein süßsaures Gericht im örtlichen China-Imbiss. Bestellten die Kollegen das Gericht, orderten sie stets einmal Alison Vosper, denn sie war genau das – süßsauer.

Und an diesem Morgen war Assistant Chief Constable Alison Vosper – Anfang vierzig, blond, mit einem konservativen Kurzhaarschnitt, der ihr strenges, aber attraktives Gesicht betonte – definitiv sauer. Selbst der intensiv blumige Duft, den sie trug, roch ein wenig beißend.

Ihr makellos aufgeräumtes Büro befand sich im Erdgeschoss des Polizeipräsidiums. Vom Fenster aus blickte man auf einen gepflegten Rasen. Alison Vosper thronte in einem schwarzen Businesskostüm mit weißer Bluse hinter ihrem ausladenden Schreibtisch aus poliertem Rosenholz, auf dem sich lediglich eine schlanke Kristallvase mit drei purpurnen Tulpen, gerahmten Fotos ihres Mannes (ebenfalls Polizeibeamter, mehrere Jahre älter, aber einige Rangstufen unter ihr) und ihrer beiden Kinder, ein Stifthalter aus einem Ammoniten und die Morgenzeitungen befanden. Sie lagen aufgefächert wie ein siegreiches Blatt beim Poker.

Grace fragte sich immer, wie es seinen Vorgesetzten gelang, ihre Büros und Schreibtische derart ordentlich zu halten. In seinem ganzen Arbeitsleben waren seine Büros die reinsten Müllhalden gewesen, die überquollen von Akten, unbeantworteten Briefen, verlorenen Stiften, Spesenquittungen und von Ausgangsfächern, die schon lange nicht mehr mit dem Arbeitsaufkommen aus den Eingangsfächern Schritt halten konnten. Um ganz nach oben zu kommen, benötigte man wohl etwas Geschick im Umgang mit Papierkram, für das er genetisch nicht gerüstet war.

Es gab Gerüchte, Alison Vosper habe sich drei Jahre zuvor einer Brustkrebsoperation unterzogen, doch Grace wusste, dass es immer ein Gerücht bleiben würde, da sie eine Mauer um sich herum errichtet hatte. Dennoch verbarg sich hinter ihrem harten Panzer eine gewisse Verletzlichkeit, die ihm gefiel. Manchmal fand er sie sogar ganz attraktiv. Bisweilen blitzte in ihren durchdringenden braunen Augen Humor auf, und dann und wann meinte er zu spüren, dass sie auf einen Flirt aus war. Nicht so an diesem Morgen.

Kein Händeschütteln. Keine Begrüßung. Nur ein knappes Nicken, mit dem sie ihn aufforderte, auf einem der hochlehnigen Stühle vor ihrem Schreibtisch Platz zu nehmen. Dann ging sie geradewegs in die Offensive, und ihr Blick verriet eine Mischung aus Vorwurf und Zorn.

»Was zum Teufel soll das, Roy?«

»Tut mir Leid.«

»*Wie bitte?*«

Er nickte. »Ich – wissen Sie, wenn man es aus dem Zusammenhang reißt –«

Sie fiel ihm ins Wort. »Ist Ihnen bewusst, dass es den ganzen Fall gefährden kann?«

»Ich glaube, wir haben ihn unter Kontrolle.«

»Ich hatte heute Morgen schon an die zwanzig Anrufe von überregionalen Zeitungen. Sie haben sich lächerlich gemacht. Und wir stehen wie ein Haufen Idioten da. Warum haben Sie das getan?«

Grace schwieg eine Weile. »Sie ist eine außergewöhnliche Frau, sie hat uns schon öfter geholfen. Ich hätte nie damit gerechnet, dass es jemand herausfindet.«

Vosper lehnte sich zurück und schaute Grace kopfschüttelnd an. »Ich hatte große Hoffnungen in Sie gesetzt, die Beförderung verdanken Sie mir. Dabei habe ich mich ganz schön aus dem Fenster gelehnt. Und das wissen Sie, oder?«

Was nicht ganz der Wahrheit entsprach, aber für Haarspaltereien war jetzt keine Zeit. »Ja, und ich weiß es zu schätzen.«

Sie deutete auf die Zeitungen. »Und zeigen es mir auf diese Art und Weise?«

»Bitte, Alison, immerhin habe ich Ihnen Hossain geliefert.«

»Und bieten seinem Verteidiger eine offene Flanke, die so groß ist, dass er mit Kutsche und Pferden durchfahren könnte.«

»Nein«, sagte Grace, der allmählich in Rage geriet, »der Schuh war beim Erkennungsdienst, war aus- und eingetragen. Die können mir nicht vorwerfen, ich hätte ein Beweisstück kontaminiert. Sie mögen zwar meine Methoden angreifen, aber es hat keine ernsthaften Auswirkungen auf den Fall.«

Vosper untersuchte ihre manikürten Finger. Roy bemerkte, dass die Spitzen mit Druckerschwärze verfärbt waren. Ihr Parfümduft schien sich zu verstärken, als wäre sie ein Tier, das Gift ausscheidet. »Sie sind der leitende Beamte, es ist Ihr Fall. Wenn Sie sich diskreditieren, beeinflusst es sehr wohl auch den Ausgang des Prozesses. Warum verdammt noch mal haben Sie das gemacht?«

»Wir haben einen Mordprozess, nur leider keine Leiche. Aber wir *wissen*, dass Hossain Raymond Cohen ermorden ließ, stimmt's?«

Sie nickte. Grace hatte eindrucksvolle und zwingende Beweise zusammengetragen.

»Aber die fehlende Leiche ist ein Schwachpunkt.« Er zuckte die Achseln. »In der Vergangenheit haben wir gelegentlich mit Medien gearbeitet, so wie jede Polizeidienststelle im ganzen Land es schon einmal getan hat. Ich denke zum Beispiel an Leslie Whittle.«

Der Fall Leslie Whittle war berühmt. 1975 war die siebzehnjährige Erbin entführt worden und blieb spurlos verschwunden. Da die Polizei keinerlei Hinweise fand, suchte sie letztlich Rat bei einer Hellseherin, die mit einer Wünschelrute arbeitete und sie zu einem Kanalisationsschacht führte, in dem die gefesselte Leiche des bedauernswerten Mädchens aufgefunden wurde.

»Leslie Whittle war nicht gerade ein Triumph polizeilicher Ermittlungsmethoden.«

»Es gibt noch andere Fälle«, konterte er.

Sie schaute ihn schweigend an. Dann erschienen Grübchen in ihren Wangen, als gäbe sie ein wenig nach, doch ihre Stimme blieb kalt und streng. »Die Erfolge mit Hellsehern können Sie an den Fingern einer Hand abzählen.«

»Das stimmt nicht, das wissen Sie genau.«

»Roy, ich weiß, dass Sie ein intelligenter Mann sind. Dass Sie sich mit paranormalen Phänomenen beschäftigt haben und daran glauben. Ich kenne die Bücher in Ihrem Büro und respektiere jeden Polizisten, der über seinen Tellerrand blickt. Aber wir sind der Öffentlichkeit verpflichtet. Was hinter verschlossenen Türen geschieht, ist eine Sache. Das Bild, das wir den Leuten präsentieren, eine andere.«

»Die Leute *glauben* daran, Alison. 1925 gab es eine Umfrage unter Wissenschaftlern, wer von ihnen an Gott glaube. Das Ergebnis lag bei dreiundvierzig Prozent. 1998 führte man die gleiche Befragung noch einmal durch. Und was soll ich Ihnen sagen? Es waren nach wie vor dreiundvierzig Prozent. Nur gab es eine Verschiebung, da heute weniger Biologen und dafür mehr Mathematiker und Physiker gläubig sind. Erst letztes Jahr fand eine Umfrage statt, wie viele Menschen schon einmal übersinnliche Erlebnisse gehabt hatten. Die Zahl lag bei neunzig Prozent!« Er beugte sich vor. »Neunzig Prozent!«

»Roy, die Masse möchte aber glauben, dass die Polizei ihre Steuergelder dafür ausgibt, um mit den herkömmlichen Methoden Verbrechen aufzuklären und Kriminelle zu fangen. Sie möchte glauben, dass wir das Land nach Fingerabdrücken und DNA-Spuren durchkämmen, die in Labors von Wissenschaftlern untersucht werden. Dass wir Feld und Wald durchsuchen, Seen trocken legen, an Türen klopfen und Zeugen befragen. Was sie nicht wollen, ist, dass wir mit Madame Arcata vom Brighton-Pier reden, in Kristallkugeln starren oder umgedrehte Gläser über Buchstabenreihen auf irgendwelchen blöden Ouija-Brettern wandern lassen! Sie wollen nicht, dass wir unsere Zeit damit verschwenden, Tote herbeizurufen. Sie wollen nicht, dass ihre Polizeibeamten wie Hamlet auf den Zinnen einer Burg stehen und mit Geistern sprechen. Verstehen Sie, was ich damit sagen will?«

»Ja, das tue ich. Aber ich bin anderer Meinung. Wir haben die Aufgabe, Verbrechen aufzuklären. Und zwar mit allen verfügbaren Methoden.«

Sie schüttelte den Kopf. »Wir werden niemals alle Verbrechen aufklären, das sollten Sie einfach akzeptieren. Aber wir müssen der Öffentlichkeit Vertrauen einflößen. Damit sich die Leute zu Hause und auf der Straße sicher fühlen.«

»Das ist Scheiße«, meinte Grace, »das ist Ihnen doch klar! Sie wissen nur zu gut, dass man die Verbrechensstatistik beliebig zurechtbiegen kann.« Sofort bereute er seine Worte.

Sie bedachte ihn mit einem dünnen, eisigen Lächeln. »Wenn uns die Regierung hundert Millionen im Jahr zusätzlich bewilligt, wird es in Sussex keine Verbrechen mehr geben. Ohne diese Gelder können wir unsere Mittel nur so verteilen und strecken wie irgend möglich.«

»Medien sind billig.«

»Nicht, wenn sie unserer Glaubwürdigkeit schaden.« Sie sah auf die Zeitungen hinunter. »Wenn sie eine Verurteilung gefährden, ist die Zusammenarbeit zu teuer erkauft. Verstanden?«

»Es war laut, wenn auch nicht deutlich.« Er konnte sich die unverschämte Bemerkung nicht verkneifen. Vosper reizte ihn. Und irgendein chauvinistischer Zug in ihm machte die Standpauke durch eine Frau noch viel unerträglicher.

»Ich sage es Ihnen noch einmal ganz deutlich. Sie haben Glück, dass Sie noch hier sind. Der Chief ist gar nicht glücklich. Um ehrlich zu sein ist er so wütend, dass er damit droht, Sie aus dem Verkehr zu ziehen und bis ans Ende Ihrer Laufbahn an den Schreibtisch zu ketten. Würde Ihnen das gefallen?«

»Nein.«

»Dann hören Sie auf zu spinnen und werden Sie wieder ein Polizeibeamter.«

13

ZUM ERSTEN MAL, seit er zur Polizei gegangen war, fragte sich Roy Grace, ob er wirklich den richtigen Beruf ergriffen hatte. Von Kindheit an wollte er immer nur Polizist werden, und hatte auch als Teenager eigentlich gar keinen anderen Beruf in Betracht gezogen.

Sein Vater Jack hatte es bis zum Detective Inspector gebracht, und die älteren Kollegen sprachen noch immer mit großer Zuneigung von ihm. Grace hatte ihn als Kind vergöttert, seine Geschichten geliebt, war unheimlich gern mit ihm im Streifenwagen gefahren oder auf die Wache gegangen. Damals war ihm das Leben seines Vaters abenteuerlich und glanzvoll erschienen, ganz anders als der öde Alltag bei den Vätern seiner Freunde.

Grace war süchtig nach Fernsehkrimis gewesen, nach Büchern über Detektive und Polizisten jeglicher Couleur – von Sherlock Holmes bis Ed McBain. Er verfügte über ein nahezu fotografisches Gedächtnis, liebte Rätsel und war körperlich kräftig. Ihm gefielen Kameradschaft und Teamarbeit, die er aus den Geschichten seines Vaters kannte.

Doch an Tagen wie diesem wurde ihm klar, dass ein Polizeibeamter nicht unbedingt das tat, was er am besten konnte, sondern sich an ein vorgeschriebenes Mittelmaß zu halten hatte. In der modernen, politisch korrekten Welt konnte aus einem Polizeibeamten auf dem

Höhepunkt seiner Karriere ganz schnell ein politisches Bauernopfer werden.

Mit seiner letzten Beförderung war er zum zweitjüngsten Detective Superintendent von Sussex avanciert, doch nun zeigte sich die Kehrseite der Medaille.

Er hatte von der geschäftigen Wache mitten in Brighton, wo die meisten seiner Freunde arbeiteten, in die ruhig gelegene ehemalige Fabrik umziehen müssen, die in einem Gewerbegebiet am Stadtrand lag und erst vor kurzem renoviert und zur Zentrale der Kriminalpolizei von Sussex umgebaut worden war.

Man konnte nach dreißig Dienstjahren mit voller Pension in den Ruhestand gehen. Egal, wie schlimm es sich entwickelte, er würde noch sieben Jahre aushalten müssen, bis er diese Sicherheit im Rücken hatte. Doch so ging er normalerweise nicht an seine Arbeit und Karriere heran.

Normalerweise nicht, heute schon. Der heutige Tag war ein echter Tiefpunkt. Ein Zusammenstoß mit der Realität. Die Umstände ändern sich, dachte er, als er gebückt am Schreibtisch hockte und die ständig eingehenden E-Mails ignorierte. Er kaute auf einem Sauerteigsandwich mit Ei und Kresse und starrte auf die Protokolle des Prozesses gegen Suresh Hossain. Das Leben stand nicht still. Manchmal gab es Veränderungen zum Besseren, manchmal wurde es auch schlechter. Nächstes Jahr würde er vierzig. Ergraute allmählich.

Und sein neues Büro war zu klein.

Die drei Dutzend altertümlichen Feuerzeuge, eine Sammlung, auf die er stolz war, lagen dicht beieiander auf der Fensterbank, und seine Aussicht ging nicht auf den Rasen, sondern auf den Parkplatz und das dahinter liegende Gefängnis hinaus. Die Wand hinter ihm wurde von einer großen, runden Holzuhr beherrscht, einem Requisit der Polizeiwache aus *The Bill*. Sandy hatte sie ihm zum sechsundzwanzigsten Geburtstag geschenkt.

Darunter hing eine ausgestopfte, sieben Pfund schwere Forelle, die er vor ein paar Jahren in Irland gefangen hatte. Er scherzte gern mit seinen Untergebenen über die Verbindung von Geduld und großen Fischen, die einem ins Netz gehen konnten.

Zu beiden Seiten hingen gerahmte Urkunden und ein Gruppenbild mit der Unterschrift *Polizeiakademie Bramshill. Ermittlung bei schweren Verbrechen und Serientätern, 1997.* Daneben zwei Karikaturen von ihm, gezeichnet von einem Kollegen, der offenkundig den Beruf verfehlt hatte. An der gegenüberliegenden Wand befanden sich Aktenschränke und Bücherregale, die sich unter der Last der Werke zu okkulten Themen bogen.

Auf seinem L-förmigen Schreibtisch drängten sich Computer, die überquellenden Ein- und Ausgangsfächer, der Blackberry, Stapel mit Korrespondenz, einige ordentlich, die anderen weniger, und die neueste Ausgabe von *Fingerprint Whorld.* Über dem Chaos thronte ein gerahmtes Zitat:

»Wenn wir nicht unser Bestes geben, müssen die schlechtesten Entschuldigungen herhalten.«

Den Rest des Raums füllten Fernseher und Videorekorder, ein runder Tisch, vier Stühle, stapelweise Akten und lose Blätter, sein lederner Spurensicherungskoffer. Die Aktentasche stand offen auf dem Tisch, daneben lagen Handy, Diktiergerät und ein Haufen Protokolle, die er am Vorabend mit nach Hause genommen hatte.

Er ließ das halbe Sandwich in den Papierkorb fallen. Kein Appetit. Er trank Kaffee, ging die E-Mails durch, loggte sich auf der Seite der Sussex Police ein und betrachtete die Liste der Akten, die er durch seine Beförderung geerbt hatte.

Jede Akte, deren Inhalt hier einsehbar war, stand für einen ungelösten Mordfall und entsprach zwanzig Kisten mit Unterlagen, die sich in irgendeinem Büro stapelten, aus Schränken herausquollen oder in einer feuchten Polizeigarage der zuständigen Wache vor sich hin schimmelten. Jedes Aktenzeichen stand für Fotos vom Tatort, gerichtsmedizinische Berichte, Beweisstücke, Zeugenaussagen und Gerichtsprotokolle, die ordentlich gebündelt und mit farbigem Band verschnürt waren. Es gehörte zu seinem neuen Aufgabenbereich, die ungelösten Mordfälle zu durchforsten, mit der zuständigen Kriminalpolizei Kontakt aufzunehmen und nach möglichen Veränderungen zu suchen, die eine Wiederaufnahme rechtfertigten.

Er kannte den Inhalt der meisten Akten auswendig – dank seines

Gedächtnisses, das ihm in der Schule und bei der Polizei durch alle Prüfungen geholfen hatte. Für ihn bedeutete jede Datei mehr als ein geraubtes Menschenleben und einen Mörder, der nach wie vor auf freiem Fuß war – sie stand für etwas, das ihm persönlich nahe ging. Eine Familie konnte die Vergangenheit nicht ruhen lassen, weil ein Rätsel nie gelöst, der Gerechtigkeit nie Genüge getan worden war. Und da manche Fälle dreißig Jahre zurücklagen, war er vermutlich die einzige Hoffnung für die Opfer und ihre Angehörigen.

Richard Ventnor, ein homosexueller Tierarzt, vor zwölf Jahren in seiner Praxis zu Tode geprügelt. Susan Downey, ein wunderschönes Mädchen, vor fünfzehn Jahren vergewaltigt, erwürgt und auf einem Friedhof abgelegt. Pamela Chisholm, eine reiche Witwe, tot in ihrem demolierten Wagen aufgefunden – aber mit den falschen Verletzungen. Die skelettierten Überreste von Pratap Gokhale, einem neunjährigen Inder, den man unter den Dielenbrettern eines mutmaßlichen Pädophilen fand, der längst untergetaucht war. Und das waren nur einige der Fälle, an die Grace sich erinnerte.

Obwohl sie längst begraben oder ihre Asche zerstreut worden war, hatten sich auch für die Opfer die Umstände geändert. Neue Technologien, darunter die DNA-Analysen, erbrachten neue Beweise und neue Verdächtige. Das Internet bot ungeahnte Kommunikationsmöglichkeiten. Loyalitäten veränderten sich. Neue Zeugen tauchten auf. Ehen wurden geschieden. Freunde entzweiten sich. Jemand, der vor zwanzig Jahren nicht gegen seinen Kumpel ausgesagt hätte, hasste ihn heute. Mordakten wurden nie geschlossen. *Die langsamen Fälle* nannte man sie.

Das Telefon klingelte. Es war die Managementassistentin, die er sich mit dem Assistant Chief Constable, seiner unmittelbaren Vorgesetzten, teilte. Sie erkundigte sich, ob er den Anruf eines Ermittlers entgegennehmen wolle. Die Geschichte mit der politischen Korrektheit, die innerhalb der Polizei besonders stark ausgeprägt war, ging ihm zunehmend auf die Nerven. Vor gar nicht allzu langer Zeit hatte es *Sekretärinnen* gegeben und keine verdammten *Managementassistentinnen.*

Er bat sie, den Anruf durchzustellen, und schon erklang eine vertraute Stimme. Glenn Branson, ein begabter Detective Sergeant, mit dem er mehrere Fälle bearbeitet hatte – ungeheuer ehrgeizig, scharfer Verstand, eine wandelnde Filmenzyklopädie. Und vermutlich sein engster Freund, der ihm viel bedeutete.

»Wie geht's, Roy? Du warst ja in der Zeitung.«

»Hör auf mit dem Scheiß. Was willst du?«

»Mir geht's gut. Dir auch?«

»Nein.«

»Hast du gerade viel zu tun?«

»Was verstehst du unter viel?«

»Schon mal eine Frage mit etwas anderem als einer Gegenfrage beantwortet?«

Grace lächelte. »Und du?«

»Hör mal, ich werde von einer Frau gelöchert – wegen ihres Verlobten. Sieht aus, als wäre ein Junggesellenabschied ganz schön schief gelaufen, der Bursche wird seit Dienstagabend vermisst.«

Mittlerweile war es Donnerstagnachmittag. »Und?«

»Ich dachte, du bist heute wieder im Gericht. Dein Handy war ausgeschaltet.«

»Ich esse gerade. Richter Driscoll hat die Verhandlung vertagt, weil die Verteidigung neue Vorlagen eingebracht hat.«

Einer der Nachteile von Strafprozessen war die Zeit, die sie in Anspruch nahmen. Als leitender Ermittler musste Grace die ganze Zeit im Gericht anwesend sein oder sich zumindest bereithalten. Das Verfahren gegen Hossain würde mindestens drei Monate dauern – und er würde die meiste Zeit herumhängen und warten, dass man ihn aufrief.

»Ich habe das Gefühl, das ist keine normale Vermisstengeschichte, und würde gern deine Meinung dazu hören. Hast du heute Nachmittag zufällig Zeit?«

Grace hätte jeden anderen abgewiesen, aber er wusste, dass Glenn Branson seine Zeit nicht verschwendete – außerdem war er selbst bei diesem Scheißwetter froh über jeden Grund, das Büro verlassen zu können. »Klar, das geht in Ordnung.«

»Super.« Kurze Pause, dann schlug Branson vor: »Wir könnten uns in der Wohnung von diesem Typen treffen – es wäre hilfreich, wenn du es dir selber anschaust – ich besorge den Schlüssel.« Branson nannte ihm die Adresse.

Grace sah auf die Uhr, dann in den Terminkalender in seinem Blackberry. »Wie wäre es mit halb fünf? Wir könnten danach noch etwas trinken gehen.«

»Du brauchst keine drei Stunden, um – ach so, in deinem Alter muss man es langsam angehen lassen. Bis nachher.«

Grace stöhnte. Er wurde nicht gern an den drohenden runden Geburtstag erinnert. Die Vorstellung, vierzig zu werden, gefiel ihm gar nicht. In diesem Alter zogen die meisten Menschen Bilanz. Er hatte irgendwo gelesen, dass die Situation, in der man sich mit vierzig befand, den Rest des Lebens prägen würde. Achtunddreißig zu sein war irgendwie okay, neununddreißig schon so gut wie vierzig. Und vor gar nicht allzu langer Zeit hatte er Vierzigjährige uralt gefunden. Scheiße.

Wieder betrachtete er die Liste der Aktenzeichen auf dem Bildschirm. Manchmal fühlte er sich diesen Menschen näher als sonst jemandem. Zwanzig Mordopfer, denen er allein Gerechtigkeit verschaffen konnte. Zwanzig Geister, die ihn tagsüber heimsuchten – und manchmal auch in der Nacht.

14

ER KONNTE ZWAR EINEN DIENSTWAGEN NUTZEN, fuhr aber lieber mit seinem eigenen Alfa Romeo 147. Grace mochte den Wagen: die harten Sitze, das straffe Fahrwerk, die geradezu spartanische Funktionalität des Innenraums, den munter knatternden Auspuff, das Gefühl von Präzision und die helle, sportliche Anzeige des Armaturenbretts. Der ganze Wagen hatte etwas Exaktes, das seinem eigenen Wesen entsprach.

Die breiten Wischer schoben den Regen von der Scheibe, die Reifen zischten auf dem nassen Asphalt, begleitet von einem wilden Elvis-Costello-Song. Die Umgehungsstraße führte über einen Hügelkamm und ins Tal hinunter. Durch den Regendunst konnte er die Gebäude von Brighton and Hove erkennen. Hinter dem einzigen verbliebenen Schornstein des alten Shoreham-Kraftwerks schimmerte ein grauer Streifen auf, der kaum vom Himmel zu unterscheiden war. Der Ärmelkanal.

Hier war er aufgewachsen, er kannte die Straßen und die Verbrecher, die sich in ihnen herumtrieben. Sein Vater konnte alle Namen aufzählen: die Familien, die mit Drogen handelten, die Massagesalons und hochkarätigen Antiquitätenschwindler, die gestohlenen Schmuck und Möbel verkauften, und die kleinen Hehler, die sich auf Fernseher und CD-Spieler verlegt hatten.

Früher war es ein Schmugglerdorf gewesen. Dann hatte sich George IV. nur wenige hundert Meter vom Haus seiner Geliebten entfernt einen Palast gebaut, doch Brighton hatte seine kriminelle Vergangenheit wie auch den Ruf als Ort für anrüchige Wochenenden nie so ganz abstreifen können. Andererseits unterschied sich Brighton and Hove dadurch von den übrigen Badeorten in England. Grace setzte den Blinker und verließ die Umgehungsstraße.

Grassmere Court war ein etwa dreißig Jahre altes Mehrfamilienhaus aus rotem Backstein, das in Hove, dem eleganteren Stadtviertel, gelegen war. Es stand an einer Hauptstraße, grenzte hinten an einen Tennisklub und wurde hauptsächlich von berufstätigen Singles zwischen zwanzig und vierzig und wohlhabenden Rentnern bewohnt. Ein Makler hätte es vermutlich als *bevorzugte Wohnlage* angepriesen.

Glenn Branson wartete vor der Tür und sprach in sein Handy. In seinem formlosen Parka wirkte er groß, schwarz und kahl wie ein Meteorit und hatte mehr Ähnlichkeit mit einem Dealer als mit einem Polizisten. Grace lächelte: die kräftige, muskulöse Figur, die Branson sich mit jahrelangem Bodybuilding erarbeitet hatte, erinnerte ihn an die Worte, mit denen der Komiker Clive James einmal Arnold Schwarzenegger beschrieben hatte: ein Kondom, gefüllt mit Walnüssen.

»Hallo, weiser alter Mann!«, begrüßte ihn Branson.

»Hör auf, ich bin nur sieben Jahre älter als du. Warte, bis du in mein Alter kommst, dann findest du es gar nicht mehr witzig.« Er grinste. Sie klatschten ab, dann meinte Branson stirnrunzelnd: »Du siehst furchtbar aus. Ehrlich.«

»Diese Art von Publicity bekommt mir nicht.«

»Na ja, sogar ich habe gemerkt, dass du dich heute Morgen in die Boulevardpresse gedrängt hast …«

»Du und alle anderen auf diesem Planeten.«

»Mann, für einen Oldtimer bist du ganz schön dämlich.«

»Dämlich?«

»Du wirst einfach nicht klug, Grace. Irgendwann schießt dir einer die Rübe ab, wenn du dich ständig aus dem Fenster lehnst. An manchen Tagen kommst du mir vor wie der größte Dickkopf auf Erden.«

Er schloss die Haustür auf.

Grace folgte ihm in den Flur. »Danke, das hebt meine Stimmung beträchtlich.« Er rümpfte die Nase. Den Geruch alternder Mietshäuser erkannte er mit verbundenen Augen. Es war der allgegenwärtige Geruch schäbiger Teppiche, blätternder Farbe und von Gemüse, das hinter verschlossenen Türen zerkochte. »Wie geht's deiner besseren Hälfte?«, fragte Grace, als sie auf den Fahrstuhl warteten.

»Toll.«

»Und den Kindern?«

»Sammy ist unglaublich. Remi das pure Grauen.« Sie gingen hinein, Branson drückte die Taste.

Grace zögerte und sagte dann: »Glenn, es war anders, als es in den Zeitungen dargestellt wurde.«

»Mann, das weiß ich, ich kenne dich doch. Die Presse kennt dich aber nicht, und selbst wenn, wäre es ihnen scheißegal. Sie wollen ihre Story, und du warst blöd genug, ihnen eine zu liefern.«

Sie stiegen im vierten Stock aus. Die Wohnung lag am Ende des Flurs. Branson schloss auf.

Die Wohnung bestand aus Wohn- und Esszimmer, einer kleinen Küche mit Arbeitsplatte aus Granit und runder Stahlspüle und zwei Räumen, von denen einer als Arbeitszimmer diente. Auf dem Schreibtisch stand ein iMac, den restlichen Platz nahmen Regale voller Taschenbücher ein.

Die Wohnung wirkte frisch und modern und bildete einen starken Gegensatz zur öden Fassade und den schäbigen Fluren des Hauses. Die Wände waren weiß mit einem ganz leichten Graustich, die Möbel modernistisch mit japanischem Flair. Es gab niedrige Sofas, schlichte Drucke an den Wänden, einen Fernseher mit Flachbildschirm, darunter einen DVD-Player und eine hochklassige HiFi-Anlage mit hohen, schlanken Boxen. Im Schlafzimmer befanden sich ein ungemachtes Futonbett, ein Kleiderschrank mit schönen Jalousientüren und kleine Nachttische mit ultramodernen Lampen. Davor stand ein Paar Nike-Turnschuhe.

Grace und Branson sahen sich an. »Nette Bude«, meinte Grace.

»Hm, *La vita è bella.*«

Grace schaute ihn fragend an.

»Hab ich im Kino verpasst. Kam dann auf Sky Channel. Unglaublicher Film – mal gesehen?«

Grace schüttelte den Kopf.

»Spielt in einem Konzentrationslager. Es geht um einen Vater, der seinem Sohn einredet, alles wäre nur ein Spiel. Wenn sie gewinnen, kriegen sie einen echten Panzer. Ich sag dir, der ging mir mehr an die Nieren als *Schindlers Liste* und *Der Pianist.*«

»Nie davon gehört.«

»Manchmal frage ich mich, auf welchem Planeten du eigentlich lebst.«

Grace betrachtete das gerahmte Foto neben dem Bett. Ein gut aussehender Mann Ende zwanzig mit langem, blondem Haar, schwarzem T-Shirt und Jeans, der den Arm um eine ziemlich attraktive dunkelhaarige Frau im gleichen Alter gelegt hatte.

»Ist er das?«

»Mit ihr. Michael Harrison und Ashley Harper. Nettes Paar, was?«

Grace nickte.

»Sie wollen am Samstag heiraten. Das hatten sie jedenfalls vor.«

»Und?«

»Falls er bis dahin auftaucht. Sieht momentan nicht gut aus.«

»Du meinst, er wurde seit Dienstagabend nicht mehr gesehen?«

Grace schaute aus dem Fenster, hinunter auf die breite, regengepeitschte Straße, auf der sich der Verkehr staute. Ein Bus kam in Sicht. »Was weißt du über ihn?«

»Ein Junge von hier, der es zu etwas gebracht hat. Bauunternehmer. Double-M Properties. Hat einen Geschäftspartner namens Mark Warren. Sie trimmen zurzeit ein altes Lagerhaus am Hafen von Shoreham auf schick. Sechzehn Wohnungen. Gewinn über zwei Millionen. Sie sind seit fünf Jahren in der Branche, haben viel in der Gegend gearbeitet, Umbauten und Neubauten. Die Kleine ist Michaels Sekretärin, kluges Kind, sieht klasse aus.«

»Meinst du, er hat die Fliege gemacht?«

Branson schüttelte den Kopf. »Nie im Leben.«

Grace nahm das Foto und schaute es näher an. »Verdammt, die würde ich auch heiraten.«

»Sag ich doch.«

Grace runzelte die Stirn. »Tut mir Leid, war ein langer Tag.«

»*Du* würdest sie heiraten! *Ich* würde sie heiraten, wenn ich noch zu haben wäre. *Jeder, der bei Verstand ist, würde sie heiraten, oder?*«

»Sie ist wirklich sensationell.«

»Ja, das ist sie.«

Grace sah ihn ausdruckslos an.

Branson fragte mit gespieltem Spott: »Mein Gott, Alter, bist du völlig von der Rolle?«

»Vielleicht. Worauf willst du hinaus?«

Branson schüttelte den Kopf. »Würdest du die Fliege machen, wenn du am Samstag dieses Mädchen heiraten könntest?«

»Ich müsste völlig bescheuert sein.«

»Und wo bitte ist er, wenn er nicht die Fliege gemacht hat?«

Grace überlegte. »Am Telefon hast du etwas von einem Streich beim Junggesellenabschied erzählt, der schief gelaufen sei.«

»Das meint seine Verlobte. War auch mein erster Gedanke. Solche Abende können ganz schön brutal sein. Das dachte ich auch noch, als er gestern nicht auftauchte. Aber zwei Nächte?«

»Vielleicht hat er kalte Füße bekommen. Oder eine andere Frau ist im Spiel.«

»Schon möglich, aber ich will dir was zeigen.«

Grace folgte ihm ins Wohnzimmer. Branson setzte sich an den PC und tippte drauflos. Er hatte ein Händchen für Computer. Grace verstand auch etwas von Technik und konnte mit der modernen Entwicklung Schritt halten, aber Branson war ihm um Lichtjahre voraus.

Ein Passwortfenster erschien. Branson gab etwas ein, und binnen Sekunden füllte sich der Bildschirm mit Daten.

»Wie hast du das geschafft?«, wollte Grace wissen. »Woher kanntest du das Passwort?«

Branson sah ihn flüchtig an. »Es gibt kein Passwort. Die meisten Leute meinen, sie müssten etwas eintippen, wenn so ein Fenster aufgeht. Aber wozu braucht er ein Passwort, wenn nur er den PC nutzt?«

»Hut ab, du bist der geborene Hacker.«

Branson ignorierte die Bemerkung. »Ich möchte, dass du dir das hier mal näher ansiehst.«

Grace gehorchte und setzte sich vor den Bildschirm.

15

NUR WENIGE KILOMETER ENTFERNT hockte Mark Warren ebenfalls vor seinem Computer. Die Uhr auf dem Flachbildschirm zeigte zehn nach sechs. Er hatte die Hemdärmel aufgerollt und neben sich einen vergessenen Cappuccino von Starbucks, dessen Milchschaum sich in eine runzlige Haut verwandelt hatte. Sein gewöhnlich aufgeräumter Schreibtisch in dem Büro, das er seit fünf Jahren mit Michael teilte, ertrank in Papierstapeln.

Double-M Properties befand sich im dritten Geschoss eines schmalen, fünfstöckigen Stadthauses im Regency-Stil, das nicht weit vom Bahnhof entfernt war. Ihr erstes gemeinsames Renovierungsprojekt. Neben dem Büro gab es ein Besprechungszimmer für Kunden, einen kleinen Empfangsbereich und eine Küchenzeile. Alles war modern und funktionell gehalten. An den Wänden hingen Fotos der drei Rennjachten, die ihnen gemeinsam gehörten und an denen ihr wachsender geschäftlicher Erfolg abzulesen war – zuerst hatten sie die Nicholson 27 gekauft, dann die ansehnlichere Contessa 33 und zuletzt die eindeutig hochklassige Oyster 42, ihr gegenwärtiges Spielzeug.

Dazu gab es Fotos von ihren Bauprojekten. Das Lagerhaus am Hafen von Shoreham, das sie zu sechzehn Wohnungen umgebaut hatten. Ein altes Regency-Hotel mit Seeblick in Kemp Town, aus dem sie zehn Wohneinheiten gemacht hatten. Auch die ehemaligen Stallungen wurden genutzt. Und ihr jüngstes und ehrgeizigstes Projekt in Gestalt einer künstlerischen Zeichnung, auf der ein Waldgebiet zu sehen war, in dem sie laut Baugenehmigung zwanzig Häuser errichten durften.

Marks Augen schmerzten nach zwei schlaflosen Nächten. Er sah aus dem Fenster, um ihnen einen Moment Ruhe zu gönnen. Gegenüber befanden sich eine Kanzlei und ein Bettendiscounter. An sonnigen Tagen konnte man sich die hübschen Mädchen auf der Straße ansehen, doch im Augenblick prasselte der Regen nieder, die Leute eilten unter Schirmen oder in Regenmänteln mit hochgestellten Kragen vorbei, die Hände in den Taschen vergraben. Mark wollte auch an gar nichts anderes als die anstehende Aufgabe denken.

Alle paar Minuten wählte er Michaels Handynummer, schon den ganzen Tag über, und jedes Mal sprang sofort die Mailbox an. Was bedeutete, dass das Handy entweder ausgeschaltet, der Akku leer oder Michael noch immer dort unten war. Niemand hatte von ihm gehört. Zog man den Unfallzeitpunkt in Betracht, hatten sie ihn vorgestern Abend irgendwann vor neun Uhr begraben. Vor etwa fünfundvierzig Stunden.

Es klingelte auf der Hauptleitung. Mark hörte das gedämpfte Trillern und sah, wie das Licht für seine Durchwahl blinkte. Er ging ran, wobei er versuchte, das nervöse Zittern in seiner Stimme zu verbergen.

»Double-M Properties.«

Eine Männerstimme. »Hallo, ich rufe wegen des Bauprojekts im Ashdown Forest an. Haben Sie eine Broschüre oder Preisliste?«

»Leider noch nicht, Sir, das wird noch ein paar Wochen dauern. Auf unserer Webseite gibt es einige Informationen – ach, die haben

Sie schon gesehen. Sie können gern Ihren Namen hinterlassen, wir melden uns wieder bei Ihnen.«

Normalerweise hätte er sich über eine so frühe Anfrage gefreut, aber im Moment stand ihm nicht der Sinn nach Geschäften.

Vor allem durfte er nicht in Panik geraten. Er hatte genügend Krimis gelesen und gesehen, um zu wissen, dass die Jungs geschnappt wurden, sobald sie in Panik gerieten. Man musste Ruhe bewahren.

Die E-Mails löschen.

Eingang. Ablage. Papierkorb. Alle übrigen Ordner.

Natürlich konnte man die Mails nicht völlig eliminieren, sie waren irgendwo im Cyberspace gespeichert, aber wer würde sich schon so viel Mühe bei der Suche geben?

Er tippte ein Schlüsselwort nach dem anderen ein und führte eine detaillierte Suche durch. *Michael. Junggesellenabend. Josh. Pete. Robbo. Luke. Ashley. Pläne! Operation Vergeltung!* Er prüfte jede Mail, löschte, was gelöscht werden musste. Ging kein Risiko ein.

Josh lag auf der Intensivstation, sein Zustand war kritisch, er hatte allem Anschein nach schwere Hirnschäden erlitten. Würde vermutlich nur noch dahinvegetieren, falls er überlebte. Mark schluckte, sein Mund war trocken. Er hatte Josh in der Varndean School kennen gelernt, als sie dreizehn waren. Luke und Michael auch. Pete und Robbo kamen später dazu, sie hatten sich an einem feuchtfröhlichen Abend in einem Pub in Brighton getroffen. Wie Mark handelte auch Josh ehrgeizig und überlegt. Und sah gut aus. Er war ein Frauentyp wie Michael. Manche Leute wurden so geboren, andere mussten ihr Leben lang um Erfolge kämpfen. Doch selbst mit neunundzwanzig wusste Mark bereits, dass nichts so blieb, wie es war. Mit Geduld konnte jeder einmal eine Glückssträhne erwischen. Die erfolgreichsten Raubtiere waren die mit der größten Geduld und Ausdauer.

Mark würde nie den Tierfilm über eine Fledermaushöhle in Südamerika vergessen. Ein winziger Mikroorganismus ernährte sich von dem Fledermauskot, der sich am Höhlenboden sammelte; eine Larve fraß den Mikroorganismus, ein Käfer die Larve, eine Spinne den Käfer, eine Fledermaus die Spinne. Die perfekte Nahrungskette. Die Fledermaus war klug, sie musste nur kacken und abwarten.

Sein Handy klingelte. Michaels Mutter, zum dritten Mal an diesem Nachmittag. Er hatte aufgehört zu zählen, wie oft sie insgesamt angerufen hatte. Er blieb unverändert höflich und freundlich. Es gebe noch keine Neuigkeiten von Michael, erklärte er. Es sei furchtbar, er habe keine Ahnung, was ihm zugestoßen sein könnte, sie hätten lediglich eine Sauftour geplant, er habe keinen Schimmer, wo Michael stecke.

»Meinst du, er ist bei einer anderen Frau?«, fragte Gill Harrison mit ihrer schüchternen, rauen Stimme. Er kam gut mit ihr aus, sofern dies möglich war. Ihr Mann hatte sich umgebracht, und Michael sagte, sie habe sich damals in einen Panzer zurückgezogen und sei darin geblieben. Die Fotos, die im Haus hingen, zeigten sie als schöne junge Frau, als blonde Sexbombe. Sie war auch jetzt noch eine schöne Frau, wenn auch vor der Zeit gealtert.

»Ich glaube, alles ist möglich, Mrs Harrison«, entgegnete Mark. Die nächsten Worte wählte er mit Bedacht. »Aber er hat Ashley vergöttert.«

»Sie ist ein reizendes Mädchen.«

»Das ist sie, ich könnte sie hier gut gebrauchen – die beste Sekretärin, die wir je hatten.« Er spielte mit der Maus, ließ den Cursor ziellos über den Bildschirm wandern. »Aber wenn sie betrunken sind, tun Männer manchmal ganz verrückte Dinge –«

Sofort bedauerte er die Bemerkung. Hatte Michael ihm nicht erzählt, sein Vater sei betrunken gewesen, als er sich das Leben nahm?

Langes Schweigen, dann sagte sie sanft: »Ich glaube, er hatte Zeit genug, um nüchtern zu werden. Michael ist ein guter und treuer Mann. Was immer er im betrunkenen Kopf getan haben mag, er würde Ashley niemals wehtun. Ihm muss etwas zugestoßen sein, sonst hätte er angerufen. Ich kenne meinen Sohn.« Sie zögerte. »Ashley ist in einem furchtbaren Zustand. Passt du ein bisschen auf sie auf?«

»Mach ich.«

Wieder eine Pause. Dann: »Wie geht es Josh?«

»Unverändert. Zoe ist bei ihm. Ich fahre nachher hin und setze mich zu ihr – sobald ich hier fertig bin.«

»Rufst du mich an, wenn du etwas hörst?«

»Natürlich.«

Er hängte ein, schaute auf den Schreibtisch und hob ein Dokument hoch. Dann sah er etwas darunter liegen. Seinen Palm Pilot.

Eisige Furcht durchströmte ihn. *Oh Scheiße,* dachte er. *Scheiße, Scheiße, Scheiße.*

16

NACHDEM ER SICH von Detective Superintendent Grace verabschiedet hatte, stieg Glenn Branson in seinen Dienstwagen, einen blauen Vauxhall, der nach Desinfektionsmittel stank – beim letzten Einsatz hatte jemand gekotzt oder geblutet. Er parkte ihn hinter dem reizlosen Gebäude, in dem die Polizeiwache von Brighton untergebracht war, ging durch den Hintereingang und die Treppe hinauf in das Großraumbüro, das er sich mit zehn anderen Ermittlern teilte.

Es war zwanzig nach sechs. Offiziell endete sein Dienst in dieser Woche jeden Tag um sechs, aber er steckte nach einer größeren Drogenrazzia am Montag bis zum Hals in Papierkram und hatte die Genehmigung, Überstunden zu machen – das Geld konnte er gut gebrauchen. Heute würde er jedoch nur eine Stunde länger bleiben. Ari besuchte einen weiteren ihrer Selbstverwirklichungskurse. Montags hatte sie englische Literatur, donnerstags Architektur. Nach der Geburt ihrer Tochter Remi war sie in Panik geraten, weil es ihr angeblich an Bildung mangelte und sie fürchtete, später nicht die Fragen ihrer eigenen Kinder beantworten zu können.

Obwohl die meisten Monitore ausgeschaltet waren, wirkten die Schreibtische alles andere als aufgeräumt. Die Arbeitsplätze, die durch Trennwände abgeteilt waren, sahen aus, als hätten sich die Besitzer eilig davongemacht und würden jeden Moment zurückkehren.

Nur zwei Kollegen waren noch bei der Arbeit: DC Nick Nicholas, Ende zwanzig, lang und dünn wie eine Bohnenstange, ein leidenschaftlicher Ermittler und schneller Fußballstürmer, und DS Bella

Moy, fünfunddreißig, mit fröhlichem Gesicht unter wirrem, braunem Haarschopf.

Sie grüßten ihn nicht. Er ging an Nick Nicholas vorbei, der konzentriert die Lippen schürzte wie ein Kind bei der Klassenarbeit, während er mit Kugelschreiber in Blockschrift einen Vordruck ausfüllte. Bella starrte gebannt auf den Bildschirm, wobei sie mit der linken Hand wie unter Zwang in eine Malteser-Tüte griff und die süßen Kugeln zum Mund führte. Sie war schlank, obwohl Glenn Branson noch nie einen Menschen erlebt hatte, der so viel essen konnte.

Er setzte sich an seinen Platz. Die Lampe, die eingegangene Nachrichten anzeigte, blinkte wie üblich. Aus dem Bilderrahmen auf dem Tisch lächelten ihn seine Frau Ari, sein achtjähriger Sohn Sammy und die dreijährige Remi an.

Er sah auf die Uhr. Ari würde ausflippen, wenn er wieder zu spät kam und sie den Anfang ihres Kurses verpasste. Außerdem war es kein Opfer, da ihm sehr viel daran lag, Zeit mit seinen Kindern zu verbringen. Da piepte das Telefon.

Der Empfang. Eine Frau warte seit einer Stunde auf ihn und wolle einfach nicht gehen. Ob er kurz mit ihr sprechen könne? Alle anderen seien beschäftigt.

»Ich etwa nicht?«, fragte Glenn in gereiztem Ton. »Was will sie denn?«

»Es hat mit dem Unfall vom Dienstag zu tun – der vermisste Bräutigam.«

Sofort wurde er freundlicher. »Gut, ich komme runter.«

Trotz ihres bleichen Gesichts sah Ashley Harper in natura genauso schön aus wie auf dem Foto, das er in Michael Harrisons Wohnung entdeckt hatte. Sie trug eine Designerjeans mit poppiger Gürtelschnalle und eine teure Handtasche. Er führte sie in ein Verhörzimmer, besorgte Kaffee, schloss die Tür und setzte sich ihr gegenüber. Der Raum war klein und fensterlos wie alle Verhörzimmer, die Wände in einem öden Erbsengrün gestrichen, dazu ein brauner Teppich, graue Metallstühle mit passendem Tisch. Es stank nach abgestandenem Rauch.

Sie stellte die Handtasche auf den Boden. Wunderschöne graue

Augen mit zerlaufener Wimperntusche, die ihn aus einem blassen, traurigen Gesicht anschauten. Ein paar Haarsträhnen rutschten ihr ins Gesicht, der Rest fiel glatt auf die Schultern. Ihre Nägel waren perfekt gepflegt, als käme sie gerade von der Maniküre. Sie sah makellos aus, was ihn ein wenig überraschte. Leute in ihrem Zustand achteten gewöhnlich nicht auf ihr Äußeres, sie aber war tadellos gekleidet.

Andererseits wusste er, wie schwer es war, Frauen zu verstehen. Als er und Ari eine schwierige Zeit durchmachten, hatte sie ihm das Buch *Mars sucht Venus. Venus sucht Mars* zu lesen gegeben. Es hatte ihm ein wenig (wenn auch nicht richtig) geholfen, die Kluft zwischen Männern und Frauen zu begreifen.

»Sie sind schwer zu erwischen«, sagte sie und strich sich die Haare schwungvoll aus dem Gesicht. »Ich habe vier Nachrichten hinterlassen.«

»Tut mir Leid. Zwei Leute aus meinem Team sind krank, zwei andere in Urlaub. Ich kann verstehen, wie Sie sich fühlen.«

»Tatsächlich? Können Sie das wirklich? Ich wollte am Samstag heiraten, und mein Verlobter ist seit Dienstag verschwunden. Mit der Kirche ist alles abgesprochen, meine Schneiderin kommt zur Anprobe, zweihundert Gäste sind eingeladen, die Hochzeitsgeschenke rollen an. Und *Sie* können verstehen, wie ich mich fühle?«

Tränen rollten über ihre Wangen. Sie schniefte und zog ein Taschentuch hervor.

»Es tut mir wirklich Leid. Ich bearbeite seit heute Morgen das Verschwinden Ihres Verlobten.«

»Und?« Sie betupfte sich die Augen.

Er umschloss seinen Kaffeebecher, der noch abkühlen musste, mit den Händen. »Leider kann ich noch nichts Neues berichten.« Was nicht ganz der Wahrheit entsprach, aber er wollte erst hören, was sie zu sagen hatte.

»Was machen Sie eigentlich genau?«

»Wie ich Ihnen heute Morgen bereits erklärte, ist das gewöhnliche Verfahren, wenn jemand vermisst wird –«

Sie fiel ihm ins Wort. »Ich will nicht wissen, was *gewöhnlich* passiert. Michael wird seit Dienstagabend vermisst. Wenn wir nicht zusammen sind, ruft er mich mindestens fünf- bis zehnmal täglich an. Jetzt habe ich seit zwei Tagen gar nichts von ihm gehört. Herrgott noch mal, zwei ganze Tage!«

Branson forschte in ihrem Gesicht nach verdächtigen Anzeichen, fand aber nichts. Nur eine junge Frau, die verzweifelt auf Nachricht von dem Mann hoffte, den sie liebte. *Oder eine gute Schauspielerin*, dachte der Zyniker in ihm. »Hören Sie mich bitte an. Zwei Tage sind normalerweise nicht genug, um Maßnahmen einzuleiten. Ich gebe aber zu, dass die Situation eigenartig ist.«

»Ihm muss etwas passiert sein. Das ist kein normaler Vermisstenfall. Seine Freunde haben etwas mit ihm angestellt, ihn irgendwo hingebracht, ich weiß nicht, was zum Teufel sie mit ihm gemacht haben – ich –« Sie senkte den Kopf, als wollte sie ihre Tränen verbergen, tastete nach ihrer Tasche, holte ein frisches Taschentuch hervor und tupfte sich kopfschüttelnd die Augen ab.

Glenn war gerührt. »Wir tun alles, um Michael zu finden«, erklärte er sanft.

»Was zum Beispiel? Was tun Sie denn?«

Ihre Trauer verschwand vorübergehend, als hätte sich ein Schleier gehoben. Dann folgten neue Tränen und tiefes, keuchendes Schluchzen.

»Wir haben die unmittelbare Unfallstelle abgesucht, und es sind noch immer Leute vor Ort. Manchmal verlieren Unfallopfer die Orientierung, daher durchkämmen wir die ganze Gegend und haben alle Polizeidienststellen informiert. Ebenso die Flug- und Seehäfen.«

Wieder unterbrach sie ihn. »Meinen Sie, er ist ins Ausland geflohen? Mein Gott, warum sollte er das tun?«

Nun griff er zu einer subtilen Technik, die er von Roy Grace gelernt hatte und mit der man feststellen konnte, ob jemand log. »Was haben Sie heute zu Mittag gegessen?«

Sie sah ihn überrascht an. »Was ich heute zu Mittag gegessen habe?«

»Ja.« Er sah, wie sie die Augen schloss. Sie bewegten sich nach rechts. Schalteten auf Gedächtnis.

Menschliche Gehirne sind in eine linke und eine rechte Hemisphäre unterteilt. Die eine ist für das Langzeitgedächtnis zuständig, die andere für kreative Prozesse. Wenn man eine Frage stellt, bewegen sich die Augen des Menschen beinahe unweigerlich zu der Hemisphäre, die gerade benutzt wird. Bei manchen befindet sich das Gedächtnis in der rechten, bei anderen in der linken Hemisphäre; die kreative ist jeweils gegenüber gelagert.

Wenn Menschen die Wahrheit sagen, wandern die Augen zur Gedächtnishemisphäre, lügen sie, bewegen sie sich zur kreativen Hemisphäre. Branson hatte gelernt, mit einer einfachen Kontrollfrage wie der nach dem Mittagessen, bei der keine Lüge notwendig war, herauszufinden, wo das Gedächtnis untergebracht war.

»Ich habe heute nichts zu Mittag gegessen.«

Nun hielt er die Zeit für gekommen. »Wie viel wissen Sie über die Geschäfte Ihres Verlobten, Miss Harper?«

»Ich bin seit acht Monaten seine Sekretärin. Ich glaube, es gibt wenig, das ich nicht weiß.«

»Also kennen Sie auch die Firma auf den Cayman Islands?«

Echte Überraschung. Ihre Augen schossen nach links. Schalteten auf *Erfinden*. Sie log. »Cayman Islands?«

»Er und sein Partner –« Glenn hielt inne und blätterte in seinem Notizbuch. »Mark Warren. Ist Ihnen diese Firma bekannt? HW Properties International?«

Sie schaute ihn verwirrt an. »HW Properties International?«

»Ja.«

»Nein, davon weiß ich nichts.«

Ihr Tonfall hatte sich kaum merklich verändert. Dank seiner Ausbildung bei Roy Grace war ihm klar, was das bedeutete. »Was wissen Sie darüber?«

»Nicht viel, ich hatte gehofft, etwas von Ihnen zu erfahren.«

Wieder schossen ihre Augen nach links. Erfanden die Antwort. »Nein, tut mir Leid.«

»Vermutlich hat es ohnehin nichts zu bedeuten. Wer möchte nicht dem Finanzamt ein Schnippchen schlagen?«

»Michael ist schlau, ein cleverer Geschäftsmann. Aber er würde nichts Ungesetzliches tun.«

»Das habe ich auch nicht gemeint, Miss Harper. Ich wollte nur demonstrieren, dass Sie vielleicht nicht alles über den Mann wissen, den Sie heiraten wollen.«

»Was soll das heißen?«

Er hob abwehrend die Hände. Es war fünf vor sieben. Er musste los. »Möglicherweise gar nichts. Aber wir müssen uns diese Tatsache vor Augen halten.« Er lächelte.

Sie nicht.

17

DAVEY SCHAUTE SICH in einem altersschwachen Fernseher die amerikanische Polizeiserie *Law and Order – Die Aufrechten* an. Er saß in dem chaotischen Bürocontainer, der an das Haus seines Vaters am Stadtrand von Lewes angebaut war und von dem aus man den Blick auf den Schrottplatz genießen konnte. Seine Lieblingsfigur, ein cleverer Cop namens Detective Reynaldo Curtis, funkelte gerade einen Gauner an, den er mit der Faust am Hals gepackt hatte. »Kapierst du jetzt, was ich sage?«, knurrte Reynaldo Curtis.

Davey, der Baggy-Jeans und Baseballkappe trug, lehnte sich auf dem durchgesessenen Sofa zurück und mampfte einen Twinkie-Riegel aus dem Vorrat, den er sich jede Woche aus den Staaten schicken ließ. »Ja, du Saftsack! Kapierst du jetzt, was ich sage?«, rief er begeistert.

Auf den sich ablösenden Teppichfliesen lagen zwischen anderem Schrott, den er bei der Arbeit mit seinem Vater abgestaubt hatte und der nahtlos Boden, Regale und Tisch bedeckte, die Reste eines Viertelpfünders mit Pommes.

Neben sich hatte er die Einzelteile des Walkie-Talkies liegen, das er vor ein paar Tagen gefunden hatte. Er wollte es eigentlich reparieren, doch es hatte noch nicht richtig geklappt. Gelangweilt hob er das größte Teil auf und beäugte es.

Das Gehäuse hatte einen ziemlichen Sprung. Daneben gab es noch ein loses Plastikteil und zwei AAA-Batterien, die er auf der Straße aufgesammelt hatte, nachdem ihm das Gerät hingefallen war. Er wollte es eigentlich zusammensetzen, hatte es aber vergessen. Er vergaß eine Menge. Sobald ihm etwas in den Sinn kam, war es auch schon wieder verschwunden.

Lauter Zeug.

Dauernd dachte er Zeug, das keinen Sinn ergab.

Das Leben war ein Puzzle, bei dem ständig Teile fehlten. Die wichtigen Teile. Jetzt hatte er vier Teile, die zu dem Walkie-Talkie-Puzzle gehörten. Das gesprungene Gehäuse, zwei Batterien und das Teil, das wie ein Deckel aussah.

Er aß sein Twinkie auf und warf das Papier auf den Boden.

»Kapierst du jetzt, was ich sage?«, wiederholte er ins Blaue. Dann beugte er sich vor, hob die Styroporverpackung des Burgers auf und rührte mit dem Finger im Ketchup. »Hey, kapierst du jetzt, was ich sage?«

Er lachte glucksend. Nun kam die Werbepause. Ein öliger Schwachkopf, der übers Bausparen redete. Davey wurde ungeduldig. »Komm schon, Baby, die Show geht weiter.«

Stattdessen folgte der nächste Spot. Ein Baby krabbelte über einen Teppich und sprach mit Männerstimme. Davey sah gebannt zu und fragte sich, wie ein Baby so sprechen konnte. Dann wanderten seine Augen wieder zu dem Walkie-Talkie. Es hatte eine Teleskopantenne, die er so weit wie möglich auszog und wieder hineinschob. »Kawazomm!«, sagte er. Und noch einmal: »Kawazomm!«

Er deutete damit auf den Fernseher, zielte wie mit einem Gewehr. Die Serie ging weiter.

Er sah auf seine nagelneue Uhr, die er gestern von seinem Dad zum Geburtstag bekommen hatte. Sie war als Stoppuhr für Autorennen gedacht und hatte alle möglichen Knöpfe, Wählscheiben und Digitalanzeigen, deren Anleitung er noch nicht ganz kapiert hatte. Sein Dad hatte versprochen, sie mit ihm zu lesen und die schwierigen Wörter zu erklären. Bis Sonntag musste sie funktionieren, da kam der Große Preis von Deutschland, das war wichtig.

Es klopfte an die Tür, dann wurde sie einen Spalt geöffnet. Sein Dad stand da in Jagdmütze mit Ohrenklappen, einer verschlissenen Windjacke und Gummistiefeln. »Noch fünf Minuten, Davey.«

»Oooch, ich gucke gerade *Law and Order*. Kann ich nicht noch fünfzehn?«

Rauch wehte in den Raum. Davey sah die Zigarette rot aufglühen, als sein Vater daran zog. »Wenn du mit zur Kaninchenjagd willst, müssen wir in fünf Minuten fahren. Du hast doch schon alle Folgen von *Law and Order* gesehen.«

Davey legte den Finger an die Lippen. Phil Wheeler grinste resigniert und trat den Rückzug an. »Fünf Minuten.« Die Tür ging zu.

»Zehn!«, rief Davey ihm mit amerikanischem Akzent nach. »Kompromiss! Kapierst du jetzt, was ich sage?«

Dann konzentrierte er sich wieder auf das Walkie-Talkie. Es wäre cool, es mit auf Kaninchenjagd zu nehmen. Er spähte ins Batteriefach, überlegte und schob die Batterien hinein. Dann drückte er eine der beiden Tasten an der Seite. Nichts geschah. Er versuchte es mit der zweiten Taste, sofort erklang atmosphärisches Rauschen.

Er hielt den Lautsprecher ans Ohr. Rauschen. Und dann plötzlich eine Männerstimme, die so laut war, als befände sie sich im selben Zimmer.

»Hallo?«

Erschreckt ließ Davey das Walkie-Talkie auf den Boden fallen.

»Hallo? Hallo?«

Davey schaute freudestrahlend auf das Gerät hinunter. Dann klopfte es wieder an der Tür. Sein Vater rief: »Los jetzt, ich hab dein Gewehr!«

Auf einmal hatte er Angst, sein Vater könnte wütend werden, wenn er das Walkie-Talkie sah. Eigentlich durfte er nichts von dem mitnehmen, was um die Autowracks herum auf dem Boden lag. Davey kniete sich hin, drückte die andere Taste, die wohl zum Sprechen da war, und zischte verstohlen mit seinem amerikanischen Akzent: »Sorry, kann jetzt nicht reden, er ist hier – kapierst du jetzt, was ich sage?«

Dann stopfte er das Walkie-Talkie unters Bett und eilte hinaus, wobei er den Fernseher anließ. Detective Reynaldo Curtis musste irgendwie ohne ihn klarkommen.

18

»HEY, HALLO! HALLO! HALLO! Bitte helfen Sie mir!«

Schluchzend drückte Michael mehrfach die Sprechtaste. »Bitte, helfen Sie mir, helfen Sie mir!«

Nur atmosphärisches Rauschen.

»Sorry, kann jetzt nicht reden, er ist hier – kapierst du jetzt, was ich sage?«

Eine seltsame Stimme wie die eines miesen Schauspielers, der einen amerikanischen Gangster darstellt. Gehörte das etwa noch zum Streich? Michael hob ein wenig den Kopf und ließ die salzigen Tränen auf seine Lippen rinnen. Einen flüchtigen, verlockenden Moment lang genoss er die Feuchtigkeit, bevor seine Zunge sie wie Löschpapier aufsog.

Er sah auf die Uhr. Die Zeit verging. Zehn vor neun. Wie viele Stunden sollte dieser Albtraum denn noch dauern? Wie konnten sie damit durchkommen? Ashley, seine Mutter, *einfach alle* würden den Jungs doch die Hölle heiß machen. Er war hier unten seit – seit –

Plötzlich geriet er in Panik. War es zehn vor neun morgens oder abends?

Der Nachmittag war doch noch nicht so lange vorbei. Er hatte jede Stunde auf die Uhr gesehen. Gewiss konnten ihm keine geschlagenen zwölf Stunden entgangen sein. Es musste noch Abend sein, nicht der nächste Morgen.

Beinahe achtundvierzig Stunden.

Was zum Teufel macht ihr alle?

Er drückte die Hände auf den Boden, schob sich kurz hoch, um die Blutzirkulation in seinem tauben Rücken anzuregen. Seine Schultern schmerzten von der gebückten Haltung, der ganze Körper tat weh vor lauter Bewegungsmangel. Die Gefahren der Dehydrierung kannte er vom Segeln. Sein Kopf hämmerte unerbittlich. Er konnte den Schmerz vorübergehend stoppen, indem er die Daumen in die Schläfen bohrte, doch dann kehrte er unweigerlich zurück.

»*Himmel,* ich heirate am Samstag, ihr Schwachköpfe! Holt mich hier raus!«, brüllte er so laut er konnte und schlug mit Händen und Füßen gegen Deckel und Wände.

Diese Idioten. Morgen war Freitag. Der Tag vor der Hochzeit. Er brauchte seinen Anzug. Musste zum Friseur. Am Samstagabend würden sie in die Flitterwochen nach Thailand fliegen – vorher war noch eine Menge im Büro zu erledigen. Er musste seine Rede aufsetzen.

Kommt schon, Jungs, ich hab so viel zu tun! Touché, ihr habt es mir heimgezahlt. War das für den Mist, den ich mit euch angestellt habe? Den habt ihr mir wirklich doppelt und dreifach heimgezahlt. Schön für euch.

Er griff zwischen seine Beine und schaltete für wenige kostbare Sekunden die Taschenlampe ein. Der weiße Satin schien heranzurücken. Beim letzten Mal hatte er noch etwa fünfzehn Zentimeter über sich gehabt, jetzt kam es ihm vor wie sieben oder acht, so als würde sich der Sarg immer enger um ihn schließen.

Er griff nach dem Schlauch, der schlaff vor seiner Nase baumelte, blinzelte hinein, sah nichts. Dann prüfte er, ob er die richtige Taste am Walkie-Talkie gedrückt hatte. Er probierte die erste. Hörte Rauschen, drückte auf Sprechen und schrie, so laut er konnte. Drückte auf Hören. Nichts.

»*Nada*«, sagte er laut. »Kein beschissener Ton.«

Dann kam ihm das Bild einer Bratpfanne in den Sinn, die bei seiner Mutter auf dem Herd stand. Einer Bratpfanne voller Würstchen, Eier, Speck, Tomaten, es zischte, knackte, spritzte. Er konnte das Essen riechen, sogar das Brot, das in einer anderen Pfanne briet, dazu die Dose mit gebackenen Bohnen, die sie gerade aufwärmte.

Gott, bin ich hungrig.

Er zwang sich, nicht ans Essen zu denken, nicht an den Schmerz in seinem Bauch, der sich anfühlte, als fräße sich die Magensäure durch die Wände. Tief in seinem hämmernden Kopf erinnerte sich sein Gehirn an etwas, das er gelesen hatte; es ging um eine Froschart – es konnten auch Kröten sein –, die ihre Babys im Magen austrug. Aus irgendeinem Grund nahmen die Jungen durch die Magensäure keinen Schaden.

Was hindert uns Menschen daran, unsere eigenen Mägen zu verdauen?, dachte er plötzlich. Seine Gedanken rasten, ihm gingen die unmöglichsten Dinge durch den Kopf.

Dann fiel ihm eine Theorie über zirkadianische Biorhythmen ein, von der er einmal gelesen hatte. Alle lebenden Organismen auf der Erde unterlagen einem Vierundzwanzig-Stunden-Rhythmus, nur der menschliche Biorhythmus lag bei etwa fünfundzwanzigeinhalb Stunden. Man hatte Experimente durchgeführt, bei denen Menschen wochenlang in dunklen Räumen ohne Uhr untergebracht wurden. Alle glaubten, sie seien kürzere Zeit darin gewesen, als dies tatsächlich der Fall war.

Na super, ich bin zum Versuchskaninchen verkommen.

Sein Mund war so trocken, dass seine Lippen aneinander klebten. Es tat weh, sie zu öffnen; es war, als zerrisse dabei die Haut.

Dann leuchtete er mit der Taschenlampe senkrecht nach oben, betrachtete die immer tiefer werdende Furche, die er ins Holz geschabt hatte, nahm seinen Gürtel und rieb erneut mit der Metallschnalle über das Teakholz. Dass es Teak war, merkte er, und er wusste auch, dass es ungefähr das härteste Holz überhaupt war. Er schloss die Augen, als Sägemehl herunterrieselte, die Schnalle wurde heißer und heißer, bis er innehalten und sie abkühlen lassen musste. Dann kratzte er weiter.

»Sorry, kann jetzt nicht reden, er ist hier – kapierst du jetzt, was ich sage?«

Michael runzelte die Stirn. Wer zum Teufel steckte hinter dieser pseudoamerikanischen Stimme?

Wie konnten die das nur komisch finden? Was in Gottes Namen hatten sie Ashley erzählt? Und seiner Mutter?

Nach einigen Minuten hörte er erschöpft auf zu kratzen. Aber er musste weitermachen. Dehydrierung macht müde. Er musste dagegen ankämpfen. Um jeden Preis raus aus dieser Scheißkiste. Raus und die Schweinehunde finden, das würde ihnen noch Leid tun.

Er mühte sich noch ab, kratzte mit zugekniffenen Augen weiter, schürfte sich die Handknöchel auf, bis er nicht mehr konnte. Seine Hand fiel herab, die angespannten Nackenmuskeln lockerten sich, sein Kopf sank nach hinten.

Er schlief ein.

19

AM ABEND WURDE ES ungewöhnlich früh dunkel. Mark parkte unmittelbar hinter einer Bushaltestelle und wartete einen Moment. Die breite Straße glänzte im herabströmenden Regen wie Lack, vereinzelt fuhren Autos vorbei. Niemand schien zu Fuß unterwegs zu sein; niemand würde ihn bemerken.

Er zog sich die Baseballkappe ins Gesicht und schlug den Kragen seines Anoraks hoch, bevor er zu Michaels Haus eilte, wobei er einen Blick in jeden Wagen warf. Michael sagte den Leuten immer, Mark sei in ihrem Team der Mann fürs Spezielle. Dann schränkte er dies mit einer Bemerkung ein, die Mark zutiefst hasste. *Mark ist unglaublich anal fixiert.*

Aber Mark wusste, dass er Recht hatte und Double-M Properties nur deshalb so erfolgreich war, weil er die eigentliche Arbeit erledigte. Er hatte die Aufgabe, die Kostenvoranschläge der Baufirmen minuziös zu prüfen, vor Ort zu sein, sämtliche Baumaterialien zu genehmigen, die Zeitpläne zu überwachen und die Wirtschaftlichkeit bis auf den letzten Penny durchzurechnen. Während Michael die halbe Zeit umherstolzierte, Frauen anmachte und alles nicht so ernst nahm. Mark war davon überzeugt, dass der geschäftliche Erfolg allein sein Verdienst sei. Dennoch besaß Michael die Mehrheit an der Firma, nur weil er bei der Gründung mehr Kapital eingebracht hatte.

Er hatte die Wahl unter zweiundvierzig Türklingeln. Er drückte einen Knopf, der zu einer anderen Etage gehörte. Keine Reaktion. Dann versuchte er es bei »Maranello«.

Nach einer Weile meldete sich eine knisternde Männerstimme mit starkem italienischem Akzent: »Hallo? Ja? Hallo?«

»Eine Lieferung«, rief Mark.

»Was für Lieferung?«

»FedEx. Aus Amerika, für Maranello.«

»Sie haben was? Lieferung? Ich nicht – nicht –«

Stille. Dann sprang der elektrische Schnappriegel mit einem Summton zurück.

Mark drückte die Tür auf und ging geradewegs zum Aufzug, mit dem er in den vierten Stock fuhr. Michael hatte einen Ersatzschlüssel unter der Matte, falls er sich – was schon einmal vorgekommen war – nackt und betrunken aussperrte. Zu Marks Erleichterung lag er noch da, ein einzelner Yale-Schlüssel voller Staubflocken.

Mark klingelte vorsichtshalber und wartete ab, schaute den Flur hinunter und hoffte, dass ihn niemand entdeckte. Dann schloss er auf, schlüpfte hinein und zog die Tür hinter sich zu. Er holte eine kleine Taschenlampe hervor. Michaels Wohnung ging auf die Straße hinaus, gegenüber befand sich ebenfalls ein Wohnhaus. Vermutlich hätte er auch das Licht einschalten können, wollte aber kein Risiko eingehen.

Er zog die nasse Kappe und die Jacke aus, hängte beides an die Garderobe, lauschte nervös. Durch die Wand hörte er Marschmusik aus einem zu laut aufgedrehten Fernseher. Dann begann er seine Suche.

Zuerst ging er ins Wohn-Ess-Zimmer, leuchtete alle Oberflächen mit der Taschenlampe ab. Er betrachtete das schmutzige Geschirr auf dem Sideboard, die zugekorkte halb volle Flasche Chianti, den Couchtisch, auf dem die TV-Fernbedienung neben einer Glasschale mit einer großen angebrannten Kerze lag. Ein Stapel Zeitschriften – *GQ, FHM, Yachts and Yachting*. Das rote Licht des Anrufbeantworters blinkte aufgeregt.

Er hörte die Nachrichten ab. Eine war erst vor einer Stunde eingegangen, Michaels Mutter, mit nervöser Stimme.

»Hallo, Michael, ich wollte nur hören, ob du wieder da bist.«

Eine von Ashley, die sich anhörte, als riefe sie über Handy an und einen schlechten Empfang hätte. »Michael, Liebling, ich rufe nur an, falls du inzwischen zurück sein solltest. Bitte, bitte melde dich, sobald du das abhörst. Ich liebe dich so.«

Die nächste stammte von einem Verkäufer, der den Kartenkunden von Barclays Bank ein neuartiges Darlehensprogramm anbieten wollte.

Mark hörte sämtliche Nachrichten ab, doch es war nichts Interessantes dabei. Er prüfte beide Sofas, die Stühle, die Beistelltische und ging dann ins Arbeitszimmer.

Außer dem iMac befanden sich auf dem Schreibtisch nur Tastatur, Funkmaus, ein fluoreszierendes Mousepad, ein herzförmiger Briefbeschwerer aus Glas, ein Taschenrechner, ein Ladegerät fürs Handy und ein schwarzer Behälter mit Stiften. Aber nicht das, was er suchte. Und es lag auch auf keinem Bücherregal oder sonst irgendwo in Michaels unordentlichem Schlafzimmer.

Scheiße.

Verfluchte Scheiße.

Er verließ die Wohnung über die Feuertreppe und gelangte durch den Hinterausgang auf den dunklen Parkplatz.

Das ist übel, dachte er bei sich, als er zu seinem Wagen zurückkehrte. *Das ist wirklich übel.*

Eine Viertelstunde später fuhr er mit seinem BMW X5 Geländewagen die steile Straße neben dem Sussex County Hospital hinauf und parkte vor der Notfallambulanz. Er eilte an einigen Rettungswagen vorbei in den hell erleuchteten Aufnahme- und Wartebereich.

Er kam an zahlreichen Menschen vorbei, die verloren auf Plastikstühlen hockten, über ihnen ein Schild: WARTEZEIT – DREI STUNDEN, durch eine Reihe von Fluren, bis er den Aufzug erreichte und in den vierten Stock fuhr.

Er folgte den Hinweisschildern zur Intensivstation, während ihm der Geruch von Desinfektionsmitteln und Krankenhausessen in die Nase stieg. Er kam an den Verkaufsautomaten und dem Münztelefon vorbei. Zwei Schwestern standen hinter der Empfangstheke der Intensivstation, eine telefonierte, die andere sprach mit einer verzweifelt wirkenden älteren Frau.

Er kam an vier belegten Betten vorbei, dann stand er in der Ecke, an der am Vorabend Zoe bei Josh gewacht hatte. Doch im Bett lag ein verschrumpelter alter Mann mit wirrem, weißem Haar, eingesunkenem Gesicht, leberfleckigen Wangen, voller Kanülen und Schläuchen, neben sich ein Beatmungsgerät.

Mark musterte die übrigen Betten, keine Spur von Josh. Panik stieg in ihm hoch. Wenn sie ihn nun verlegt hatten, weil sich sein Zustand gebessert hatte? Er eilte zur Rezeption und baute sich vor der Schwester auf, die noch immer telefonierte. Sie war eine dralle, fröhlich wirkende Frau um die dreißig mit Topfschnitt und einem Schild, auf dem MARIGOLD WATTS, PFLEGESCHWESTER, INTENSIVSTATION stand. Sie schien mit ihrem Freund zu plaudern.

Er wartete ungeduldig, stützte die Hände auf den Tresen, starrte auf die schwarz-weißen Bildschirme, auf denen jedes einzelne Bett zu sehen war, und die farbigen Displays darunter. Er trat von einem Fuß auf den anderen, um sie auf sich aufmerksam zu machen, doch sie schien nur an ihrem Abendessen interessiert.

»Chinesisch, ich hätte Lust auf Chinesisch. Pekingente. Eins, in dem man Pekingente bekommt, mit Pfannkuchen und –«

Endlich schien sie ihn zu bemerken. »Hör mal, ich muss Schluss machen. Ich ruf noch mal an. Ich dich auch.« Lächelnd wandte sie sich Mark zu. »Kann ich Ihnen helfen?«

»Josh Anderton.« Er deutete zur Station hinüber. »Er lag da drüben – gestern noch. Ich wüsste gern, wohin man ihn verlegt hat.«

Ihr Gesicht erstarrte, als hätte man ihr eine Überdosis Botox gespritzt. Auch ihre Stimme klang auf einmal anders, scharf und defensiv. »Sind Sie ein Angehöriger?«

»Nein, sein Geschäftspartner.« Sofort bereute er, dass er sich nicht als Joshs Bruder ausgegeben hatte. Es wäre ihr gar nicht aufgefallen.

»Bedauere«, sagte sie, als täte es ihr Leid, dass sie deswegen ihr Gespräch unterbrochen hatte. »Wir dürfen solche Informationen nur an Angehörige weitergeben.«

»Können Sie mir denn nicht sagen, wohin er verlegt wurde?«

Ein Summer ertönte. Sie schaute zu den Bildschirmen hoch, neben einem blinkte eine rote Lampe. »Tut mir Leid, ich muss gehen.«

Sie eilte zu den Betten.

Mark holte sein Handy hervor, dann sah er das große Schild. IN DIESEM KRANKENHAUS IST DIE BENUTZUNG VON MOBILTELEFONEN STRENGSTENS UNTERSAGT.

Er wich zurück, eilte zum Aufzug und fuhr ins Erdgeschoss. Von Angst getrieben, rannte er durch ein Labyrinth von Fluren, bis er den Haupteingang erreichte.

Auf dem Weg zum Empfang hörte er plötzlich eine laute, hysterische Stimme und entdeckte Zoe, die Augen rot verweint, mit wirrem Haar.

»Du und dein Freund Michael und eure blöden Scheißstreiche«, kreischte sie. »Saublöde, unreife Arschlöcher.«

Schweigend starrte er sie an. Dann brach sie schluchzend in seinen Armen zusammen. »Er ist tot, Mark, er ist eben gestorben. Er ist tot. Josh ist tot. O Gott, er ist tot, bitte hilf mir, was soll ich nur machen?«

Mark umschlang sie fest. »Ich – ich dachte, es geht ihm besser, dass er durchkommt«, sagte er unbeholfen.

»Sie haben gesagt, sie konnten nichts mehr für ihn tun. Er hätte nur noch vor sich hin vegetiert. O Gott, o Gott, bitte hilf mir, Mark. Was soll ich den Kindern sagen? Dass ihr Daddy nie mehr nach Hause kommt? Was soll ich ihnen sagen?«

»Möchtest du – einen Tee – oder so?«

Unterbrochen von tiefen Schluchzern stieß sie hervor: »Nein, ich will keinen Scheißtee, ich will meinen Josh zurück. O Gott, sie haben ihn in die Leichenhalle gebracht. Mein Gott, was soll ich nur machen?«

Mark stand schweigend da, hielt sie fest, streichelte ihr den Rücken und hoffte, dass sie ihm nicht anmerkte, wie erleichtert er war.

20

MICHAEL ERWACHTE MIT EINEM RUCK aus einem wirren Traum, wollte sich aufsetzen und prallte schmerzhaft gegen den Sargdeckel. Er schrie auf, versuchte die Arme zu bewegen, stieß links und rechts gegen die unnachgiebigen Satinwände. Geriet in Panik und warf sich verzweifelt herum.

»Holt mich hier raus!« Er brüllte, trat um sich, rang nach Luft, schwitzte und fror zugleich.

»Holt mich doch bitte hier raus!«

Seine Stimme erstarb. Es nutzte nichts, sie war ebenso gefangen wie er. Er tastete nach der Taschenlampe, konnte sie vor lauter Panik zuerst nicht finden. Dann hatte er sie, schaltete sie ein und leuchtete die Wände seiner Zelle ab. Sah auf die Uhr. Elf Uhr fünfzehn.

Abends?

Morgens?

Abends, es musste noch Abend sein, Donnerstagabend.

Schweiß rann an ihm herunter. Bildete unter seinem Körper eine Lache. Eine Lache – er streckte die Hand aus, leuchtete, das Licht spiegelte sich. Wasser.

Mindestens zwei, drei Zentimeter.

Entsetzt schaute er an sich herunter. Undenkbar, dass er so geschwitzt hatte.

Drei, wenn nicht vier Zentimeter.

Wieder tastete er. Leuchtete. Streckte den kleinen Finger wie einen Messstab aus. Das Wasser reichte bis zum zweiten Glied. Das war kein Schweiß. Er schöpfte etwas mit der Hand und trank gierig, achtete nicht auf den schlammigen Geschmack. Er trank mehr und mehr, schien durstiger zu werden, je mehr er trank.

Als er endlich fertig war, drängte sich ein neuer Gedanke auf. Das Wasser stieg. Er nahm die Gürtelschnalle und schabte wieder wie wahnsinnig am Deckel, doch bald war sie so heiß, dass er sich die Finger verbrannte.

Scheiße.

Er nahm die Whiskyflasche. Noch zu einem Drittel voll. Er schlug damit heftig gegen das Holz über seinem Kopf. Nichts passierte. Wieder versuchte er es, hörte den dumpfen Aufprall. Ein winziger Glassplitter brach ab. Zu schade drum. Er setzte die Flasche an, nahm einen Schluck von der brennenden Flüssigkeit. Es tat gut. Er legte sich zurück, steckte die Öffnung in den Mund und ließ es einfach laufen, schluckte, schluckte, schluckte, bis er nicht mehr konnte.

Er hielt die Flasche blinzelnd hoch, alles verschwamm ihm vor den Augen. Nur ein winziger Schluck war übrig. Nur …

Ein dumpfer Laut über seinem Kopf. Der Sarg bewegte sich!

Noch ein Rums.

Wie ein Schritt.

Als stünde jemand auf dem Sarg!

Neue Hoffnung durchzuckte ihn. *Mein Gott, endlich!*

»Okay, ihr Schweinehunde!«, brüllte er, schwächer als erhofft. Er holte tief Luft, hörte ein Kratzen über sich. *Endlich, verdammte Scheiße!*

»Warum kommt ihr erst jetzt?«

Nichts.

Er hämmerte mit der Faust gegen den Deckel. »Hey, warum kommt ihr erst jetzt? Josh? Luke? Pete? Robbo? Das ist nicht witzig, ehrlich nicht. Könnt ihr mich hören?«

Nichts.

Michael horchte.

Hatte er sich alles nur eingebildet?

»Hallo! Hey, hallo!«

Nichts.

Er konnte sich das unmöglich eingebildet haben. Da waren Schritte gewesen. Ein Tier? Nein, sie hatten schwerer geklungen. Menschlich.

Er hämmerte wie wahnsinnig mit der Flasche gegen den Deckel, dann mit den Fäusten.

Plötzlich und lautlos, wie bei einer Zaubershow im Fernsehen, glitt der Atemschlauch nach oben und verschwand.

Durch das Loch fielen ein paar Krümel Erde auf ihn herunter.

21

MARK KONNTE KAUM ETWAS SEHEN. Der rote Nebel der Panik, die ihn durchflutete, ließ alles vor seinen Augen verschwimmen und umwölkte sein Gehirn. O Gott, er hatte Michaels Stimme gehört, Michaels gedämpfte Stimme.

Er schloss die Wagentür. Umgeben von dunklem Wald und peitschendem Regen, tastete er nach dem Zündschloss. Seine Stiefel waren schwer von Lehm, Wasser rann ihm von der Baseballkappe ins Gesicht.

Er drehte den Schlüssel um, und die Scheinwerfer flammten grell auf, als der Motor ansprang. Er konnte das Grab und die Bäume sehen. Ein Tier huschte ins Unterholz, die Äste wogten im Wind und glichen einen Moment lang surrealen Wasserpflanzen.

Er starrte auf das Grab, auf das Wellblech, das er behutsam wieder darüber gedeckt hatte, auf die Zweige, die er aus der Erde gerissen hatte, um es zu tarnen. Dann entdeckte er den zweiten Spaten, der noch im Boden steckte, und fluchte. Er stieg wieder aus, holte ihn und warf ihn in den Kofferraum. Dann knallte er von innen die Tür zu, warf noch einen Blick aus dem Fenster.

Er überlegte. Die Bauarbeiten würden erst in einem Monat beginnen, es waren noch Planungsarbeiten zu erledigen. Es gab für niemanden einen Grund, hierher zu kommen. Der Bauausschuss hatte die Prüfung durchgeführt, alle warteten nur noch auf die offizielle Genehmigung.

Er zitterte unkontrolliert, als er den ersten Gang einlegte und zum Weg rollte, über die beiden Viehgitter, die vermutlich von der Forstbehörde dort angebracht worden waren, damit kein Wild auf die Straße lief.

Er schaltete das Radio ein, drückte einen Knopf nach dem anderen, suchte Musik. Es gab Nachrichten. Gerede. Einen Werbespot. Er drückte den CD-Knopf, aber die CDs passten nicht zu seiner Stimmung. Er schaltete das Gerät aus.

Als er Minuten später um eine Kurve bog, sah er im Scheinwerferlicht einige Kränze am Straßenrand. Sein Magen krampfte sich zusammen. Scheinwerfer kamen ihm entgegen, huschten vorbei. Weitere Scheinwerfer. Er umklammerte das Lenkrad, sein Kopf schwamm, er bemühte sich, konzentriert und klar zu denken. Dann kam eine weitere, noch schärfere Kurve, er fuhr viel zu schnell. Er bremste panisch, zu heftig, der Wagen bebte, als das ABS aktiviert wurde, sodass der Atemschlauch vom Beifahrersitz rutschte.

Irgendwie schaffte er die Biegung, entdeckte eine Haltebucht und fuhr hinein. Er drückte die Eingabetaste für das Navigationssystem und gab *Arlington-Staubecken* ein. Schon verkündete die körperlose Frauenstimme: »Die Strecke wird berechnet.«

Fünfundzwanzig Minuten später erreichte er den hölzernen Anleger des Jachtklubs an dem acht Kilometer langen Staubecken, der um diese Uhrzeit verlassen dalag, und schaltete den Motor aus. Mit der Taschenlampe stieg er aus und horchte ins Dunkel. Nichts zu hören außer dem Knattern der Takelage der Boote. Kein Licht. Im Klubhaus regte sich nichts. Er warf einen Blick auf die Uhr. Zehn nach zwölf.

Er holte den Atemschlauch aus dem Wagen, nahm die beiden Spaten aus dem Kofferraum und ging zum Ende des Anlegers. Hier hatten er und Michael als Kinder mit dem Segeln begonnen, bevor sie abenteuerlustiger wurden und sich aufs Meer hinaus wagten. Das Wasser war etwa sechs Meter tief. Nicht ideal, aber es würde reichen. Schlauch und Spaten sanken unter die tintenschwarze, kabbelige Oberfläche und verschwanden. Dann zog er die Stiefel aus und warf sie hinterher. Weg.

Er tappte zurück zum Wagen, zog die Mokassins an, die er dabeihatte, und machte sich auf den Heimweg. Er war todmüde, fuhr daher langsam. Bloß nicht geblitzt werden oder die Aufmerksamkeit der Polizei erregen.

Am Morgen würde er als Erstes zu der Waschanlage beim Bahnhof von Hove fahren. Dort war viel los, die örtlichen Taxifahrer fuhren dorthin, und es gab immer eine Warteschlange, sodass niemand auf einen vor Dreck starrenden BMW X5 achten würde.

22

GRACE NAHM DEN GLIMMENDEN ZIGARRENSTUMMEL aus dem Mund, gähnte und steckte ihn wieder hinein. Kaute konzentriert darauf herum, als er seine fünf Karten vom verknitterten, grünen Bezug des Spieltischs nahm. In der Mitte lag ein Häufchen Fünfzig-Pence-Chips, die Einsätze der Spieler. Der Tisch war voller Gläser mit Whisky und Wein, Geld und Jetons, überquellenden Aschenbechern, dazwischen lagen Chips- und Sandwichkrümel. Dichter Rauch hing im Raum. Von außen peitschten Wind und Regen gegen die hohen Fenster, die auf den Ärmelkanal hinausgingen.

Bei ihnen durfte der Geber das Spiel auswählen, und Bob Thornton, ein seit langem pensionierter Detective Inspector, entschied sich wie immer für Draw – die Pokervariante, die Grace am wenigsten mochte. 00.38 Uhr. Traditionsgemäß begann bei ihren Pokerabenden, die jeden Donnerstag stattfanden, die letzte volle Runde um halb eins. Er würde nur noch zwei Blätter bekommen.

Es war nicht sein Abend gewesen; trotz seiner türkisen Glückssocken und des blaugestreiften Glückshemds hatte er ständig lausige Karten bekommen, ein paar Mal schlecht angesagt und sich bei einem Bluff erwischen lassen, der ihn teuer zu stehen gekommen war. Das Spiel war so übel gelaufen wie die ganze letzte Woche. Bis jetzt war er mit hundertfünfzig Mäusen in den Miesen, und die letzte Runde schien besonders tückisch.

Er warf einen flüchtigen Blick auf seine Karten, während er sich darauf konzentrierte, wie seine fünf Kollegen auf ihr Blatt reagierten. Seine Stimmung hob sich. Drei Zehnen, die ersten anständigen Karten seit mindestens zwei Stunden. Auch gefährlich – zu gut, um sie nicht zu spielen, aber auch kein Volltreffer.

Bob Thornton war schwer zu durchschauen. Mitte siebzig, mit einem Raubvogelgesicht und altersfleckigen Händen, die an ein Reptil erinnerten, groß und energiegeladen, spielte er noch immer regelmäßig Squash. Er trug eine grüne Strickjacke, ein offenes Karohemd, Cordhosen und Tennisschuhe. Er war bei weitem der Älteste der zehn

Spieler, die immer donnerstags für eine Pokerrunde zusammenkamen, die im Wechsel bei einem von ihnen zu Hause stattfand.

Die Runde hatte schon lange bestanden, als Grace zur Polizei gekommen war. Bob hatte ihnen mehr als einmal erzählt, dass er, als er vor Jahrzehnten dazustieß, der jüngste Spieler gewesen sei. Wenn Grace an seinen nahenden 39. Geburtstag dachte, fragte er sich, ob auch er irgendwann der alte Sack der Truppe sein würde.

Doch das Alter hatte auch eindeutige Vorteile. Bob war schwer durchschaubar, ein gerissener, äußerst aggressiver Spieler. Grace konnte sich an kaum einen Abend erinnern, an dem Bob nicht mit einem Gewinn nach Hause gegangen wäre – und auch jetzt hatte er einen Haufen Chips und Bargeld vor sich. Grace sah, wie er mit hängenden Schultern seine Karten prüfte und ordnete, sie nah vor die Brust hielt und mit wachem, gierigem Blick durch die Brille beäugte. Dann öffnete er den Mund und leckte sich blitzschnell die Lippen, wobei er Grace an eine züngelnde Schlange erinnerte. Grace wusste sofort, dass er sich um Bobs Blatt keine Sorgen machen musste – außer der Bursche hatte noch Glück beim Tauschen.

Grace musste die Runde eröffnen. Er betrachtete seine Mitspieler. Tom Allen, vierunddreißig, Ermittler bei der Kripo in Brighton, ernstes, jungenhaftes Gesicht und dichtes Kraushaar. Trug ein Sweatshirt über dem T-Shirt und schaute ungerührt auf seine Karten. Grace wurde meist nicht schlau aus ihm.

Neben Tom saß Chris Croke, ein Motorradpolizist bei der Verkehrsstreife. Er sah gut aus, schlank und drahtig, mit kurzem blondem Haar, blauen Augen und sprühendem Charme, hatte Erfolg bei Frauen und schien eher das Leben eines Playboys als das eines Polizisten zu führen. Er war an diesem Abend Gastgeber und hatte sie in seine todschicke Wohnung im fünften Stock des Van Alen Building eingeladen, das als coolstes Mehrfamilienhaus von Brighton galt. Normalerweise hätte ein Cop, der solchen Luxus pflegte, Misstrauen erregt, aber es war allgemein bekannt, dass Crokes Ex-Frau ungeheuer reich war, da sie ein riesiges Vermögen geerbt hatte, das irgendwie mit Fußballtoto zusammenhing.

Croke hatte sie kennen gelernt, als er sie wegen einer Geschwindigkeitsüberschreitung anhielt, und er prahlte noch heute damit, dass sie ihn trotz des Strafzettels geheiratet hatte. Ob wahr oder nicht, es war vorbei, doch hatte er zweifellos von der Ehe profitiert. Als sie endlich genug von seinen unregelmäßigen Arbeitszeiten hatte, die jede Polizistenfrau erdulden musste, hatte sie ihm die Trennung immerhin vergoldet.

Croke war leichtsinnig und unberechenbar. Obwohl Grace bereits sieben Jahre mit ihm spielte, fand er seine Körpersprache schwer zu deuten. Es schien ihm völlig egal zu sein, ob er gewann; es war sehr viel leichter, Menschen zu durchschauen, die etwas zu verlieren hatten.

Grace konzentrierte sich auf Trevor Carter, einen ruhigen Mann mit schütterem Haar, der in der Computerabteilung der Polizei von Brighton arbeitete. Er trug ein konservatives, graues Hemd mit aufgerollten Ärmeln, eine langweilige, braune Hose und eine altmodisch große Brille. Er war ein bescheidener Familienmensch, der spielte, als hinge das Wohl und Wehe seiner vier Kinder davon ab. Er bluffte selten, erhöhte selten den Einsatz und ging daher selten mit einem Plus nach Hause. Carter verriet sich durch ein nervöses Zucken im rechten Auge – ein todsicheres Zeichen, dass er ein gutes Blatt hatte. Und es zuckte gerade.

Zuletzt blieb sein Blick an Geoff Panone hängen, Ermittler beim Rauschgiftdezernat, der ein schwarzes T-Shirt, weiße Jeans und Sandalen trug. Sein schwarzes Haar fiel ihm auf die Schultern, er trug einen goldenen Ohrring und paffte eine billige Zigarre. Grace hatte beobachtet, dass Panone beim Draw Poker systematisch die Karten neu ordnete, aber nur, wenn er ein gutes Blatt hatte. Was leider der Fall zu sein schien.

»Du sagst an, Roy«, erklärte Bob Thornton.

Das Limit war immer der Pot auf dem Tisch. Niemand durfte höher gehen, damit die Einsätze erschwinglich blieben. Wenn sie zu sechst spielten und jeder insgesamt drei Pfund setzte, war das Limit erreicht. Da Grace nichts verraten und dennoch alle bei der Stange halten wollte, eröffnete er mit einem Pfund. Alle gingen mit, bis Trevor Carter auf drei Pfund erhöhte, wobei sein Auge noch stärker zuckte als zuvor.

Geoff warf zwei Pfund dazu. Bob Thornton zögerte einen Sekundenbruchteil, was Grace verriet, dass sein Blatt bis jetzt nicht allzu gut war und er auf Risiko spielte, weil es die letzte Runde war. Er beschloss, die Chance zu nutzen, und erhöhte um weitere drei Pfund.

Alle sahen ihn an. Sie wussten, es war nicht sein Abend gewesen, und er hatte sich ungewollt verraten. Zu spät.

Tom legte sein Blatt hin und schüttelte den Kopf. Chris überlegte und warf fünf Pfund auf den Tisch. Trevor und Geoff gingen ebenfalls mit. Bob Thornton tat es ihnen nach.

»Wie viele Karten?«, wollte Bob wissen.

Wenn er zwei tauschte, würden die anderen wissen, dass er einen Dreier hatte. Andererseits hätte er mit zwei Karten eine bessere Chance. Er tauschte seine Kreuz Drei ab, behielt die Pik Sieben und bekam eine Herz Sieben dazu.

Sein Herz machte einen Sprung. *Full House!* Nicht das Höchste, aber wirklich gut, mit Zehn und Sieben. Jetzt war er wieder im Spiel!

Da er sicher war, dass er das beste Blatt hatte, beschloss er, alles auf eine Karte zu setzen. Zu seinem Schrecken passten die nächsten drei Spieler, er hatte sich zu weit vorgewagt. Trevor Carter hingegen ging zu seiner Erleichterung mit und erhöhte noch.

Grace holte seine Brieftasche heraus und erhöhte ebenfalls. Trevor erhöhte mehrmals in Folge, bis Grace die Nerven verlor, noch ein paar Scheine auf den Tisch legte und sehen wollte.

Er paffte nervös an seiner Zigarre, als Carter nacheinander seine Karten umdrehte.

Scheiße, Scheiße, Scheiße.

7, 8, 9, 10 und ein Bube dazu – Straight Flush.

»Gut gespielt«, rief Bob Thornton. »Mein Gott, ich hab dir wirklich nichts angemerkt.«

»Die hab ich so bekommen«, rief Trevor Carter nahezu ekstatisch. »Die hab ich einfach so auf die Hand bekommen!«

Grace lehnte sich betroffen zurück. So was kam einmal in einer Million vor – vielleicht noch seltener. Unmöglich, das vorherzusehen. Und doch hätte er Trevors untypisch kühnen Einsätzen anmerken müssen, dass er in dieser Runde unschlagbar war.

»Ich schätze, deine übernatürlichen Kräfte haben dich im Stich gelassen, Roy«, witzelte Croke.

Alle lachten.

»Schnauze«, sagte er gutmütiger, als er sich eigentlich fühlte. Assistant Chief Constable Alison Vosper hatte Recht. Die Menschen lachten tatsächlich über ihn. Hier unter seinen Freunden war es ein unbekümmertes Gelächter, aber es gab auch Kollegen, die es nicht so scherzhaft meinten. Wenn er nicht aufpasste, würde er auf dem Abstellgleis landen.

Und er hatte fast dreihundert Pfund verloren.

Als die drei übrigen Spiele zu Ende waren, war es Grace gelungen, seinen Verlust sogar auf vierhundertzweiundzwanzig Pfund und fünfzig Pence zu schrauben.

Er war alles andere als glücklich, als er den Aufzug in die Tiefgarage nahm. Auf dem Weg zu seinem Alfa Romeo, der im Besucherbereich parkte, war er noch immer so wütend auf sich selbst und seine Freunde, dass er kaum den schlammverschmierten BMW X5 bemerkte, der gerade in die Tiefgarage fuhr.

23

»YEE-HA!« Davey schloss die Tür seines Baucontainers auf, trat dagegen und marschierte tropfnass hinein. »Yee-ha!«, begrüßte er den laufenden Fernseher, und alle seine Freunde darin. Er blieb stehen, während ihm das Wasser von Baseballkappe, Ölzeug und verdreckten Gummistiefeln rann. Mal sehen, wer gerade da war. James Spader saß in einem Büro und redete mit einer Puppe, die er nicht kannte.

»Sperr die Ohren auf, wir haben zweihundert von den verdammten Viechern platt gemacht«, sagte Davey in seinem besten Südstaatenakzent zu James Spader.

Aber Spader beachtete ihn gar nicht und sprach weiter mit der Puppe. Davey nahm die Fernbedienung vom Bett und richtete sie auf den Fernseher. »Hey, ich kann auf dich verzichten, kapiert?« Er schaltete um. Jetzt sah er zwei Typen, die er nicht kannte, sie blickten sich in die Augen und stritten. Klick.

James Gandolfini schritt durch einen Mercedes-Benz-Laden, eine attraktive Frau mit langem, schwarzem Haar schien ihn zu erwarten.

Davey zappte ihn weg.

Er surfte durch die Sender, doch niemand schien Lust auf ein Gespräch zu haben. Also ging er zum Kühlschrank. »Ich hol mir 'n Bier aus der Minibar«, verkündete er, öffnete die Coke mit einer Hand, trank die halbe Dose leer und setzte sich rülpsend aufs Bett. Zwei Uhr einundzwanzig.

Er war hellwach. Wollte mit jemandem reden, von den ganzen Kaninchen erzählen, die er und sein Dad totgeschossen hatten.

»Das ist der Hit«, sagte Davey und rülpste erneut. Er tastete in den Taschen seines Ölzeugs, zog einige Schrotpatronen heraus und hängte das Ölzeug an den Türhaken. Er hockte sich erschöpft auf die Bettkante, wie Clint es tat, bevor er die Stiefel auszog, und ließ die Gummistiefel nacheinander auf den Boden plumpsen.

Dann streichelte er zärtlich die verbliebenen Patronen. »Da steht dein Name drauf«, erklärte er Sean Penn, der auf ihn zukam. Doch selbst Sean Penn war nicht zum Reden aufgelegt.

Dann fiel es Davey wieder ein. Es gab doch jemanden, der mit ihm reden wollte. Er kniete sich hin, holte das Walkie-Talkie unter dem Bett hervor und zog die Antenne so weit wie möglich heraus. *Kawazomm!*

Er schaltete es ein, horchte – atmosphärisches Rauschen. Dann versuchte er es mit *Sprechen.*

24

MICHAEL WAR HELLWACH und weinte. Er wusste nicht, was er tun sollte, kam sich unendlich hilflos vor. Es war kurz nach zwei, Freitagmorgen, er wollte am nächsten Tag heiraten. Es waren noch tausend Dinge zu erledigen.

Wer oder was zum Teufel hatte den Atemschlauch herausgezogen? Vielleicht ein Dachs, der ihn in seinen Bau geschleppt hatte? Aber was wollte ein Dachs mit einem Gummischlauch? Außerdem hatten die Schritte zu schwer geklungen. Keine Frage, es war ein Mensch gewesen.

Wer?

Wieso?

Wo war Ashley, seine geliebte, wunderbare, besorgte Ashley? Was dachte sie gerade, was mochte in ihrem Kopf vorgehen?

Er hatte die ganze Zeit gehofft, das alles wäre ein entsetzlicher Albtraum, aus dem er erwachen und sich neben Ashley im Bett wiederfinden würde. Es ergab einfach keinen Sinn.

Plötzlich hörte er ein scharfes Zischen, klar und deutlich. Das Walkie-Talkie!

Dann eine Stimme mit starkem Südstaatenakzent: »Hast du ’ne Ahnung, was die Dinger anrichten? Hä? Irgendeinen Schimmer?«

Panisch tastete er im Dunkeln nach der Taschenlampe.

Die Stimme sprach weiter: »Die meisten Leute haben nämlich keine Ahnung. Scheißumweltschützer, wollen den wilden Tieren helfen, aber die Jungs haben nur Scheiße im Kopf, kapiert?«

Michael fand die Taschenlampe und das Walkie-Talkie und drückte die Sprechtaste. »Hallo? Hallo?«

»Ha, ich rede mit dir. Wetten, du hast keinen Schimmer?«

»Hallo, bist du Davey?«

»Hey, Alter, mein Name geht dich nichts an. Fünf Kaninchen fressen fast so viel Gras wie ein Schaf. Irre.«

Michael umklammerte verwirrt das schwarze Gerät und fragte sich, ob er halluzinierte. »Kann ich mit Mark sprechen? Oder Josh? Oder Luke? Oder Pete? Oder Robbo?«

Schweigen.

»Hallo? Bist du noch da?«

»Ich geh nirgendwohin, Alter.«

»Wer bist du, Davey?«

Schweigen.

»Hör mal, das ist jetzt nicht mehr witzig. Schon lange nicht mehr. Bitte hol mich hier raus.«

»Zweihundert Kaninchen sind 'ne Menge, was?«

Michael starrte das Walkie-Talkie an. Hatten denn alle den Verstand verloren? War das etwa der Irre, der gerade eben den Atemschlauch herausgezogen hatte? Michael bemühte sich verzweifelt, klar zu denken.

»Hör mal, ein paar Freunde haben mich aus Spaß hier eingegraben. Kannst du mich bitte rausholen?«

»Sitzt du in der Scheiße?«, fragte die amerikanische Stimme.

Michael verstand das Spiel nicht ganz, sagte aber: »Und wie ich in der Scheiße sitze.«

»Was sagst du zu zweihundert Kaninchen?«

»Was soll ich denn zu zweihundert Kaninchen sagen?«

»Na ja, Kumpel, dass ein Typ, der zweihundert Kaninchen plättet, ein cooler Typ ist, kapiert?«

»Völlig. Bin ganz deiner Meinung.«

»Okay, wir sind auf einer Welle, super.«

»Klar doch. Super.«

»Cooler geht's nicht, oder?«

»Nein. Vielleicht könntest du den Deckel abschrauben und von Angesicht zu Angesicht mit mir darüber sprechen.«

»Ich bin jetzt müde. Hau mich aufs Ohr und nehm 'ne Mütze Schlaf, kapiert?«

Panisch rief Michael: »Hey, nein, bitte nicht, lass uns weiterreden. Du hast nicht zufällig ein paar Aspirin gegen meine hundsgemeinen Kopfschmerzen?«

»Aspirin?«

»Ja.«

Schweigen. Und atmosphärisches Rauschen.

»Hallo?«, fragte Michael. »Bist du noch da?«

Glucksendes Lachen. »Aspirin?«

»Bitte hol mich hier raus.«

Nach längerem Schweigen sagte die Stimme: »Kommt drauf an, wo *hier* ist.«

»Ich liege in einem gottverdammten Sarg.«

»Verarsch mich nicht.«

»Ehrlich.«

Glucksen. »Ehrlich, Sherlock, was?«

»Ehrlich.«

»Ich muss jetzt los, ist schon spät. Ich muss ’ne Mütze Schlaf nehmen.«

»Hey, bitte warte – bitte –«

Das Walkie-Talkie verstummte.

Im ersterbenden Licht der Taschenlampe bemerkte Michael, dass das Wasser in der vergangenen Stunde beträchtlich gestiegen war. Er prüfte es mit der Hand. Vor einer Stunde hatte es den Knöchel seines Zeigefingers erreicht.

Jetzt bedeckte es die ganze Hand.

25

ROY GRACE SASS IN WEISSEM KURZARMHEMD und mit gelockerter Krawatte in seinem Büro am Computer und las stirnrunzelnd eine SMS:

Muss dauernd an dich denken! Claudine xx

Claudine?

Es war kurz nach neun. Ständig gingen neue E-Mails ein, er war hundemüde, hatte furchtbare Kopfschmerzen und fror. Es schüttete wie aus Eimern, ein eisiger Lufthauch zog durch den Raum. Er sah zu, wie das Wasser an den Scheiben herunterrann, starrte auf die öde Gasse vor dem Fenster. Dann öffnete er die Mineralwasserflasche, die er an einer Tankstelle gekauft hatte, wühlte in einer Schublade und holte ein Päckchen Aspirin heraus. Er drückte zwei Tabletten aus der Folie, schluckte sie und sah nach, wann die SMS eingegangen war. 2.14 Uhr morgens.

Claudine.

Dann fiel der Groschen.

O Gott, sein polizistenhassendes, veganes Blind Date vom Dienstagabend. Die Frau war entsetzlich gewesen, der Abend katastrophal, und jetzt schickte sie ihm eine SMS. Na super.

Er überlegte noch, ob er antworten oder die Nachricht einfach löschen sollte, als Branson hereinmarschierte. Er trug einen adretten, braunen Anzug, eine schrille Krawatte, zweifarbige Schuhe in Braun und Creme und hielt einen Starbucks-Kaffee und zwei Papiertüten in der Hand.

»Tag, Alter«, begrüßte er Grace munter und ließ sich auf den Stuhl gegenüber fallen. Kaffee und Tüten landeten auf dem Schreibtisch. »Wie ich sehe, haben sie dir das letzte Hemd gelassen.«

»Sehr witzig.«

»Hast du gestern Abend gewonnen?«

»Nein, hab ich nicht, du Arsch.« Grace litt noch unter dem Verlust. Vierhundertzwanzig Mäuse. Er hatte weder Geldprobleme noch Schulden, hasste es aber zu verlieren, vor allem in solchen Dimensionen.

»Du siehst Scheiße aus.«

»Danke.«

»Nein, ehrlich. Total Scheiße.«

»Nett, dass du extra hergekommen bist, um mir das zu sagen.«

»Mal *Cincinnati Kid* gesehen?«

»Nicht, dass ich wüsste.«

»Mit Steve McQueen. Wurde beim Kartenspiel vernichtet. Tolles Ende – du weißt schon, der Bursche in der Gasse fordert ihn zu einer Wette heraus, und er wirft ihm seine letzte Münze hin.« Branson nahm den Deckel von dem Becher, dass der Kaffee auf den Schreibtisch spritzte, und holte ein Mandelcroissant aus einer Tüte, von dem ein Zuckerfaden unmittelbar neben die Kaffeepfütze tropfte. »Mal beißen?«

Grace schüttelte den Kopf. »Du solltest gesünder frühstücken.«

»Ach ja? Damit ich so aussehe wie du? Was hattest du denn? Bio-Weizenkleie?«

Grace zeigte ihm die Packung mit den Kopfschmerztabletten. »Mehr brauche ich nicht. Was treibt dich eigentlich her?«

»Ich muss in zehn Minuten zum Chief. Bin jetzt im Drogenausschuss.«

»Glückspilz.«

»Hast du nicht gesagt, man müsse sich profilieren? Für die Vorgesetzten präsent bleiben?«

»Braver Junge, hast gut zugehört.«

»Eigentlich bin ich aber aus einem anderen Grund hier, Alter.« Branson holte aus der zweiten Tüte eine Geburtstagskarte und schob sie ihm hin. »Alle sollen unterschreiben – ist für Mandy.«

Mandy Walker arbeitete in Brighton beim Kinderschutz, Grace und Branson hatten schon mit ihr zu tun gehabt.

»Hört sie auf?«

Branson nickte und deutete einen dicken Bauch an. »Ich dachte, du wärst heute im Gericht.«

»Wurde auf Montag vertagt.« Er unterschrieb die Karte. Plötzlich rochen Kaffee und Teilchen sehr verlockend. Als Branson in sein Croissant biss, schnappte Grace sich das andere und biss genüsslich hinein. Er kaute langsam und betrachtete dabei Bransons Krawatte, deren geometrisches Muster ihn beinahe schwindlig machte.

»Roy, wir waren doch am Mittwoch in dieser Wohnung.«

»Ja, und?«

»Eins kapiere ich nicht und würde gern deine Meinung dazu hören. Hast du ein paar Minuten Zeit?«

»Was bleibt mir anderes übrig?«

Branson fuhr fort: »Die Sache ist die.« Er biss wieder in sein Croissant, wobei Zuckerguss und Krümel auf Anzug und Krawatte rieselten. »Fünf Typen beim Junggesellenabschied, okay? Dann –«

Es klopfte, und Roys Managementassistentin Eleanor Hodgson trat mit einem Stapel Akten und Papieren ein. Sie war eine recht förmliche, aber effiziente Frau mittleren Alters mit gepflegtem, schwarzem Haar und unauffälligem, ein wenig altmodischem Gesicht. Gerade starrte sie entnervt auf Bransons Krawatte.

»Guten Morgen, Roy. Guten Morgen, DS Branson.«

»Morgen«, erwiderte Glenn.

Sie legte die Sachen auf Roys Schreibtisch. »Der gerichtsmedizinische Bericht, auf den Sie gewartet haben, ist aus Huntingdon gekommen.«

»Tommy Lytle?«

»Ja. Und hier sind noch die Tagesordnung und die Notizen für die Haushaltssitzung um elf.«

»Danke.« Er ging den Stapel flüchtig durch und legte den gesuchten Bericht zuoberst. In Huntingdon in Cambridge befand sich eines der gerichtsmedizinischen Zentren, mit denen die Sussex Police zusammenarbeitete. Tommy Lytle war Grace' ältester »langsamer Fall«. Vor siebenundzwanzig Jahren war Tommy an einem Februarnachmittag von der Schule nach Hause gegangen und nie wieder aufgetaucht. Die einzige Spur war ein Morris-Minor-Lieferwagen gewesen, dessen Kennzeichen ein geistesgegenwärtiger Zeuge notiert hatte. Doch die Polizei konnte keine Verbindung zum Halter herstellen, einem absonderlichen Eigenbrötler, der wegen sexuellen Missbrauchs von Minderjährigen vorbestraft war. Vor zwei Monaten nun war der Lieferwagen durch puren Zufall wieder aufgetaucht, als der gegenwärtige Besitzer, ein Oldtimerfan, wegen Trunkenheit am Steuer angehalten wurde.

Die Gerichtsmedizin hatte sich in den vergangenen siebenundzwanzig Jahren in Quantensprüngen entwickelt. Die Fachleute prahlten nicht zu Unrecht, sie könnten mit modernen DNA-Methoden beweisen, ob ein Mensch sich je in einem bestimmten Raum aufgehalten habe, egal wie lange es her sei. Eine Hautzelle, die dem Staubsauger entgangen war, ein Haar oder eine Textilfaser würde genügen. Selbst etwas, das hundertmal kleiner als ein Stecknadelkopf war, konnte eine Spur hinterlassen.

Jetzt besaßen sie den Lieferwagen. Der ursprüngliche Verdächtige war noch am Leben. Und die Gerichtsmediziner hatten das Fahrzeug mit Mikroskopen durchkämmt.

Obwohl er Branson mochte, wäre Grace ihn am liebsten auf der Stelle losgeworden, damit er den Bericht lesen konnte. Wenn er hiermit Erfolg hatte, wäre es landesweit der älteste ungelöste Fall, der noch aufgeklärt würde.

Branson steckte den Rest des Croissants in den Mund und sagte kauend: »Fünf Typen beim Junggesellenabschied, okay? Der Bräutigam ist ein echter Scherzkeks – hat den Jungs samt und sonders üble

Streiche gespielt. Das eine arme Schwein wurde mit Handschellen im Nachtzug nach Edinburgh an eine Sitzbank gefesselt, obwohl er am nächsten Nachmittag in Brighton heiraten sollte.«

»Netter Mensch«, bemerkte Grace.

»Ja, genau der Witzbold, den man gern zum Freund hätte. Also – was haben wir: Fünf fahren los. Unterwegs geht ihnen der Bräutigam Michael Harrison verloren. Sie haben einen Unfall, drei sind sofort tot, der vierte fällt ins Koma und stirbt gestern Abend. Michael bleibt verschwunden, niemand hat von ihm gehört. Jetzt haben wir Freitagmorgen, und er müsste eigentlich in etwas über vierundzwanzig Stunden vor den Altar treten.«

Branson trank einen Schluck Kaffee, stand auf und lief umher. Dann starrte er auf das Flipchart, auf dem jemand mit blauer Tinte einen Dienstplan skizziert hatte. Er klappte es um, nahm einen Stift und begann zu schreiben.

»Wir haben Michael Harrison.« Er kreiste den Namen ein. »Wir haben vier tote Kumpel.« Zweiter Kreis. »Und die Verlobte Ashley Harper.« Dritter Kreis. »Den Geschäftspartner Mark Warren.« Vierter Kreis. »Und …«

Grace sah ihn fragend an.

»Was haben wir gestern aus seinem Computer gefischt?«

»Ein Konto auf den Cayman Islands.«

Branson setzte sich, Stift in der Hand, wieder an den Tisch.

»Du sagst, der Geschäftspartner war nicht bei dem Junggesellenabend.«

Branson war immer aufs Neue beeindruckt, wie gut sich Grace an Details erinnerte. »Korrekt.«

»Weil sein Flug Verspätung hatte.«

»Sieht so aus.«

»Was hat er denn ausgesagt? Wo vermutet er Michael Harrison? Hat er sich auf die Caymans abgesetzt?«

»Roy, du hast doch den süßen Käfer gesehen. Und wir waren beide der Meinung, dass kein Typ so blöd sein würde, sie sitzen zu lassen – eine Wahnsinnsfrau und obendrein klug. Und …« Branson schürzte die Lippen.

»Und was?«

»Ich habe sie gefragt, ob sie vom Konto auf den Cayman Islands wüsste, was sie verneinte. Ich habe deinen Trick mit den Augen ausprobiert. Sie hat gelogen.«

»Vermutlich will sie ihren Chef schützen – und ihrem Verlobten den Arsch retten.« Grace wurde flüchtig von einer eingehenden Mail abgelenkt. »Was vermutest du denn?«

»Es gibt folgende denkbare Szenarien: Seine Kumpel wollen es ihm heimzahlen und sperren ihn irgendwo gefesselt ein. Oder er hatte einen Unfall. Oder er hat kalte Füße bekommen und die Fliege gemacht. Oder es hat irgendwas mit den Caymans zu tun.«

Grace öffnete eine Mail von seiner Chefin Alison Vosper, die als dringend gekennzeichnet war. Sie erkundigte sich, ob er um halb eins für eine kurze Besprechung zur Verfügung stünde. Er bestätigte den Termin. »Der Geschäftspartner müsste doch wissen, ob die ihn an einen Baum gefesselt haben oder so.«

»Miss Harper sagt, sie hätten etwas geplant, sie wisse aber nichts Näheres.«

»Hast du die Pubs überprüft, in denen sie waren?«

»Kommen heute dran.«

»Material von Überwachungskameras?«

»Damit fangen wir jetzt auch an.«

»Hast du den Lieferwagen gecheckt?«

Die plötzliche Panik in Bransons Gesicht verriet Grace, dass er einen wunden Punkt getroffen hatte.

»Warum denn nicht? Da sieht man doch zuerst nach.«

»Du hast ja Recht. Ich bin noch nicht richtig in dem Fall drin.«

»Hast du sämtliche Häfen benachrichtigt?«

»Ja, das Foto wird heute Morgen rumgeschickt. Wir haben eine Vermisstenmeldung herausgegeben.«

Grace war, als hätte sich eine dunkle Wolke über ihn geschoben. *Vermisstenmeldung.* Das Wort ließ ihn nie kalt, riss alte Wunden auf. Er dachte an diese Ashley, die Branson ihm beschrieben hatte. Einen Tag vor der Hochzeit verschwindet ihr Bräutigam. Wie musste sie sich jetzt fühlen?

»Glenn, du sagtest, der Typ sei ein Scherzkeks – wäre es denkbar, dass er alle auf den Arm nimmt und morgen mit einem breiten Grinsen aus der Versenkung auftaucht?«

»Wenn vier seiner besten Freunde tot sind? Ganz schön krank.« Branson sah auf die Uhr. »Was machst du heute Mittag?«

»Falls Julia Roberts mich nicht einlädt, habe ich frei – vorausgesetzt, Nr. 27 beansprucht mich nicht länger als eine halbe Stunde.«

»Wie geht es der entzückenden Alison Vosper?«

Grace sah ihn mit hochgezogenen Augenbrauen an. »Eher sauer als süß.«

»Je daran gedacht, sie zu vögeln?«

»Ja, etwa eine Nanosekunde lang – oder eine Femtosekunde – ist das nicht die kleinste existierende Zeiteinheit?«

»Könnte deiner Karriere förderlich sein.«

»Da hätte ich bessere Ideen.«

»Zum Beispiel?«

»Den Chief Assistant Constable nicht zu vögeln.«

»Hast du mal Susan Sarandon in *Moonlight Mile* gesehen?«

»Nicht, dass ich wüsste.«

»Sie erinnert mich an Susan Sarandon in dem Film. Hat mir gefallen, ehrlich. Sollen wir heute Mittag zum Abstellplatz fahren und dabei ein bisschen reden? Ich geb dir ein Pint und ein leckeres Sandwich aus.«

»Lunch auf dem Abstellplatz? Ich ahnte es schon, als ich deine Krawatte sah – du hast wirklich Stil.«

26

MICHAEL HATTE AUSGERECHNET, dass das Wasser pro Stunde etwa einen Zentimeter stieg. Es reichte ihm bis knapp unter die Ohren. Er zitterte vor Kälte, fühlte sich fiebrig.

Er hatte die Nacht hindurch wie ein Wilder gearbeitet, mit dem

Glas am Deckel geschabt und benutzte nun die letzte verbliebene Scherbe. Seine Arme schmerzten vor Erschöpfung. Er hatte eine tiefe Kerbe ins Holz getrieben, war aber noch nicht durch.

Er hatte sich einen Zeitplan aufgestellt, zwei Stunden Arbeit, zwei Stunden Ruhe, wie beim Segeln. Aber er würde es nicht schaffen. Das Wasser stieg schneller, als die Ritze sich vergrößern ließ. Sein Kopf würde unter Wasser sein, bevor er sich hindurchzwängen konnte.

Alle fünfzehn Minuten drückte er die Sprechtaste am Walkie-Talkie. Hörte immer nur das Rauschen.

Jetzt war es elf Uhr drei. Am Freitag.

Er kratzte weiter, pulverisiertes Glas und nasse Erde rieselten herab, die letzte Scherbe schrumpfte immer weiter, und er grübelte, grübelte unablässig. Wenn das Glas weg war, blieb ihm noch die Gürtelschnalle. Und danach? Die Taschenlampe? Die Batterien? Sein Handy?

Das Walkie-Talkie erwachte mit einem scharfen Zischen zum Leben, dann ertönte wieder der pseudoamerikanische Akzent: »Hi, Kumpel, wie steht's?«

Michael drückte die Sprechtaste. »Davey? Bist du das?«

»Ich gucke gerade Nachrichten. Da ist das Autowrack, wo ich am Dienstag mit meinem Dad gewesen bin! Mann, war das ein Unfall! Alle tot – und ein Typ wird vermisst!«

Michael umklammerte das Gerät. »Was war da los, Davey? Was für ein Wagen?«

»Ein Ford Transit. Mann, war der platt!«

»Erzähl mir noch was darüber, Davey.«

»Ein Typ hing in der Windschutzscheibe, dem fehlte der halbe Kopf. Junge, da kam das Gehirn raus. Wusste sofort, dass der hinüber war. Nur ein Überlebender, aber der ist auch gestorben.«

Michael begann unkontrolliert zu zittern. »Weißt du, wer der Typ ist, den sie vermissen?«

»Hä?«

»Weißt du, wer das ist?«

»Ich muss gleich los, meinem Dad helfen.«

»Hör zu, Davey, die könnten mich damit meinen.«

»Willst du mich verarschen?«

»Wie heißt er, Davey?«

»Keine Ahnung. Sie sagen nur, er soll eigentlich morgen heiraten.«

Michael schloss die Augen. *Um Gottes Willen, nein.* »Davey, war dieser Unfall – war der so gegen neun Uhr am Dienstagabend?«

»Kommt ungefähr hin.«

Michael presste das Walkie-Talkie an den Mund. »Davey, der Typ bin ich! Ich bin der Mann, der morgen heiraten will!«

»Willst du mich verarschen?«

»Nein, Davey. Hör mir gut zu.«

»Ich muss los – wir reden später.«

»DAVEY, GEH NICHT, BITTE GEH NICHT, DU BIST DER EINZIGE, DER MICH RETTEN KANN!«, brüllte er.

Schweigen. Nur das Rauschen verriet ihm, dass Davey noch da war.

»Hallo?«

»Ich muss los, kapiert?«

»Davey, du musst mir helfen. Du bist der einzige Mensch auf der Welt, der das kann. Willst du mir helfen?«

Wieder Schweigen. »Wie heißt du noch mal?«

»Michael Harrison.«

»Sie haben gerade deinen Namen im Fernsehen gesagt!«

»Hast du ein Auto, Davey? Kannst du fahren?«

»Mein Dad hat einen Laster.«

»Kann ich mit deinem Dad reden?«

»Weiß nicht. Hat viel zu tun, wir müssen wieder raus, ein Autowrack abschleppen.«

Michael überlegte verzweifelt, wie er zu diesem Typen durchdringen könnte. »Möchtest du ein Held sein, Davey? Und ins Fernsehen kommen?«

Die Stimme wurde albern. »Ich im Fernsehen? Du meinst, wie ein Filmstar?«

»Ja, du könntest ein Filmstar werden! Lass mich mit deinem Dad reden, dann sage ich ihm, wie du das werden kannst. Hol ihn doch, und gib ihm das Walkie-Talkie. Wie wär's?«

»Weiß nicht.«

»Davey, hol bitte deinen Dad.«

»Da gibt es ein Problem. Mein Dad weiß nicht, dass ich das Walkie-Talkie habe. Er wäre ganz schön sauer, wenn er es sieht.«

Michael erwiderte: »Ich glaube, er wäre stolz, wenn er wüsste, dass sein Sohn ein Held ist.«

»Ehrlich?«

»Ganz bestimmt.«

»Ich muss jetzt los. Bis dann! Over and out!«

Das Gerät verstummte.

»Davey, bitte, Davey, lass mich nicht allein, bitte hol deinen Dad, bitte, Davey!«, flehte er aus tiefster Seele.

Aber Davey war gegangen.

27

ASHLEY HARPER SASS NIEDERGESCHLAGEN in einem tiefen, alten Sessel im winzigen Wohnzimmer des Bungalows, der Michaels Mutter gehörte, und starrte mit tränenverschleierten Augen vor sich hin. Sie trug eine braune Schlabberjeans und ein ausgeleiertes, weißes T-Shirt und betrachtete lustlos den unberührten Teller mit Plätzchen auf dem Couchtisch. Von dort aus wanderte ihr Blick zu dem Farbfoto, das auf dem Sims über dem unechten Kaminfeuer stand – Michael mit zwölf auf seinem Fahrrad – , und weiter durch die Stores auf die regennasse Straße und die Sportplätze unterhalb der Rennbahn von Brighton.

»Die Schneiderin kommt um zwei«, sagte sie. »Was soll ich nur machen?« Sie trank einen Schluck Kaffee und betupfte sich die Augen mit einem Taschentuch. Bobo, Gill Harrisons winziger weißer Malteser, dessen Kopf eine Schleife zierte, schaute zu Ashley auf und jaulte jämmerlich, weil er ein Plätzchen haben wollte. Sie kraulte sein weiches Bauchfell.

Gill Harrison saß ihr gegenüber auf der Sofakante. Sie trug ein formloses T-Shirt, Jogginghose und billige, aber makellos saubere weiße Turnschuhe. Von ihrer Zigarette stieg ein dünner Rauchfaden auf. Ein diamantener Verlobungsring, dessen Stein viel zu groß war, um echt zu sein, funkelte neben dem schmalen, goldenen Trauring. Ein Rivière-Armband baumelte lose vom Handgelenk.

Ihre raue Stimme, die von einem starken Sussex-Dialekt gefärbt war, klang angespannt. »Er ist ein guter Junge. Er würde niemals jemanden im Stich lassen – das habe ich auch der Polizei gesagt. Es passt einfach nicht zu Michael.« Sie schüttelte den Kopf und zog an ihrer Zigarette. »Er macht gern Witze –«, sie stieß ein trockenes Lachen aus. »Als Kind hat er uns Weihnachten mal mit so einem blöden Furzkissen genervt. Hat Leuten immer Angst eingejagt. Aber so was würde er nicht tun, Ashley.«

»Ich weiß.«

»Ihm muss was passiert sein. Die Jungs haben was angestellt. Oder er hatte auch einen Unfall. Verlassen hat er dich nicht. Er war am Sonntagabend noch da, zum Essen. Er hat noch erzählt, wie sehr er dich liebt, wie glücklich er ist. Du hast ihn auch so glücklich gemacht. Er hat von dem Haus auf dem Land gesprochen, das du kaufen möchtest, von seinen Plänen damit.« Sie zog wieder an der Zigarette und hustete. »Er ist ein einfallsreicher Junge.« Sie schürzte die Lippen, und Ashley merkte, wie schwer ihr die Worte fielen. »Seit sein Dad – hat er dir davon erzählt?«

Ashley nickte.

»Er hat die Stelle von seinem Dad eingenommen. Ohne Michael hätte ich es nicht geschafft. Er war so stark. Ein Fels für mich und Carly – Carly wird dir gefallen. Er hat ihr das Geld für das Flugticket nach Australien geschickt, damit sie zur Hochzeit hier sein kann. Sie müsste jeden Moment ankommen. Hat mich vor ein paar Stunden vom Flughafen aus angerufen.« Sie schüttelte verzweifelt den Kopf.

Ashley lächelte ihr zu. »Ich freue mich darauf, sie kennen zu lernen.«

»Ein anständiges Mädchen.«

»Das muss sie sein, wenn sie deine Tochter ist!«

Gill Harrison beugte sich vor und drückte die Zigarette aus. »Weißt du, Ashley, Michael hat sein ganzes Leben lang schwer gearbeitet. Als Kind hat er schon Zeitungen ausgetragen, um mir und Carly zu helfen. Dann kam das Geschäft mit Mark. Niemand weiß das zu schätzen. Mark ist ein netter Junge, aber –«

»Aber was?«

Gill schüttelte den Kopf.

»Verrätst du's mir?«

»Ich kenne Mark, seit er ein Kind war. Er und Michael waren unzertrennlich. Aber Mark hat ihm immer an den Fersen geklebt. Manchmal glaube ich, er ist ein bisschen eifersüchtig auf Michael.«

»Ich dachte, sie sind ein gutes Team.«

»Ich hab ihn immer vor Mark gewarnt. Michael ist zu vertrauensselig.«

»Wie meinst du das?«

»Du hast einen guten Einfluss auf Michael. Versprich mir, dass du auf ihn Acht gibst?«

Wieder jaulte Bobo nach einem Plätzchen. Ashley beachtete ihn nicht und entgegnete: »Michael ist stark. Es geht ihm bestimmt gut.«

»Ja, natürlich.« Gills Augen huschten zum Telefon auf dem Ecktischchen. »Es geht ihm gut. Er kann jeden Moment anrufen. Die armen Jungs, sie gehörten einfach zu Michaels Leben. Ich kann es einfach nicht glauben –«

»Ich auch nicht.«

»Du bist doch mit deiner Schneiderin verabredet, Liebes, ich würde sie nicht versetzen. Das Leben geht weiter. Michael wird wieder auftauchen, das glaubst du doch auch, oder?«

»Natürlich«, erwiderte sie nach kurzem Zögern.

»Wir reden später weiter.«

Sie stand auf und umarmte ihre zukünftige Schwiegermutter herzlich. »Alles wird gut.«

»Du bist das Beste, was ihm je passiert ist, Ashley, du bist ein wunderbarer Mensch. Ich war so glücklich, als Michael mir erzählte, dass – dass –« Sie kämpfte mit den Tränen. »Dass ihr beide –«

Ashley küsste sie auf die Stirn.

28

GRACE SASS MIT ZUSAMMENGEPRESSTEN LIPPEN neben Branson in dem blauen Ford und umklammerte die Kanten des Beifahrersitzes. Nervös betrachtete er die Landstraße, die durch Scheibenwischer und starken Regen kaum zu erkennen war. Glenn Branson achtete nicht auf die Ängste seines Beifahrers und sauste in sportlichem Tempo durch die Kurven, um die Früchte des kürzlich besuchten Geschwindigkeitstrainings für Polizisten zu demonstrieren. Das Radio war auf einen Rap-Sender eingestellt und für Roys Verhältnisse viel zu laut.

»Ist doch richtig, oder?«

»Hm, klar«, bestätigte Grace. Je weniger er sprach, desto weniger lenkte er Branson ab, was sich durchaus positiv auf ihrer beider Lebenserwartung auswirken würde. Dann drehte er das Radio leiser.

»Jay-Z«, meinte Branson. »Irre, was?«

»Irre.«

Sie bogen in eine lang gestreckte Rechtskurve. »Sie sagen, man soll ganz links bleiben, damit man eine bessere Sicht hat. Guter Tipp, was?«

Nun folgte eine Linkskurve, in die sie nach Grace' Dafürhalten viel zu schnell hineinfuhren. »Toller Tipp«, knurrte er.

Nach der Kurve ging es in eine Senke.

»Hast du Angst?«

»Bisschen.«

»Weichei. Muss am Alter liegen. Erinnerst du dich an *Bullitt*?«

»Mit Steve McQueen?«

»Beste Verfolgungsjagd aller Zeiten.«

»Sie endete in einer üblen Karambolage.«

»Brillanter Film«, sagte Branson, der Grace' Einwand bewusst ignorierte.

Sandy fuhr auch gern schnell, es war wohl ihr angeborener Leichtsinn. Er fürchtete, sie könnte irgendwann einen schlimmen Unfall haben, weil sie einfach nicht begreifen wollte, dass physikalische Gesetze darüber entschieden, ob ein Auto eine Kurve packte oder nicht. Und doch hatte sie sich in den sieben Jahren, die sie zusammen waren, nicht die kleinste Beule eingefangen.

Erleichtert sah er den mit Stacheldraht eingezäunten Abstellplatz Bolney auftauchen. Ein Schild warnte vor Wachhunden. Branson bremste scharf, bog ab und rollte auf den Hof eines großen, modernen Lagerhauses.

Er holte einen Regenschirm aus dem Kofferraum und eilte mit Grace zu der grauen Tür mit Klingel und Sprechanlage. Sofort öffnete ein untersetzter Mann um die dreißig mit fettigem Haar, der einen blauen Overall über seinem schmutzigen T-Shirt trug. In einer tätowierten Hand hielt er ein angebissenes Sandwich.

»Detective Sergeant Branson und Detective Superintendent Grace«, verkündete Branson. »Wir haben telefoniert.«

Der Typ starrte ihn kauend an. Hinter ihm im Lagerhaus waren einige demolierte Pkw und Lieferwagen zu erkennen. Dann verdrehte er nachdenklich die Augen. »Der Transit, oder?«

»Genau.«

»Weiß? Wurde am Dienstag von Wheeler gebracht.«

»Stimmt.«

»Steht draußen.«

Sie trugen sich ins Register ein und folgten dem Mann durch eine Seitentür auf ein großes, umzäuntes Gelände – Autowracks, so weit das Auge reichte. Einige waren mit Planen abgedeckt, die meisten jedoch Wind und Wetter ausgesetzt.

Grace stand unter dem Regenschirm und musterte einen Lieferwagen von Rentokil, der nach einem schlimmen Frontalzusammenstoß ausgebrannt war – kaum zu glauben, dass jemand darin überlebt hatte. Dann fiel sein Blick auf einen Porsche, der auf halbe Länge zusammengedrückt war. Und einen Toyota, dem das komplette Dach fehlte.

Hier wurde ihm immer ganz flau im Magen. Grace hatte nie bei der Verkehrspolizei gearbeitet, als Streifenpolizist aber zahlreiche Unfälle miterlebt, die ihm an die Nieren gegangen waren. Es konnte jeden treffen. Menschen brachen fröhlich zu einer Reise auf, und

Augenblicke später, in Sekundenbruchteilen, womöglich ohne eigenes Verschulden, verwandelte sich ihr Wagen in ein Ungeheuer, das sie zerschmetterte, ihnen Gliedmaßen abtrennte oder sie bei lebendigem Leib röstete.

Er schauderte. Alle Fahrzeuge, die hier hinter Schloss und Riegel landeten, waren an schweren oder tödlichen Unfällen beteiligt gewesen. Sie wurden sichergestellt, bis die Ermittler der Unfallabteilung, manchmal auch vom Erkennungsdienst, alle erforderlichen Informationen gesammelt hatten. Danach wurden die Wagen verschrottet.

Der fette Mann im Overall deutete auf einen verbogenen, weißen Metallhaufen, dem ein Teil des Daches und die Windschutzscheibe fehlten. Fahrerkabine und Laderaum waren auseinander gerissen, der Innenraum größtenteils mit weißer Folie ausgekleidet. »Der ist es.«

Schweigend betrachteten Grace und Branson das Wrack. Einen unbehaglichen Moment lang war Grace wie gelähmt von dem entsetzlichen Anblick. Dann gingen sie um den Wagen herum. Schlamm auf den Radkappen, noch mehr zäher Schlamm an Türschwellen, Dreckspritzer bis hinauf zum Lack, die nun langsam im Regen zerliefen.

Er gab Branson den Schirm und zerrte an der verzogenen Fahrertür, wobei ihn der widerliche Gestank von sich zersetzendem Blut überfiel. Egal, wie oft er so etwas erlebte, es war immer wieder furchtbar. Es roch wie der Tod selbst.

Er hielt den Atem an und riss die Folie weg. Man hatte das Lenkrad abgesägt und den Fahrersitz nach hinten umgelegt. Sitze, Boden und Armaturenbrett waren mit Blutflecken übersät.

Grace deckte sie wieder ab und stieg ein. Es war dunkel und unnatürlich still. Gruselig. Der Motor war teilweise in den Innenraum gedrückt worden, die Pedale ragten zu weit vor. Er griff ins Handschuhfach und holte das Bordbuch, ein Päckchen Parkgutscheine, Tankquittungen und einige unbeschriftete Musikkassetten heraus. Er gab sie Glenn.

»Hör lieber mal rein.«

Branson steckte sie ein.

Grace bückte sich, damit er sich nicht an dem gezackten Riss im

Dach verletzte, und stieg in den Laderaum. Seine Schritte hallten auf dem gewölbten Metallboden. Er öffnete eine Hintertür, um mehr Licht zu haben. Ein Benzinkanister aus Kunststoff, ein Ersatzreifen, ein Kreuzschlüssel und ein Strafzettel im Plastiktütchen, der mehrere Tage vor dem Unfall ausgestellt worden war. Er reichte ihn an Branson weiter. Dann fanden sich noch ein einsamer linker Adidas-Turnschuh und eine Bomberjacke aus Nylon. Er tastete die Taschen ab, holte ein Päckchen Zigaretten, ein Plastikfeuerzeug und eine Quittung von einer Reinigung in Brighton heraus. Branson tütete alles ein.

Grace sah sich noch einmal sorgfältig um, damit er auch nichts übersah. Er kletterte hinaus, schlüpfte unter den Schirm und fragte: »Wem gehört der Wagen?«

»Houlihan's, dem Bestatter in Brighton. Einer der Jungs hat da gearbeitet – die Firma gehört seinem Onkel.«

»Vier Begräbnisse – das gibt Mengenrabatt«, sagte Grace erbittert.

»Manchmal bist du wirklich krank.«

Grace überlegte. »Hast du mit den Leuten bei Houlihan's gesprochen?«

»Ich habe mich gestern Nachmittag mit dem Besitzer, Mr Sean Houlihan, unterhalten. Er ist sehr erschüttert. Sein Neffe sei ein fleißiger, hilfsbereiter Mensch gewesen.«

»Sind sie das nicht alle? Und er hat ihm erlaubt, den Wagen zu nehmen?«

Branson schüttelte den Kopf. »Nein. Er sagt, es passe gar nicht zu ihm, dass er ihn einfach genommen hat.«

Roy Grace dachte nach. »Wofür wurde der Lieferwagen normalerweise benutzt?«

»Um Leichen abzuholen. In Krankenhäusern, Hospizen, Altenheimen, überall da, wo sie keinen Leichenwagen sehen möchten. Hast du Hunger?«

»Jetzt nicht mehr.«

29

ZEHN MINUTEN SPÄTER saßen sie an einem wackligen Ecktisch in einem menschenleeren Pub und warteten auf ihr Essen. Grace hatte ein Pint Guinness vor sich, Branson eine Cola light. Neben ihnen befand sich ein höhlenartiger Kamin voller Holzscheite, die nicht brannten, und an den Wänden hing eine Sammlung landwirtschaftlicher Artefakte. Grace mochte diese urwüchsigen Pubs auf dem Land, die ihm sehr viel lieber waren als neumodische Kneipen mit unecht klingenden Namen, die zur wachsenden Charakterlosigkeit der Städte beitrugen.

»Hast du sein Handy überprüft?«

»Der Bericht kommt heute Nachmittag.«

»Nr. 12?«

Grace schaute hoch zu der Kellnerin, die ein Tablett herantrug. Steak-und-Nieren-Pudding für ihn, Schwertfisch mit Salat für Branson.

Grace schnitt mit seinem Messer in den weichen Teig, worauf Dampf und Bratensoße hervorquollen.

»Das ist Herzinfarkt auf Raten«, schalt ihn Branson. »Weißt du, was da drin ist? Rindertalg. Igitt.«

Grace schaufelte sich Senf auf den Teller. »Nicht das Essen ist das Problem, sondern der Kopf, den man sich darum macht. Das Grübeln bringt dich um.«

Da Branson auf seinem Fisch kaute, fuhr Grace fort: »Ich habe gelesen, dass der Quecksilbergehalt von Seefisch sehr hoch ist. Man sollte ihn nicht öfter als einmal pro Woche essen.«

Branson kaute langsamer, er schien sich etwas unbehaglich zu fühlen. »Wo hast du das denn her?«

»Aus *Nature*, glaube ich. Das ist so ungefähr die angesehenste wissenschaftliche Zeitschrift der Welt.« Grace lächelte, genoss den Gesichtsausdruck seines Freundes.

»Scheiße, wir essen so ziemlich jeden Abend Fisch. *Quecksilber*?«

»Du endest noch als Thermometer.«

»Das ist nicht witzig – ich meine –« Zwei laute Piepser ließen ihn verstummen.

Grace holte sein Handy aus der Tasche und schaute aufs Display.

Warum antwortest du nicht, Big Boy? Claudine xx

»Gott, die hat mir gerade noch gefehlt«, stöhnte er. »Die geile Kaninchenkocherin.«

Branson hob die Augenbrauen. »Gesundes Fleisch. Nicht aus Massentierhaltung.«

»Die hier ist nicht gesund, und Fleisch isst sie auch nicht. Ich dachte eigentlich an den Film mit Glenn Close.«

»*Eine verhängnisvolle Affäre*? Michael Douglas und Anne Archer, 1987. Toller Film, lief am Samstag auf Sky.«

Grace zeigte ihm die SMS.

Branson grinste. »Big Boy, was?«

»So weit ist es nicht gekommen und wird es auch nie kommen.«

Dann klingelte Bransons Handy. »Hallo? Gut, ich bin in einer Stunde da.« Er beendete das Gespräch und legte das Telefon auf den Tisch. »Wir haben eben die Verbindungsnachweise von Michael Harrison bekommen. Willst du mitkommen und mir helfen?«

Grace überlegte und schaute in seinen elektronischen Terminkalender. Er hatte sich den Nachmittag freigehalten, um Papierkram im Zusammenhang mit dem Hossain-Prozess zu erledigen, mit dem ihn Alison Vosper bei ihrer Besprechung beauftragt hatte. Außerdem musste er den Bericht über Tommy Lytle lesen. Andererseits hatte der Fall siebenundzwanzig Jahre gewartet, da machte ein Tag mehr auch keinen Unterschied. Während die Suche nach Michael Harrison dringlich war. Er fühlte mit den beteiligten Personen, vor allem der Verlobten, wenngleich er sie nicht kannte; er wusste genau, wie es war, wenn ein geliebter Mensch verschwand. Wenn er ihnen helfen konnte, würde er es tun.

»Natürlich.«

Branson aß seinen Salat, ohne den Fisch noch einmal anzurühren, während Grace genießerisch den Steak-und-Nieren-Pudding verzehrte. »Vor einer Weile habe ich gelesen, dass die Franzosen mehr Rotwein trinken als die Engländer und trotzdem älter werden«, sagte er dann. »Die Japaner essen mehr Fisch als wir, trinken weniger Wein und leben ebenfalls länger. Die Deutschen essen mehr rotes Fleisch als wir und trinken mehr Bier, und auch sie leben länger. Kennst du die Moral von der Geschichte?«

»Nein.«

»Nicht das Essen oder Trinken bringt uns um – sondern die englische Sprache.«

Branson grinste. »Ich weiß wirklich nicht, warum ich dich mag. Du schaffst es immer, mir ein schlechtes Gewissen zu machen.«

»Lass uns Michael Harrison finden, dann kannst du dein Wochenende genießen.«

Branson schob seinen Fisch beiseite und trank die Cola aus.

»Voller Aspartam, die Brühe«, bemerkte Grace missbilligend. »Ich habe mal von einer Theorie gelesen, nach der man davon Lupus bekommen kann.«

»Was bitte ist Lupus?«

»Auf jeden Fall ist es schlimmer als Quecksilber.«

»Danke, Big Boy.«

»Höre ich da etwa Eifersucht heraus?«

Als sie durch den Hintereingang das unscheinbare, zweistöckige Gebäude betraten, in dem die Polizeiwache von Brighton untergebracht war, spürte Grace eine leise Sehnsucht. Die Wache stand im Ruf, die hektischste in ganz Großbritannien zu sein. Alles summte und brummte vor Aktivität, er hatte hier fünfzehn Jahre lang mit großer Begeisterung gearbeitet. Genau dieses Durcheinander fehlte ihm in seiner jetzigen Dienststelle.

Als sie die Betontreppe hinaufgingen, zu beiden Seiten blaue Wände und die vertrauten Anschlagbretter, die von Veranstaltungen und Verfahren kündeten, roch er förmlich die Aktivität dieser Wache. Es roch nicht nach Krankenhaus, Schule oder Verwaltung, sondern nach purer Energie.

Sie kamen durch den dritten Stock, in dem er sein Büro gehabt hatte, und gingen in der darüber liegenden Etage durch einen Flur, in dem ein großes Schild verkündete: AUFKLÄRUNGSRATE INSGESAMT –

APRIL: 27,8 %. Er folgte Branson in das lange, schmale Büro, das sein Kollege als Einsatzraum für den Fall Harrison ausgewählt hatte. Sechs Schreibtische, sechs PCs. Zwei waren von Ermittlern besetzt, die er kannte und schätzte – DC Nick Nicholas und DS Bella Moy. Auf einer Staffelei stand ein Flipchart, daneben hingen eine weiße Tafel und eine großformatige Karte von Sussex, die mit bunten Stecknadeln markiert war.

»Kaffee?«, fragte Branson.

»Im Moment nicht.«

Sie blieben an Bellas Tisch stehen, der mit ordentlichen Papierhäufchen bedeckt war. Mitten drin lag eine Tüte Malteser. Bella deutete auf die Papiere: »Das sind Michael Harrisons Verbindungsnachweise von Dienstagmorgen bis neun Uhr heute früh. Ich habe die Nachweise der anderen vier gleich mitgeordert.«

»Gute Idee«, lobte Branson.

Sie deutete auf die Landkarte auf ihrem Computerbildschirm: »Hier habe ich die Sendemasten der Mobilfunknetze markiert, die die fünf Männer benutzt haben – Orange, Vodafone und T-Mobile. Orange und T-Mobile haben eine höhere Frequenz als Vodafone, das Michael Harrison benutzt. Das letzte Signal seines Mobiltelefons kam von der Basisstation am Sendemast Pippingford Park an der A22. Aber ich habe festgestellt, dass wir uns nicht darauf verlassen können, dass dieser am nächsten dran ist. Wenn das Netz überlastet ist, werden die Signale an den nächsten verfügbaren Mast weitergeleitet.«

Die Frau wird es noch weit bringen, dachte Grace. Er betrachtete die Karte und sagte: »Wie groß ist die Entfernung zwischen den Masten?«

»In Städten etwa fünfhundert Meter. Auf dem Land können es mehrere Kilometer sein.«

Grace wusste aus Erfahrung, dass die Mobilfunkunternehmen ein Netz von Sendemasten nutzten, die so genannte Beacon-Signale empfingen. Egal, ob sich Handys im Standby- oder Sprechmodus befanden, sie sendeten ständig Signale an den nächsten Mast. Daher war es einfach, die Bewegungen eines Mobilfunknutzers nachzuvollziehen, zumindest in Städten. Auf dem Land würde es schwieriger werden.

Bella ging zu der Landkarte an der Wand. Sie zeigte auf die blaue Stecknadel in der Stadtmitte von Brighton, die von einer grünen, roten, gelben und weißen Nadel umgeben war. »Ich habe Michael Harrisons Handy mit blauen Nadeln markiert. Die anderen vier haben die übrigen Farben.«

Grace folgte ihrem Finger mit den Augen. »Hier sehen wir, dass alle fünf Nadeln von sieben Uhr bis neun Uhr abends zusammen geblieben sind.« Sie deutete auf drei verschiedene Stellen. »Da befindet sich jeweils ein Pub. Nun wird es interessant.« Sie deutete auf eine Stelle ein Stück nördlich von Brighton. »Alle fünf Nadeln eng beieinander. Dann nur noch vier. Genau hier.«

»Grün, rot, gelb und weiß. Aber keine blaue.«

»Exakt.«

»Gab es danach noch irgendwelche Bewegungen der blauen Nadel?«

»Keine.«

»Also haben sie sich getrennt«, warf Grace ein. »So gegen acht Uhr fünfundvierzig?«

»Außer er hat sein Handy irgendwo verloren.«

»Natürlich.«

»Wir sprechen also über einen Radius von etwa acht Kilometern etwa fünfundzwanzig Kilometer nördlich von Brighton?«, erkundigte sich Branson.

»Sendet sein Handy noch Signale aus?«, fragte Grace, ein wenig abgelenkt durch Bellas Kombination aus gutem Aussehen und klugem Kopf. Er war ihr schon begegnet, hatte sie aber bisher nicht richtig wahrgenommen. Sie war wirklich hübsch und hatte, falls sie ihren BH nicht auspolsterte, ausgesprochen große Brüste – was ihn schon immer angemacht hatte. Er zwang sich, wieder an die Arbeit zu denken, warf aber noch einen verstohlenen Blick auf ihre Hand. Ein Saphirring, aber nicht am rechten Ringfinger. Das musste er sich merken.

»Das letzte Signal kam am Dienstagabend um acht Uhr fünfundvierzig. Danach nichts mehr.«

»Was halten Sie davon, Bella?«, fragte Grace.

Sie überlegte und fixierte ihn mit wachen, blauen Augen, in denen er jedoch nichts als den nüchternen Respekt vor einem Vorgesetzten las. »Ich habe mit einem Techniker der Telefongesellschaft gesprochen. Er sagt, entweder ist das Handy seit Dienstagabend ausgeschaltet oder es befindet sich in einer Gegend ohne Empfang.«

Grace nickte. »Dieser Michael Harrison ist ein ehrgeiziger und aktiver Geschäftsmann. Er soll morgen heiraten, eine überaus schöne Frau, wie es heißt. Zwanzig Minuten vor dem tödlichen Verkehrsunfall, bei dem vier seiner besten Freunde sterben, geht sein Handy aus. Er hat im vergangenen Jahr heimlich Firmengelder auf die Cayman Islands transferiert – mindestens eine Million Pfund. Und sein Geschäftspartner, der an dem fatalen Junggesellenabend hätte teilnehmen sollen, war aus irgendwelchen Gründen nicht dabei. Ist das so weit richtig?«

»Ja«, bestätigte Glenn Branson.

»Also könnte er auch tot sein. Oder er hat sich auf geniale Weise aus dem Staub gemacht.«

»Wir müssen die Gegend überprüfen, die Bella abgesteckt hat. Alle Pubs aufsuchen, in denen er gewesen sein könnte. Mit allen reden, die ihn kennen.«

»Und dann?«

»Fakten, Glenn, wir müssen erst einmal Fakten sammeln. Wenn die uns nicht zu ihm führen, können wir immer noch spekulieren.«

Bellas Telefon klingelte. Sie hob ab, und ihr Gesicht verriet ihnen, dass es wichtig war.

»Sind Sie sicher? Seit Dienstag? Genau wissen Sie es nicht? Und niemand sonst könnte ihn genommen haben?« Nach einer Pause sagte sie: »Nein, da bin ich ganz Ihrer Meinung. Vielen Dank, das könnte wirklich von Bedeutung sein. Darf ich mir Ihre Nummer notieren?«

Grace sah, wie sie den Namen *Sean Houlihan* und die Rufnummer auf einen Notizblock schrieb. »Vielen Dank, Mr Houlihan, wir melden uns wieder bei Ihnen.«

Sie hängte ein und sah Grace und Branson an. »Das war Mr Houlihan, der Besitzer des Bestattungsinstituts, in dem sein Neffe Robert

Houlihan gearbeitet hat. Er hat soeben entdeckt, dass ihm ein Sarg fehlt.«

30

»WIE, IHM FEHLT EIN SARG?«, fragte Glenn Branson.

»Nicht gerade das, was man so stiehlt, oder?«, bemerkte Bella Moy.

Grace schwieg einen Moment, abgelenkt von einer Schmeißfliege, die lärmend durchs Zimmer summte und gegen ein Fenster prallte. Ein Stockwerk tiefer befand sich die Gerichtsmedizin. Blutbefleckte Kleidungsstücke und Beweismittel zogen Schmeißfliegen magisch an. Grace hasste die Viecher, sie waren die Geier der Insektenwelt. »Dieser Robert Houlihan leiht sich also ohne zu fragen den Lieferwagen seines Onkels. Denkbar, dass er sich dabei auch gleich einen Sarg ausgeliehen hat.« Er schaute Branson, Bella und Nick Nicholas fragend an. »Sollten wir es hier mit einem ganz üblen Scherz zu tun haben?«

»Du meinst, seine Kumpel haben ihn in einen Sarg verfrachtet?«, sagte Branson.

»Hast du eine bessere Idee?«

Branson lächelte nervös. »Ich arbeite noch dran, okay?«

Grace sah Bella an und dachte flüchtig, wie attraktiv sie doch war. »Wie sicher ist sich dieser Houlihan, dass sein Sarg entwendet und nicht nur irgendwie verlegt wurde?«

»Leute verlegen ihre Hausschlüssel, aber keine Särge«, meinte Branson ein wenig gereizt.

Bella unterbrach ihn. »Er ist sich sehr sicher. Es war sein teuerster Sarg im Programm, indisches Teakholz, hält angeblich Jahrhunderte. Nur hatte dieser hier eine Macke – das Holz hatte sich verworfen oder so – war von unten her nicht ganz dicht. Darum gab es auch Krach mit den Herstellern in Indien.«

»Nicht zu fassen, dass wir Särge aus *Indien* importieren! Gibt es in England etwa keine Schreiner mehr?«, rief Branson fassungslos.

Grace beschrieb mit dem Finger einen Kreis auf der Landkarte. »Ganz schön großes Gebiet.«

»Wie lange kann jemand in einem Sarg überleben?«, fragte Bella.

»Wenn der Deckel richtig drauf ist, käme es auf eine mögliche Luftzufuhr, Wasser und Nahrung an. Ohne Luft überlebt man nicht lange. Ein paar Stunden, höchstens einen Tag«, meinte Grace.

»Es sind schon drei Tage.«

Grace fiel ein, wie sein Vater von Menschen erzählt hatte, die man aus den Trümmern des Grand Hotel in Brighton gerettet hatte, das die IRA Mitte der achtziger Jahre in die Luft gesprengt hatte. Und erst kürzlich hatte er von einem Opfer gelesen, das man zwölf Tage nach einem Erdbeben in der Türkei aus den Überresten seines Hauses befreit hatte. »Mit Luft vielleicht eine Woche, vielleicht auch länger«, fuhr er fort. »Wir müssen davon ausgehen, dass sie, so blöd der Scherz auch sein mag, für Luftzufuhr gesorgt haben. Wenn nicht, suchen wir nach einer Leiche.«

Er sah die Mitglieder des Teams an. »Ich nehme an, ihr habt schon mit Mark Warren, dem Geschäftspartner, gesprochen.«

»Er ist gleichzeitig auch sein Trauzeuge«, erklärte Nicholas. »Angeblich hat er keine Ahnung, was passiert ist. Sie wollten eine Sauftour machen, und er konnte nicht mit, weil er mit dem Flugzeug festsaß.«

Grace sah stirnrunzelnd auf die Uhr. Ihnen lief die Zeit weg. »Normalerweise nimmt man keinen Sarg mit, wenn man auf Sauftour geht. So etwas entscheidet auch keiner spontan, oder?« Er sah sie eindringlich an.

Alle drei schüttelten den Kopf.

»Hat jemand mit den Ehefrauen und Freundinnen gesprochen?«

»Ich«, antwortete Bella. »Es ist nicht einfach, weil alle noch unter Schock stehen, aber eine war sehr wütend – Zoe ...« Sie nahm ihren Notizblock zur Hand und blätterte darin. »Zoe Walker, die Witwe von Josh Walker. Sie sagte, Michael habe den anderen immer blöde Streiche gespielt, und sie sei sicher, dass sie sich dafür rächen wollten.«

»Und der Trauzeuge soll nichts davon gewusst haben? Das kaufe ich ihm nicht ab«, warf Grace ein.

»Ich bin mir ziemlich sicher, dass er nichts weiß. Aus welchem Grund sollte er denn lügen?«, gab Nicholas zu bedenken.

Grace fand die Naivität des jungen Ermittlers besorgniserregend, andererseits sollte der Nachwuchs zeigen, was er konnte. Er ließ es vorerst durchgehen, nahm sich aber vor, später noch einmal darauf zurückzukommen.

»Ein verdammt großes Gebiet zum Durchkämmen«, meinte Branson. »Dicht bewaldet, da könnten hundert Leute tagelang suchen.«

»Wir müssen es eingrenzen«, erwiderte Grace und nahm einen blauen Textmarker von Bellas Tisch, mit dem er einen Kreis auf die Karte zeichnete. »Nick, wir brauchen eine Liste sämtlicher Pubs in dieser Gegend. Damit müssen Sie anfangen.« Dann wandte er sich an Branson. »Hast du Fotos von den Jungs aus dem Lieferwagen?«

»Ja.«

»Braver Junge. Zwei Sätze?«

»Ein ganzes Dutzend.«

»Wir teilen uns auf. DS Branson und ich übernehmen die eine Hälfte der Pubs, Sie beide die andere. Mal sehen, ob wir den Hubschrauber kriegen können. Bei dem dichten Baumbestand sind die Chancen aus der Luft womöglich besser.«

Eine Stunde später parkte Glenn Branson auf dem verlassenen Vorplatz des Pubs *The King's Head* an der Straße nach Uckfield. Sie stiegen aus und gingen zur Tür, über der sich ein Schild mit der Aufschrift »Inh. John und Margaret Hobbs« befand.

Die Bar war verlassen, ebenso der freudlos wirkende Restaurantbereich zur Linken. Es roch nach Möbelpolitur und schalem Bier. In einer Ecke blinkte ein Spielautomat, daneben hing eine Dartscheibe.

»Hallo!«, rief Branson.

Grace beugte sich über die Theke und entdeckte eine offene Bodenklappe. Er ging hinter die Theke, kniete sich hin und rief in den Keller hinunter, der von einer schwachen Glühbirne erleuchtet wurde: »Hallo? Jemand da unten?«

»Bin gleich da«, erwiderte eine knurrige Stimme.

Er hörte ein Rumpeln, aus der Klappe tauchten kräftige, verschmutzte Hände auf, die ein graues Bierfass von Harvey's hielten. Dann erschien ein bulliger Mann mit rotem Gesicht, der Jeans und ein weißes T-Shirt trug und stark schwitzte. Er hatte die Gestalt und die typische gebrochene Nase des Ex-Boxers. »Die Herren?«

Branson zeigte seinen Ausweis. »Detective Sergeant Branson und Detective Superintendent Grace von der Sussex Police. Wir suchen den Wirt. Sind Sie Mr Hobbs?«

»Der bin ich«, keuchte der Mann und richtete sich auf. Er stank unglaublich nach Schweiß.

»Würden Sie sich bitte diese Fotos ansehen und uns sagen, ob Sie jemanden erkennen. Möglicherweise waren die Männer am vergangenen Dienstag hier.« Branson legte die Fotos auf die Theke.

John Hobbs sah sich alle aufmerksam an und schüttelte dann den Kopf. »Nein, noch nie gesehen.«

»Waren Sie am Dienstagabend hier?«, erkundigte sich Grace.

»Ich bin jeden beschissenen Abend hier, sieben Tage die Woche. Dank Leuten wie Ihnen.«

»Leuten wie uns?«

»Ich meine Ihre Verkehrspolizei. Ist nicht einfach, von einem Pub auf dem Land zu leben, wenn eure Kollegen rumschleichen und meine Gäste dauernd blasen lassen.«

Grace ignorierte die Bemerkung. »Sind Sie ganz sicher, dass Sie niemanden erkennen?«

»Ich kann von Glück sagen, wenn mitten in der Woche zehn Leute kommen. Wenn sie hier gewesen wären, hätte ich sie gesehen. Ich erkenne keinen. Sollte ich?«

In solchen Momenten war Roy Grace wütend auf die Verkehrspolizei. Die meisten Menschen hatten nur Kontakt mit der Polizei, wenn sie geblitzt wurden oder blasen mussten. Daher betrachteten sie die Polizei auch nicht als Freunde und Ordnungshüter, sondern als Feind.

»Sehen Sie fern? Lesen Sie Zeitung?«, wollte Grace wissen.

»Nein, keine Zeit. Ist das ein Verbrechen?«

»Vier von diesen Männern sind tot«, sagte Glenn Branson, den die Haltung des Mannes allmählich ärgerte. »Sie starben am Dienstagabend bei einem Verkehrsunfall.«

»Und Sie kommen hier rein wie Graf Rotz und wollen einem armen Wirt die Schuld geben, weil er ihnen was zu trinken verkauft hat?«

»Das habe ich nicht gesagt«, entgegnete Grace. »Und das ist auch nicht meine Absicht. Ich suche nach dem Mann, der bei ihnen war.« Er deutete auf das Foto von Michael Harrison.

Der Wirt schüttelte den Kopf. »War nicht hier.«

Branson schaute nach oben. »Haben Sie eine Überwachungskamera?«

»Soll das ein Witz sein? Meinen Sie, ich hätte Geld für technische Spielereien? Wissen Sie, was meine Überwachungskamera ist? Das hier.« Er zeigte auf seine Augen. »Genau das. Ist sogar umsonst. Wenn Sie mich jetzt entschuldigen, ich muss das Fass anschlagen.«

Branson und Grace gingen schweigend hinaus.

31

MICHAEL ZITTERTE. Etwas krabbelte durch seine Haare, arbeitete sich in Richtung Stirn vor. Es fühlte sich wie eine Spinne an.

Voller Panik ließ er die Gürtelschnalle los und fuhr sich wie wild durchs Haar. Seine Finger waren ganz wund vom Kratzen am Deckel. Dann lief es ihm übers Gesicht, huschte über Wange, Mund, Kinn.

»Hau ab, du Scheißvieh!« Er schlug sich mit beiden Händen ins Gesicht, fühlte etwas Kleines, Klebriges. Immerhin war es tot. Er wischte die Reste ab, spürte die dichten Bartstoppeln.

Mit Tieren hatte er nie Probleme gehabt, außer mit Spinnen. Als Kind hatte er in der Zeitung von einem Obsthändler gelesen, der von einer Tarantel gebissen worden war, die sich in einem Bündel Bananen versteckt hatte. Der Mann wäre beinahe gestorben.

Die Taschenlampe schien jetzt sehr schwach, tauchte den Sarg in einen dunklen Bernsteinton. Er musste den Kopf hoch halten, damit ihm das Wasser nicht in Augen und Mund stieg. Ein Insekt hatte ihn in den Knöchel gebissen, die Stelle juckte.

Er schüttelte die Lampe, worauf sie ganz ausging. Dann glomm noch einmal ein winziges Lichtfädchen auf.

Ihm war eiskalt. Nur das Kratzen am Deckel verhinderte, dass er ganz erstarrte. Noch immer kein Durchbruch. Er musste, *musste* es schaffen, bevor das Wasser – er wollte das Undenkbare verdrängen, doch es gelang ihm nicht. Das Wasser stieg weiter, bedeckte seine Beine und einen Teil der Brust. Das Walkie-Talkie hielt er schützend zwischen Brust und Sargdeckel.

Mit dem Wasser stieg auch die Verzweiflung. Daveys Worte kreisten in seinem Gehirn.

Ein Typ hing in der Windschutzscheibe, dem fehlte der halbe Kopf. Junge, da kam das Gehirn raus. Wusste sofort, dass der hinüber war. Nur ein Überlebender, aber der ist auch gestorben.

Der Wagentyp passte, Zeitpunkt und Ort ebenfalls. Pete, Luke, Josh, Robbo – waren sie wirklich alle tot? Und hatte ihn deswegen niemand herausgeholt? Aber Mark musste doch wissen, was sie vorhatten, immerhin war er sein Trauzeuge, Himmelherrgott noch mal! Er führte doch sicher einen Suchtrupp an, oder? Außer natürlich, ihm war auch etwas zugestoßen. Vielleicht war er im nächsten Pub zu ihnen gestoßen und hatte mit im Wagen gesessen?

Es war zehn nach vier am Freitagnachmittag. Michael versuchte sich auszumalen, was vorging. Was machte Ashley gerade? Seine Mutter? Taten alle noch so, als würde die Hochzeit wie geplant stattfinden?

Er hob den Kopf um kostbare Zentimeter an den Deckel und rief, wie er es regelmäßig tat: »Hilfe! Helft mir! Hilfe!«

Nur betäubendes Schweigen.

Ich muss hier raus.

Ein Zischen, ein Knistern, dann ertönte das vertraute Rauschen. Die körperlose Südstaatenstimme fragte: »Meinst du ehrlich, ich komm ins Fernsehen?«

»Davey?«

»Hey, Kumpel, wir sind gerade zurück – Mensch, was für ein Wrack! In dem Auto hättest du nicht sitzen wollen, das kannst du mir glauben. Haben zwei Stunden gebraucht, um den Fahrer rauszuschneiden, sah übel aus. Aber besser als die Frau in dem anderen Wagen, kapiert?«

»Ja, kapiert«, erwiderte Michael, damit er zufrieden war.

»Da bin ich mir nicht so sicher. Ich will sagen, sie war tot. Klaro?«

»Tot? Ja, alles klar.«

»Man sieht ihnen einfach an, ob sie's packen oder nicht. Aber auch nicht immer. Aber, Mensch, ich sag dir was!«

»Davey, weißt du noch, wie viele junge Männer in dem Autowrack waren, das du am Dienstag gesehen hast?«

Nach kurzem Schweigen sagte er: »Ich zähl immer die Krankenwagen. Bei schlimmen Unfällen haben sie einen für jeden. Einer fuhr weg, als wir kamen, einer war noch da.«

»Davey, hast du zufällig die Namen der Opfer gehört?«

Zu Michaels großer Überraschung rasselte Davey die Namen prompt herunter. »Josh Anderton, Luke Smithson, Peter Waring, Robert Houlihan.«

»Du hast ein gutes Gedächtnis, Davey«, ermutigte er ihn. »Sonst noch jemand? War auch ein Mark Warren in dem Wagen?«

Davey lachte. »Ich vergesse nie einen Namen. Wenn Mark Warren drin gewesen wär, wüsste ich es. Ich weiß jeden Namen, den ich mal gehört hab, und auch wann.«

»Kam dir im Geschichtsunterricht sicher zugute.«

»Kann sein«, erwiderte Davey unbestimmt.

Michael bezwang den Drang, ihn aus lauter Frust anzubrüllen, und sagte geduldig: »Weißt du, wo genau der Unfall passiert ist?«

»A 26. Drei Komma acht Kilometer südlich von Crowborough.«

Michael spürte einen Hoffnungsschimmer. »Ich glaube, ich bin hier ganz in der Nähe. Kannst du fahren, Davey?«

»Ein Auto?«

»Genau das meine ich.«

»Kommt drauf an, was du mit *fahren* meinst.«

Michael schloss die Augen. Irgendwie musste er doch zu diesem Typen durchdringen. *Aber wie?* »Davey, ich brauche Hilfe, ganz dringend. Magst du Spiele?«

»Computerspiele? Klar! Hast du eine PlayStation 2?«

»Ich hab sie gerade nicht dabei.«

»Können wir vielleicht online spielen?«

Michael schwappte Wasser in den Mund, das er in Panik ausspie. Gott, stieg das schnell. »Davey, wenn ich dir eine Telefonnummer gebe, rufst du dann für mich an? Du musst jemandem sagen, wo ich bin. Könntest du jemanden in der Leitung halten, während du mit mir sprichst?«

»Houston, wir haben ein Problem.«

»Welches Problem?«

»Das Telefon ist nämlich im Haus von meinem Dad. Er weiß nicht, dass ich das Walkie-Talkie hab – ich darf das eigentlich nicht. Ist unser Geheimnis.«

»Okay, ich kann ein Geheimnis für mich behalten.«

»Mein Dad wär ganz schön wütend.«

»Meinst du nicht, er wäre noch wütender, wenn du mich sterben lässt, obwohl du mir das Leben hättest retten können? Ich glaube, du bist der einzige Mensch auf der Welt, der weiß, wo ich bin.«

»Okay, ich sag es keinem.«

Wieder schwappte ihm Wasser in den Mund – dreckiges, brackiges Wasser. Er spuckte es aus. Die Muskeln in Armen und Hals schmerzten, weil er den Kopf krampfhaft hoch halten musste. »Davey, ich sterbe, wenn du mir nicht hilfst. Du könntest ein Held werden. Willst du ein Held werden?«

»Ich muss los. Mein Dad ist draußen – er braucht mich.«

Michael verlor die Beherrschung und brüllte los. »Nein, Davey, du rennst jetzt nirgendwo hin. Du musst mir helfen. SCHEISSE, DU MUSST MIR EINFACH HELFEN!«

Langes Schweigen, und Michael fürchtete schon, er wäre zu weit gegangen. »Davey?«, fragte er sanfter. »Bist du noch da?«

»Ich bin noch da.« Seine Stimme klang jetzt kleinlaut wie die eines Jungen, der etwas ausgefressen hat.

»Davey, ich gebe dir jetzt eine Telefonnummer. Schreib sie auf, und ruf für mich an. Sag, dass ich mit den Leuten über das Walkie-Talkie sprechen muss – und dass es sehr, sehr dringend ist. Tust du das für mich?«

»Okay. Sagen, dass es sehr, sehr dringend ist.«

Michael nannte ihm die Nummer. Davey sagte, er werde anrufen und sich wieder melden.

Fünf quälende Minuten später hörte Michael wieder seine Stimme. »War nur eine Mailbox dran.«

Michael ballte die Fäuste. »Hast du eine Nachricht hinterlassen?«

»Nein. Davon hast du nichts gesagt.«

32

DIE WIRTIN von *The Friars* in Uckfield war eine hoch gewachsene Blondine Ende vierzig mit Stachelhaar, die wirkte, als hätte sie schon einiges von der Welt gesehen. Sie begrüßte Grace und Branson mit einem freundlichen Lächeln und betrachtete eingehend die Fotos, die sie ihr auf den Tresen legten.

»Hm, die waren hier, alle fünf«, bestätigte sie dann. »Mal überlegen … das war so gegen acht am Dienstag.«

»Sicher?«, fragte Branson.

Sie zeigte auf das Foto von Michael Harrison. »Er sah ein bisschen fertig aus, war aber ganz süß.« Dann kam Josh an die Reihe. »Er hat die Drinks bestellt, eine Runde Bier, glaube ich, und ein paar Kurze. Der Typ hier« – sie deutete auf Michael – »sagte, er würde am Samstag heiraten. Ich sei die schönste Frau, der er je begegnet sei, und wenn er mich früher getroffen hätte, wäre ich die Glückliche gewesen.«

Sie grinste Branson an und warf Grace ein aufreizendes Lächeln zu. Sie wusste, wie man mit der Polizei umging, dachte er. Die örtlichen Beamten fraßen ihr zweifellos aus der Hand, sodass sie sich keine Sorgen um die Sperrstunde machen musste.

»Haben Sie zufällig gehört, was die Männer vorhatten?«, fragte Grace.

»Nein, Schätzchen, aber sie waren bester Stimmung. Es war ziemlich leer, sie haben da drüben in der Ecke gesessen.« Sie zeigte auf eine

Nische mit Tisch und Stühlen, über denen Zierplaketten von alten Pferdegeschirren hingen. »Ich habe nicht weiter auf sie geachtet, weil ein Stammgast von seinen Eheproblemen erzählte. Sie kennen das ja.«

»Klar«, bestätigte Grace.

»Also wissen Sie nicht, wohin sie danach wollten?«, erkundigte sich Branson.

Sie schüttelte den Kopf. »Sah nach einer mittelschweren Sauftour aus. Kippten die Drinks runter und verschwanden wieder.«

»Haben Sie hier eine Überwachungskamera?«

Sie bedachte Grace mit einem weiteren koketten Lächeln. »Nein, Schätzchen, tut mir Leid.«

Als sie das Pub verließen und durch den strömenden Regen zu ihrem Wagen eilten, hörte Grace in der Ferne einen Hubschrauber. Er sah hoch, konnte aber nichts erkennen. Sie stiegen ein und knallten die Türen zu, dann rief Grace Bella und Nick an.

»Wie läuft es?«

»Übel«, entgegnete Nicholas. »Nichts Brauchbares. Zwei Pubs haben wir noch. Und bei Ihnen?«

»Noch drei.«

Branson ließ den Motor an. »Ganz schön flott, die Lady«, sagte er zu Grace. »Die wäre nicht abgeneigt.«

»Danke, nach dir.«

»Ich bin glücklich verheiratet. Aber du solltest nicht so wählerisch sein.«

Roy Grace schaute auf sein Handy und dachte an die SMS von Claudine, der polizistenhassenden Veganerin aus Guildford. »Du hast Glück. Mir scheint, die Hälfte aller unverheirateten Frauen ist übergeschnappt.«

Er schwieg einen Moment. »Der Unfall passierte um kurz nach neun. Womöglich war es das letzte Pub, bevor sie ihn in den Sarg legten.«

»Eins hätte zeitlich noch dazwischen gepasst.«

Sie suchten die nächsten drei Pubs auf, doch konnte sich niemand an die jungen Männer erinnern. Nick und Bella stießen auf einen einzigen Wirt, der sie gesehen hatte. Sie waren gegen acht Uhr dreißig gegangen und alle sehr betrunken gewesen. Das Pub lag etwa acht Kilometer entfernt, was Grace ziemlich mutlos machte. Nach all der Mühe waren sie der Frage, wo Michael Harrison stecken konnte, keinen Schritt näher gekommen.

»Wir sollten mit seinem Partner sprechen«, schlug Grace vor. »Wenn er Trauzeuge ist, *muss* er etwas wissen, meinst du nicht auch?«

»Ich finde, wir sollten die Gegend systematisch durchsuchen.«

»Ja, aber wir müssen das Gebiet eingrenzen.«

Branson ließ den Motor an. »Du hast mal gesagt, du kennst einen Typen, der irgendwas mit einem Pendel macht.«

Grace sah ihn erstaunt an. »Ja, und?«

»Ich weiß den Namen nicht mehr. Du hast gesagt, er kann verloren gegangene Dinge finden, indem er ein Pendel über einer Landkarte schwingen lässt.«

»Ich dachte, du glaubst nicht an so was. Du behauptest doch immer, ich sei ein Idiot, weil ich mich mit solchen Dingen abgebe. Und nun schlägst du vor, wir sollen zusammen hingehen?«

»Ich bin verzweifelt, Roy, mir fällt nichts Besseres ein.«

»Wir machen weiter wie bisher.«

»Vielleicht ist es ja einen Versuch wert.«

Grace lächelte. »Ich habe dich immer für einen Skeptiker gehalten.«

»Bin ich auch. Aber wir suchen einen Burschen, der morgen um zwei Uhr vor den Altar treten soll, und haben –« er sah auf die Uhr »nur noch zweiundzwanzig Stunden, um ihn dorthin zu schaffen. Und etwa achtzig Quadratkilometer Wald, den wir durchkämmen müssten. Und nur noch vier Stunden Tageslicht. Was sagst du dazu?«

Insgeheim war Grace der Ansicht, dass Harry Frame einen Versuch lohnte, bezweifelte aber angesichts des Fiaskos im Gerichtssaal, ob er wirklich seine Karriere dafür aufs Spiel setzen wollte. »Wir sollten zunächst alle anderen Möglichkeiten ausschöpfen, okay?«

»Angst vor dem Boss?«, neckte ihn Branson.

»Wenn du so alt bist wie ich, sorgst du dich auch um deine Pension.«

»Erinnere mich in dreißig Jahren noch mal dran.«

33

ASHLEY HARPER WOHNTE in einem winzigen viktorianischen Reihenhaus in der Nähe einer Bahnlinie. Die Gegend war früher das Arbeiterviertel von Hove gewesen, galt nun aber als zunehmend trendige – und kostspielige – Enklave für Singles und Leute, die ihr erstes Eigenheim kauften. Davon zeugten auch die Autos und die eleganten Haustüren.

Grace und Branson stiegen aus und gingen an einem Golf GTI und einem Renault Cabrio vorbei zum Haus Nr. 119, vor dem ein silberner Audi TT parkte.

Auf ihr Klingeln hin öffnete eine wunderschöne Frau Ende zwanzig die Tür und bedachte Branson mit einem traurigen Lächeln des Wiedererkennens.

»Hallo, Ashley«, sagte er. »Darf ich Ihnen meinen Kollegen Detective Superintendent Grace vorstellen? Wir würden gern mit Ihnen sprechen.«

»Kommen Sie doch herein. Gibt es etwas Neues?«

Grace war verblüfft über den Unterschied zwischen Fassade und Innenleben des Hauses, das von einem kühlen Minimalismus geprägt war. Weißer Teppich, weiße Möbel, graue Metalljalousien, an der Wand ein großer gerahmter Druck von Jack Vettriano, auf dem vier Typen in schicken Anzügen zu sehen waren. Auf einer HiFi-Anlage an der Wand tanzten bunte Lichtpunkte. Die schlichte, ziffernlose Wanduhr zeigte zwanzig nach sechs.

Sie bot ihnen etwas zu trinken an. Branson bekam ein Mineralwasser in geschmackvollem Glas; Grace, der neben ihm auf einem langen Sofa Platz genommen hatte, einen schwarzen Kaffee im eleganten weißen Keramikbecher.

»Man hat Ihren Verlobten am Dienstagabend in drei verschiedenen Pubs im Gebiet um Ashdown Forest gesehen«, erklärte Branson. »Die Zeugen haben auch bestätigt, dass er in Begleitung von vier Männern dort war – die Ihnen bekannt sein dürften. Aber uns liegen keine Informationen darüber vor, was sie planten, außer sich zu betrinken.«

»Michael ist kein großer Trinker«, sagte sie trostlos und umklammerte ihr Rotweinglas mit beiden Händen.

»Erzählen Sie mir von ihm«, bat Grace und sah sie aufmerksam an.

»Was denn?«

»Alles. Wie haben Sie ihn kennen gelernt?«

Ashley lächelte und wirkte sichtlich entspannter. »Ich hatte ein Vorstellungsgespräch bei ihm und seinem Partner.«

»Mark Warren?«

Ein kaum merkliches Zögern, das Grace nicht entging. »Ja.«

»Und wo haben Sie vorher gearbeitet?«

»Bei einer Immobilienfirma in Toronto. Ich war gerade erst nach England zurückgekehrt, als ich die Stelle bekam.«

»Zurückgekehrt?«

»Ich bin gebürtige Engländerin – hier sind meine Wurzeln.« Sie lächelte.

»Bei welcher Firma in Toronto?«

»Kennen Sie sich dort aus?«, fragte sie ein wenig überrascht.

»Ich habe vor etwa zehn Jahren eine Woche bei der Royal Canadian Mounted Police verbracht – im Kriminallabor.«

»Also, es war eine kleine Firma, sie gehörte zum Bay-Konzern.«

Grace nickte. »Demnach haben Michael Harrison und Mark Warren Sie gemeinsam eingestellt.«

»Hm, ja.«

»Und?«

»Der Job war toll – gut bezahlt – und ich wollte alles über das Immobiliengeschäft in England lernen. Außerdem schienen sie wirklich nett zu sein. Ich – hm – ich«, sie errötete, »ich fand Michael sehr attraktiv, war aber überzeugt, dass er verheiratet war oder eine Freundin hatte.«

»Verzeihen Sie, wenn ich persönlich werde, aber wann wurden Sie und Michael ein Paar?«, erkundigte sich Grace.

Nach kurzer Pause entgegnete sie: »Sehr schnell – nach einem Monat, glaube ich. Aber wir mussten es geheim halten, weil Michael sich Sorgen machte, Mark könnte es herausfinden. Er dachte, es würde schwierig für Mark, wenn er – na ja – etwas mit mir hatte.«

Grace nickte. »Und wann hat Mark es herausgefunden?«

Sie wurde rot. »Eines Tages kam er ins Büro, als wir nicht mit ihm gerechnet hatten.«

Grace lächelte. Er fühlte mit ihr, sie besaß eine verletzliche Ausstrahlung, die wohl in allen Männern ein Schutzbedürfnis weckte. Auch er empfand bereits so, obwohl er sie erst ein paar Minuten kannte. »Und dann?«

»Eine Weile war es irgendwie unangenehm. Ich schlug Michael vor zu kündigen, aber er wollte nichts davon wissen.«

»Und Mark?«

Grace bemerkte ein winziges Zucken, ein kaum merkliches Anspannen der Gesichtsmuskeln. »Er kam damit klar.«

»Also hat es Ihre berufliche Beziehung nicht beeinträchtigt?«

»Nein.«

Grace behielt ihre Augen genau im Blick. »Wussten Sie etwas von einer Offshore-Firma auf den Cayman Islands?«

Sie blickte rasch zu Branson und wieder zu Grace. »Nein – ich – davon weiß ich nichts.«

»Hat Michael je mit Ihnen über Steueroasen für sich und Mr Warren gesprochen?«

Plötzlich wirkte sie unerwartet zornig. »Was soll das? Sind Sie von der Polizei oder vom Finanzamt?«

»Wenn wir Ihren Verlobten finden sollen, müssen Sie uns helfen, ihn näher kennen zu lernen. Sagen Sie uns bitte alles, auch das, was Ihnen unwichtig erscheint.«

»Ich will nur, dass Sie ihn finden. Lebend. Bitte.«

»Hat Ihr Verlobter nicht mit Ihnen über den Junggesellenabschied gesprochen?«, fragte Grace und erinnerte sich, wie er selbst damals Sandy mit einer detaillierten Reiseroute versorgt und sie ihn in den frühen Morgenstunden gerettet hatte, nachdem man ihn nackt bis auf die Socken auf einem Briefkasten in einer Nebenstraße von Brighton ausgesetzt hatte.

Sie schüttelte den Kopf. »Sie wollten nur einen trinken.«

»Was werden Sie tun, wenn er bis zur Hochzeit morgen nicht auftaucht?«, fragte Branson.

Tränen liefen über ihre Wangen. Sie verließ das Zimmer und kam mit einem bestickten Taschentuch zurück, mit dem sie sich die Augen betupfte. Dann begann sie zu schluchzen. »Ich weiß es nicht. Wirklich nicht. Bitte, finden Sie ihn, ich liebe ihn so sehr. Ich halte das nicht mehr aus.«

Nachdem sie sich beruhigt hatte, sagte Grace wieder mit Blick auf ihre Augen: »Sie haben für beide als Sekretärin gearbeitet. Hat Mark Ihnen denn nicht gesagt, was sie vorhatten?«

»Es war doch bloß ein Männerabend. Ich war ja auch mit den Mädels unterwegs, Sie wissen schon. Das war alles.«

»Ist Ihnen bekannt, dass Michael einen gewissen Ruf als Scherzbold genoss?«

»Michael hat wirklich Humor – das liebe ich ja so an ihm.«

»Ist Ihnen etwas über einen Sarg bekannt?«

Sie setzte sich abrupt auf und verschüttete beinahe ihren Wein. »Einen Sarg? Was soll das heißen?«

Branson erklärte es behutsam. »Einer seiner Freunde, ein gewisser Robert Houlihan – kennen Sie ihn?«

»Ich bin ihm ein paar Mal begegnet. Ein Verlierer.«

»Tatsächlich?«

»Das hat M – Michael jedenfalls gesagt. Er hat sich an die Clique gehängt, gehörte aber nie richtig dazu.«

»Aber wohl doch genug, um am Junggesellenabschied teilzunehmen?«, beharrte Branson.

»Michael wollte niemandem wehtun. Ich glaube, er war der Meinung, sie könnten Robbo nicht einfach außen vor lassen.«

Grace trank einen Schluck Kaffee. »Und Sie hatten keinen Streit mit Michael? Nichts, weswegen er kalte Füße bekommen haben könnte?«

»Mein Gott, nein. Definitiv nicht. Ich – er –«

»Wo wollen Sie die Flitterwochen verbringen?«

»In Thailand. Michael hat ein tolles Hotel gebucht – er liebt Wassersport, Segeln, Tauchen. Es sieht paradiesisch aus.«

»Wir suchen bereits mit einem Hubschrauber nach ihm und haben eine Hundertschaft Spezialisten beantragt. Falls er bis heute Abend nicht auftaucht, startet eine großflächige Suche in der Gegend, in der man ihn zuletzt gesehen hat. Allerdings möchte ich vermeiden, hunderte kostbarer Arbeitsstunden unserer Polizisten zu verschwenden, falls er auf den Cayman Islands auf Kosten der britischen Steuerzahler in der Sonne brät. Verstehen Sie das?«

Ashley nickte. »Nur zu gut. Es geht ums liebe Geld und nicht darum, Michael zu finden«, sagte sie erbittert.

»Nein«, entgegnete Grace in milderem Ton. »Es geht nicht nur ums Geld. Wir werden alle nur denkbaren Maßnahmen ergreifen, um Michael zu finden.«

»Dann fangen Sie bitte sofort damit an.« Sie kauerte mit hängenden Schultern da und starrte in ihr Weinglas. »Über Sie gab es doch jetzt gerade einen Artikel im *Evening Argus.* Und gestern in der *Daily Mail.* Die wollten Sie lächerlich machen, weil Sie bei einem Medium waren, oder?«

»Ja.«

»Ich glaube auch daran. Kennen Sie jemanden? Sie wissen schon, Sie haben doch Verbindungen. Gibt es keine Medien, die verschwundene Menschen finden können?«

Grace warf Branson einen Blick zu und sah Ashley an. »Doch, die gibt es.«

»Könnten Sie nicht jemanden – oder mir jemanden empfehlen, den Sie kennen?«

Grace dachte gründlich nach. »Haben Sie etwas hier, das Michael gehört?« Er spürte Glenn Bransons bohrende Blicke.

»Was denn?«

»Egal was, irgendeinen Gegenstand. Ein Kleidungsstück, Schmuck, etwas, das er berührt hat.«

»Ich werde etwas suchen. Es dauert nur ein paar Minuten.«

»Kein Problem.«

34

»HAST DU NICHT MEHR ALLE TASSEN IM SCHRANK?«, fragte Branson im Auto.

Grace hielt ein Kupferarmband in der Hand, das er von Ashley Harper bekommen hatte. »Es war deine Idee.« Aus dem Radio dröhnte ein tiefer Bass, er drehte die Musik leiser.

»Klar, aber du solltest nicht sie danach fragen.«

»Hättest du lieber was bei ihm zu Hause geklaut?«

»*Ausgeliehen.* Mann, du lebst wirklich gefährlich. Wenn sie nun mit der Presse redet?«

»Du hast mich gebeten, dir zu helfen.«

Branson schaute ihn von der Seite an. »Was hältst du nun von ihr?«

»Sie weiß mehr, als sie sagt.«

»Also will sie seinen Arsch retten?«

Grace drehte das Armband in den Fingern. Drei dünne aneinander geschmiedete Kupferreifen, die jeweils in einer Scheibe mündeten. »Was meinst du?«

»Na bitte, das Übliche – du beantwortest eine Frage mit einer Gegenfrage.«

Eine Weile dachte Grace schweigend nach, ging im Geiste die Begegnung mit Ashley Harper durch. Ihre Sorge, die Antworten auf seine Fragen. Sechzehn Jahre Berufserfahrung hatten ihn vieles gelehrt, vor allem, dass die Wahrheit nicht immer gleich erkennbar war. Ashley Harper wusste mehr, als sie sagte, dessen war er sich sicher. Ihre Augen sprachen eine deutliche Sprache. Natürlich war es denkbar, dass sie sich sorgte, Michael Harrisons mögliche Steuerhinterziehung mit der Firma auf den Cayman Islands könnte ans Licht kommen. Doch er spürte, dass mehr dahinter steckte.

Zwanzig Minuten später parkten sie auf einer gelben Linie an der Kemp Town Promenade, die hoch über dem Strand und dem Kanal verlief.

Der Regen prasselte noch immer, und bis auf einen verschwommenen, grauen Fleck am Horizont, der ein Tanker oder Frachter sein mochte, wirkte das Meer verlassen. Ein steter Strom von Autos und Lkw floss an ihnen vorbei. Rechts sah Grace den Palace Pier mit seinen weißen Kuppeln, schrillen Lichtern und dem Karussell, das am Ende wie eine Säule aufragte.

Auf der Marine Parade, dem breiten Boulevard, der an den hübschen Regency-Fassaden mit Meerblick entlangführte, staute sich der Verkehr in beide Richtungen.

Das Van Alen war eines der wenigen modernen Gebäude, sechs Stockwerke Art Déco zwischen einem Parkhaus und einem Schwulen-Nachtklub. Sie drückten die Klingel von Wohnung 407 an der Sprechanlage, die von höchsten Sicherheitsvorkehrungen zeugte, worauf sich sofort eine Stimme meldete. »Hallo?«

»Mark Warren?«

»Ja, wer ist dort?«

»Die Polizei – wir würden gern mit Ihnen über Michael Harrison sprechen.«

»Sicher doch, kommen Sie rauf. Vierter Stock.« Ein scharfer Summton, Grace stieß die Tür auf.

»Komischer Zufall«, sagte er zu Branson, als sie den hochmodernen Aufzug aus blickdichtem, blauem Material mit berührungsempfindlichen Bedientasten betraten. »Ich war gestern Abend zum Pokern hier.«

»Wen kennst du denn hier?«

»Chris Croke.«

»Den Typen von der Verkehrspolizei?«

»Er ist okay.«

»Wie kann er sich so was leisten?«

»Reich geheiratet – besser gesagt, reich geschieden. Seine Frau hatte Geld, ihr Vater hat wohl mal in der Lotterie gewonnen. Und er hatte einen guten Scheidungsanwalt.«

»Schlauer Hund.«

Sie stiegen im vierten Stock aus und gingen durch einen Flur mit dickem Teppich und blauen Halogenlampen, die das Farbthema des Aufzugs wieder aufnahmen. Branson klingelte an der Tür von 407.

Ein Mann Ende zwanzig in weißem, krawattenlosem Businesshemd, Nadelstreifenhose und schwarzen Slippern mit Goldkettchen machte ihnen auf. »Kommen Sie herein, meine Herren«, sagte er freundlich.

Grace sah ihn an, meinte ihn zu kennen. Er hatte den Mann schon einmal gesehen, und es war gar nicht lange her. Aber wo?

Branson zeigte ihm den Ausweis, den Mark Warren kaum zur Kenntnis nahm. Sie folgten ihm durch einen schmalen Flur in einen riesigen offenen Wohnraum, in dem zwei rote Sofas ein großes L bildeten und ein niedriger schwarzer Lacktisch als Grenze zum Küchen- und Essbereich diente.

Die Wohnung wirkte ähnlich minimalistisch wie Ashley Harpers Haus, war aber weitaus kostspieliger eingerichtet. Auf einem Sockel in der Ecke thronte eine afrikanische Maske. An den Wänden hingen hochkarätige, wenn auch unverständliche abstrakte Gemälde, und das Aussichtsfenster ging direkt aufs Meer hinaus. Auf dem Flachbildfernseher von Bang & Olufsen lief ein Nachrichtenprogramm ohne Ton.

»Darf ich Ihnen etwas anbieten?«, fragte Mark Warren und knetete dabei die Hände.

Grace beobachtete aufmerksam seine Körpersprache, lauschte auf den Tonfall der Stimme. Der Mann verströmte pure Angst. Kein Wunder. Grace wusste aus Erfahrung, dass Überlebende einer Katastrophe mit großen Schuldgefühlen zu kämpfen hatten.

»Nein, danke. Wir möchten Sie auch nicht lange aufhalten, es sind nur ein paar Fragen.«

»Gibt es etwas Neues von Michael?«

Grace berichtete von der Suche in den Pubs und dem fehlenden Sarg. Aber die Art und Weise, wie Warren darauf reagierte, ließ bei Grace ein Warnlicht aufleuchten. Vorläufig war es nur ein kleines, doch es war ein Signal.

»Das glaube ich keinesfalls, dass die Jungs einen Sarg mitgenommen haben«, meinte Mark Warren.

»Eigentlich müssten Sie es ja wissen«, versetzte Grace. »Ist es nicht die Aufgabe des Trauzeugen, den Junggesellenabschied zu organisieren?«

Mark nickte.

Grace runzelte die Stirn. »Aber Sie waren trotzdem nicht an der Planung beteiligt?«

Mark wirkte nervös. Seine Stimme zitterte, wurde aber schnell wieder ruhiger. »Ich – nein, das meine ich nicht. Ich will sagen – Sie wissen schon – wir – Luke – wollte eine Stripperin buchen, aber das ist so einfallslos – wir wollten etwas Originelleres machen.«

»Um es Michael Harrison für all seine Streiche heimzuzahlen?«

»Ja, darüber haben wir auch gesprochen«, entgegnete Warren fahrig.

»Von einem Sarg war aber nicht die Rede?«, fragte Roy Grace mit durchdringendem Blick.

»Definitiv nicht.« Warren klang geradezu gekränkt.

»Einem Teakholzsarg.«

»Ich – ich weiß nichts von einem Sarg.«

»Sie wollen mir also weismachen, dass Sie zwar sein Trauzeuge sein sollten, aber nichts von den Plänen für seinen Junggesellenabschied wussten?«

Langes Zögern. Mark Warrens Augen schossen von einem zum anderen. »Ja«, antwortete er schließlich.

»Tut mir Leid, aber das kaufe ich Ihnen nicht ab«, sagte Grace. Sofort bemerkte er Warrens aufflackernden Zorn.

»Sie werfen mir vor, ich würde lügen? Bedauere, meine Herren, damit ist das Gespräch beendet, ich muss mit meinem Anwalt reden.«

»Ist das wichtiger, als Ihren Geschäftspartner zu finden?«, fragte Grace. »Er wollte morgen heiraten. Sind Sie sich dessen bewusst?«

»Ich bin sein Trauzeuge.«

Plötzlich fiel Grace ein, wo er Warren schon einmal gesehen hatte. Das glaubte er jedenfalls. »Was für einen Wagen fahren Sie?«

»Einen BMW.«

»Welches Modell? 3er? 5er? 7er?«

»Einen X-5.«

»Das ist eine Art Geländewagen, oder? Mit Allradantrieb.«

»Ja, das stimmt.«

Grace nickte gelassen, doch in seinem Kopf brodelte es.

35

ALS SIE VOR DEM AUFZUG WARTETEN, warf Branson einen Blick auf Warrens Wohnungstür. Als er sah, dass sie zu war, fragte er: »Was sollte das eben mit dem Auto?«

Sie betraten den Aufzug, und Grace drückte den Knopf für den Keller. Er war so in Gedanken versunken, dass er die Frage gar nicht beachtete.

»Mit dem Kerl stimmt was nicht.«

Keine Reaktion.

»Wir müssen im Erdgeschoss raus, da sind wir auch reingekommen.«

Gefolgt von Branson trat Grace in die Tiefgarage. Sie war trocken, schwach beleuchtet, es roch ein wenig nach Motoröl. Sie kamen an einem Ferrari, einem Jaguar, einem Mazda-Sportwagen und einer kleinen Fordlimousine vorbei. Ein paar leere Stellplätze, dann blieb Grace vor einem silbern glänzenden BMW-X-5-Geländewagen stehen. Schaute sich den Wagen genau an. Vom Lack perlten noch Wassertropfen.

»Cooles Teil«, meinte Branson. »Aber wenig Platz auf der Rückbank. Der Range Rover und der Cayenne sind größer.«

Grace betrachtete die Räder, kniete sich hin und schaute unter eine Türschwelle. »Als ich gestern Abend hier war und gegen Viertel vor eins zu meinem Wagen ging, fuhr dieser BMW herein. Schlammbedeckt. Er fiel mir auf, weil man in Zentrum von Brighton selten schmutzige Geländewagen sieht. Die meisten werden doch von Müttern zum Einkaufen gefahren.«

»Und du bist dir sicher, dass es *dieser* Wagen war?«

Grace tippte sich an den Kopf. »Das Kennzeichen.«

»Ach ja, fotografisches Gedächtnis – und das in deinem fortgeschrittenem Alter ...«

»Funktioniert einwandfrei.«

»Wie willst du vorgehen?«

»Und du?«

»Ein fehlender Sarg. Ein Wald. Ein schlammbedeckter Wagen. Ein Trauzeuge, der als Einziger überlebt und mit seinem Anwalt sprechen will. Ein Bankkonto auf den Cayman Islands. Da ist was faul.«

»Und wie.«

»Was jetzt?«

Grace holte das Kupferarmband hervor und hielt es hoch. »Das hier.«

»Meinst du wirklich?«

»Hast du einen besseren Vorschlag?«

»Mark Warren zum Verhör vorladen.«

Grace schüttelte den Kopf. »Der Typ ist schlau. Wir müssen schlauer sein.«

»Ist es wirklich so viel schlauer, einen windigen Pendelschwinger zu fragen?«

»Vertrau mir.«

36

ER MUSSTE WACH BLEIBEN. Nur so konnte er überleben. Die Unterkühlung machte ihn schläfrig, und wenn er einschliefe, würde er ins Koma fallen und sterben.

Michael zitterte, war dem Delirium nahe. Es war kalt, so kalt; er hörte Stimmen, Ashley flüsterte ihm ins Ohr, er griff hoch, um sie zu berühren, doch seine Knöchel trafen nur auf hartes Holz.

Wasser schwappte ihm gegen den Mund, er spuckte es aus. Sein Gesicht war an den Sargdeckel gequetscht. Die Taschenlampe tat es nicht mehr, und er versuchte noch, das Walkie-Talkie über Wasser zu halten, doch sein Arm schmerzte so sehr, dass er nicht mehr lange durchhalten würde.

Er hatte sein nutzloses Handy in die Gesäßtasche seiner Jeans gesteckt. Damit gewann er ein paar Zentimeter Höhe. Aber wozu? Er würde sterben, auch wenn er nicht wusste, wie viel Zeit ihm noch blieb. Lange würde es nicht mehr dauern.

»Ashley«, hauchte er schwach, »Ashley, mein Liebling.«

Dann drang ihm Wasser in den Mund.

Er rieb mit der Taschenlampe an der Kerbe im Deckel, die stetig breiter und tiefer wurde. Er dachte an die Hochzeit. Seine Mutter hatte ihm das Kleid gezeigt, das sie sich gekauft hatte, dazu den Hut, die Schuhe und die neue Handtasche. Sie wartete auf seine Zustimmung, wollte wissen, ob sie an diesem ganz besonderen Tag gut aussehen würde, er sollte stolz auf sie sein und Ashley auch. Er erinnerte sich an den Anruf seiner kleinen Schwester, die so aufgeregt war, weil er ihr den Flug von Australien bezahlte. Sie war inzwischen da, wartete bei seiner Mutter und machte sich fertig.

Sein Nacken tat so weh, dass er den Schmerz kaum ertragen konnte. Gleich musste er ihn entspannen, sich zurücksinken lassen, den Atem anhalten, sich erneut aus dem Wasser hochstemmen. Was bald auch nicht mehr möglich wäre.

Er weinte vor Hilflosigkeit und Angst, schlug gegen den Deckel, hämmerte dagegen. Drückte wieder den Sprech-Knopf. »Davey! Davey! Hey, Davey!«

Er spuckte Wasser.

Jede Zelle in seinem Körper zitterte vor Kälte.

Rauschen.

Seine Zähne klapperten. Er schluckte einen Mundvoll schlammiges Wasser, dann noch einen. »Bitte, bitte, helft mir, helft mir doch.«

Er versuchte, sich zu beruhigen, an seine Rede zu denken. Er musste sich bei den Brautjungfern bedanken. Einen Toast aussprechen. Zuerst aber musste er seiner Mutter danken. Der Toast für die Brautjungfern kam zuletzt. Komische Geschichten zum Besten geben. Pete hatte ihm einen tollen Witz erzählt. Von einem Paar, das in die Flitterwochen fährt und –

Flitterwochen.

Alles war gebucht. Sie würden morgen um neun Uhr fliegen, nach Thailand. Erster Klasse – das wusste Ashley nicht, das war die besondere Überraschung.

Holt mich raus, ihr Idioten, ich verpasse meine Hochzeit, meine Flitterwochen. Kommt schon! Sofort!

37

DIE UHR AM ARMATURENBRETT DES FORD zeigte dreizehn Minuten nach sieben. Branson und Grace fuhren an den eleganten Stadthäusern aus der Regency-Ära von Kemp Town vorbei, bogen dann ab auf eine Straße, die hoch über die Klippen führte, vorbei an den kolossalen neogotischen Gebäuden des Mädcheninternats Roedean und dem Art-Déco-Bau des St. Dunstan's-Blindenheims. Der Regen peitschte gegen die Scheibe, der Wind rüttelte den Wagen förmlich durch. Es regnete seit Tagen. Branson schaltete das Radio ein, um das Knistern des Polizeifunks zu übertönen, und wiegte sich im Rhythmus eines Songs der Scissors Sisters.

Grace tolerierte die Musik vorübergehend, bevor er die Lautstärke wieder herunterdrehte.

»Was ist los, Mann – die Band ist total cool.«

»Toll.«

»Wenn du dir jemanden an Land ziehen willst, musst du mit der Zeit gehen.«

»Mit dir als Kultur-Guru, oder wie?«

Branson warf ihm einen Seitenblick zu. »Ich sollte mich auch als Stil-Guru betätigen. Ich kenne da einen Friseur – Ian Habbin bei *The Point.* Er soll dir ein paar Fransen schneiden – du siehst wirklich aus wie von vorgestern.«

»Und fühle mich wie von morgen«, versetzte Grace. »Du hast mich nämlich zum Mittagessen eingeladen. Jetzt ist die Teezeit vorbei, wir sind kurz vor dem Abendessen. Wenn wir so weitermachen, können wir sogar zusammen frühstücken.«

»Seit wann hast du denn ein Leben neben der Arbeit?«, fragte Branson und bereute seine Frage sofort. Er spürte den Schmerz seines Freundes, ohne ihn ansehen zu müssen. »Tut mir Leid, Mann.«

Sie fuhren durch das schicke Dorf Rottingdean, das oben auf den Klippen thronte, einen Hang hinauf, durch eine Senke, vorbei an den wuchernden Vororten von Salthaven und Peacehaven.

»Die nächste links«, sagte Grace. Er lotste Branson durch ein Labyrinth von hügeligen Sträßchen, in denen sich Bungalows und kleine Reihenhäuser drängten, und ließ ihn vor einem schäbigen Bungalow parken, vor dem ein noch schäbiger wirkendes Wohnmobil stand.

Sie eilten durch den Regen unter das winzige Vordach, an dem ein tönendes Windspiel hing, und drückten die Klingel. Ein winziger, drahtiger Mann, der ein Ziegenbärtchen, einen langen grauen Pferdeschwanz, Kaftan und Arbeitshose und ein Medaillon mit dem ägyptischen Ankh-Symbol trug und Mitte siebzig sein mochte, begrüßte sie mit hoher Stimme und griff überschwänglich nach Grace' Hand, als hätte er einen lang vermissten Freund wiedergefunden. »Detective Superintendent Grace! Wie schön, Sie zu sehen.«

»Ganz meinerseits. Das ist DS Branson. Glenn, darf ich dir Harry Frame vorstellen?«

Harry Frame umfasste Bransons Hand mit einer Kraft, die weder zu seinem Alter noch zu seiner Größe passte, und schaute ihn mit durchdringenden grünen Augen an. »Was für eine Freude, Sie kennen zu lernen, kommen Sie doch herein.«

Sie folgten ihm in einen schmalen Flur, der von einer schwachen Birne in einer Hängelaterne beleuchtet wurde, im maritimen Stil eingerichtet war und unter anderem mit einem großen Bullauge aus Messing aufwartete. Im Wohnzimmer bogen sich die Regale unter zahlreichen Buddelschiffen. Es gab eine graubraune, dreiteilige Polstergarnitur, deren Lehnen mit Sofaschonern abgedeckt waren, einen Fernseher und am Fenster einen runden Eichentisch mit vier Holzstühlen. An der Wand registrierte Branson einen kitschigen Druck von Anne Hathaways Cottage und einen gerahmten Sinnspruch. »*Hat sich ein Geist erst einmal entfaltet, kann er nie in seine ursprünglichen Grenzen zurückkehren.*«

»Tee, meine Herren?«

»Danke«, sagte Grace.

Branson sah Grace an, als suchte er nach dem richtigen Stichwort. »Das wäre sehr nett.«

Harry Frame eilte geschäftig aus dem Zimmer. Branson betrachtete eine einsame weiße Kerze, die in einem Glasleuchter auf dem Tisch brannte, und sah Grace an, als wollte er fragen: *Was soll der Mist?*

Grace lächelte zurück. *Nur Geduld.*

Nach einigen Minuten brachte eine fröhliche, untersetzte Frau mit grauem Haar ein Tablett mit drei Bechern Tee und einem Teller Schokoplätzchen herein und stellte es auf den Tisch.

»Hallo, Roy«, begrüßte sie Grace und sagte dann augenzwinkernd zu Branson. »Ich bin Maxine und führe hier den Oberbefehl.«

»Nett, Sie kennen zu lernen. Detective Sergeant Branson.«

Dann kam ihr Mann mit einer Landkarte ins Zimmer.

Grace nahm sich einen Becher, wobei er die wässrig-grüne Farbe der Flüssigkeit und Bransons skeptischen Blick konstatierte.

»So, meine Herren«, sagte Frame und nahm ihnen gegenüber Platz, »Sie haben eine vermisste Person?«

»Michael Harrison.«

»Die jungen Männer aus dem *Argus*? Furchtbarer Unfall. So jung hinübergerufen zu werden.«

»Hinübergerufen?«, fragte Branson.

»Offenbar haben die Geister nach ihnen verlangt.«

Branson warf Grace einen Blick zu, den dieser geflissentlich ignorierte.

Frame schob Kekse und Kerze beiseite und breitete eine Vermessungskarte von East Sussex auf dem Tisch aus.

Branson aß einen Keks, während Grace dem Medium das Kupferarmband überreichte. »Sie hatten mich gebeten, etwas mitzubringen, das dem Vermissten gehört.«

Frame umschloss das Armband und machte die Augen zu. Die Polizisten starrten ihn an. Er hielt die Augen mehr als eine Minute geschlossen und begann irgendwann zu nicken. »Hm, ja, hm, ja.« Dann riss er die Augen unvermittelt auf und sah die beiden Männer an, als wäre er überrascht, sie noch im Zimmer vorzufinden. Er rückte näher an die Landkarte heran und holte eine Schnur mit einem kleinen Bleigewicht aus der Hosentasche.

»Mal sehen, was sich machen lässt. Ja, das werden wir tun. Ist der Tee in Ordnung?«

Grace nippte daran. Er war heiß und schmeckte leicht säuerlich. »Perfekt.« Auch Branson trank pflichtschuldig. »Gut.«

Harry Frame strahlte sie aufrichtig an. »Nun denn ...« Er stützte die Ellbogen auf den Tisch, vergrub das Gesicht in den Händen, als betete er, und begann vor sich hin zu murmeln. Grace wich Bransons Blick aus.

»Yarummm«, brabbelte Frame. »Yarummm. Brnnnn. Yarummm.«

Dann setzte er sich abrupt auf, hielt die Schnur zwischen Daumen und Zeigefinger über die Karte und ließ das Bleigewicht wie ein Pendel schwingen. Er schürzte konzentriert die Lippen, ließ es in einer engen Runde kreisen und suchte die Karte Zentimeter für Zentimeter ab.

»Uckfield? Crowborough? Ashdown Forest?« Er sah die Männer fragend an. Beide nickten.

Doch Harry Frame schüttelte daraufhin den Kopf. »Nein, in dieser Gegend kann ich nichts erkennen. Ich werde es mit einem kleineren Maßstab versuchen.«

»Wir sind uns ziemlich sicher, dass er sich in dem Gebiet befindet«, erklärte Roy Grace.

Wieder schüttelte Frame entschlossen den Kopf. »Nein, das Pendel sagt mir nichts dergleichen. Wir müssen uns in einem weiteren Radius umsehen.«

Grace spürte Bransons skeptischen Blick wie ein Brennen. Er schaute auf die neue Landkarte, die ganz East und West Sussex zeigte und über der das Pendel nun einen engen Bogen um Brighton beschrieb.

»Da ist er«, murmelte Frame.

»In Brighton? Das glaube ich nicht.«

Frame holte einen Stadtplan von Brighton hervor und ließ das Pendel darüber schwingen. Schon kreiste es über Kemp Town. »Ja, genau hier ist er.«

Grace schaute Branson an, als wäre er nun seiner Meinung. »Sie müssen sich irren, Harry.«

»Ich glaube nicht, Roy. Ihr Mann befindet sich genau hier.«

Grace schüttelte den Kopf. »Wir kommen gerade aus Kemp Town, wir haben mit seinem Geschäftspartner gesprochen. Vielleicht hat Sie das irgendwie abgelenkt.«

Harry Frame nahm das Kupferarmband in die Hand. »Ist das hier sein Armband, das Armband von Michael Harrison?«

»Ja.«

»Dann ist er genau hier. Mein Pendel irrt nie.«

»Können Sie uns auch die Adresse nennen?«, wollte Branson wissen.

»Das nicht, die Bebauung ist zu dicht. Aber wenn Sie dort suchen, werden Sie ihn finden.«

38

»TOTAL DURCHGEKNALLT«, meinte Branson, als sie von Harry Frames Haus wegfuhren.

Grace war in Gedanken versunken und schwieg. Der Regen hatte aufgehört, und lange Streifen Abendsonne drangen durch die grauen Wolken, die tief über dem Meer hingen. »Gehen wir mal davon aus, dass er Recht hat.«

»Gehen wir irgendwo was essen und trinken«, entgegnete Branson. »Ich verhungere, ich kann nicht mehr.«

Es war mittlerweile halb neun.

»Gute Idee.«

Glenn rief seine Frau an. Das Gespräch klang hitzig und endete damit, dass Branson mittendrin einhängte. »Sie ist sauer.«

Grace lächelte verständnisvoll. Er würde sich hüten, einen Kommentar zur häuslichen Situation eines Kollegen abzugeben.

Wenige Minuten später saßen sie in einem Pub namens »The Badger's Rest«, Grace mit einem großen Glas Glenfiddich on the rocks, Branson mit einem Pint Bier, das er nur so kippte, obwohl er noch fahren musste.

»Ich bin zur Polizei gegangen, damit meine Kinder stolz auf mich sind«, erklärte er. »Geschissen. Als ich noch Rausschmeißer war, hatte ich wenigstens ein Privatleben. Ich konnte meinen Sammy baden und ins Bett bringen und ihm vorlesen, bevor ich zur Arbeit ging. Weißt du, was Ari eben zu mir gesagt hat?«

»Was denn?« Grace las gerade die Angebote auf der Kreidetafel.

»Sie sagte, Sammy und Remi würden weinen, weil ich versprochen hätte, ihnen heute Abend vorzulesen.«

»Dann fahr nach Hause«, meinte Grace sanft.

Branson trank das Bier aus und bestellte noch eins. »Das geht nicht, das weißt du genau. Ich kann nicht um fünf den Griffel fallen lassen und wie ein Verwaltungsbeamter das Büro verlassen. Das bin ich Ashley Harper und Michael Harrison schuldig, oder?«

»Du musst lernen, auch mal loszulassen«, sagte Grace.

»Ach ja? Und wann genau?«

Grace trank seinen Whisky aus. Das Brennen in Kehle und Magen tat gut. Er hielt dem Barkeeper sein Glas hin und orderte noch einen Doppelten, legte einen Zwanzig-Pfund-Schein auf den Tresen und bat um Wechselgeld für den Zigarettenautomaten. Er hatte seit mehreren Tagen nicht mehr geraucht, doch heute Abend kam er nicht dagegen an.

Das Päckchen Silk Cut fiel in den Schlitz. Er riss das Zellophan auf und fragte nach Streichhölzern. Dann zündete er eine an und inhalierte dankbar. Sie schmeckte mehr als köstlich.

»Ich dachte, du hättest aufgehört.«

»Hab ich auch.«

Er bekam seinen Drink und stieß mit Branson an. »Du hast kein Privatleben, und ich mache meins kaputt. Willkommen bei der Polizei.«

Branson schüttelte den Kopf. »Dein Freund Harry Frame ist vielleicht ein komischer Vogel!«

»Erinnerst du dich an Abigail Matthews?«

»Die Kleine vor ein paar Jahren? Sie war acht, oder?«

»Ja.«

»Wurde vor ihrem Elternhaus entführt. Du hast sie in einer Kiste in einem Hangar auf dem Flughafen Gatwick gefunden.«

»Nigerianer. Wollten sie an eine Kinderschänderbande in Holland verkaufen.«

»Tolle Ermittlungsarbeit. Bist du nicht auch deshalb so schnell befördert worden?«

»In der Tat. Nur habe ich niemandem verraten, wie ich sie gefunden habe.« Der Whisky löste ihm die Zunge. »Ich hab es nie jemanden erzählt, weil –«

»Weil was?«

»Weil es nicht meine tolle Ermittlungsarbeit war, Glenn. Harry Frame hat sie mit seinem Pendel gefunden. Kapiert?«

Branson sagte zunächst gar nichts. »Und darum glaubst du an ihn.«

»Er hat auch in anderen Fällen Recht behalten, aber ich hänge es nicht an die große Glocke. Alison Vosper und ihre Freunde von ganz oben haben Schubladen, in die er nicht hineinpasst. Wenn man bei der Polizei Karriere machen möchte, muss man sich an die Spielregeln halten. Man muss *positiv* auffallen. Meist reicht es schon, wenn man so tut, als würde man sich an die Regeln halten.« Er kippte den zweiten Whisky viel schneller als beabsichtigt herunter. »Lass uns was essen.«

Branson bestellte Krabben, während Grace sich für eher ungesunden Räucherschinken mit gebratenem Ei und Pommes Frites entschied, eine weitere Zigarette anzündete und die nächste Runde orderte.

»Was jetzt, großer Guru?«

Grace sah ihn blinzelnd an. »Wir könnten uns besaufen.«

»Das wird nicht gerade dazu beitragen, Michael Harrison zu finden, oder ist mir da etwas entgangen?«

»Nicht, dass ich wüsste. Aber es ist schon halb neun. Ich wüsste nicht, was wir jetzt noch machen sollten, außer mit Schaufel und Taschenlampe in den Ashdown Forest zu fahren.«

»Wir müssen irgendetwas übersehen haben.«

»Man übersieht immer etwas, Glenn. Nur verstehen die meisten Leute nicht, wie wichtig Glück und Zufall in unserem Beruf sind.«

»Glück?«

»Kennst du den alten Golferwitz?«

»Nein.«

»*Komisch … je mehr ich übe, desto mehr Glück habe ich.*«

Branson grinste. »Also haben wir vielleicht nicht genug geübt.«

»Doch. Morgen ist der große Tag. Wenn Michael Harrison den größten Streich seines Lebens spielen will, ist morgen die Stunde der Wahrheit gekommen.«

»Und wenn nicht?«

»Dann kommt Plan B an die Reihe.«

»Und der wäre?«

»Keine Ahnung.« Grace schaute ihn über den Glasrand hinweg an. »Denk dran, wir wollten eigentlich nur zusammen Mittag essen.«

39

ALS DAS TELEFON KLINGELTE, lümmelte Ashley gerade in ihrem weißen Frotteebademantel auf dem Bett und sah sich im Fernsehen eine alte Folge von *Sex and the City* an. Sie setzte sich abrupt hin, wobei sie fast ihren Sauvignon Blanc verschüttete. Achtzehn Minuten nach elf. Ganz schön spät für einen Anruf.

Sie meldete sich mit einem nervösen, atemlosen: »Ja, hallo?«

»Ashley? Ich hoffe, ich habe dich nicht geweckt, Liebes.«

Michaels Mutter. Sie stellte das Weinglas auf den Nachttisch und schaltete den Ton des Fernsehers aus. »Nein, überhaupt nicht. Ich kann sowieso nicht schlafen, hab seit Dienstag kein Auge zugetan. Gleich nehme ich eine Tablette, die hat mir der Arzt verschrieben. Hauen einen angeblich völlig um.« Im Hintergrund hörte sie Bobo, Gills Hündchen, bellen.

»Ich möchte, dass du es dir noch mal überlegst, Ashley. Du solltest den Empfang morgen wirklich absagen.«

Ashley holte tief Luft. »Gill, wir haben gestern und heute darüber gesprochen. Zu diesem Zeitpunkt bekommen wir kein Geld mehr zurück, die Leute reisen von überall her an – beispielsweise mein Onkel aus Kanada, der mein Brautführer wird.«

»Ein netter Mann, und er hat den ganzen weiten Weg gemacht.«

»Wir stehen uns sehr nahe. Er hat sich die ganze Woche freigenommen, damit er letzten Montag zur Probe kommen konnte.«

»Wo wohnt er eigentlich?«

»In London im ›Lanesborough‹. Immer nur das Beste.« Sie schwieg einen Moment. »Natürlich habe ich ihm alles erzählt, aber er kommt trotzdem her, um mich zu unterstützen. Meinen Freundinnen aus Kanada konnte ich gerade noch absagen, vier von ihnen wollten kommen. Auch einige Leute aus London konnte ich überreden, zu Hause zu bleiben. Hier klingelt seit Tagen ununterbrochen das Telefon.«

»Bei mir auch.«

»Leider hat Michael Freunde und Kollegen aus ganz England eingeladen – auch aus dem Ausland – und ich habe schon so viele wie möglich angerufen. Aber wir müssen uns um die kümmern, die trotzdem kommen. Außerdem hoffe ich immer noch, dass Michael auftaucht.«

»Daran glaube ich nicht mehr, Liebes.«

»Gill, Michael hat seinen Freunden die wildesten Streiche gespielt, als sie geheiratet haben – einer von ihnen kam vierzig Minuten zu spät zu seiner eigenen Trauung, der andere schaffte es gerade mal wenige Minuten vor der Zeremonie in die Kirche. Michael könnte immer noch irgendwo sein, eingesperrt oder gefesselt, ohne zu wissen, was passiert ist.«

»Du bist ein wunderschönes und liebes Mädchen – es wäre furchtbar, wenn du vergeblich in der Kirche warten würdest. Du musst akzeptieren, dass ihm etwas zugestoßen ist. Vier Menschen sind gestorben, Liebes. Michael muss davon gehört haben – falls es ihm gut geht.«

Ashley fing an zu schluchzen. Sie weinte herzzerreißend und betupfte sich die Augen mit einem Taschentuch. Dann schniefte sie und sagte: »Ich bemühe mich ja so, aber es geht einfach nicht. Ich – bete nur, dass er wiederkommt. Immer wenn das Telefon klingelt – glaube ich, dass er es ist – dass er lacht – und alles aufklärt.«

»Michael ist ein guter Junge«, versicherte ihr Gill. »Er war nie grausam, ein so gemeiner Scherz würde nicht zu ihm passen.«

Sie schwiegen, bis Ashley schließlich fragte: »Alles in Ordnung?«

»Von der furchtbaren Sorge um Michael abgesehen, schon. Carly ist bei mir.«

»Sie ist also angekommen?«

»Ja, vor ein paar Stunden. Wird morgen mit dem Jetlag zu kämpfen haben.«

»Eigentlich müsste ich sie begrüßen.« Dann: »Verstehst du, was ich meine? Die ganzen Leute, die von überall her kommen – wir müssen sie wenigstens in der Kirche empfangen – und ihnen etwas zu essen anbieten. Stell dir vor, Michael taucht auf, und wir sind nicht da.«

»Er würde verstehen, dass du die Trauung aus Respekt vor den Toten abgesagt hast.«

Ashley brach wieder in Schluchzen aus. »Bitte, Gill, lass uns zur Kirche gehen und abwarten.«

»Nimm jetzt die Tablette, und schlaf ein bisschen, Liebes.«

»Ich ruf dich morgen wieder an.«

»Gut, ich stehe zeitig auf.«

»Danke für deinen Anruf.«

»Gute Nacht.«

»Nacht!«, sagte Ashley.

Sie legte auf, drehte sich schwungvoll um, wobei ihre Brüste aus dem offenen Bademantel rutschten, und schaute auf den Mann hinunter, der da nackt neben ihr im Bett lag. »Die blöde Kuh hat keine Ahnung!« Sie grinste breit, ihr Gesicht leuchtete vor Freude. »Keinen blassen Schimmer!«

Sie umschlang seinen Hals, küsste ihn leidenschaftlich auf den Mund und arbeitete sich dann nach unten vor, langsam und aufreizend, tiefer und tiefer.

40

ER SCHWITZTE UNTER DEM FEDERBETT. Es war zu heiß, viel zu heiß, war ihm irgendwie über den Kopf gerutscht, sodass er kaum atmen konnte. Wasser rann ihm übers Gesicht, die Arme hinunter, über Rücken und Beine. Er schob das Federbett weg, setzte sich auf, spürte einen dumpfen Schlag gegen den Schädel, sank zurück.

Platsch.

Oh Gott.

Wasser schwappte überall um ihn herum. Und es fühlte sich an, als wäre es auch innerhalb seines Körpers, als wären sein Blut und das Wasser, in dem er lag, austauschbar. Er suchte nach einem Wort, doch es entglitt ihm, sobald er es erhaschen wollte. *Wie Seife in der Wanne*, dachte er.

Kalt. Eben noch unerträglich heiß, jetzt kalt. Furchtbar kalt. Zähneklirrend kalt. Sein Kopf zerplatzte fast. »Mal sehen, ob noch Paracetamol im Bad sind«, verkündete er und dann ins nachfolgende Schweigen: »Dauert nicht lange. Nur schnell in die Apotheke.«

Der Hunger war vor einigen Stunden verschwunden, kehrte nun aber umso heftiger zurück. Sein Magen brannte, als fräße sich die Säure in die Magenwände. Sein Mund war ausgedörrt. Er streckte die Hand aus und schöpfte Wasser in den Mund, doch trotz des Durstes fiel ihm das Trinken schwer.

Osmose!

»OSMOSE!« In freudiger Erregung schrie er das Wort geradezu heraus, sagte es wieder und wieder. »Osmose! Erwischt! *Osmose*!«

Dann wurde ihm wieder heiß. Er schwitzte. »Kann mal jemand die Heizung runterdrehen!«, rief er ins Dunkel. »Herrgott noch mal, wir kochen hier unten, wir sind doch keine Hummer.«

Er kicherte über seine Bemerkung. Dann klappte der Sargdeckel über seinem Gesicht nach oben. Langsam, stetig und lautlos, bis er den Nachthimmel erkennen konnte, über den Kometen schossen. Ein Lichtstrahl fiel auf ihn, in dem träge Staubkörner schwebten, und er begriff, dass alle Sterne am Firmament aus diesem Projektor strömten. Der Himmel war eine Riesenleinwand! Dann sah er ein Gesicht vorbeidriften, durch das Licht und die Staubkörner. Ashley. Als schaute er vom Boden eines Schwimmbeckens zu ihr empor, während sie mit dem Gesicht nach unten über ihm dahintrieb.

Dann noch ein Gesicht – seine Mutter. Und Carly, seine kleine Schwester. Dann sein Vater, wie Michael ihn in Erinnerung hatte, im schicken, braunen Anzug, dem cremefarbenen Hemd und der roten Seidenkrawatte. Michael verstand nicht, wie sein Vater in das Schwimmbecken kommen und trotzdem trocken bleiben konnte.

»Du stirbst, mein Junge«, erklärte Tom Harrison. »Bald bist du bei uns.«

»Ich bin noch nicht so weit, Dad.«

Sein Vater lächelte gequält. »Wer ist das schon?«

»Mir ist das Wort eingefallen, nach dem ich gesucht habe. *Osmose.*«

»Ein gutes Wort, Junge.«

»Wie geht es dir, Dad?«

»Hier oben kann man gute Geschäfte machen. Tolle Geschäfte. Wenn du erst hier oben bist, brauchst du dein Geld nicht mehr auf den Cayman Islands zu verstecken. Du darfst alles behalten, was du verdienst – wie hört sich das an?«

»Ja, Dad –«

Nur sprach er jetzt nicht mehr mit seinem Vater, sondern mit dem Pfarrer, Reverend Somping. Einem kleinen, hochmütigen Mann Ende fünfzig mit grau gewelltem Haar, dessen Bart nur unzureichend die geröteten Wangen verbarg, die Somping nicht gesunder Frischluft, sondern geplatzten Äderchen infolge schweren Trinkens verdankte.

»Du kommst zu spät, Michael, wenn du dich nicht endlich da herausbemühst. Ist dir klar, dass ich dich nach dem Gesetz nicht trauen darf, wenn du nicht bis Sonnenuntergang in der Kirche bist?«

»Ich habe nicht, nein –«

Er griff hoch, wollte den Pfarrer berühren, seine Hand nehmen, traf aber nur auf unerbittlich hartes Teakholz.

Finsternis.

Wassergluckern, als er sich bewegte.

Dann fiel ihm etwas auf. Er tastete mit den Händen, das Wasser reichte nicht mehr bis zu den Wangen, umschloss nur noch den Hals. »Ich trage es wie eine Krawatte«, sagte er. »Kann man Wasser wie eine Krawatte tragen?«

Dann überfielen ihn die Schauer, packten seine Arme, dass seine Ellbogen gegen die Rippen schlugen, seine Füße zuckten, sein Atem schneller ging, immer schneller, bis er hyperventilierte.

Ich werde sterben, ich sterbe, hier, allein, an meinem Hochzeitstag. Die Geister kamen, um ihn zu holen, sie kamen nach unten in die Kiste und –

Er presste die bebenden Hände vors Gesicht. Er wusste nicht, wann er zuletzt gebetet hatte – jedenfalls lange bevor sein Vater starb. Tom Harrisons Tod hatte ihm endgültig bestätigt, dass es keinen Gott gab. Nun aber kamen ihm die Worte des Vaterunsers in den Sinn, und er flüsterte sie in seine Hände, als sollte sie niemand anders hören.

Atmosphärisches Rauschen lenkte ihn ab. Dann erscholl näselnder Country-Gesang. Gefolgt von einer Stimme. »Guten Morgen, Sportfans, hier ist WNEB Buffalo an einem regnerischen Samstagmorgen mit den neuesten Nachrichten aus Sport, Politik und Wetter. Bei den Endspielen gestern Abend –«

Michael fummelte panisch an dem Walkie-Talkie herum, das ihm von der Brust rutschte und ins Wasser fiel. »Scheiße, oh nein, Scheiße!«

Er fischte es heraus, schüttelte es gründlich und drückte den Sprechknopf. »Davey? Bist du das, Davey?«

Noch ein Zischen und Knistern. »Hey, Kumpel! Bist du der Typ mit den Freunden, die Dienstagabend in dem Autowrack waren?«

»Ja.«

»Schön, mal wieder mit dir zu reden.«

»Davey, du musst mir dringend einen Gefallen tun. Dann könntest du sogar eine Ansage in deinem Radiosender machen.«

»Kommt drauf an, was die sonst noch für Nachrichten haben«, meinte Davey wegwerfend.

»Okay.« Michael beherrschte sich mit Mühe. »Entweder musst du jemanden ans Telefon holen, mit dem ich durch dein Walkie-Talkie sprechen kann, oder du musst mit deinem Dad kommen und mich retten.«

»Kommt drauf an, ob du in der Gegend bist, in der wir arbeiten, kapiert?

»Ja, Davey. Ich kapiere es ganz genau.«

41

ALS SIE DANACH IM BETT LAGEN, umgeben von einem Dutzend brennender Kerzen und Bob Bergs *Riddles* in der HiFi-Anlage, zündete Ashley eine Zigarette an und hielt sie Mark hin. Er inhalierte tief.

»Gill hat Recht«, meinte er. »Ich finde, du solltest nicht in die Kirche gehen und vor allem nicht den Empfang durchziehen.«

Ashley schüttelte heftig den Kopf. »Und ob ich das sollte. Verstehst du denn nicht, wenn ich in der Kirche auftauche –«, sie zog an der Zigarette und blies genießerisch den Rauch aus, »dann sehen alle die arme, verlassene Braut und bemitleiden mich.«

»Ich weiß nicht so recht, das könnte auch zum Bumerang werden.«

»Wieso?«

»Na ja, sie könnten es auch gefühllos finden, wenn du weitermachst, und denken, dass du keinen Respekt vor Pete, Luke, Josh und Robbo hast. Wir müssen beide so tun, als wären wir tief betroffen.«

»Wir beide haben mit den Familien gesprochen, ihnen Briefe geschrieben und alles getan, was sich gehört. Aber wir reden seit drei Tagen über die Hochzeit und kommen einfach nicht weiter! Den verdammten Partyservice müssen wir so oder so bezahlen, also können wir uns auch um die Leute kümmern, die auftauchen. Allzu viele werden es ohnehin nicht sein.«

Mark nahm die Zigarette und inhalierte tief. »Ashley, die Leute würden es sicher verstehen. Seit drei Tagen hämmerst du mir deine Logik ein und hörst nicht ein einziges Mal wirklich zu. Ich halte es für einen Riesenfehler.«

»Vertrau mir.« Sie sah ihn entschlossen an. »Werd' jetzt bloß nicht weich.«

»Herrgott, ich werde nicht weich – ich –«

»Willst du aussteigen?«

»Darum geht es nicht. Lass uns zusammen stark sein!«

»Bin ich doch.«

Sie tastete sich an ihm hinunter, vergrub ihr Gesicht in seinem Schamhaar, sein Penis lag schlaff an ihrer Wange. »Unter stark verstehe ich was anderes«, sagte sie boshaft.

42

GRACE BEGANN DAS WOCHENENDE auf seine liebste Art – mit einem 10-km-Strandlauf am frühen Samstagmorgen. Es regnete immer noch stark, doch das war ihm egal; er hatte sich den Schirm der Baseballkappe tief ins Gesicht gezogen und trug dazu einen superleichten Jogginganzug und nagelneue Laufschuhe von Nike. Das schnelle, stete Tempo ließ ihn den Regen und alle Sorgen vergessen. Er atmete tief bei jedem abgefederten Schritt, während ihm aus unerfindlichen Gründen *Signed, Sealed, Delivered* von Stevie Wonder im Kopf herumspukte.

Er sang lautlos mit, während er an einem alten Mann im Trenchcoat vorbeilief, der seinen Pudel ausführte, und wurde von zwei in Lycra gehüllten Radfahrern auf Mountainbikes überholt. Es herrschte Ebbe. Im Watt gruben einige Fischer nach Würmern, die sie als Köder verwenden wollten.

Er spürte das Salz auf den Lippen. Vorbei ging es am Geländer der Promenade, dem ausgebrannten Skelett des West Pier und über eine Rampe zum Strand hinunter. Die Fischer hatten ihre Boote so weit auf den Sand gezogen, dass auch die höchste Flut sie nicht erreichen konnte. Er registrierte die Namen, *Daisy Lee, Belle of Brighton, Sammy*, roch Farbe, geteerte Taue und fauligen Fisch, als er an den noch geschlossenen Cafés, Spielhallen und Kunstgalerien in den Arches vorbeilief. Surfklub, Bootsteich, Planschbecken, unter der Trägerbrücke des Palace Pier hindurch – wo er und Sandy sich zum ersten Mal geküsst hatten. Allmählich wurde er müde, war aber entschlossen, es bis zu den Klippen von Black Rock zu schaffen, bevor er kehrtmachte.

Da meldete sich sein Handy. Eine Nachricht.

Er blieb stehen, holte es aus der Reißverschlusstasche und schaute aufs Display.

Wie kannst du ein Mädchen nur so hinhalten, Big Boy? Claudine xx

Herrgott, lass mich doch in Ruhe. Du hast mich den ganzen Abend beschimpft, weil ich ein Bulle bin, und jetzt lässt du nicht locker. Bislang hatte er keine guten Erfahrungen mit Internet-Verabredungen gemacht. Waren die etwa alle wie Claudine? Aggressive, einsame Frauen, die nicht richtig tickten? Es musste doch auch ein paar normale Frauen unter ihnen geben, oder?

Er steckte das Handy ein und lief weiter. Natürlich schuldete er ihr eine Antwort, überlegte aber, ob es nicht ratsam sei, sie einfach zu ignorieren. Was sollte er denn sagen? *Verpiss dich, gib Ruhe? War nett mit dir, aber ich bin wohl doch schwul?*

Schließlich nahm er sich vor, kein Feigling zu sein und sich bei ihr zu melden, wenn er wieder zu Hause war. *Tut mir Leid, ich bin noch nicht reif für eine neue Beziehung.*

Er entspannte sich, worauf seine Gedanken zu seiner Arbeit wanderten, den Papierbergen, die sich immer höher türmten. Den nigerianischen Mädchenhändlern, dem Prozess gegen Suresh Hossain, der kalten Spur des kleinen Thomas Lytle und dem Verschwinden von Michael Harrison.

Vor allem Letzteres wurmte ihn gewaltig. Und ein Gedanke hatte ihn die ganze Nacht über nicht losgelassen. Er erreichte den Fußweg, der unterhalb der Klippen verlief, joggte an den weißen Kalkhängen vorbei, unter sich den Jachthafen mit den Reihen der Pontons und den Wäldern aus Masten, den Hotels, Läden und Restaurants, und lief noch drei Kilometer weiter.

Als er kehrtmachte, brannten seine Lungen und Beine, er war high vor lauter Anstrengung. Auf Höhe des Van Alen Building nahm er die Rampe zur Promenade und wartete auf eine Verkehrslücke an der Marine Parade. Er lief die schmale Straße neben dem Gebäude entlang und blieb vor der Einfahrt zur Tiefgarage stehen.

Er hatte Glück. Das Tor schwang auf, und ein dunkelblauer Porsche Boxster rollte heraus, am Steuer eine rasante Blondine mit Sonnenbrille. Er schlüpfte hinein, bevor das Tor zuging.

Die Luft roch nach Öl und Benzin, doch er war endlich im Trockenen. Er sah sich um. Da stand der glänzend saubere BMW-X-5-Geländewagen.

Er schaute auf das Kennzeichen, W 796 LDY, und sah sich um. Keiner da. Er kniete sich neben das Vorderrad, legte sich auf den Rücken und kroch unter die Türschwelle, um von innen in den Radkasten zu spähen. Völlig verschlammt.

Er zog ein Taschentuch hervor, entfaltete es mit der linken Hand und kratzte mit der Rechten am trockenen Schmutz, bis einige Brocken in das Taschentuch fielen.

Er verknotete es sorgfältig und steckte es ein. Dann kroch er hervor, ging zum Eingang und winkte durch den Infrarotstrahl. Kurz darauf ertönte ein Summen, und die Türen öffneten sich klirrend.

Draußen blickte er vorsichtig in beide Richtungen und lief nach Hause.

43

ER HATTE GEDUSCHT und ein entspanntes Frühstück mit Rührei und gegrillten Biotomaten genossen – zu Hause konzentrierte er sich momentan auf Biokost, um das Junk Food auszugleichen, das er oft bei der Arbeit aß. Dazu trank er Unmengen Mineralwasser und las in aller Ruhe die *Daily Mail*, bevor er sich in einen Fahrbericht über den neuesten Aston Martin in *Autocar* vertiefte. Danach begab sich Grace in sein Arbeitszimmer mit Blick auf den winzigen, verwilderten Garten und die geradezu peinlich gepflegten Nachbargärten und rief Glenn Branson zu Hause an. Auf dem Schreibtisch lag in Plastik eingetütet das Taschentuch mit der Erde von Mark Warrens Wagen.

Bransons Frau Ari meldete sich. Während er sich mit Glenn auf Anhieb verstanden hatte, kam er bei Ari einfach nicht weiter. Sie begegnete ihm oft spröde, als vermutete sie, er als Single könnte ihren Mann auf Abwege führen.

Im Laufe der Jahre hatte Grace sich um Freundschaft bemüht, den Kindern Geburtstagskarten und großzügige Geschenke mitgebracht und ihr bei den wenigen Einladungen zum Essen einen Blumenstrauß geschenkt. Manchmal glaubte er, Fortschritte zu machen, allerdings nicht an diesem Morgen. Sie klang wenig erfreut, als er sich meldete.

»Hallo, Roy, willst du mit Glenn sprechen?«, fragte sie kurz angebunden.

Nein, mit dem Mann im Mond, hätte er beinahe gesagt, ließ es aber und erwiderte nur: »Falls er gerade in der Nähe ist.«

»Wir haben es eilig.« Im Hintergrund hörte er ein Kind schreien. Dann brüllte Ari: »Sammy, gib es ihr, du warst schon dran, jetzt ist deine Schwester an der Reihe!« Das Geschrei wurde lauter. Schließlich kam Branson an den Apparat.

»Hi, großer Guru, bist du aber früh auf.«

»Sehr witzig. Was hattet ihr heute doch gleich vor?«

»Aris Schwester wird dreißig. Feiert in Solihull. Anscheinend stehe ich vor der Wahl, meine Ehe oder Michael Harrison zu retten. Was schlägst du vor?«

»Deine Ehe. Sei dankbar für deine blöden alten Freunde, die kein Privatleben haben und an den Wochenenden deine Arbeit mit erledigen.«

»Ich bin dankbar. Was hast du vor?«

»Ich gehe zu einer Hochzeit.«

»Bist du vielleicht sentimental. Zylinder? Frack? Alles schon gebügelt?«

»Hat dir schon mal jemand gesagt, was für ein mieser Typ du bist?«

»Die Frau, die mir fast abhanden gekommen wäre.«

Grace spürte einen leisen Schmerz. Er wusste, dass Glenn es nicht böse meinte, aber die Worte taten trotzdem weh. Selbst wenn es spät geworden war und Ärger drohte, ging Glenn doch immer zu seinen Kindern nach Hause, die ihn liebten, und einer wunderbar warmen Frau in seinem Bett. Menschen wie er konnten nicht verstehen, was es hieß, allein zu leben.

Einsamkeit.

Einsamkeit konnte ganz schön beschissen sein.

Sie war beschissen.

Grace hatte die Einsamkeit satt, wusste aber keinen Ausweg. Wenn er nun jemanden kennen lernte? Sich mit Haut und Haaren verliebte?

Und dann Sandy wieder auftauchte?

Insgeheim wusste er, dass sie nie wieder auftauchen würde, doch ein Teil seines Herzens weigerte sich, es hinzunehmen. Wenn es ihm besonders schlecht ging, suchte er bisweilen ein Medium auf, wollte Kontakt zu Sandy herstellen oder wenigstens herausfinden, was ihr zugestoßen war. Doch sie blieb ungreifbar, ein Fotonegativ, das für immer schwarz und konturlos in der Entwicklerflüssigkeit eines Fotografen schwimmen würde.

Er wünschte Branson ein schönes Wochenende, beneidete ihn um sein Leben, seine anspruchsvolle Frau, seine tollen Kinder, seine ganze verdammte Normalität. Er spülte die Frühstückssachen und schaute aus dem Fenster zu Noreen Grinstead hinüber, die in braunem Synthetikhosenanzug, Schürze, gelben Gummihandschuhen und Regenhäubchen ihren silbernen Nissan einseifte. Eine schwarzweiße Katze huschte über die Straße. Im Radio interviewte der Ansager in *Home Truths* eine Frau, deren Eltern während ihrer gesamten Kindheit kein Wort miteinander gewechselt hatten.

Sechzehn Jahre bei der Polizei hatten ihn gelehrt, die Eigenarten der Gattung Mensch nie zu unterschätzen. Und die schien mit jedem Tag eigenartiger zu werden.

Er rief die Wache in Brighton an und erkundigte sich, ob jemand vom Erkennungsdienst zugegen sei. Man stellte ihn zu Joe Tindall durch, auf den er große Stücke hielt.

Tindall arbeitete akribisch, engagiert und war überaus erfinderisch. Der dünne Brillenträger mit dem schütteren Haar hatte etwas von einem verrückten Professor und war mehrere Jahre als forensischer Archäologe im Britischen Museum tätig gewesen, bevor er in den Polizeidienst wechselte. Mit ihm arbeitete Grace auch beim Fall Tommy Lytle zusammen.

»Hey, Joe, kein freies Wochenende?«

»Von wegen! Ich muss die ballistischen Untersuchungen für den Überfall auf den Juwelier machen – alle anderen haben sich verdrückt. Und dann noch die Messerstecherei von Mittwoch, danke der Nachfrage.«

»Joe, ich brauche deine Hilfe. Ich habe hier eine Erdprobe von einem verdächtigen Fahrzeug. Wie kann ich ganz schnell herausfinden, aus welchem Teil von Sussex sie stammt?«

»Wie genau musst du es denn wissen?«

»Innerhalb weniger Quadratmeter.«

»Sehr witzig, Roy.«

»Ich meine es ernst.«

»Hast du auch eine Probe aus dem vermuteten Gebiet? Ich könnte die beiden testen und abgleichen. In Sussex gibt es Kreide, Lehm, Kies und Sand.«

»Das vermutete Gebiet ist Ashdown Forest.«

»Da findest du hauptsächlich Sand und Lehm. Wir könnten auch Pollen, Fossilien, Samen, Tierkot, Gras, Wasser einbeziehen.«

»Welche Fläche könntest du eingrenzen?«

»Wenige Quadratkilometer.«

»Das ist viel zu viel. Und wie lange würde es ohne eine Probe aus dem Gebiet dauern?«

»Wochen. Außerdem brauchen wir dazu ein Riesenteam – und einen Haufen Geld.«

»Aber es wäre möglich?«

»Mit unbegrenzten Mitteln und genügend Zeit könnte ich dir ein sehr kleines Gebiet eingrenzen.«

»Wie klein?«

»Kommt drauf an. Zwanzig, dreißig Quadratmeter vielleicht.«

»Okay, danke. Ich möchte dir etwas bringen – bist du noch eine Weile da?«

»Den ganzen Tag, Roy, und vermutlich auch nachts.«

44

EINE STUNDE SPÄTER fuhr Grace in blauem Anzug, weißem Hemd und heller Krawatte in das ausgedehnte Gewerbegebiet von Hollingbury am Stadtrand von Brighton und rollte langsam auf den Parkplatz des lang gestreckten, flachen Art-Déco-Gebäudes, in dem die Zentrale der Kriminalpolizei von Sussex untergebracht war.

Es war ursprünglich als Fabrik erbaut und vor einigen Jahren von der Polizei erworben und renoviert worden. Ohne das unübersehbare Polizeiwappen an der Fassade hätte man es durchaus für ein extravagantes Hotel halten können. Es war leuchtend weiß gestrichen und wurde von einem gepflegten Rasen gesäumt. Passierte man allerdings die Sicherheitsbeamten am hohen Gittertor und fuhr auf den Parkplatz hinter dem Gebäude, bot sich ein anderes Bild – Streifenwagen, Müllcontainer und ein enormer Zellenblock.

Grace parkte zwischen einem Polizei-Geländewagen und einem Mannschaftswagen, hielt am Hintereingang seine Kennkarte vor den Ausweisleser und trat ein. Er wies sich beim Sicherheitsbeamten am Empfang aus und stieg die üppig ausgelegte Treppe hinauf, die mit altertümlichen Schlagstöcken dekoriert war. Auf dem Treppenabsatz hing eine blaue Tafel mit den Fotos wichtiger Mitarbeiter.

Er kannte alle Gesichter. Ian Steel und Verity Smart von der Abteilung Sonderermittlungen, David Davison von der Planungsabteilung, Will Graham und Christopher Derricott aus der Wissenschaftsabteilung, James Simpson von der Technischen Einheit, Terrina Clifton-Moore vom Psychologischen Dienst und noch einige andere.

Er ging durch ein Großraumbüro voller Schreibtische, von denen die wenigsten besetzt waren.

Das ganze Gebäude wirkte modern und effizient, was Grace gefiel, da er lange Jahre in alten, unpraktischen Gebäuden gearbeitet hatte, die an Kaninchenbauten erinnerten. Er empfand es als wohltuend, dass seine geliebte Polizei, der er sein Leben gewidmet hatte, nun auch wirklich im 21. Jahrhundert angekommen war.

Da traf ihn ein Geruch, der mit jedem Schritt intensiver wurde: der dicke, klebrige, Übelkeit erregende Gestank menschlicher Verwesung, der im Laufe der Jahre unangenehm vertraut geworden war. Viel zu vertraut. Es gab keinen anderen Geruch, der sich mit diesem vergleichen ließ; er umfing einen wie ein unsichtbarer Nebel, drang tief in Haut, Nase, Lunge und Magen, setzte sich in Haaren und Kleidern fest, sodass man ihn noch Stunden später mit sich herumtrug.

Als er die Tür des kleinen, spartanischen Erkennungsdienstbüros öffnete, entdeckte er die Ursache: Das Fotostudio war in Aktion. Auf dem Tisch lag unter einer grellen Lampe ein zerrissenes, blutgetränktes Hawaii-Hemd auf braunem Hintergrundpapier. Daneben Plastikbeutel mit einer Hose und Camel-Mokassins.

Grace sah sich um und entdeckte einen Mann im weißen Overall, der konzentriert in die Linse einer Hasselblad auf einem Stativ blickte. Im ersten Moment erkannte er ihn nicht. Dann begriff er, dass sich Joe Tindall seit ihrer letzten Begegnung vor einigen Monaten deutlich verändert hatte. Die Frisur à la verrückter Professor und die Schildpattbrille waren verschwunden. Er hatte sich den Kopf rasiert, ein schmales Bärtchen verlief von der Mitte der Unterlippe bis zum Kinn, und er trug eine flippige, viereckige Brille mit blauen Gläsern. Er sah jetzt eher wie ein Medienberater als wie ein Kriminalwissenschaftler aus.

»Neue Frau in deinem Leben?«, fragte Grace statt einer Begrüßung.

Tindall blickte überrascht auf. »Roy, wie schön, dich zu sehen! Ja, du hast Recht – sieht man das?«

Grace grinste und betrachtete ihn genauer, da er eigentlich noch mit einem Ohrring rechnete. »Jung, was?«

»Das auch – aber wie kommst du darauf?«

Grace grinste wieder. »Sie hat dich auch verjüngt, was?«

Da verstand Tindall und grinste verlegen. »Sie bringt mich um, Roy. Dreimal, jede Nacht.«

»Drei Versuche oder drei Erfolge?«

»Halt's Maul.« Er musterte Grace von oben bis unten. »Siehst schick aus für einen Samstag. Heißes Date?«

»Eine Hochzeit.«

»Gratuliere – wer ist denn die Glückliche?«

»So glücklich ist sie wohl nicht«, gab er zurück und legte den kleinen Plastikbeutel mit der Erde, die er an Mark Warrens BMW sichergestellt hatte, neben das Hemd auf den Tisch. »Du musst Gas geben.«

»Die Leute wollen immer, dass ich Gas gebe.«

»Das ist nicht wahr, Joe. Bei der Tommy-Lytle-Sache habe ich dir gesagt, du bekommst alle Zeit, die du brauchst. Aber das hier ist etwas anderes. Ich habe einen Vermissten – ob er überlebt, hängt davon ab, wie schnell du das hier analysierst.«

Joe Tindall hob den Beutel hoch, schüttelte ihn leicht, sah angestrengt hin. »Ziemlich sandig.«

»Was verrät dir das?«

»Du hast am Telefon Ashdown Forest erwähnt.«

»Ja.«

»Könnte die Art von Erde sein, die man dort findet.«

»Könnte?«

»Großbritannien watet knietief im Sand, Roy. Natürlich gibt es Sandboden im Ashdown Forest – aber auch an Millionen anderer Orte.«

»Ich brauche ein Gebiet, das etwa zwei Meter lang und einen Meter breit ist.«

»Hört sich nach einem Grab an.«

»Ist es auch.«

Joe Tindall nickte und betrachtete wieder prüfend die Erde. »Ich soll mit diesem Tütchen ein Grab irgendwo im Ashdown Forest lokalisieren?«

»Jetzt ist der Groschen gefallen.«

Der Erkennungsdienstler nahm die Brille ab, als könnte er so klarer sehen, und setzte sie wieder auf. »Okay, Roy. Du lokalisierst das Grab und bekommst von mir einen Abgleich, ob die Erde von dort stammt oder nicht.«

»Eigentlich sollte es andersrum sein.«

Tindall hielt erneut den Beutel hoch. »Verstehe. Für wen hältst du mich? Bin ich David Copperfield? Meinst du, ich schwinge das hier durch die Luft und zaubere ein Grab inmitten eines zehntausend Hektar großen Waldes hervor?«

»Hast du ein Problem damit?«

»Das habe ich in der Tat.«

45

EINIGE STUNDEN SPÄTER fuhr Grace langsam an der All-Saints-Kirche in Patcham Village vorbei, wo um zwei Uhr die Hochzeit stattfinden sollte – in genau einer Dreiviertelstunde.

Es war seine persönliche Lieblingskirche. Eine klassische Dorfkirche im Early-English-Stil, schlicht, aus schmucklosem grauem Stein, mit kleinem Turm und einem schönen Buntglasfenster hinter dem Altar. Umgeben von einem überwucherten Friedhof mit Grabsteinen, deren Daten mehrere Jahrhunderte zurückreichten.

Er parkte den Alfa auf einem Grasstreifen gegenüber dem Eingang. Der starke Regen war einem Nieseln gewichen, und er hatte von hier aus einen ausgezeichneten Blick auf das Geschehen. Noch niemand zu sehen. Auf dem Asphalt lag feuchtes Konfetti von einer früheren Hochzeit.

Eine ältere Frau im Regenmantel zog einen Einkaufswagen hinter sich her und blieb stehen, um mit einem riesenhaften Mann im Anorak zu plaudern, der einen winzigen Hund an der Leine führte. Das Tier hob das Bein an einem Laternenpfahl.

Dann fuhr ein blauer Ford Focus vor, aus dem ein Mann mit mehreren Kameras um den Hals stieg. Grace fragte sich, ob er der offizielle

Fotograf oder ein Pressevertreter war. Dann hielt ein brauner Vauxhall an, aus dem ein junger Mann mit Notizbuch auftauchte. Die beiden begrüßten sich und blieben vor der Kirche stehen.

Nach zehn Minuten tauchte ein silberner BMW-Geländewagen auf. Er erkannte sofort Mark Warrens Kennzeichen. Warren stieg aus, eilte zum Haupteingang und verschwand in der Kirche, kam aber wieder heraus und lief zurück zum Wagen.

Ein Taxi fuhr vor, aus dem ein großer, distinguiert wirkender Mann mit silbrigem Haar stieg, der einen Frack mit roter Nelke im Knopfloch trug und einen grauen Zylinder in der Hand hielt. Er schloss die Wagentür und ging zur Kirche, während das Taxi wartete. Als Nächstes folgte ein silberner Audi TT, wie ihn Grace vor Ashley Harpers Haus gesehen hatte.

Die Fahrertür ging auf. Ashley trug ein elegantes champagnerfarbenes Brautkleid mit Spitzenbesatz und eine Hochsteckfrisur. An der Beifahrerseite stieg eine ältere Frau in blauem, weiß abgesetztem Kleid und perfekt frisiertem, silbergrauem Haar aus. Ashley winkte zu dem BMW hinüber und hängte sich bei der anderen Frau unter und die beiden gingen in die Kirche. Mark Warren folgte ihnen.

Um fünf vor zwei sah Grace, wie der Vikar über den Friedhof in die Kirche ging. Jetzt war der richtige Zeitpunkt gekommen. Er stieg aus und zog seinen Anorak über. Als er die Straße überquerte, kam der junge Mann mit dem Notizbuch auf ihn zu. Er mochte Mitte zwanzig sein und hatte ein scharf geschnittenes Gesicht.

»Detective Superintendent Grace?«

Grace sah ihn argwöhnisch an. »Und Sie sind?«

»Kevin Spinella vom *Sussex Evening Argus.* Wüsste gern, ob Sie etwas Neues von Michael Harrison für uns haben.«

»Leider nicht. Wir warten noch ab, ob er zu seiner Hochzeit erscheint.«

Der Reporter sah auf die Uhr. »Bisschen spät, was?«

»Er wäre nicht der erste Bräutigam, der zu spät kommt«, sagte Grace lächelnd und ließ Spinella stehen.

Der Reporter eilte hinter ihm her. »Halten Sie Michael Harrison für tot oder lebt er noch?«

Grace blieb kurz stehen. »Wir behandeln die Sache als einen Vermisstenfall.«

»Wie lange noch?«

»Kein weiterer Kommentar, danke.« Grace stieß die schwere Tür auf und betrat den dämmrigen Innenraum.

Wann immer er in eine Kirche ging, überkamen ihn widerstreitende Gefühle. Sollte er sich ein Kissen nehmen, niederknien und beten, wie es die meisten Leute taten? So war es früher gewesen, wenn er mit seinen Eltern sonntags morgens in die Kirche ging. Oder sollte er sich einfach in eine Bank setzen und den Gott, an dem er zweifelte, an seinem Zorn teilhaben lassen? Nach Sandys Verschwinden war er lange Zeit regelmäßig zur Kirche gegangen und hatte für ihre Rückkehr gebetet. Manchmal hatte er auch die Messe besucht, meist aber leere Kirchen bevorzugt. Sandy war nie gläubig gewesen, und als seine Gebete nicht erhört wurden, hatte auch er sich zunehmend zum Agnostiker entwickelt. Beten kam ihm irgendwie nicht mehr richtig vor.

Gib mir Sandy zurück, dann bete ich mir die Seele aus dem Leib. Aber erst dann, Mr Gott, verstanden?

Er ging an einer Reihe tropfender Regenschirme, einem Anschlagbrett und einem Stapel Programme mit der Aufschrift *Michael John Harrison und Ashley Lauren Harper* vorbei und gelangte in den eigentlichen Kirchenraum, wo ihm sofort der vertraute Geruch von altem, trockenem Holz, muffigem Stoff, Staub und heißem Kerzenwachs in die Nase stieg. Die Kirche war wunderschön mit Blumen geschmückt, doch sie verströmten keinen Duft.

Im Mittelgang standen etwa zehn Leute, schweigend, gespannt, wie Statisten im Film, die auf Regieanweisungen warten.

Grace musterte rasch die Gruppe und nickte Ashley zu, die sich leichenblass an den Arm des Mannes im Frack klammerte, der vermutlich ihr Vater war. Neben ihr stand die Frau, die mit ihr im Auto gekommen war, und eine jüngere Frau, vermutlich Michaels Schwester, die verdrossen ihre Umgebung musterte. Mitte zwanzig, recht attraktiv, aber mit dem gequälten Blick eines Menschen, der schwere Zeiten durchmacht. Mark Warren trug einen marineblauen Anzug mit weißer Nelke und stand neben einem gut aussehenden Paar Anfang dreißig.

Grace spürte, dass alle Blicke auf ihm ruhten. Ashley brach mit zitternder Stimme das Eis, indem sie ihm für sein Kommen dankte und ihn mit Michaels Mutter, seiner Schwester und dem distinguierten Mann bekannt machte, der sich als ihr Onkel entpuppte. Er schüttelte Grace herzlich die Hand, stellte sich als Bradley Cunningham vor und sah ihm fest in die Augen. »Es freut mich, Sie kennen zu lernen, Detective Superintendent.«

Grace bemerkte den nordamerikanischen Akzent. »Wo leben Sie in den Staaten?«

Der Mann runzelte ein wenig gekränkt die Stirn. »Eigentlich bin ich Kanadier, aus Ontario.«

»Tut mir Leid.«

»Schon gut, den Fehler macht ihr Engländer gern.«

»Ich vermute, Sie hätten auch Probleme, regionale Dialekte in Großbritannien zu unterscheiden.«

»Da haben Sie wohl Recht.«

Grace lächelte und betrachtete anerkennend den Frack. »Schön zu sehen, dass jemand angemessen gekleidet zu einer Hochzeit erscheint.«

»Die Hose bringt mich um«, gestand Cunningham. »Hab mir den Frack bei Ihren wunderbaren Moss Bros geliehen, aber die haben mir wohl die falsche Hose gegeben!« Dann wurde er wieder ernst. »Eine furchtbare Sache, was?«

»Ja, furchtbar«, sagte Grace ein wenig geistesabwesend.

Ashley unterbrach sie, um Grace dem Vikar, Reverend Somping, vorzustellen, einem bärtigen Mann in weißer Soutane mit Priesterkragen, dessen wässrige, gerötete Augen ziemlich wütend dreinblickten.

»Ich hatte Miss Harper bereits im Vorfeld geraten, die ganze Sache abzusagen«, erklärte er. »Es ist lächerlich, sich so zu quälen – und was wird aus den Gästen? So ein Unsinn.«

»Er *wird* kommen«, schluchzte Ashley. »Ich weiß genau, dass er kommt.« Sie blickte flehend zu Grace. »Bitte sagen Sie ihm, dass Michael unterwegs ist.«

Grace schaute die Braut an, die so traurig und verletzlich wirkte, dass er sie am liebsten in die Arme genommen hätte. Nur zu gern hätte er dem arroganten Vikar einen Fausthieb versetzt.

»Michael Harrison kann noch kommen«, sagte er.

»Dann muss er sich aber beeilen«, konterte der Vikar ungerührt. »Die nächste Hochzeit ist um vier.«

»Ich hatte das hier für eine Kirche gehalten und nicht für einen Supermarkt«, erwiderte Grace empört.

Somping versuchte vergeblich, ihn mit Blicken einzuschüchtern, und ging dann in die Defensive. »Ich arbeite für den Herrn und halte mich an seinen Plan.«

»In diesem Fall sollten Sie Ihren Boss bitten, den Bräutigam herzuzaubern, und zwar dalli«, konterte Grace.

46

UM ZWANZIG NACH ZWEI schleppte sich Reverend Somping, was angesichts der wenigen Anwesenden ziemlich überflüssig war, auf die Kanzel, als gelte es, den Mount Everest zu besteigen. Er stützte die Hände auf die hölzerne Balustrade und beugte sich mit ernstem Gesicht nach vorn.

»Die Braut, Miss Ashley Harper, und die Mutter des Bräutigams, Mrs Gillian Harrison, haben mich gebeten, Ihnen mitzuteilen, dass diese Hochzeit auf unbestimmte Zeit verschoben wird, da der Bräutigam Michael Harrison nicht zugegen ist. Michaels Abwesenheit hat ein freudiges Ereignis – die Vereinigung zweier junger, sich liebender Menschen im Angesicht des Herrn – zunichte gemacht. Niemand von uns weiß, was ihm zugestoßen ist, doch wir sind in Gedanken und mit unseren Gebeten bei ihm, seiner Familie und seiner Braut.«

Er hielt inne und schaute die kleine Gruppe herausfordernd an. »Miss Harper und Mrs Harrison haben großzügigerweise vorgeschlagen, dass Sie – auch wenn keine Hochzeit stattgefunden hat – wenigstens in den Genuss des Büffets kommen sollen, das für den geplanten

Empfang im Queen Mary Room des Brighton Pavilion bereit steht. Sie würden es sehr zu schätzen wissen, wenn Sie ihnen dort Gesellschaft leisten würden, nachdem wir ein Gebet für Michael gesprochen haben.«

Er trug hastig ein kurzes Gebet vor, dann wurden die Kirchentüren geöffnet.

Grace sah zu, wie die Leute schweigend hinausgingen. Es herrschte Begräbnisstimmung. In der kommenden Woche würden einige der Gäste die vier hier stattfindenden Totenmessen besuchen. Und er hoffte, dass Michael Harrisons Fehlen nicht auf eine fünfte Beerdigung schließen ließ. Kein gutes Zeichen, ein wirklich böses Omen. Nun konnte man wenigstens getrost davon ausgehen, dass er sich keinen schlechten Scherz erlaubt hatte.

Aber noch etwas nagte an Grace.

Beim Empfang im Queen Mary Room mit seinen herrlichen Ölgemälden in vergoldeten Rahmen an den roséfarbenen Wänden herrschte keine fröhliche Partystimmung, nur bemühte Gespräche unterbrachen die Stille. Zwanzig Tische waren liebevoll für zweihundert Gäste gedeckt und mit Orchideen geschmückt. Zwei Gourmetköche mit weißer Jacke und hoher Mütze standen hinter den üppigen Büffettischen, dazu eine Armee von Kellnerinnen und Kellnern. Die mehrstöckige Hochzeitstorte thronte auf einem Ehrenplatz, wo sie beinahe aufdringlich an den eigentlichen Grund dieser Zusammenkunft erinnerte. Einige wenige machten sich über voll beladene Teller her und kippten Champagner und Wein hinunter.

Ashley hatte Grace eingeladen, doch er hatte zunächst mit Nicholas und Moy wegen einer Vergrößerung des Teams telefonieren müssen. Eine junge Ermittlerin namens Emma-Jane Boutwood war verfügbar, auf die Bella große Stücke hielt, und er schlug vor, sie umgehend ins Team aufzunehmen.

Beim Empfang behielt er Ashley und Mark Warren scharf im Auge. Sie wirkte tapfer trotz Tränen und verschmierter Wimperntusche und saß mit einem jungen Mann und einer Frau am Tisch, die Grace in der Kirche nicht gesehen hatte.

Anscheinend waren noch einige neue Gäste zum Empfang erschienen.

»Er wird kommen«, hörte Grace sie sagen, »es muss doch einen Grund geben. Es ist so bizarr – sollte die Hochzeit nicht der schönste Tag im Leben einer Frau sein?« Sie brach in Tränen aus.

An einem anderen Tisch entdeckte er Michaels Mutter, seine Schwester und Ashleys Onkel, den er nachdenklich betrachtete. Er wurde aufgeschreckt, als Mark Warren mit leerem Champagnerglas vor ihm auftauchte und ihn mit nuschelnder Stimme ansprach. »Detective Sergeant Grace?«

»Detective *Superintendent* Grace.«

»Tschuldigung – wusste nicht, dass man Sie befördert hat.«

»Das hat man auch nicht, Mr Warren.«

Mark wich zurück, baute sich dann wieder vor ihm auf und versuchte, geradeaus zu blicken, was ihm nicht ganz gelang. Ashley schien sich unbehaglich zu fühlen, als sie ihn mit Grace dort stehen sah.

»Können Sie die Lady nicht in Ruhe lassen? Haben Sie überhaupt eine Ahnung, was sie durchmacht?«

»Deswegen bin ich ja hier«, entgegnete Grace gelassen.

»Sie sollten lieber Michael finden, statt hier rumzuschmarotzen.«

»Mark!«, rief Ashley warnend.

»Scheiß drauf.« Wieder funkelte er Grace an. »Was zum Teufel unternehmen Sie eigentlich?«

Sein Auftritt machte Grace wütend, doch er ließ sich nichts anmerken. »Mein Team tut alles, was in seiner Macht steht.«

»Scheint nicht gerade viel zu sein. Dürfen Sie eigentlich im Dienst trinken?«

»Das ist Mineralwasser.«

Mark schaute blinzelnd das Glas an.

Ashley stand auf und kam zu ihnen herüber. »Warum gehst du nicht weiter, Mark?«

Grace spürte die Schärfe in ihrer Stimme. Hier war etwas nicht in Ordnung, das spürte er.

Mark Warren stieß ihm den Finger in die Brust. »Wissen Sie, was Ihr Problem ist? Ihnen ist das alles scheißegal.«

»Warum glauben Sie das?«

Mark Warren grinste dümmlich und sagte ungehalten: »Ach, kommen Sie, reiche Leute sind nicht Ihr Ding, oder? Wir können krepieren, ist doch so. Sie sind damit beschäftigt, Blitzgeräte aufzubauen und Autofahrer dranzukriegen. Warum sollten Sie sich für einen reichen Arsch interessieren, der das Opfer eines misslungenen Streichs geworden ist? Da kassieren Sie doch lieber eine fette Prämie für die armen Autofahrer.«

Grace senkte bewusst die Stimme und flüsterte beinahe, wodurch, wie er wusste, Mark Warren ebenfalls leiser sprechen würde. »Das hier ist gar nicht mein Fall, Mr Warren. Ich habe dieses Wochenende keinen Dienst und auch keinerlei Verbindung zur Verkehrspolizei. Ich bin hier, um Ihnen zu helfen.«

Mark beugte sich vor. »Tut mir Leid, hab's nicht mitgekriegt. Was haben Sie gesagt?«

Noch immer leise sagte Grace: »Als ich auf der Polizeiakademie war, mussten wir zum Appell antreten und uns inspizieren lassen. Ich hatte meine Gürtelschnalle perfekt gewienert. Der Chef ließ mich den Gürtel abnehmen und hielt ihn hoch, sodass alle ihn von hinten sehen konnten. Die Rückseite hatte ich nämlich nicht poliert. Dafür habe ich mich geschämt und meine Lektion gelernt – nicht nur das, was man sieht, ist wichtig.«

Mark sah ihn fragend an. »Was soll das jetzt heißen?«

»Das herauszufinden überlasse ich Ihnen, Mr Warren – und lassen Sie nächstes Mal Ihren BMW richtig waschen.«

Mit diesen Worten ging er davon.

47

GRACE SASS IN GEDANKEN VERSUNKEN im Wagen und merkte erst nach einer Weile, dass ein Strafzettel hinter dem Scheibenwischer klemmte.

Idioten.

Er stieg aus, schnappte sich den Strafzettel und riss die Plastikhülle auf. Fünfunddreißig Mäuse wegen eines Parkscheins, der ganze fünf Minuten abgelaufen war – und keine Aussicht, ihn als Spesen deklarieren zu können. Das hatte der Chief mehr als deutlich erklärt.

Ich hoffe, Mr Branson, Sie mit Ihrem netten Wochenendtrip nach Solihull wissen das zu schätzen. Er verzog das Gesicht und warf den Zettel auf den Boden. Dann kehrte er in Gedanken zu Mark Warren zurück. Vor fünf Jahren hatte er im FBI-Ausbildungszentrum in Quantico einen zweiwöchigen Kurs in Kriminalpsychologie besucht, der ihn zwar nicht zu einem Fachmann gemacht, aber doch gelehrt hatte, seinen Instinkten zu vertrauen. Körpersprache zu interpretieren. Und Mark Warrens Körpersprache war mehr als verräterisch. Er hatte vier enge Freunde verloren. Sein Geschäftspartner wurde vermisst, war womöglich tot. Er müsste unter Schock stehen, wie betäubt wirken, bestürzt sein, alles, aber nicht wütend. Für Wut war es noch viel zu früh.

Und Grace hatte ganz deutlich gespürt, dass er mit der Bemerkung über die Wagenwäsche einen wunden Punkt getroffen hatte.

Ich weiß ja nicht, was Sie vorhaben, Mr Warren, aber ich werde es herausfinden.

Er wählte eine Nummer, hörte es klingeln. Da es Samstagnachmittag war, rechnete er mit einem Anrufbeantworter, aber es meldete sich eine Frauenstimme. Weich und warm. Man konnte ihr unmöglich anhören, womit sie ihr Geld verdiente.

»Leichenschauhaus Brighton and Hove.«

»Cleo, ich bin's, Roy Grace.«

»Mensch, Roy, wie geht's denn noch so?«

Grace merkte, wie er sich automatisch auf einen Flirt einließ. »Ganz gut. Ich bin sehr beeindruckt, dich um diese Zeit bei der Arbeit zu finden.«

»Die Toten achten nicht auf Wochentage.« Sie zögerte. »Die Lebenden wohl auch nicht. Die meisten jedenfalls.«

»Die *meisten*?«

»Mir kommt es so vor, als wüssten die meisten Lebenden gar nicht, welchen Wochentag wir gerade haben – sie tun zwar so, aber es stimmt nicht.«

»Schwer verdauliche Philosophie für einen Samstagnachmittag.«

»Ich studiere an der Open University Philosophie und muss meine Argumentation an jemandem ausprobieren – und die Leute hier reagieren nicht so richtig.«

Grace grinste. »Und wie geht es dir?«

»Geht so.«

»Du klingst ein bisschen down.«

»Mir ging es nie besser, Roy. Bin nur müde. Ich arbeite schon die ganze Woche – Personalmangel – und Doug ist in Urlaub.«

»Habt ihr die Jungs, die am Dienstag bei dem Verkehrsunfall umgekommen sind, noch im Leichenschauhaus?«

»Ja, die sind hier. Josh Anderton auch.«

»Ist das der Mann, der später im Krankenhaus gestorben ist?«

»Ja.«

»Ich muss sie mir ansehen. Kann ich jetzt kommen?«

»Sie warten auf dich.«

Grace mochte ihren schwarzen Humor. »In zehn Minuten bin ich da.«

Auf den Straßen war mehr los als erwartet, und er brauchte fast zwanzig Minuten, bevor er am zentralen Kreisverkehr dem Schild LEICHENSCHAUHAUS BRIGHTON & HOVE folgte und rechts abbog. Er fuhr durch das schmiedeeiserne Tor zwischen den Ziegelmauern, das rund um die Uhr geöffnet war – was Symbolcharakter hatte, denn die Toten kümmerten sich nicht um Öffnungszeiten.

Grace kannte den Ort nur zu gut. Ein nichts sagendes Gebäude mit unheilvoller Ausstrahlung – lang, flach, mit Rauputzmauern und einer überdachten Einfahrt, in die ein Krankenwagen passte. Das Leichenschauhaus diente bei plötzlichen, gewaltsamen oder zweifelhaften Todesfällen als Zwischenstation, bevor die Leiche beerdigt oder eingeäschert wurde. Außerdem nahm man dort Opfer von Infektionskrankheiten wie viraler Meningitis auf, bei denen eine Autopsie von medizinischer Bedeutung sein konnte.

Dennoch war eine Autopsie die ultimative Erniedrigung. Ein Mensch, der sich Tage zuvor noch bewegt, gesprochen, gelesen, geliebt hatte, wurde aufgeschnitten und ausgeweidet wie ein Schwein beim Metzger.

Er parkte hinter einem blauen MG, der vermutlich Cleo gehörte, lief durch den Regen zum Vordereingang und klingelte. Die kleine, blaue Tür hätte auch zu einem Vorstadtbungalow gepasst.

Kurz darauf öffnete Cleo Morey und lächelte ihm herzlich entgegen. Sooft er sie traf, verblüffte ihn immer wieder der Kontrast zwischen der ungeheuer attraktiven jungen Frau mit dem langen, blonden Haar und ihrem grünen Chirurgenkittel, der strapazierfähigen grünen Schürze und den weißen Gummistiefeln. Sie hätte auch als Model oder Schauspielerin arbeiten und mit ihrem Verstand jede denkbare Laufbahn einschlagen können, hatte sich aber für genau diese Arbeit entschieden, die sie oft sogar nachts erledigte. Aufnahme der Leichen, Vorbereitung für die Autopsie, Reinigung danach – und der Versuch, den Familien, die die Toten identifizieren mussten und allesamt unter Schock standen, ein wenig Trost zu spenden. Meistens arbeitete sie ganz allein hier.

Der Geruch überfiel Roy sofort, der widerlich süße Geruch von Desinfektionsmitteln, der im ganzen Gebäude hing und bei dem ihm unweigerlich flau im Magen wurde.

Sie betraten das Büro der Leichenbeschauerin, das auch als Empfangszimmer diente. Ein kleiner Raum mit Heizlüfter, rosa tapezierten Wänden, rosa Teppich, einer L-förmig angeordneten Reihe Besucherstühle und einem kleinen Metallschreibtisch, auf dem sich drei Telefone, ein Stapel kleiner, brauner Umschläge mit der Beschriftung PERSÖNLICHE BESITZTÜMER und ein großes, rot-grünes Buch mit der Aufschrift REGISTER LEICHENSCHAUHAUS befanden.

An einer Wand hingen ein Röntgenbildbetrachter, eine Reihe gerahmter Urkunden der Gesundheitsbehörde und eine größere vom BRITISH INSTITUTE OF EMBALMERS, die auf Cleo Morey ausgestellt war. An einer anderen Wand befand sich eine Überwachungskamera, die in ruckartig wechselnden Bildern Außenansichten des Gebäudes und eine Nahaufnahme des Eingangs lieferte.

»Tee, Roy?«

Ihre leuchtend blauen Augen ruhten einen Moment länger als nötig auf ihm. Lächelnde Augen. Ungeheuer warme Augen.

»Eine Tasse Tee wäre toll.«

»English Breakfast, Earl Grey, Darjeeling, China, Kamille, Pfefferminz, Grüntee?«

»Ist das hier das Leichenschauhaus oder Starbucks?«

Sie grinste. »Wir haben auch Kaffee. Espresso, Latte, kolumbianisch, Mokka –«

Er hob die Hand. »Ein normaler Tee reicht völlig.«

»Vollmilch, Magermilch, halb und halb, zwei Prozent, ganz ohne, Zitrone –«

Er hob abwehrend die Hände. »Was immer gerade offen ist. Wo steckt Joe?« Er hatte Joe Tindall dazugebeten.

»Sollen wir warten, bis er kommt?«

»Ja.«

Sie schaltete den Teekessel ein und verschwand im Abstellraum. Als das Wasser brodelte, kam sie mit einem grünen Kittel, blauen Überschuhen, Gesichtsmaske und weißen Latexhandschuhen zurück und reichte sie ihm.

Sie bereitete den Tee zu, während Grace die Sachen überzog, und öffnete eine Dose Kekse. Er merkte plötzlich, dass er nicht zu Mittag gegessen hatte, und griff dankbar zu. »Du bist also schon die ganze Woche hier? Macht dich das nicht fertig? So ganz ohne Gesprächspartner?«

»Ich habe immer zu tun – diese Woche hatten wir zehn Zugänge. Eastbourne wollte jemanden schicken, aber sie waren auch überfüllt. Die letzte Woche im Mai scheint es in sich zu haben.«

Grace zog sich das Band über den Kopf und ließ die Maske herunterbaumeln. Nach seiner Erfahrung waren die jungen Männer noch nicht lange genug tot, um diese Maßnahme zu rechtfertigen. »Sind die Familien der vier Toten hier gewesen?«

Sie nickte. »Ist der vermisste Bräutigam inzwischen aufgetaucht?«

»Ich komme gerade von der Hochzeit«, sagte Grace.

»Deshalb siehst du so schick aus.« Sie grinste. »Die Sache hat sich also von selbst erledigt.«

»Leider nicht. Darum bin ich ja hier.«

Sie zog die Augenbrauen hoch, sagte aber nichts dazu. »Willst du etwas Bestimmtes sehen? Ich kann Kopien der Berichte besorgen.«

»Sobald Joe hier ist, möchte ich mir als Erstes ihre Fingernägel ansehen.«

48

JOE TINDALL STREIFTE DIE HANDSCHUHE ÜBER und folgte Grace, der hinter Cleo ging und sinnierte, wie schön ihr locker schwingendes, glänzend blondes Haar mit dem grünen Kittel kontrastierte. Sie betraten den Autopsieraum.

Er wurde von zwei Stahltischen, von denen einer mit Rollen versehen war, einer blauen hydraulischen Hebebühne und einer Reihe von Kühlkammern beherrscht, die vom Boden bis zur Decke reichten. Die Wände waren grau gekachelt, um den ganzen Raum zog sich eine Abflussrinne. An einer Wand befanden sich eine Reihe Waschbecken und ein gelber, aufgerollter Schlauch, an einer anderen eine breite Arbeitsplatte, ein metallenes Schneidbrett und eine Vitrine voller Instrumente und verpackter Batterien. Daneben hing eine Tafel mit den Namen der Verstorbenen und dem Gewicht von Hirn, Lunge, Herz, Leber, Nieren und Milz. Ein Name, Adrian Penny, und die näheren Angaben waren mit porzellanblauem Fettstift vermerkt.

Cleo bemerkte Grace' Blick und sagte fröhlich: »Ein Motorradfahrer, den wir gestern obduziert haben. Hat einen Lkw überholt und den Stahlträger übersehen, der seitlich herausragte – der Kopf war säuberlich abgetrennt.«

»Wie kann es sein, dass du nicht den Verstand verlierst?«

»Wer sagt denn, dass ich ihn noch habe?«, erwiderte sie grinsend.

»Ich weiß wirklich nicht, wie du deine Arbeit schaffst.«

»Nicht die Toten fügen anderen Schaden zu, Roy, sondern die Lebenden.«

»Gutes Argument.« Er fragte sich, was sie von Geistern halten mochte, doch war dies nicht der richtige Zeitpunkt für ein derartiges Gespräch.

Im Raum war es kalt. Das Kühlsystem summte, über ihnen klickte eine defekte Neonlampe. »Wen möchtest du zuerst sehen?«

»Das ist egal.«

Cleo trat zur Tür Nr. 4 und öffnete sie. Ein Schwall eisiger Luft drang heraus, doch war es nicht die Kälte, die Grace erschauern ließ, sondern es waren die vier menschlichen Gestalten, die sich unter den weißen Plastikhüllen abzeichneten. Sie lagen auf Metallablagen, die mit Rollen versehen waren.

Die Leichenbeschauerin schob die Hebebühne heran, fuhr sie hoch, zog eine Ablage heraus und schloss die Tür. Dann senkte sie die Bühne und zog die Plastikhülle weg. Ein fleischiger Mann, lange Haare, wachsweißer Körper, das Gesicht mit Blutergüssen und Risswunden übersät, die Augen weit geöffnet, trotz glasiger Starre noch vom Schock gezeichnet, der Penis geschrumpft und schlaff in seinem Nest aus Schamhaar. Der Name lautete *Robert Houlihan.*

Grace konzentrierte sich auf die Hände des jungen Mannes. Große, grobe Hände mit äußerst schmutzigen Nägeln. »Hast du alle Kleidungsstücke hier?«

»Ja.«

»Gut.« Er bat Tindall, Kratzproben von den Nägeln zu nehmen.

Der Erkennungsdienstler wählte ein scharfes Instrument, bat Cleo um einen Probenbeutel, kratzte sorgfältig etwas Schmutz unter den Nägeln hervor und in den Beutel, etikettierte und versiegelte ihn.

Die Hände von Luke Smithson waren stark gequetscht, die Nägel abgebissen, doch fanden sich außer Blut keine sichtbaren Spuren darunter. Auch Josh Walkers Hände waren sauber, die von Pete Waring hingegen schmutzig, und Tindall nahm auch hier einige Kratzproben.

Dann untersuchten er und Grace die Kleidungsstücke. Alle Schuhe waren voller Schlamm, von dem sich auch diverse Spuren an den Kleidern von Robert Houlihan und Pete Waring fanden. Tindall tütete sämtliche Proben einzeln ein.

»Fährst du jetzt damit ins Labor?«

»Eigentlich wollte ich nach Hause – wäre nett, meinen Schatz noch zu sehen, bevor das Wochenende vorbei ist. Mal so tun, als hätte man tatsächlich ein Privatleben.«

»Joe, ich sage das äußerst ungern, aber du musst wirklich sofort damit anfangen.«

»Na super! Soll ich etwa meine Karten für U2 zurückgeben, für die ich fünfzig Mäuse bezahlt habe? Mein Date sausen lassen und samt Schlafsack in den Büroschrank ziehen?«

»U2 – sie ist wirklich jung, was?«

»Ja, und soll ich dir noch was sagen, Roy? Sie geht schnell in die Luft. Ein ganz heikler Fall.«

»Es geht um ein Menschenleben.«

Mit wachsendem Zorn sagte Tindall: »Das Geld für die Karten kriege ich aus deinem Budget.«

»Es ist nicht mein Fall, Joe.«

»Ach so – wessen denn dann?«

»Glenn Bransons.«

»Und wo zum Teufel steckt er?«

»Auf einer Geburtstagsparty in Solihull.«

»Wird ja immer schöner.«

Als sie vor den Spinden standen, zog Tindall die Handschuhe aus. »Ich wünsch dir einen beschissenen Abend, Roy – und nächstes Mal kannst du jemand anderem das Wochenende ruinieren.«

»Ich komme und leiste dir Gesellschaft.«

»Vergiss es.«

Tindall knallte die Tür hinter sich zu. Kurz darauf hörte Grace einen Motor wütend aufheulen. Dann bemerkte er, dass der Erkennungsdienstler vor lauter Empörung den schwarzen Müllbeutel mit seinen Beweismitteln vergessen hatte. Es hatte wenig Sinn, ihm nachzulaufen. Besser, er brachte ihm die Sachen ins Labor, bis dahin hatte Tindall sich hoffentlich wieder beruhigt. Grace verstand seinen Zorn, er hätte sich in seiner Lage ähnlich verhalten.

Er nahm noch einen Keks, trank seinen kalten Tee aus und schnappte sich den schwarzen Beutel. Cleo begleitete ihn zur Tür. Er wollte schon hinaus in den Regen treten, drehte sich aber noch einmal um.

»Wann machst du heute Feierabend?«

»Mit etwas Glück in einer Stunde – falls kein Toter mehr dazwischenkommt.«

Grace schaute sie an. Sie war unglaublich reizvoll – und trug keinen Ehering. Natürlich war es denkbar, dass sie ihn wegen der Arbeit ausgezogen hatte. Er war auf einmal ausgesprochen nervös. »Ich – ich dachte nur – weißt du – ich meine – hast du heute Abend schon was vor?«

Ihre Augen leuchteten. »Ich gehe ins Kino«, sagte sie und fügte beruhigend hinzu: »Mit einer alten Freundin, die gerade eine traumatische Scheidung durchlebt.«

Sein ganzes Selbstvertrauen war dahin. »Ich wusste nicht – ob du verheiratet bist – oder einen Freund hast – ich –«

»Keins von beiden«, sagte sie mit einem langen, freundlichen und erwartungsvollen Blick.

»Möchtest du – irgendwann mal – mit mir etwas trinken gehen?«

Ihre Lippen verzogen sich zu einem breiten Lächeln. »Sehr gern.«

Er schwebte förmlich über den Asphalt zu seinem Wagen, nahm keine Notiz mehr vom Regen. Als er die Tür mit der Fernbedienung öffnete, rief ihm Cleo hinterher: »Roy, du hast was vergessen!«

Sie hielt den schwarzen Müllbeutel in die Höhe.

49

»DU IDIOT«, sagte Ashley zu Mark, der zerzaust und abgeschlafft neben ihr auf dem Rücksitz der Limousine hing. »Nicht zu fassen, wie du dich aufgeführt hast – musstest du so aggressiv zu dem Polizisten sein?« Sie beugte sich vor und sah nach, ob die Trennscheibe fest geschlossen war.

Mark tastete nach ihrem Fußknöchel und arbeitete sich an ihrem Bein hinauf bis unter ihr Brautkleid. Sie stieß seine Hand weg.

»Benimm dich doch, um Gottes willen!«

»Er ist ein Trottel.«

»Du bist stockbesoffen. Was hast du dir dabei gedacht, ihm wegen irgendwelcher Blitzgeräte ans Bein zu pinkeln?«

Mark blinzelte sie an. »Ablenkungsmanöver.«

Sie sah, dass sie sich dem Van Alen Building näherten. Es war halb sechs. »Wie genau soll ihn das bitte ablenken?«

»Wenn ich was zu verbergen hätte, wäre ich wohl kaum so dreist gewesen, oder?«

»Was meinte er damit, dass du deinen BMW richtig waschen lassen sollst?«

»Keine Ahnung.«

»Ach komm, was sollte das heißen?«

Plötzlich meldete sich die Sprechanlage, und der Chauffeur fragte: »Vordereingang?«

»Klaro.« Mark wandte sich an Ashley: »Kommst du auf einen Drink mit rauf?«

»Ich könnte dich umbringen.«

»Was für ein Schauspiel.«

»Es war ein gutes Schauspiel, und du hättest es um ein Haar ruiniert.«

Mark stieg aus und fiel beinahe der Länge nach hin. Nur Ashleys Zugriff rettete ihn vor dem Sturz. Mehrere Passanten starrten die beiden an, doch sie war nur darauf bedacht, Mark sicher ins Haus zu bugsieren.

Sie entließ den Chauffeur und half Mark zur Tür, wo er mit blutunterlaufenen Augen die Tasten anglotzte, bis er endlich seinen Sicherheitscode eingetippt hatte.

Kurz darauf waren sie in seiner Wohnung. Mark schloss die Tür und schob den Riegel vor.

»Ich kann nicht hier bleiben.«

Er begann zu grapschen. Sie schob ihn weg. »Ich mache Kaffee, und dann möchte ich wissen, was der Kripobeamte mit der Wagenwäsche gemeint hat.«

Mark starrte sie an. Sie trug noch immer ihr spitzenbesetztes

Brautkleid. Er schoss vor und küsste sie auf den Mund. Sie ließ es zu und erwiderte den Kuss halbherzig, entzog sich aber seiner Umarmung. »Ich meine es ernst, ich kann nicht bleiben. Ich muss zu Michaels Mutter fahren und die verlassene Braut spielen. Was für ein Nachmittag, was für ein Albtraum.«

Mark taumelte in die offene Küche und holte eine Dose Kaffee aus dem Schrank, schaute sie verwundert an, stellte sie zurück und nahm stattdessen eine Flasche Crystal Champagner aus dem Kühlschrank.

»Ich glaube, wir sollten auf deine Hochzeit anstoßen«, sagte er.

»Das ist nicht komisch – und getrunken hast du mehr als genug.«

Mark ließ sich aufs Sofa fallen und klopfte einladend auf das Polster neben sich.

Nach kurzem Zögern setzte Ashley sich ans andere Ende des Sofas, und streifte die Schuhe ab. »Mark, ich will wissen, was Grace mit dem Wagenwaschen gemeint hat.«

»Ich habe keine Ahnung.«

Sie schwieg.

»Liebst du mich?«

Sie schüttelte genervt den Kopf und stand auf. »Ja, das tue ich, obwohl ich im Moment nicht weiß, warum. Michaels Mutter wartet auf mich, um sich bei mir auszuheulen, und das werde ich ihr jetzt ermöglichen.«

»Trink erst was.«

»Mein Gott, Mark.«

Er stemmte sich hoch, taumelte auf sie zu, nahm sie in die Arme und kuschelte sich an ihren Hals. »Wenn der Unfall nicht passiert wäre – hättet ihr geheiratet. Dann wärst du jetzt Mrs Michael Harrison.«

Sie nickte, wurde etwas nachgiebiger.

Er schaute ihr in die Augen. »Du wärst jetzt auf dem Weg ins Savoy gewesen. Heute Nacht hättest du mit ihm geschlafen, oder?«

»Das pflegen Ehefrauen in ihrer Hochzeitsnacht für gewöhnlich zu tun.«

»Und wie hättest du dich dabei gefühlt?«

Sie umfing sein Gesicht mit den Händen. »Ich hätte mir vorgestellt, dass du es bist.«

»Wärst du an ihm runtergerutscht? Hättest du ihm den Schwanz gelutscht?«

Sie riss sich los. »Mark!«

»Hättest du's gemacht?«

»Niemals.«

»Komm schon!«

»Wir hatten eine Abmachung, Mark.«

Er wankte mit der Flasche zum Spülbecken, riss die Alufolie ab und holte zwei Gläser aus der Vitrine. Er ließ den Korken knallen, schenkte ein und gab ihr eins.

Sie nahm es unwillig und stieß mit ihm an. »Wir hatten doch alles geplant.«

»Es gab einen Plan A. Jetzt sind wir bei Plan B.« Mit einem großen Schluck trank er das Glas halb leer. »Was hast du dagegen?«

»Erstens bist du besoffen. Und zweitens bin ich jetzt nicht Mrs Michael Harrison, wodurch mir seine Hälfte von Double-M Properties entgeht.«

»Seine zwei Drittel, um genau zu sein.«

»Ach ja?«

»Sie fallen uns aber gemäß unseres Gesellschaftervertrages und der Versicherung zu.«

»Vorausgesetzt, er ist tot.«

»Warum vorausgesetzt?«

»Du hast doch das Luftloch richtig verschlossen, oder? Mit Kraftkleber, wie ich es dir gesagt hatte.«

Er wand sich. »Ja.«

Sie schaute ihn unerbittlich an. »Ganz bestimmt?«

»Ja. Der Deckel war festgeschraubt. Ich hab den Schlauch rausgezogen und noch eine Tonne Erde draufgekippt. Wenn er noch am Leben wäre, hätte er sich doch wohl bei uns gemeldet, oder?«

Sie schaute ihn seltsam an.

»Soll ich ihm etwa einen Pfahl durchs Herz treiben?«

Ashley trank von ihrem Champagner und trat ans CD-Regal. »Wie sehr liebst du mich?«

»Wie sehr? Mehr, als ich dir sagen kann.«

Sie holte eine CD aus der Hülle, legte sie ein und drückte PLAY. »Love is all around« erfüllte den Raum. Sie stellte ihr Glas ab, dann das von Mark, umschlang ihn und begann zu tanzen. Sie legte die Lippen an sein Ohr. »Wenn du mich liebst, sagst du mir doch sicher die Wahrheit, oder?«

Sie tanzten einen Moment, bevor er antwortete. »Da ist etwas, das mir seit paar Tagen keine Ruhe lässt.«

»Und?«

»Du weißt doch, dass Michael und ich Palm Pilots benutzen, um unterwegs E-Mails abzurufen. Wir haben uns bemüht, die ganze Sache mit dem Junggesellenabschied geheim zu halten – aber ich fürchte, ich hab's vermasselt.«

»Wieso?«

»Ich glaube, ich habe aus Versehen eine der Mails als Kopie an ihn geschickt. Und die hat er bei sich.«

Sie wich zurück und sah ihn scharf an. »Du meinst, er hat den Palm Pilot mit der Mail bei sich?«

»Möglich.«

»Wie *möglich*?«

»Ich kann ihn im Büro nicht finden – in der Wohnung ist er auch nicht.«

»Hat er ihn bei sich im Grab?«

»Kann sein.«

»*Kann*?«

Mark zuckte die Achseln.

»Du solltest besser nachsehen, Mark.«

Er starrte sie reglos an. »Ich wollte es dir nur sagen, weil –«

»Weil was?«

»Weil es gefährlich werden könnte.«

»Dann holst du das Ding besser zurück, was?«

»Wir sind sicher, solange es keiner findet.«

Ashley setzte sich aufs Sofa und trank einen Schluck. »Ich kann es einfach nicht fassen. Warum erzählst du mir das erst jetzt?«

Achselzucken. »Ich dachte – ich –«

»Was?«

Mark setzte sich neben sie und wollte anstoßen, doch Ashley riss ihr Glas weg.

»Du holst den Pilot besser da raus. Und zwar plötzlich. Noch heute Abend. *Capito*?«

50

WÄHREND GRACE ZURÜCK ZUR KRIPOZENTRALE FUHR, rief er Branson an. »Wie läuft es in Solihull?«

»Pisst in einer Tour. Und in Brighton?«

»Dito.«

»Und Aris Schwester hat sich mit Migräne ins Bett gelegt.«

»Also eine rundherum gelungene Party.«

»Immerhin habe ich eine Menge Pluspunkte gesammelt, weil ich überhaupt aufgetaucht bin. Wie war die Hochzeit?«

»Ein bisschen wie deine Geburtstagsparty. Die Hauptperson fehlte.«

»Wundert mich nicht. Wie viele Verwandte von Ashley Harper sind eigentlich aufgekreuzt?«

»Meines Wissens nach nur ein Onkel.« Er hielt vor einer Ampel. »Ich wollte noch fragen, ob du Michael Harrisons Konten und Kreditkarten überprüft hast.«

»Werden ständig überwacht. Seit Dienstagnachmittag keine Bewegungen. Das gilt auch für sein Handy. Irgendwas Neues bei dir?«

»Der Hubschrauber kreist wieder, bisher ohne Ergebnis. Nicholas und Moy arbeiten das Wochenende durch – haben Michaels Foto an die Presse gegeben und sammeln Material von Überwachungskameras aus der Gegend. Ich habe ein Team zusammengestellt, das sich die Aufnahmen ansieht. Wir müssen entscheiden, ob wir die Sonderermittlung hinzuziehen und eine großflächige Suche starten. Und sein Geschäftspartner Mark Warren gefällt mir immer weniger.«

»Wieso?«

»Nichts Greifbares, aber ich glaube, er verschweigt uns etwas. Wir müssen seinen Hintergrund checken.«

»Ich habe schon das Holmes-Team auf ihn angesetzt.«

Holmes-2 war die zweite Entwicklungsstufe einer Datenbank für Kriminalfälle, die alle Polizeidienststellen in Großbritannien und Interpol miteinander verband und seit kurzem auch mit Polizeinetzwerken in Übersee zusammenarbeitete.

»Braver Junge. Moment –«, Grace legte das Handy weg, als er in einen Kreisverkehr bog, und nahm es dann wieder auf. »Wir sollten uns ihre Firma näher ansehen. Wegen Versicherungen und so weiter.«

»Das läuft bereits – und ich lasse auch die Firma auf den Cayman Islands durchleuchten. Was hältst du von Ashley?«

»Keine Ahnung. Ihre Vorstellung ist überzeugend, aber wir sollten sie ebenfalls überprüfen. Weißt du, was komisch an ihr ist?«

»Dass sie keine Verwandten hat? Kennst du den Film *The Last Seduction* mit Linda Fiorentino?« Der Empfang wurde plötzlich schlecht, Bransons Stimme klang knisternd und undeutlich.

»Kann mich nicht erinnern.«

»Bill Pullman hat auch mitgespielt.«

»Keinen Schimmer.«

»Du kennst sie aus *Men in Black*.«

»Okay.«

»Lohnt sich übrigens – *The Last Seduction*, meine ich. Mit einer echten Femme fatale. Finsteres Ende. Ashley hat irgendwie Ähnlichkeit mit ihr.«

»Ich kümmere mich drum.«

»Hol ihn dir auf DVD.«

»Wie viele Siebenundzwanzigjährige ohne Angehörige kennst du? Man ist siebenundzwanzig, heiratet, der schönste Tag im Leben und so weiter, und es taucht nur ein einziger lächerlicher Verwandter auf?«

»Sie könnte Waise sein.«

»Na ja. Jedenfalls sollten wir uns ihre Vorgeschichte näher ansehen.«

»Ich rede mit Michaels Mutter – sie muss ihre zukünftige Schwiegertochter doch näher kennen.«

»Meine Mutter wusste vor der Hochzeit mehr über Ari als ich selbst.«

»Eben.«

Zehn Minuten später ging Grace durch den Flur der Soko-Abteilung, in der Hand den schwarzen Müllbeutel aus dem Leichenschauhaus. Er blieb vor einem Informationsblatt stehen, das an einer roten Pinnwand hing. DIAGRAMM – HÄUFIG VORKOMMENDE MÖGLICHE MOTIVE. Manchmal war es hilfreich, das Gedächtnis durch diese Diagramme aufzufrischen, obwohl er das meiste abgespeichert hatte.

SEX. EIFERSUCHT. RASSISMUS. ZORN/ANGST. RAUBGIER. MACHTHUNGER. KOSTSPIELIGER LEBENSSTIL. PROFITSTREBEN. HOMOPHOBIE. HASS. RACHSUCHT. PSYCHOSE.

Er trat zur nächsten Tafel, die mit SCHNELLVERFAHREN betitelt war. 1. VERDÄCHTIGE ERMITTELN. 2. TATGELEGENHEIT ÜBERPRÜFEN. 3. SPURENSICHERUNG. 4. BEFRAGUNGEN AM TATORT. 5. ZEUGENSUCHE. 6. BEFRAGUNG DER OPFER. 7. MÖGLICHE MOTIVE. 8. MEDIEN. 9. AUTOPSIE. 10. WICHTIGE ZEUGEN BEFRAGEN. 11. WEITERE ENTSCHEIDENDE SCHRITTE.

Medien, dachte er. Das war eine gute Story für die Medien. Er würde seine Kontaktleute anrufen und die Geschichte streuen. Vielleicht käme damit Bewegung in die Sache. Als Erstes würde er Kevin Spinella vom *Argus* anrufen. Dann betrat er die Abteilung Erkennungsdienst, die lediglich aus zwei Räumen bestand.

Joe Tindall wartete im vorderen, der als *Nasszelle* bekannt war. Auf dem Boden befand sich ein Stapel brauner Papiersäcke, auf denen mit schwarzen Buchstaben *Beweismittel* stand. An einer Wand befanden sich eine niedrige Arbeitsplatte, auf der eine Rolle Packpapier lag, ein Waschbecken und ein großer Lufterfrischer.

»Danke«, sagte Joe Tindall, als Grace ihm den Müllsack gab. Er klang noch immer unfreundlich, hatte sich aber halbwegs beruhigt.

Tindall öffnete den Sack und holte die Beutel mit Erde und Kleidungsstücken heraus, die größtenteils blutverschmiert waren. Verwesungsgeruch machte sich breit. »Soll ich prüfen, ob die Erdproben von den Fingernägeln und Schuhen und die Erde, die du vorhin mitgebracht hast, übereinstimmen?«

»Genau, das war die Probe vom Fahrzeug des Verdächtigen. Wie schnell könntest du das schaffen?«

»Hilary Flowers ist die Richtige dafür – passender Name, was?«

Grace lächelte. »Sie ist gut, ich habe schon mit ihr gearbeitet.«

»Bei Pollen ist sie ein wahres Genie. Hat mir schon Ergebnisse für Kratzproben aus Nasenlöchern geliefert. Ist allerdings nicht billig.«

Grace schüttelte frustriert den Kopf. Als er damals bei der Polizei angefangen hatte, ging es vor allem darum, Verbrechen aufzuklären. Heute, wo alles privatisiert wurde, stand das Budget im Vordergrund. »Wie schnell ist sie?«

»Normalerweise braucht sie zwei Wochen.«

»Zwei Wochen habe ich nicht – wir reden hier von jemandem, der womöglich lebendig begraben wurde. Da zählt jede Stunde, Joe.«

Tindall sah auf die Uhr. »Samstagabend, zwanzig nach sechs. Da müsstest du schon echtes Schwein haben.« Er wählte eine Nummer. Grace beobachtete ihn angespannt. Dann schüttelte Tindall den Kopf und flüsterte: »Anrufbeantworter.«

Er hinterließ eine Nachricht und bat um dringenden Rückruf. »Mehr kann ich nicht tun, Roy. Falls es eine Übereinstimmung gibt, wird Flowers sie finden. Pollen, Insektenlarven, Fossilien, Erdzusammensetzung, was immer du willst.«

»Sonst fällt dir niemand ein?«

Wieder sah der Erkennungsdienstler auf die Uhr. »Roy, es ist Samstagabend. Wenn ich jetzt Schluss mache und wie ein Blöder rase, schaffe ich noch die zweite Hälfte des Konzerts – und einen Fick. Du wirst feststellen, dass jeder Mensch auf dieser Erde, der Erdproben analysieren kann, heute Abend etwas vorhat.«

»Der Typ, der lebendig begraben wurde, hatte heute auch etwas vor. Er wollte heiraten.«

»Scheiße.«

»Kann man so sagen.«

»Ich nehme die Sache durchaus ernst, aber ich habe diese Woche schon hundertzehn Stunden hinter mir.«

»Willkommen im Klub.«

»Ich kann nichts machen, Roy. Gar nichts. Du kennst mich gut genug – wenn ich eine Idee hätte, würde ich sie dir nicht vorenthalten. Wenn uns irgendjemand in England heute noch diese Probe analysieren könnte, würde ich sie persönlich hinbringen. Aber ich kenne niemanden außer Hilary, sie ist die Richtige. Ich gebe dir ihre Nummer, dann kannst du es später noch mal versuchen. Mehr kann ich nicht für dich tun.«

Grace notierte sich die Nummer.

51

ALS GRACE WIEDER IN SEINEN ALFA STIEG, meldete sich sein Handy mit einer SMS.

Wer redet denn von einer Beziehung? Ich rede nur über Sex. xxx

Er schüttelte den Kopf. Verstehe einer die Frauen! Am Dienstagabend war Claudine äußerst boshaft gewesen und hatte sich geschlagene drei Stunden über die Polizei ausgelassen. Und als Reaktion auf seine Nachricht wollte sie nun mit ihm schlafen?

Und zu allem Übel war er auch noch geil. Zum ersten Mal seit Jahren. Und vor ihm lag ein weiterer langer Samstagabend, sodass die Vorstellung, nach Guildford zu fahren und mit der knallharten, aber gut aussehenden Polizistenhasserin ins Bett zu steigen, durchaus etwas für sich hatte.

Aber nicht genug. Denn sein Kopf blieb prosaisch und präsentierte ihm eine Liste aller Schritte, die bei der Suche nach Michael Harrison zu ergreifen waren.

Um kurz nach sieben ging er mit Linda Buckley, einer uniformierten Polizistin Mitte vierzig mit kurzem, blondem Haar und einem sanften, aber wachsamen Gesicht, durch Gillian Harrisons gepflegten Vorgarten und klingelte. Von drinnen erscholl lautes Gekläff. Dann ging die Tür auf, und ein weißes Hündchen mit rosa Schleife auf dem Kopf stürzte sich auf Grace' Schuhe.

»Hierher, Bobo! Hierher!«

Er zückte seinen Ausweis und hielt ihn der Frau hin, der er am Nachmittag bereits bei der geplatzten Hochzeit begegnet war. »Mrs Harrison? Detective Superintendent Grace von der Kripo Brighton. Das ist Police Constable Buckley, die wir Ihnen und Miss Harper als psychologische Betreuerin zugeteilt haben. Sie wird Ihnen in allen Fragen zur Seite stehen.«

Gillian Harrison trug noch ihr elegantes blaues Kleid, und ihre Frisur saß nach wie vor tadellos, doch sie lief auf Strümpfen herum und roch nach Zigaretten. Sie lächelte Buckley flüchtig zu und sah Grace dann angsterfüllt an. »Ja, ich erinnere mich an Sie – Sie waren heute Nachmittag beim Empfang.«

»Dürfte ich mit Ihnen sprechen?«

Ihre Augen waren verweint, die Wimperntusche verlaufen. »Haben Sie ihn gefunden? Haben Sie meinen Sohn gefunden?«

»Nein, leider nicht.«

Nach kurzem Zögern bat sie die beiden herein.

»Danke.«

Er und Buckley folgten ihr in das kleine Wohnzimmer und setzten sich in die angebotenen Sessel. Das unechte Kaminfeuer war ausgeschaltet. »Möchten Sie etwas trinken? Ein Glas Wein? Einen Kaffee?«

»Ein Glas Wasser«, sagte Grace.

»Für mich nichts, danke«, erklärte Buckley. »Soll ich Ihnen helfen?«

»Danke, nicht nötig.«

Der Hund sah zu Grace empor und jaulte flehentlich.

»Still, Bobo!«, befahl Mrs Harrison. Der Hund folgte ihr unterwürfig aus dem Zimmer.

Grace sah sich um. Ein gerahmter Druck zeigte Constables »Heuwagen«, ein anderer die Jack-und-Jill-Windmühlen in Clayton. Daneben ein großes gerahmtes Foto von Michael Harrison im Smoking, den Arm um Ashley Harper gelegt, die ein langes Abendkleid trug. Michael als Junge in kurzer Hose auf dem Fahrrad. Ein Hochzeitsfoto in Schwarz-Weiß, vermutlich von Gill Harrison und ihrem verstorbenen Mann. Die breiten Revers und die Schlaghose verrieten ihm, dass es Mitte der Siebziger aufgenommen worden war. Michael Harrisons Vater war groß, gut aussehend, mit langem braunem Haar, das ihm bis zum Hemdkragen reichte. Sein Sohn sah ihm sehr ähnlich.

Gill Harrison kam, ihr Hündchen im Schlepp, mit einem Wasserglas und einem Weinglas zurück und setzte sich Grace gegenüber.

»Was heute passiert ist, bedauere ich sehr, Mrs Harrison. Sie haben Schlimmes durchgemacht«, sagte er und trank dankbar von dem kalten Wasser.

Eine junge Frau betrat das Zimmer. Ihr sonnengebräuntes Gesicht hatte etwas von einem Raubvogel, das blonde Haar war zottelig, Lippen, Ohren und Zunge waren gepierct. Sie trug Jeans und ein ärmelloses Top.

»Meine Tochter Carly. Carly – das ist Chief Inspector Grace von der Kriminalpolizei und Constable Buckley. Carly ist extra für die Hochzeit aus Australien gekommen.«

»Ich habe Sie beim Empfang gesehen, hatte aber keine Gelegenheit, mit Ihnen zu sprechen«, sagte Grace und schüttelte ihr die Hand. Sie schien etwas unwillig.

»Nett, Sie kennen zu lernen, Carly«, sagte Buckley.

Die junge Frau setzte sich neben ihre Mutter aufs Sofa und legte ihr schützend den Arm um die Schultern.

»Wo sind Sie in Australien gewesen?«, fragte Grace höflich.

»Darwin.«

»Ich selbst war nur einmal in Sydney.«

»Meine Tochter lebt dort«, sagte Linda Buckley munter, um das Eis zu brechen.

Carly zuckte lustlos die Schultern.

»Eigentlich wollte ich ja die Hochzeit und den Empfang ganz absagen«, erklärte Gill Harrison. »Aber Ashley hat darauf bestanden. Sie meinte –«

»Alte Schlampe«, stieß Carly hervor.

»Carly!«

»Tut mir Leid. Alle finden sie so süß –« Sie flatterte übertrieben püppchenhaft mit den Händen. »Aber ich halte sie für eine berechnende Schlampe.«

»Carly!«

Sie küsste ihre Mutter auf die Wange. »Tut mir Leid, Mum, aber es stimmt. Hätten Sie etwa darauf bestanden, den Empfang abzuhalten?«, fragte sie Grace.

Er beobachtete die Frauen wachsam, bevor er antwortete. »Keine Ahnung, Carly. Vermutlich hatte sie nur die Wahl zwischen zwei Übeln.«

»Mein Bruder ist der tollste Typ der Welt, ehrlich.«

»Sie scheinen Ashley nicht zu mögen«, sagte er schnell.

»Nein, tu ich auch nicht.«

»Warum nicht?«

»Ich finde sie reizend«, warf ihre Mutter ein.

»Das ist doch Scheiße, Mum! Du willst nur um jeden Preis Enkelkinder. Und bist froh, dass Michael nicht schwul ist.«

»Carly, das ist wirklich nicht nett.«

»Aber wahr. Ashley ist eine berechnende Eisprinzessin.«

Grace war bemüht, seine Erregung zu verbergen. »Wie sind Sie zu dieser Ansicht gelangt, Carly?«

»Hören Sie nicht hin«, sagte Gill Harrison. »Sie ist erschöpft und leidet unter dem Jetlag.«

»Quatsch, Ashley ist eine Goldgräberin.«

»Wie gut kennen Sie sie?«

»Bin ihr einmal begegnet – das hat mir gereicht«, sagte Carly.

»Ich finde, sie ist ein reizendes Mädchen«, erklärte ihre Mutter. »Intelligent, kultiviert, man kann sich richtig gut mit ihr unterhalten. Sie war sehr gut zu mir.«

»Kennen Sie ihre Familie?«

»Die Arme hat nur noch ihren netten Onkel aus Kanada. Die Eltern starben bei einem Autounfall in Schottland, als sie drei Jahre alt war. Sie wuchs bei abscheulichen Pflegeeltern auf, zuerst in London, dann in Australien. Ihr Pflegevater wollte sie als Teenager vergewaltigen. Sie ist dort weggegangen, als sie sechzehn war, und nach Toronto gezogen. Dort lebte sie bei ihrem Onkel und ihrer Tante, die kürzlich verstorben ist. Das hat sie sehr mitgenommen. Ich glaube, Bradley und seine Frau sind als Einzige jemals nett zu ihr gewesen. Sie musste allein zurechtkommen, und dafür bewundere ich sie.«

»Ha, ha, ha«, warf Carly ein.

»Wie meinen Sie das?«, wollte Grace wissen.

»Sie kam mir schon total unecht vor, als ich nur von ihr hörte. Und in der Realität wirkt sie noch aufgesetzter. Ich kann es nicht erklären, aber ich weiß genau, dass sie meinen Bruder nicht liebt. Mag sein, dass sie ihn um jeden Preis heiraten wollte, aber das ist nicht ganz das Gleiche wie Liebe. Wenn sie ihn wirklich liebte, hätte sie heute nicht diese Farce durchgezogen. Dafür wäre sie viel zu fertig gewesen.«

Grace schaute sie mit wachsendem Interesse an.

»Merken Sie was? Sie sprechen mit einer Frau. Die vielleicht am Jetlag leidet, aber trotzdem. Einer Frau, die ihren Bruder liebt. Im Gegensatz zu seiner widerlich berechnenden Schlampe von einer Verlobten.«

»Carly!«

»Ach, Scheiß drauf, Mum.«

52

NACHDEM ASHLEY WÜTEND die Wohnung verlassen hatte, schaltete Mark den Fernseher ein, um noch die Lokalnachrichten zu erwischen. Er versuchte es auch mit dem Radio, aber es war nach sieben, die Sendung vorbei.

Er zog Jeans, Turnschuhe, ein Sweatshirt und einen leichten Anorak an und setzte eine Baseballkappe auf, um sein Gesicht zu verdecken. Er zitterte vor Nervosität, außerdem hatte er schon zwei Becher starken Kaffee getrunken, um nüchtern zu werden, und kippte gerade den dritten herunter. Er wollte zur Tür gehen, als das Telefon klingelte.

Mark eilte ins Wohnzimmer und schaute aufs Display. *Anrufer unbekannt.* Zögernd hob er ab.

»Kevin Spinella vom *Evening Argus.* Ich möchte bitte Mr Mark Warren sprechen.«

»Am Apparat.« Er fluchte innerlich. Warum hatte er nicht gesagt, Mark Warren sei nicht zu Hause?

»Guten Abend, Mr Warren, entschuldigen Sie die Störung am Samstagabend. Ich rufe wegen Ihres Geschäftspartners Michael Harrison an. Heute war ich in der All Saints Church in Patcham, wo die Trauung stattfinden sollte. Sie waren doch Trauzeuge. Ich wollte mich nicht aufdrängen, würde aber gerne kurz mit Ihnen sprechen.«

»Hm, ja, natürlich.«

»Ist es korrekt, dass Michael Harrison bei seinem Junggesellenabschied verschwand, in der Nacht, in der dieser furchtbare Unfall geschah? Ich wüsste gern, weshalb Sie als Trauzeuge nicht dabei waren.«

»Beim Junggesellenabschied?«

»Ja.«

»Eigentlich wäre ich ja dabei gewesen«, sagte Mark bemüht ruhig und gelassen. »Aber ich war auf einer Geschäftsreise in Nordengland, und meine Maschine hatte leider Verspätung wegen Nebels.«

»Wo war das?«

»In Leeds.«

»Verstehe. So etwas kommt bei uns ja häufiger vor.«

»Das kann man wohl sagen!« Mark entspannte sich allmählich.

»Wie die Polizei erklärte, ist Ihnen nicht bekannt, was für den Junggesellenabschied geplant war.«

Mark schwieg einen Moment. Dachte nach. Konzentriert. »Nein, das ist nicht ganz zutreffend. Ganz und gar nicht. Wir wollten auf eine Sauftour gehen.«

»Na schön. Aber ist es nicht die Aufgabe des Trauzeugen, diesen Abend zu organisieren?«

»Ich glaube schon.«

»Aber Sie haben diesen Junggesellenabschied nicht organisiert?«

Mark versuchte, seine Sinne zusammenzuhalten. Irgendwo schrillte eine Alarmglocke. »Ja, ich habe – Michael wollte nichts Aufwändiges – nur ein paar Pubs, mit seinen Kumpeln. Ich hatte wirklich vor, dabei zu sein.«

»Was genau hatten Sie geplant?«

»Ach, das Übliche – rumalbern, Michael abfüllen, zu Hause abliefern. Wir wollten einen Kleinbus mit Fahrer mieten, aber einer von uns meinte, er könnte einen Lieferwagen besorgen. Es sei ihm egal, wenn er nichts trinken könne. Also haben wir es so gemacht.«

»Und wie passt der Sarg in diesen Plan?«

Scheiße. Mark spürte, dass man ihn auf ein gefährliches Terrain lockte. »Ein Sarg?«

»Man teilte mir mit, dass Sie einen Sarg besorgt hätten.«

»Von einem Sarg ist mir nichts bekannt!«, stieß Mark hervor. »Das ist mir völlig neu.« Mit gespielter Überraschung fragte er noch einmal: *»Sarg?«*

»Könnte es sein, dass Ihre Freunde das in Ihrer Abwesenheit organisiert haben?«

»Hundertprozentig. Es kann nicht anders sein. Einer von ihnen, Robert Houlihan, arbeitet – ich meine, arbeitete – bei seinem Onkel, der Bestatter ist. Von einem Sarg war allerdings nie die Rede. Sind Sie da ganz sicher?«

»Die Polizei hat mir mitgeteilt, dass sie annimmt, im Lieferwagen habe sich ein Sarg befunden – und zwar vor dem Unfall. Können Sie sich vorstellen, was mit Michael Harrison passiert ist?«

»Keine Ahnung, aber ich mache mir furchtbare Sorgen.«

»Gestern habe ich mit Zoe Walker, einer der Witwen, gesprochen. Sie erklärte, Sie alle hätten sich an Michael Harrison rächen wollen, weil er Ihnen dauernd Streiche spielte. Könnte der Sarg etwas damit zu tun haben?«

»Wie gesagt, von einem Sarg ist mir nichts bekannt. Klingt wie eine Idee, auf die sie in letzter Minute gekommen sind.«

»Wäre es denkbar, dass Ihre Kumpel Michael Harrison in den Sarg gelegt haben und er nun irgendwo eingeschlossen ist?«

Mark überlegte angestrengt. »Sie wissen doch, wie das mit der Trinkerei ist. Manchmal machen Leute verrückte Sachen.«

»Wem sagen Sie das?«

Beide lachten leise, Mark ein wenig erleichtert.

Als Mark wenig später im Aufzug nach unten fuhr, ließ er sich das

Gespräch noch einmal durch den Kopf gehen. Hoffentlich hatte er sich nicht verplappert. Wie würde Ashley reagieren, wenn man ihn in der Zeitung zitierte? Sie würde vermutlich toben, weil er überhaupt mit dem Journalisten gesprochen hatte, doch was war ihm anderes übrig geblieben?

Er bog aus der Tiefgarage vorsichtig auf die Straße und fädelte sich in den starken Samstagabendverkehr ein. Er drosselte das Tempo, da er nicht sicher war, wie es mit seinem Alkoholspiegel aussah. Das Letzte, was er jetzt gebrauchen konnte, war eine Polizeikontrolle.

Zwanzig Minuten später rollte er auf den Parkplatz eines Baumarktes in Newhaven, einem etwa fünfzehn Kilometer entfernten Kanalhafen. Kurz vor Ladenschluss sauste er durch die Regale und kaufte Spaten, Schraubenzieher, Hammer, Meißel, eine kleine Taschenlampe, Gummihandschuhe und Gummistiefel. Um acht saß er wieder im Wagen, der Parkplatz lag verlassen da. Der Himmel wirkte überraschend klar, und es würde noch lange dauern, bis es ganz dunkel war.

Er musste mindestens zwei Stunden totschlagen.

Essen wäre ratsam, aber sein Magen rebellierte. Er dachte an einen Burger, chinesisch, indisch, nichts konnte ihn begeistern. Ashley war sauer auf ihn, sauer wie noch nie, und das machte ihm Angst. Als wäre ein Band zwischen ihnen zerrissen. Er musste es wieder zusammenfügen, und das ging nur, indem er sie beschwichtigte. Tat, was sie wollte. Was er schon seit Tagen hätte tun sollen.

Er wollte sie anrufen, ihr sagen, dass er sie liebte, und hören, dass sie ihn ebenfalls liebte. Aber das würde sie nicht sagen, nicht jetzt. Sie war zu Recht wütend, denn er hatte sich wie ein Idiot benommen, alles aufs Spiel gesetzt. Herrgott noch mal, warum hatte er sich dem Polizisten gegenüber auch nur so dämlich verhalten?

Er startete den Motor, das Radio ging an. Acht Uhr. Lokalnachrichten. Zuerst eine internationale Meldung, schlimme Neuigkeiten aus dem Irak. Dann etwas über Tony Blair und die EU. Er spitzte die Ohren, als die Sprecherin verkündete: »Die Sussex Police verstärkt ihre Suche nach Michael Harrison, dem Bauunternehmer aus Brighton. Seine Verlobte Ashley Harper und die Hochzeitsgäste erlebten eine herbe Enttäuschung, als er heute nicht zur Trauung in der All Saints Church in Patcham erschien. Damit erhärtet sich der Verdacht, dass er sich nach dem Unfall beim Junggesellenabschied, bei dem vier seiner besten Freunde starben, irgendwo in einem hilflosen Zustand befindet. Detective Superintendent Roy Grace von der Kriminalpolizei Sussex, der die Untersuchung leitet, erklärte heute Morgen, die Polizei behandle die Angelegenheit nicht mehr als reine Vermisstensuche und werde eine Sonderkommission einsetzen.«

Mark stellte das Radio lauter, als die Stimme des Detective Superintendent ertönte.

»Wir nehmen an, dass Michael Harrison das Opfer eines Streichs geworden sein könnte, der auf tragische Weise fehlgeschlagen ist. Daher bitten wir sämtliche Personen, die Auskunft über die Ereignisse vom vergangenen Dienstagabend geben können, sich dringend bei der Sonderkommission Salsa der Kriminalpolizei Sussex zu melden.«

Mark verschwamm alles vor den Augen, der Parkplatz schien zu vibrieren, in seinen Ohren summte es, als säße er in einem startenden Flugzeug oder tauche in großer Tiefe. Er hielt sich die Nase zu, schniefte, in seinen Ohren knackte es. Seine Hände waren schweißnass – wie sein ganzer Körper; er spürte das Wasser an sich herabrinnen.

Tief durchatmen, sagte er sich. So konnte man Stress verarbeiten. Ashley hatte ihm beigebracht, sich mit dieser Methode auf schwierige Kundengespräche vorzubereiten.

Tief atmend saß er im schwindenden Tageslicht im Wagen und lauschte dem Rhythmus seines pochenden Herzens.

Er blieb lange so sitzen.

53

SOBALD EINE SONDERKOMMISSION EINGESETZT WURDE – was vor allem bei Mord, Entführung, Vergewaltigung, bewaffnetem Raubüberfall, Betrug und bestimmten Vermisstenfällen der Fall war –, erhielt diese auch einen Namen und wurde zentral von Sussex House aus geleitet. Deshalb stieg Roy Grace, der die Ermittlungen nun offiziell leitete, auch am Samstagabend um zwanzig nach acht, als normale Menschen zu Hause waren oder sich amüsierten, die vertraute Treppe hinauf, vorbei an der Schlagstocksammlung und den gerahmten Fotos sämtlicher Abteilungsleiter.

Er hatte sich Minuten, nachdem er Gill Harrisons Haus verlassen hatte, entschlossen, für die Suche nach Michael Harrison eine Sonderkommission einzusetzen. Ein gewaltiger Schritt, der Geld und Arbeitsstunden verschlingen würde und den er gegenüber dem Chief Superintendent und Alison Vosper rechtfertigen musste. Was zweifellos nicht einfach sein würde.

DC Nick Nicholas und DS Bella Moy, deren Abendpläne sich längst in Wohlgefallen aufgelöst hatten, waren gemeinsam mit ihrer Rekrutin Emma-Jane Boutwood unterwegs. Sie würden alles mitbringen, was in der Wache von Brighton bisher vorlag – mit anderen Worten, nicht viel.

Grace betrat die Soko-Abteilung, ein Großraumbüro mit grünem Teppich und Schreibtischen für die Mitarbeiter der leitenden Ermittler. Jeder leitende Beamte hatte sein eigenes Büro, das mit dem Namen auf einer blau-gelben Karte gekennzeichnet war.

Nach links schaute er durch eine Glaswand in das eindrucksvolle Büro des Mannes, der technisch gesehen sein direkter Vorgesetzter war – Detective Chief Superintendent Gary Weston. Sie kannten sich schon ewig. Weston war sein Partner gewesen, als Grace als unerfahrener Constable zur Kripo kam, und hatte damals auch noch ganz am Anfang seiner Laufbahn gestanden.

Weston war nur einen Monat älter, und Grace fragte sich manchmal mit leisem Neid, wie Gary dieser derart kometenhafte Aufstieg gelungen war, den er gewiss bald mit einer Stelle als Chief Constable irgendwo in Großbritannien krönen würde. Tief im Herzen kannte er die Antwort. Gary Weston war ihm weder an Fähigkeiten noch an akademischer Bildung überlegen – immerhin hatten sie gemeinsam in vielen Fortbildungen gesessen –, nein, Weston besaß einfach das feinere politische Gespür. Grace nahm es ihm nicht übel, und sie waren immer gute Freunde geblieben, aber er selbst würde mit seiner Meinung nie so hinter dem Berg halten können, wie Gary es oft getan hatte.

Halb neun am Samstagabend, von Gary keine Spur. Der Detective Chief Superintendent verstand sich aufs gute Leben und konnte Privates und Beruf mühelos unter einen Hut bringen. Die gerahmten Fotos von Windhunden und Pferden zeugten von seiner Rennleidenschaft. Die strategisch platzierten Bilder von seiner attraktiven Frau und den vier kleinen Kindern ließen die Besucher wissen, welche Priorität er seiner Familie einräumte.

Vermutlich war er gerade beim Windhundrennen, dachte Grace. Ein fröhliches Essen mit Frau und Kindern, Wetten, Entspannung, Vorfreude auf einen Sonntag im Kreise der Familie. Er sah sein geisterhaftes Spiegelbild in der Scheibe und ging weiter durch das verlassene Großraumbüro, vorbei an blinkenden Lampen auf Anrufbeantwortern, schweigenden Faxgeräten, den endlosen Schleifen der Bildschirmschoner. In Momenten wie diesen, wenn er sich der Wirklichkeit entrückt fühlte, fragte er sich, wie es sein mochte, als Geist unbemerkt durchs Leben anderer zu streifen.

Er hielt seine Karte vor den Ausweisleser, stieß die Tür auf und betrat einen langen Flur mit grauem Teppichboden, der nach frischer Farbe roch. Er kam an einem roten, filzbezogenen Anschlagbrett vorbei, auf dem *SOKO LISBON* stand. Darunter hing das Bild eines orientalisch wirkenden Mannes mit flaumigem Bart, der vier Wochen zuvor tot am Fuß der Klippen aufgefunden worden war. Die Autopsie ergab, dass er zum Zeitpunkt des Sturzes bereits tot gewesen war.

Die gegenüberliegende Wand war der *SOKO CORMORANT* vorbehalten und zeigte das Foto eines hübschen brünetten Mädchens, das man vergewaltigt und erwürgt am Stadtrand von Brighton gefunden hatte.

Bald würde es auch die *SOKO SALSA* geben, einen willkürlich gewählten Namen, den der Rechner von Scotland Yard für den Fall Michael Harrison ausgespuckt hatte.

Grace kam am Büro der Außenermittler vorbei und trat durch die Tür gegenüber, die in die neue Soko-Zentrale führte. Alles wirkte neu, es duftete sogar neu, wenn man vom penetranten Geruch chinesischen Essens absah, der an diesem Abend in der Luft hing. Trotz der undurchsichtigen Fenster, die ohnehin zu hoch waren, um einen Ausblick zu bieten, wirkte der Raum mit den weißen Wänden luftig und verströmte pure Energie, ganz anders als die Besprechungsräume der Polizeiwachen, die Grace bisher erlebt hatte.

Die L-förmige Soko-Zentrale sah geradezu futuristisch aus und hätte sich auch gut in Cape Canaveral gemacht. Im Gegensatz zu anderen Polizeibüros gab es hier keine persönlichen Besitztümer auf Schreibtischen und an den Wänden. Keine Familienfotos, Fußballposter, Listen von Sportereignissen oder witzigen Karikaturen. Alle Gegenstände, bis auf die Möbel und Computer, waren Bestandteil der jeweiligen Ermittlungen. Eine weitere Ausnahme bildete der Nudelsuppentopf, in den Detective Inspector Michael Cowan, ein müde dreinblickender, langhaariger Mensch in Jeans und Karohemd, gerade seinen Plastiklöffel tauchte.

Vor einem anderen Rechner saß Jason Piette, einer der scharfsinnigsten Ermittler, mit denen Grace je gearbeitet hatte, Cola in der Hand, die Augen auf den Flachbildschirm geheftet. Er hätte alles darauf gewettet, dass Piette eines Tages die Metropolitan Police leiten würde – das höchste Amt, das ein britischer Polizist erreichen konnte.

Zu jedem Arbeitsbereich gehörten mindestens ein Bereichsleiter, gewöhnlich ein Detective Sergeant oder Detective Inspector, ein Systemmanager, meist ein rangniedrigerer Beamter, ein Datenbankspezialist und eine Bürokraft.

Michael Cowan begrüßte Grace herzlich. »Wie geht's, Roy? Du siehst aber schick aus.«

»Alles nur für euch – aber die Mühe hätte ich mir wohl sparen können.«

»Ha, ha!«

»Was isst du da für einen Mist?«, fragte Grace. »Hast du eine Ahnung, was da alles drin ist?«

Michael Cowan verdrehte grinsend die Augen. »Chemikalien, Baby, die halten mich fit.«

Grace schüttelte den Kopf. »Hier riecht's wie im China-Imbiss.«

Cowan deutete auf die Tafel, die neben ihm stand. *SOKO LISBON.* »Du kannst gern mein Problem hier übernehmen. Ich habe dafür ein heißes Date sausen lassen.«

»Ich würde nur zu gern mit dir tauschen.«

Cowan schaute ihn neugierig an. »Und?«

»Ich glaube, du würdest dankend ablehnen.«

»So schlimm?«

»Schlimmer.«

54

IM SCHEINWERFERLICHT KONNTE MARK in einer Linkskurve eine Ansammlung von Kränzen ausmachen. Einige lagen am Straßenrand im Gras, andere lehnten an einem Baum und einer Hecke. Es waren noch mehr als beim letzten Mal.

Er nahm den Fuß vom Gas. Ein Schauer überlief ihn, ließ ihn im Innersten erbeben. Er sah die Kränze im Schein der Rücklichter verschwinden, bis die Nacht sie verschluckt hatte. *Josh, Pete, Luke, Robbo.*

Er selbst, wenn das Flugzeug keine Verspätung gehabt hätte. Natürlich hätte dann ohnehin alles anders ausgesehen. Er trat das Gaspedal durch, wollte weg, nur weg, die Gänsehaut verjagen. Sein Handy meldete sich. Ashleys Nummer im Display.

Er antwortete über die Freisprechanlage, voller Sehnsucht nach menschlicher Gesellschaft. »Hi.«

»Und?« Sie klang so frostig wie zuvor.

»Bin unterwegs.«

»Jetzt erst?«

»Ich musste warten, bis es dunkel war. Ich glaube, wir sollten das nicht am Handy besprechen – ich komme zu dir, wenn ich fertig bin.«

»Das wäre wirklich dumm.«

»Stimmt. Ich – wie geht es Gill?«

»Aufgelöst. Was hattest du erwartet?«

»Hm.«

»Hm? Alles okay?«

»Geht so.«

»Bist du jetzt nüchtern?«

»Natürlich«, erwiderte er gereizt.

»Klingst aber nicht gut.«

»Mir geht es auch nicht gut, kapiert?«

»Kapiert. Aber du machst es?«

»Wie besprochen.«

»Rufst du mich danach an?«

»Klar.«

Er hängte ein. Vor ihm tauchte Nebel auf, ein feuchter Film überzog die Windschutzscheibe. Die Scheibenwischer quietschten. Mark schaltete sie aus. Das Gebüsch am Waldrand kam ihm vertraut vor, und er fuhr langsamer, um die Abzweigung nicht zu verpassen.

Kurz darauf ratterte er über das erste Viehgitter, dann über das zweite, die Scheinwerfer schossen wie zwei Laserstrahlen durch den Nebel. Der Wagen holperte über den Feldweg, er fuhr zu schnell, fürchtete sich vor den Bäumen, die drohend näher zu rücken schienen, und schaute in den Spiegel, ob …

Ob was?

Er war nahe dran. Ein leises Murmeln aus dem Radio lenkte ihn ab, er stellte es aus. Sein Atem ging schneller, Schweiß rann ihm über Rücken und Schläfen. Die Motorhaube senkte sich nach vorn, als er mit den Vorderrädern in eine tiefe Pfütze rollte, Tropfen klatschten wie Kieselsteine gegen die Scheibe. Er schaltete die Scheibenwischer wieder ein, bremste ab. Gott, war das tief, hatte es so stark geregnet, seit er das letzte Mal hier gewesen war? Und dann – *Scheiße, oh, Scheiße, nicht das!*

Die Räder drehten durch.

Als er das Gaspedal betätigte, vibrierte der BMW, rutschte ein wenig zur Seite, wieder zurück.

Oh, Gott, nur das nicht!

Er durfte nicht stecken bleiben, unmöglich, um halb elf abends, an diesem Ort, wie zum Teufel sollte er das erklären?

Tief durchatmen ...

Er atmete ein, schaute ängstlich in die Nacht hinaus, auf die Schatten um ihn herum, betätigte die Zentralverriegelung, hörte sie einrasten, ein schwacher Trost. Er schaltete die Innenbeleuchtung ein und sah aufs Armaturenbrett. Es gab Einstellungen für Geländefahrten, niedrige Übersetzung, Differentialsperre, lauter Dinge, die er hunderte Male gesehen, aber nie im Handbuch nachgelesen hatte.

Er holte das Handbuch heraus, blätterte im Stichwortverzeichnis und suchte die entsprechenden Seiten. Dann drückte er einen Hebel und einen Knopf, legte das Buch weg und trat vorsichtig aufs Gas. Der Wagen ruckte, rollte zu seiner Erleichterung aber vorwärts.

Er fuhr nicht schneller als fünfzehn, die Räder griffen besser, glitten mühelos durch die Pfützen. Dann bog er nach rechts zur Lichtung ab. Ein junges Kaninchen hoppelte vor den Wagen, machte kehrt und eilte davon. Dann huschte es wieder nach vorn. Er wusste nicht, ob er es erwischt hatte, wollte nur weiter, das Tempo halten, den Impuls, den sicheren Halt im Schlamm.

Die moosige, grasbewachsene Lichtung tauchte vor ihm auf. Erleichtert sah er, dass die Wellblechplatte noch immer unter den herausgerissenen Pflanzen verborgen lag.

Er fuhr weiter, bis er auf vergleichsweise festem Boden stand, schaltete den Motor aus, ließ aber die Scheinwerfer an, zog die neuen Gummistiefel über, griff sich die Taschenlampe und stieg aus.

Völlige Stille. Dann ein leises Rascheln im Unterholz. Er schoss herum, richtete die Lampe auf die Bäume. Hielt den Atem an. Wieder raschelte es, und ein großer Fasan floh ins Dickicht.

Er öffnete den Kofferraum, streifte die Gummihandschuhe über und trug das Werkzeug zum Rand des Grabes.

Mark verharrte reglos, blickte hinunter auf das Wellblech, horchte in die Nacht. Der Motor knackte. Wasser tropfte von den Bäumen, sonst war alles still. Eine Schnecke hatte sich an die Wellblechplatte geheftet wie eine Entenmuschel an ein Schiffswrack. Gut. Das Wellblech sah aus, als hätte es seit Jahren niemand angerührt.

Er legte Werkzeug und Taschenlampe ins Gras und zog die Platte zurück. Das Grab erinnerte an eine dunkle Gletscherspalte. Er umklammerte die Taschenlampe und richtete sich auf, konnte aber, so sehr er sich auch bemühte, keinen Schritt nach vorne gehen.

Als würde Michael jeden Augenblick nach ihm schnappen.

Ganz langsam schob er sich an das Grab heran, leuchtete mit der Lampe angstvoll in die rechteckige Grube.

Er atmete aus.

Alles unverändert. Die Erde noch aufgetürmt.

Er sah schuldbewusst hinunter. »Tut mir Leid, Partner«, flüsterte er, »ich –«

Doch es gab nichts zu sagen. Er kehrte zum Wagen zurück und schaltete das Licht aus. Nicht dass er um diese Zeit jemanden im Wald vermutet hätte – aber er wollte kein unnötiges Risiko eingehen.

Er brauchte fast eine Stunde, bis sein Spaten auf den hölzernen Sargdeckel traf. Viel mehr Erde, als er gedacht hatte – na gut, er hatte letztens ein bisschen draufgelegt, aber trotzdem … Er kratzte die Erde weg, bis der ganze Deckel sichtbar wurde, dazu die Messingschrauben an den vier Ecken. Und das kleine Loch für den Atemschlauch, das er mit Erde verstopft hatte.

Er rammte den Spaten in den Boden und machte sich mit dem Schraubenzieher an die Arbeit. Dann stellte er fest, dass es ein Problem gab: Der Sarg passte so genau ins Loch, dass er nur auf dem Deckel stehen konnte, was ein Öffnen unmöglich machte.

Er kletterte nach oben, klemmte sich die Taschenlampe zwischen die Zähne, streckte sich am Rand der Grube aus und griff nach unten. So konnte er den Deckel mühelos erreichen.

Er begann zu zittern. Was würde er darin finden? Er nahm die Taschenlampe aus dem Mund und rief leise: »Michael?« Dann lauter: »Michael? Hallo, Michael!«

Er klopfte mehrmals mit dem Schraubenzieher auf den Deckel, obwohl Michael ihn, falls er noch am Leben und bei Bewusstsein war, ohnehin längst gehört hätte. Vielleicht war er zu schwach, um sich zu melden.

Falls er noch lebte.

Ein großes *Falls.* Vier Tage – fast ohne Luft. Er klemmte sich die Taschenlampe wieder zwischen die Lippen und biss zu. *Er musste es tun, es ging nicht anders. Er musste Michaels verdammten Palm Pilot zurückholen.* Denn eines Tages würde jemand das Grab entdecken, es öffnen und die Leiche finden und dazu den gottverdammten Palm mit allen E-Mails. Und dieser Bulle Graves oder wie er hieß würde die E-Mail finden, die er Michael am Montag geschickt und in der er die Überraschung angekündigt hatte, die auf ihn wartete. Er würde die rätselhaften Hinweise finden, die er Michael geliefert und die Michael nicht verstanden hatte, während sie den Bullen sofort auf die richtige Fährte führen würden.

Mark schob den Schraubenzieher unter den Deckel und hob ihn ein wenig an, bis er die Finger hineinstecken konnte. Dann legte er den Schraubenzieher neben sich auf die Erde und klappte den Deckel so weit wie möglich hoch, wobei er die tiefe, gezackte Kerbe im Holz zunächst nicht weiter beachtete.

Tintenschwarzes Wasser schimmerte auf, eine durchnässte Zeitschrift trieb an der Oberfläche, das Licht der Taschenlampe fiel auf große, nackte Brüste.

Mark schrie auf, die Taschenlampe klatschte ins Wasser und traf mit einem dumpfen Laut auf den Sargboden.

Der Sarg war leer.

55

DER DECKEL FIEL MIT EINEM LAUTEN KRACHEN ZU. Mark rappelte sich auf, stolperte und fiel der Länge nach in den Morast. Er kniete sich hin, beschrieb einen Kreis, spähte ins Dunkel, wimmernd, keuchend, voller Panik, er suchte nach einem Fluchtweg. In den Wagen? In den Wald?

Gott im Himmel.

Auf allen vieren kroch er weg von dem Grab, drehte sich erneut um die eigene Achse. War Michael irgendwo da draußen, angriffsbereit?

Würde er ihn mit einer Lampe blenden?

Er stand auf und rannte zum Wagen, riss die Tür auf, stieg ein, und die Innenbeleuchtung ging an, er saß wie auf dem Präsentierteller! Er knallte die Tür zu, betätigte die Zentralverriegelung, drehte den Zündschlüssel, legte den Gang ein, schaltete Licht ein, trat das Gaspedal und beschrieb einen weiten Bogen. Die Scheinwerfer strichen über die Bäume, die tanzenden Schatten, er fuhr eine Runde, zwei Runden, drei.

Oh, Gott.

Was zum Teufel war passiert?

Er hatte den Scheiß-Pilot immer noch nicht. Musste noch mal nachsehen. Unbedingt.

Wie konnte er –?

Wie war er dort rausgekommen? Wie hatte er den Deckel wieder zugeschraubt? Die Erde aufgetürmt?

Außer –

Außer er war nie drin gewesen.

Doch warum war er dann nicht zur Hochzeit erschienen?

Seine Gedanken rasten. Totales Chaos. Er wollte Ashley anrufen, wusste aber genau, was sie ihn als Erstes fragen würde.

Hast du den Pilot?

Er fuhr bis ans Grab, blieb sitzen, wartete ab. Dann öffnete er die Tür, sprang hinaus, legte sich auf den Bauch und stieß die Hände ins kalte Wasser, ohne sich die Ärmel lange aufzurollen. Berührte den Boden des Sarges, Satin. Die gepolsterten Seiten, dann wieder den Boden. Fand die Taschenlampe und holte sie heraus. Kaputt. Seine Hände trafen auf ein kleines, rundes Metallstück. Er hielt es ins Licht. Sah aus wie der Verschluss einer Whiskyflasche.

Er drehte sich um und schaute angestrengt in den Wald. Griff wieder hinunter in den Sarg, tastete den ganzen Boden ab. Eine nasse Zeitschriftenseite wickelte sich um seine Hand. Sonst nichts. Gar nichts. Das ganze verdammte Ding war leer.

Er stand auf, legte die Wellblechplatte über das Loch, warf halbherzig ein wenig Gras darüber und kehrte in den sicheren Wagen zurück. Er schlug die Tür zu, verriegelte alles und holperte mit Vollgas durch die Schlaglöcher und Pfützen und über die Viehgitter auf die Landstraße zurück.

Dann schaltete er die Differentialsperre aus, legte den normalen Gang ein und fuhr nach Brighton. Angstvoll beobachtete er alle Lichter, die im Rückspiegel auftauchten, sehnte sich danach, Ashley anzurufen, war aber zu verwirrt, um das Erlebnis in Worte zu kleiden.

Wo zur Hölle steckte Michael?

Wo?

Wo?

Er fuhr wieder an den Kränzen vorbei, schaute aufs orange glühende Armaturenbrett, auf die Straße, in den Rückspiegel. Hatte er sich alles nur eingebildet? Halluziniert? *Kommt schon, Jungs, was steckt dahinter? Was hattet ihr mir voraus? Habt ihr einen leeren Sarg begraben? Na schön, und wo ist dann bitte Michael?*

Allmählich beruhigte er sich ein wenig, konnte klarer denken, sich vorübergehend ablenken. Michael war nicht da. Keine Leiche. Niemand hatte etwas gegen ihn in der Hand.

Er lenkte mit den Knien und zog die Gummihandschuhe aus, ließ sie auf den Boden fallen. Natürlich, das passte doch zu Michael. Typisch für ihn. Michael, der Scherzbold. Hatte er das alles selbst inszeniert?

Seine eigene Hochzeit verpasst?

Wilde Gedanken rasten durch seinen Kopf. Hatte Michael Lunte gerochen wegen Ashley? Gehörte das zu seinem Racheplan? Sie kannten sich, seit sie dreizehn waren. Eine Ewigkeit. Michael war clever und erledigte Probleme auf seine Weise. Wenn er nun doch etwas spitzgekriegt hatte? Andererseits waren er und Ashley ungeheuer vorsichtig gewesen.

Er dachte an den Tag, als sie sich auf die Anzeige im *Sussex Argus* gemeldet hatte und im Büro aufgetaucht war. Sie kam einfach herein, smart, wunderschön, war den anderen Bewerberinnen haushoch überlegen. Spielte in einer anderen Liga.

Er hatte sich gerade erst von seiner langjährigen Freundin getrennt und sich sofort in Ashley verliebt, wie er sich noch nie zuvor verliebt hatte. Sie verstanden sich auf Anhieb, was Michael gar nicht zu bemerken schien. Als sie einen Monat später die Stelle antrat, schliefen sie bereits miteinander.

Nach drei Monaten geheimer Liebschaft gestand sie Mark, dass Michael ganz heiß auf sie sei und sie zum Essen eingeladen habe. Was sie nun tun solle.

Mark war wütend gewesen, ließ sich aber nichts anmerken. Sein Leben lang hatte er in Michaels Schatten gestanden. Michael kriegte immer auf Partys die hübschesten Mädchen ab, Michael überredete die Bank zu einem Darlehen, mit dem er die erste heruntergekommene Immobilie kaufte und einen dicken Profit einstrich, während Mark sich in einer kleinen Buchhaltungsfirma mit einem mageren Gehalt abstrampelte.

Als sie beschlossen hatten, sich zusammenzutun, war es wiederum Michael gewesen, der das Kapital beisteuerte – und dafür zwei Drittel vom Gewinn absahnte. Mittlerweile war ihr Unternehmen mehrere Millionen Pfund wert. Und Michael besaß den Löwenanteil.

Als Ashley damals zu ihnen kam, hatte zum ersten Mal eine Frau erst ihn und dann Michael angeschaut. Und Mark hatte alles auf eine Karte gesetzt und sich mit ihr verabredet.

Danach war alles Ashleys Idee gewesen. Sie musste Michael nur heiraten – und sich geschickt wieder scheiden lassen. Ihn mit einer Hure zusammenbringen und einen Schnüffler mit Kamera hinterherschicken. Sie würde sich mit der Hälfte von Michaels Vermögen begnügen, die ihnen aber zusammen mit Marks 33,3 Prozent die Mehrheit verschaffen würde. Die Kontrolle über die Firma. Ein Volltreffer. So long, Michael.

Todsicher.

Nur war nie von Mord die Rede gewesen.

56

ASHLEY ÖFFNETE in einem cremefarbenen Bademantel, das nasse Haar offen auf den Schultern, und schaute Marks schlammbedeckte Gestalt mit einer Mischung aus Ungläubigkeit und Zorn an.

»Bist du wahnsinnig geworden?«, begrüßte sie ihn. »Wie kannst du herkommen, und das um diese Zeit? Es ist zwanzig nach zwölf!«

»Lass mich rein. Einen Anruf konnte ich nicht riskieren. Wir müssen reden.«

Sie gab nach, da sein verzweifelter Ton sie überraschte, schaute aber links und rechts die Straße hinunter. »Ist dir jemand gefolgt?«

»Nein.«

Sie blickte auf seine Füße. »Mark, was zum Teufel – sieh dir mal deine Stiefel an!«

Er betrachtete seine verdreckten Gummistiefel, zog sie aus und trug sie ins Haus. Mit den Stiefeln in der Hand stand er im offenen Wohnbereich und starrte auf die blinkenden Lichter der HiFi-Anlage an der Wand, deren Ton abgestellt war.

Ashley schloss die Haustür und sah ihn besorgt an. »Du siehst furchtbar aus.«

»Ich brauche was zu trinken.«

»Ich dachte, du hättest genug für heute.«

»Jetzt bin ich verdammt nüchtern.«

Sie half ihm, den Anorak auszuziehen. »Was möchtest du? Whisky?«

»Balvenie, falls du welchen hast.«

»Du könntest ein Bad vertragen.« Sie ging in die Küche. »Und, war es so schlimm? Hast du den Pilot?«

»Wir haben ein Problem.«

Ashley schoss herum. »Wie bitte?«

Mark sah sie hilflos an. »Er war nicht da.«

»Nicht da?«

»Nein – er – ich weiß nicht – er –«

»Du meinst, der Sarg war nicht da?«

Mark erzählte ihr alles. Ashley reagierte, indem sie die Jalousien schloss, ihm Whisky eingoss und sich selbst einen schwarzen Kaffee kochte. Dann setzten sie sich einander gegenüber auf die Sofas.

»Kann es sein, dass du an der falschen Stelle gewesen bist?«

»Und dass es zwei Särge gibt? Nein. Ich habe die Stelle selber ausgesucht. Wir wollten ihn mit einem Pornoheft und einer Flasche Whisky im Sarg lassen – und die sind auch noch drin. Jedenfalls der Verschluss der Flasche.«

»Der Deckel war festgeschraubt – und die Erde oben drauf?« Sie umklammerte die Tasse mit beiden Händen, blies Dampf weg und nippte. Mark sah, dass ihr Bademantel aufklaffte, und erhaschte einen Blick auf ihre großen, weißen Brüste. Er wollte sie, jetzt, trotz allem, trotz seiner Panik, nur umschlingen und mit ihr schlafen.

»Ja – es sah genauso aus wie am Donnerstag, als ich –«

»Als du den Atemschlauch herausgezogen hast?«

Er trank einen großen Schluck Whisky. Ashley lächelte nun mitfühlend. Vielleicht könnte er ja ein, zwei Stunden bleiben. Mit ihr schlafen. Er musste sich von diesem Albtraum ablenken.

Dann verdunkelte sich ihr Gesicht. »Bist du dir ganz sicher, dass er auch drin war, als du den Schlauch herausgezogen hast?«

»Natürlich war er drin. Ich hab ihn doch schreien hören, Herrgott noch mal!«

»Und du hast es dir nicht eingebildet?«

»Dass er geschrien hat?«

»Du warst ganz schön fertig.«

»Wärst du an meiner Stelle auch gewesen. Er war mein Geschäftspartner, mein bester Freund. Ich bin kein Mörder, ich –«

Ihr Blick war mehr als zynisch.

»Ich tue das nur – weil – weil ich dich liebe, Ashley.«

»Er könnte jetzt irgendwo da draußen sein. Im Dunkeln umherschleichen, uns beobachten.«

Mark schüttelte den Kopf. »Glaub ich nicht. Wieso ist er nicht zur Hochzeit gekommen, wenn er nicht mehr im Sarg lag? Drin gewesen ist er auf jeden Fall. Er oder jemand anders. Ich habe innen am Deckel Kratzspuren gesehen.«

Ashley nahm die Nachricht gleichgültig auf.

»Vielleicht weiß er über uns Bescheid, mehr fällt mir dazu nicht ein. Dass er *verdammt noch mal* Bescheid weiß.«

»Tut er nicht«, warf Ashley ein. »Er hat keinen Schimmer. Er hat oft über dich gesprochen, dass du die richtige Frau suchst und eine Familie gründen möchtest, und dass du nur eine längere feste Freundin hattest.«

»Na toll, er konnte schon immer mein Ego aufbauen.«

»Er meinte es nicht negativ, Mark, ihm liegt viel an dir.«

»Auf einmal verteidigst du ihn ja.«

»Immerhin ist er mein Verlobter.«

»Sehr witzig.« Er stellte sein Glas auf den quadratischen Couchtisch und vergrub das Gesicht in den Händen.

»Du musst dich zusammenreißen. Gehen wir mal logisch an die Sache heran.«

Er nickte, ohne sie anzusehen.

»Michael war am Donnerstagabend noch da. Du hast den Schlauch herausgezogen und das Loch verstopft, richtig?«

Mark schwieg.

»Wir wissen, dass er anderen gerne Streiche spielt. Irgendwie befreit er sich aus dem Sarg und beschließt so zu tun, als wäre er immer noch drin.«

Mark schaute sie niedergeschlagen an. »Toller Witz. Also ist er draußen und weiß, dass ich den Schlauch rausgezogen habe – wofür es nur einen Grund geben kann.«

»Irrtum. Woher sollte er wissen, dass du es warst? Hätte doch irgendein Spaziergänger sein können.«

»Komm schon, Ashley, sei ehrlich. Wenn jemand durch den Wald läuft und über ein Grab stolpert, aus dem ein Luftschlauch ragt, zieht er den doch nicht einfach raus und schaufelt noch mehr Erde auf den Sarg.«

»Ich spiele nur verschiedene Möglichkeiten durch.«

Mark starrte sie an, argwöhnte plötzlich, Michael und Ashley hätten gemeinsam etwas ausgebrütet. Galt die Falle etwa ihm?

Dann erinnerte er sich an die Tage und Nächte, die er mit Ashley verbracht, was sie zu ihm gesagt hatte, wie sie sich geliebt und Pläne geschmiedet hatten – und wie verächtlich sie immer von Michael gesprochen hatte. Er verwarf den Gedanken.

»Noch ein Vorschlag«, sagte sie. »Die anderen wussten, dass du zu spät kommen würdest. Vielleicht haben sie dir einen Streich gespielt – zusammen mit Michael – und der ist in die Hose gegangen?«

»Na schön, nur mal angenommen, Michael war nicht in dem Sarg, als ich hingegangen bin, und ich hätte mir sein Rufen nur eingebildet – wo zum Teufel steckt er dann jetzt? Wo hält er sich seit Dienstagabend auf? Warum hat er sich nicht gemeldet, ist nicht zur Hochzeit erschienen? Kannst du mir das vielleicht verraten?«

»Nein. Außer die anderen haben euch beide verarscht – und er ist anderswo eingeschlossen.«

»Oder abgehauen?«

»Das kann nicht sein, verlass dich drauf.«

»Woher willst du das so genau wissen?«

Ashleys Blick ruhte auf Mark. »Weil er mich liebt. Er liebt mich von ganzem Herzen. Darum ist er auch nicht abgehauen. Hast du alles so hinterlassen, wie es war?«

Mark zögerte und log dann, weil er seine Panik nicht eingestehen wollte. »Ja.«

»Dann müssen wir entweder abwarten oder ihn suchen – und das Übrige regeln.«

»Regeln?«

Ihr Blick sagte alles.

»Ich bin kein Mörder, Ashley. Ich mag vieles sein –«

»Mark, dir bleibt womöglich keine Wahl. Denk doch mal nach.«

»Er kann mir nichts anhängen. Er hat keine Fakten in der Hand.« Er dachte nach. »Darf ich hier warten?«

Sie stand auf und legte ihm die Hände auf die Schultern, massierte ihm sanft den Rücken. Dann küsste sie seinen Hals. »Es wäre wunderbar, dich hier zu haben«, flüsterte sie. »Aber auch kompletter Wahnsinn. Wie würde es aussehen, wenn Michael tatsächlich hier auftauchte? Oder die Polizei?«

Mark drehte sich um und wollte sie auf den Mund küssen. Sie gestattete ihm nur einen kleinen Kuss und machte sich dann los. »Geh jetzt, basta! Finde Michael, bevor er dich findet.«

»Das kann ich nicht, Ashley.«

»Und ob. Du hast es schon am Donnerstagabend gemacht. Selbst wenn es nicht funktioniert hat, aber es beweist, dass du es kannst. Also *los.*«

Er tappte niedergeschlagen zu seinen Stiefeln, und Ashley holte den durchnässten, schmutzigen Anorak.

»Wir müssen am Telefon aufpassen – die Polizei hat Lunte gerochen. Gehen wir lieber davon aus, dass sie mithört«, sagte Ashley.

»Du denkst wirklich mit.«

»Bis morgen.«

Mark öffnete vorsichtig die Tür, als könnte Michael mit einer Waffe in der Hand davor stehen. Doch er sah lediglich das Licht der Straßenlaternen, das matte Schimmern parkender Autos, hörte die Stille, die nur vom Fauchen streitender Katzen durchdrungen wurde.

57

ALLE PAAR MONATE unternahm Roy Grace mit seinem achtjährigen Patenkind Jaye Somers einen Sonntagsausflug. Ihre Eltern Michael und Victoria arbeiteten beide bei der Polizei. Er und Sandy waren eng mit ihnen befreundet gewesen, und sie hatten ihn in den schweren Jahren nach ihrem Verschwinden ungeheuer unterstützt. Mit ihren vier Kindern zwischen zwei und elf Jahren waren sie beinahe so etwas wie eine Familie für ihn geworden.

Heute musste er Jaye allerdings ein wenig enttäuschen und ihr beim Abholen sagen, dass sie nur einige Stunden miteinander verbringen konnten, weil er jemandem helfen musste, der in Schwierigkeiten steckte.

Er verriet Jaye nie, was er sich für den Sonntag ausgedacht hatte, sodass sie in den ersten Minuten immer Spaß am Raten fand.

»Ich glaube, heute schauen wir uns Tiere an!«, verkündete sie.

»Meinst du?«

»Ja.«

Sie war ein hübsches Kind mit langem, silberblondem Haar, einem runden Engelsgesicht und ansteckendem Lachen. Sie hatte sich wie immer für ihn schick gemacht und trug ein grünes Kleid mit Spitzenbesatz und rosa Turnschuhe. Wenn sie sprach, wirkte sie manchmal ungeheuer erwachsen.

»Wie kommst du darauf?«

»Hm, mal überlegen.« Jaye beugte sich vor und spielte am Autoradio, drückte auf den CD-Knopf und tippte eine Nummer ein. Der erste Song eines Albums von *Blue* erklang. »Magst du *Blue*?«

»Ja.«

»Ich mag die Scissor Sisters.«

»Ehrlich?«

»Die find ich cool. Kennst du die?«

Grace fiel ein, dass Glenn Branson auf die Band stand. »Natürlich.«

»Wir sehen uns ganz bestimmt Tiere an.«

»Und an welche hattest du dabei gedacht?«

Sie stellte die Musik lauter und zuckte rhythmisch mit den Armen. »Giraffen.«

»Du willst dir also Giraffen ansehen?«

»Giraffen träumen selten«, teilte sie ihm mit.

»Ach ja? Hast du dich mit ihnen darüber unterhalten?«

»In der Schule haben wir ein Projekt über Träume bei Tieren gemacht. Hunde träumen viel. Katzen auch.«

»Giraffen nicht?«

»Nein.«

Er grinste. »Okay, und woher willst du das wissen?«

»Weiß ich eben.«

»Wie steht es mit Lamas?«

Sie zuckte die Achseln.

Es war ein schöner Spätfrühlingsmorgen, die Sonne schien warm durch die Windschutzscheibe, und Grace setzte die Sonnenbrille auf.

Das hartnäckig schlechte Wetter hatte sich verzogen, hoffentlich auf Dauer. Und Jaye hatte ein sonniges Gemüt. Er war gern mit ihr zusammen und vergaß in den kostbaren Stunden, die er mit ihr verbrachte, meist alle Sorgen.

»Was hast du sonst noch in der Schule gemacht?«

»Alles Mögliche.«

»Was genau?«

»Die Schule ist im Moment langweilig.«

»Beim letzten Mal hast du gesagt, die Schule macht Spaß.«

»Die Lehrer sind so blöd.«

»Alle?«

»Bis auf Mrs Dean. Die ist nett.«

Jaye schwieg einen Moment und sagte dann unvermittelt: »Mami meint, du solltest wieder heiraten.«

»Ehrlich?«, fragte er verblüfft.

Jaye nickte entschieden.

»Und was hältst du davon?«

»Ich glaube, du wärst glücklicher, wenn du eine Freundin hättest.«

Sie rollten in einen Kreisverkehr. Grace nahm die zweite Ausfahrt auf die Umgehungsstraße. »Na ja, wer weiß?«

»Warum hast du keine Freundin?«

»Weil –« Er zögerte. »Weil – na ja – es ist nicht immer so einfach, die Richtige zu finden.«

»Ich habe einen Freund«, verkündete Jaye.

»Ehrlich? Erzähl mal.«

»Er heißt Justin und geht in meine Klasse. Er hat gesagt, er will mich heiraten.«

Grace warf ihr einen Seitenblick zu. »Und willst du ihn auch heiraten?«

Sie schüttelte heftig den Kopf. »Er ist fies!«

»Er ist dein Freund, und du findest ihn trotzdem fies? Was ist denn das für eine Freundschaft?«

»Ich überlege, ob wir uns trennen sollen«, erklärte sie tiefernst.

Grace war sprachlos. Hatte er mit acht eine Freundin gehabt? Nie im Leben …

Da klingelte sein Handy. Er hob es ans Ohr. »Roy Grace.«

»Hallo, Detective Grace?«, meldete sich eine junge Frauenstimme.

»Am Apparat.«

»Hier ist DC Boutwood.«

»Emma-Jane? Willkommen im Team.«

Sie klang nervös. »Danke. Ich bin in Sussex House – DS Nicholas hat mich gebeten, Sie anzurufen.«

»Ja?«

Noch nervöser fuhr sie fort: »Sir, ich habe keine guten Neuigkeiten. Wanderer haben im Ashdown Forest eine Leiche gefunden, etwa drei Kilometer östlich von Crowborough.«

Mitten im fraglichen Gebiet, dachte Grace spontan.

»Einen jungen Mann. Ende zwanzig, Anfang dreißig. Die Beschreibung passt auf Michael Harrison.«

Er sah zu Jaye hinüber. »In welchem Zustand?«

»Das ist mir nicht bekannt. Dr. Churchman ist unterwegs dorthin. DS Nicholas möchte wissen, ob Sie anwesend sein werden?«

Wieder ein Blick zu Jaye. Ihm blieb keine Wahl. »In einer Stunde bin ich da.«

»Danke, Sir.«

»Mami sagt, man darf nicht mit dem Handy telefonieren, während man Auto fährt. Das ist sehr gefährlich«, mahnte ihn Jaye.

»Da hat deine Mami absolut Recht. Es tut mir Leid, Jaye, aber ich muss dich wieder nach Hause bringen.«

»Wir haben die Giraffe doch noch gar nicht gesehen.«

Er setzte den Blinker und fuhr an den Straßenrand. »Es tut mir wirklich Leid. Ein junger Mann wird vermisst, und ich muss helfen, ihn zu finden.«

»Darf ich auch mithelfen?«

»Diesmal leider nicht, Jaye.« Er rief ihre Eltern an, die zum Glück zu Hause waren, lieferte eine zensierte Fassung der Ereignisse und wendete den Wagen. Dann versprach er Jaye, sie am nächsten Sonntag abzuholen und ihr garantiert eine Giraffe zu zeigen.

Zehn Minuten später trottete sie sichtlich enttäuscht an seiner Hand zur Haustür. Er kam sich wie ein Scheißkerl vor.

58

AM RANDE DER HAUPTSTRASSE wartete ein schlammbespritzter Streifenwagen, der Grace durch den Wald lotsen würde.

In seinem Alfa konnte er den von Schlaglöchern übersäten, durchweichten Weg kaum bewältigen. Die Vorderräder brachen aus und drehten durch, wenn sie den Halt verloren. Schlamm klatschte auf die Motorhaube, braune Spritzer erschienen auf der Windschutzscheibe. Grace fluchte laut. Dann kratzte ein Stechginsterzweig über die Tür wie ein rostiger Nagel. Er fluchte wieder, war angespannt, Jayes Enttäuschung hing ihm nach, zudem war er bestürzt über den Leichenfund.

Es musste ja nicht Michael Harrison sein, dachte er. Doch wollte er auch nicht an einen Zufall glauben, denn man hatte Harrison in ebendieser Gegend zuletzt gesehen. Und nun gab es eine Leiche, die von Alter, Größe und Körperbau her passte.

Es sah nicht gut aus.

Als sie um eine Kurve bogen, entdeckte er die Gruppe geparkter Wagen und ein gelbes Absperrband. Zwei Streifenwagen, ein weißer Transporter von der Soko, ein grüner, nicht gekennzeichneter Bus, der vermutlich einem Bestatter gehörte, das Lotus Elise Cabrio von Nigel Churchman, dem örtlichen Pathologen, der Spaß an solchem Spielzeug hatte.

Er hielt an und stieg aus, seine Mokassins versanken sofort im weichen Boden. Grace rechnete mit dem widerwärtigen Gestank, den Leichen gemeinhin verbreiteten, nahm aber nur den Geruch von Kiefern, Blumen und Erde wahr, die Düfte des Waldes. Der Mann konnte noch nicht lange tot sein.

Er holte seinen weißen Schutzanzug und die Überschuhe aus einer Tasche im Kofferraum und zog sie an. Dann kroch er unter dem Absperrband hindurch. Joe Tindall, ebenfalls in weißem Schutzanzug und Stiefeln, drehte sich mit einer großen Kamera zu ihm um.

»Hi! Tolles Wochenende«, begrüßte Grace den Kollegen.

»Gilt wohl für uns beide«, meinte Tindall und deutete auf das Unterholz. »Meine Mutter wollte immer, dass ich Buchhalter werde.«

»Ich habe dich nie für einen Erbsenzähler gehalten.«

»Buchhalter haben immerhin ein Privatleben.«

»Aber was für eins?«

»Eins, in dem sie ihre Sonntage zu Hause bei Frau und Kindern verbringen.«

»Alle Eltern, die ich kenne, können es gar nicht abwarten, ihre Kinder am Wochenende loszuwerden«, sagte Grace. »Vor allem sonntags.« Er klopfte Tindall auf die Schulter. »Was des einen Himmel, ist des anderen Hölle.«

Tindall zeigte auf die Leiche, die im Unterholz kaum zu erkennen war. »Der hat jedenfalls keinen schönen Sonntag gehabt.«

Grace ging zu der Leiche hinüber, um die eine Wolke von Schmeißfliegen summte. Churchman, der Pathologe, ein gut aussehender sportlicher Typ mit jungenhaftem Gesicht, kniete daneben und hielt einen kleinen Kassettenrekorder in der Hand.

Ein leicht übergewichtiger junger Mann, kurzes blondes Stachelhaar, kariertes Hemd, Schlabberjeans, braune Stiefel. Er lag auf dem Rücken, den Mund aufgerissen, die Augen geschlossen, die Haut weiß wie Wachs. Im rechten Ohr trug er einen kleinen Ohrring. Das runde Gesicht, wie eingefroren im Tod, sah jugendlich aus.

Grace versuchte, sich an die Fotos von Michael Harrison zu erinnern. Die gleiche Haarfarbe, ähnliche Züge, aber er hatte attraktiver gewirkt. Dennoch, das Gesicht konnte sich durch den Tod beträchtlich verändern, wenn sich die Haut zusammenzog und das Blut eintrocknete.

Nigel Churchman sah zu ihm auf. »Wie geht's, Roy?«

»Alles klar. Und bei dir?«

Der Pathologe nickte.

»Was haben wir hier?«

»Weiß ich noch nicht genau.« Er hob mit gummiverhüllten Händen behutsam den Kopf des jungen Mannes an. Grace schluckte, als ein Dutzend Fliegen ärgerlich davonstob. Im Hinterkopf war eine tiefe, unregelmäßige Einbuchtung zu erkennen, darüber verfilztes, blutverkrustetes Haar.

»Ein heftiger Schlag mit einem stumpfen Gegenstand«, erklärte

Churchman und fügte mit trockenem Humor hinzu. »So was kann sehr ungesund sein.«

»Du wirst auch immer abgebrühter.«

Churchman grinste breit und nahm es als Kompliment. »Und du hörst dich an wie meine Frau.«

»Ich dachte, du bist geschieden?«

»Bin ich auch.«

Grace schaute wieder auf den Toten hinunter, betrachtete ihn aufmerksam, musterte Gesicht, Kleidung, die billige Uhr mit dem noch billigeren Plastikband. Das grüne Flechtarmband am rechten Handgelenk. Er wischte weitere Fliegen vom Gesicht der Leiche. Ja, sie befand sich eindeutig am richtigen Ort, doch war das wirklich Michael Harrison?

»Hatte er nichts bei sich? Kreditkarte, Papiere?«

»Nichts gefunden.«

Grace fragte sich, ob man so zu einem Junggesellenabschied ging. Er hatte Michael Harrison stilvoller in Erinnerung. Der Typ vor ihm sah eher schäbig aus. Dennoch sollte er nicht mit eingeschlagenem Schädel hier liegen und von Schmeißfliegen belästigt werden.

»Eine Ahnung, wie lange er schon hier ist?«

Churchman richtete sich zu voller Größe auf. »Schwer zu sagen. Jedenfalls nicht sehr lange. Keine Anzeichen von Larvenbefall der ersten Generation, keine Hautverfärbungen – bei dem Klima hätten wir nach wenigen Tagen bereits einen fortgeschrittenen Verwesungsprozess. Er liegt höchstens vierundzwanzig Stunden hier, vermutlich weniger.«

In Grace brodelte es, er dachte an all die jungen Männer zwischen zwanzig und dreißig, die in den letzten Wochen vermisst gemeldet worden waren. Er kannte die Statistik nur all zu gut. Allein in England wurden Jahr für Jahr zweihundertfünfzigtausend Menschen vermisst, von denen ein Drittel nie wieder auftauchte. Einige waren tot, und man hatte ihre Leichen so entsorgt, dass sie nie gefunden wurden. Manche waren weggelaufen und hatten sich geschickt den Bemühungen der Polizei entzogen. Andere wiederum waren nach Übersee gegangen und hatten eine neue Identität angenommen.

Er selbst erlebte immer nur eine Variante der Ermittlungen, nämlich die, dass Personen unter fragwürdigen Umständen ums Leben gekommen waren. Fälle, die von der Polizei untersucht wurden, und von denen wiederum nur ein winziger Teil, den er selbst noch einmal überprüfte.

Der zeitliche Rahmen passte. Das Aussehen einigermaßen. *Einigermaßen.* Aber es gab nur einen sicheren Weg, um herauszufinden, wer der Tote war.

»Bringen wir ihn ins Leichenschauhaus. Mal sehen, ob ihn jemand identifizieren kann.«

59

NUR MIT EINEM HANDTUCH BEKLEIDET tappte Mark aus der Dusche in den Umkleideraum des Fitnessklubs. Er war beim Tennis ganz schön ins Schwitzen gekommen, hatte aber ein lausiges Match geliefert. Er spielte sonntags morgens immer gegen Tobias Kormind, einen Investmentbanker, der halb Däne, halb Amerikaner war und mit Drahtigkeit und Entschlossenheit aufwartete. Normalerweise konnte er Tobias wenigstens einen Satz abnehmen, diesmal hatte er aber so zerstreut gespielt, dass er nur ein paar Einzelspiele gewann.

Mark mochte Tobias, weil er nie zu Michaels Clique gehört hatte. Und Tobias, der einen kreativen Verstand und beste Beziehungen zur Londoner Finanzwelt besaß, hatte Mark ein paar gute Tipps gegeben, wie Double-M über Brighton hinaus expandieren und zu einem internationalen Immobilienimperium werden konnte. Doch Michael hatte nie etwas davon hören wollen; er hielt nichts von riskanten Geschäften und zog die eingetretenen Pfade vor. Ein Projekt entwickeln und verkaufen, dann erst das nächste anvisieren.

Tobias klopfte ihm auf die Schulter. »Warst heute Morgen nicht bei der Sache, was?«

»Nicht so richtig, tut mir Leid.«

»Ach komm, ich weiß, du hast eine schlimme Woche hinter dir. Vier Freunde verloren, und dein Geschäftspartner wird vermisst.« Tobias stand nackt da und rubbelte sich energisch die Haare trocken. »Was unternimmt denn die Polizei? Du musst Druck machen. Vermutlich sind die alle überarbeitet und reagieren nur, wenn man sie richtig drängt.«

Mark lächelte. »Ashley ist ganz schön hartnäckig – sie macht ihnen die Hölle heiß.«

»Wie hält sie sich?«

»Ganz gut. Der Tag gestern war schlimm. Manche Leute, die sie nicht mehr erreichen konnte, sind tatsächlich mit allem Drum und Dran zur Hochzeit erschienen.«

Tobias kannte weder Michael noch Ashley und konnte daher nicht viel zum Gespräch beisteuern. »Ist kein gutes Zeichen, dass er nicht gekommen ist.«

Mark nickte und steckte den Schlüssel in den Spind. Als er sein Handy aufklappte, piepte es zweimal. Auf dem Display wurden drei Nachrichten angezeigt.

Er entschuldigte sich und trat beiseite. Die erste Nachricht stammte von Ashley, die sich besorgt anhörte. »Mark? Mark? Ach, du bist sicher beim Tennis. Ruf mich sofort an.« Wieder Ashley. »Ich bin's noch mal, ruf an.« Und ein drittes Mal. »Mark, ruf bitte an, es ist dringend.«

Er spürte, wie ihm das Blut in die Beine sackte. *War Michael aufgetaucht?*

Die ganze Nacht hatte er sich den Kopf zerbrochen, wie Michael aus dem Sarg gekommen sein könnte, wie viel er wusste – und was er zu Michael sagen würde, wenn er ihm gegenüberstand. Würde Michael glauben, dass er nichts von dem Plan gewusst hatte? Es reichte schon, wenn er die E-Mail in seinem Palm Pilot gelesen hatte. Mark und die anderen hatten ihm mehrere Nachrichten geschickt und ihn wegen des Junggesellenabschieds aufgezogen.

Er rief Ashley an, fürchtete das Schlimmste. Sie klang bedrückt und sprach seltsam förmlich, vermutlich im Hinblick auf mögliche Mithörer.

»Ich – ich weiß nicht genau, was los ist. Vor einer halben Stunde rief mich eine junge Polizistin namens Emma-Jane Soundso an –« Schweigen. Mark hörte Papier rascheln. »DC Boutwood. Sie fragte, ob Michael einen Ohrring getragen hätte. Ich sagte ihr, zu Anfang unserer Bekanntschaft schon, doch ich hätte ihn überredet, darauf zu verzichten, weil es nicht zu seinem Image passte.«

»Da hattest du Recht.«

»Meinst du, er hat ihn für den Junggesellenabschied wieder angezogen?«

»Wäre möglich, er hat sich abends ja gern ein bisschen wild gestylt. Wieso?«

»Eben rief mich diese Ermittlerin noch einmal an. Sie haben eine Leiche gefunden, auf die Michaels Beschreibung passt – und zwar im Wald bei Crowborough.« Sie begann zu weinen. Eine wunderbare Vorstellung für alle Mithörer.

»O Gott«, sagte Mark. »Und es ist ganz sicher Michael?«

Zwischen tiefen Schluchzern stieß sie hervor: »Keine Ahnung. Michaels Mutter wurde ins Leichenschauhaus gebeten, um ihn zu identifizieren. Sie hat eben angerufen, ob ich mitkomme. Wir sollen so bald wie möglich da sein.«

»Soll ich euch hinfahren?«

»Wenn es dir nichts ausmacht – ich glaube, ich könnte jetzt nicht fahren, und Gill ist völlig fertig. O Gott, Mark, das ist alles so furchtbar.« Und sie brach wieder in Tränen aus.

»Ashley, ich komme, so schnell ich kann. Ich hole erst Gill ab und dann dich. In einer halben Stunde bin ich bei dir.«

Ashley weinte so sehr, dass er nicht wusste, ob sie ihn überhaupt gehört hatte.

60

AUF DER RÜCKFAHRT NACH BRIGHTON rief Grace bei Jaye an und entschuldigte sich für den misslungenen Ausflug.

»Wie heißt denn der Junge, den du suchst?«, wollte sie wissen.

Grace zögerte, fand aber nichts dabei, es ihr zu sagen. »Michael.«

»Warum versteckt er sich, Onkel Roy? War er böse?«

Er lächelte. Für die Kinder war die Welt so viel einfacher. Dennoch, die Frage war nicht dumm. Er hatte vor langer Zeit gelernt, dass man sich als Polizist nie mit dem äußeren Schein zufrieden geben durfte. Man musste die Dinge drehen und wenden und von allen Seiten betrachten. Daher musste er auch die Vorstellung in Betracht ziehen, dass Michael Harrison an seinem Verschwinden aktiv beteiligt sein könnte. Und zwar ungeachtet der Leiche, die inzwischen im Leichenschauhaus eingetroffen sein müsste.

»Ich weiß es nicht«, sagte er auf Jayes letzte Frage.

»Was passiert, wenn du Michael nie wieder findest?«

Eine harmlose Frage, doch bei ihm traf sie einen wunden Punkt. »Ich glaube, wir finden ihn.« Die Leiche wollte er lieber nicht erwähnen.

»Und wenn nicht?«, beharrte Jaye. »Wie lange suchst du nach ihm?«

Er lächelte traurig angesichts der unschuldigen Frage. Sie war ein Jahr nach Sandys Verschwinden geboren und konnte nicht ahnen, wie weh ihm diese Frage tat. »So lange wie nötig.«

»Das könnte aber lange dauern, wenn er sich richtig gut versteckt hat, oder?«

»Das kann schon sein.«

Nachdem sie das Gespräch beendet hatten, rief er umgehend Emma-Jane Boutwood in der Einsatzzentrale an. »Was hast du über den Ohrring herausgefunden?«

»Michael Harrison hat früher einen getragen, bis seine Verlobte es ihm ausgeredet hat. Es ist aber nicht ausgeschlossen, dass er einen an seinem Junggesellenabschied getragen hat.«

Das klang nicht gut. »Na schön. Nun zu den Handys. Wir müssten die Rufnummern von Mark Warren und Ashley Harper mittlerweile in den Akten haben. Rufen Sie die Mobilfunkfirmen an und lassen Sie sich die Gesprächsnachweise ab« – er überlegte kurz »- ab letzten Samstag geben.«

»Das kann allerdings bis morgen dauern, Sir. An Wochenenden ist es immer schwer, bei Telefongesellschaften Informationen zu bekommen.«

»Tun Sie Ihr Bestes.«

»Ja, Sir.«

Zehn Minuten später fuhr Grace zum zweiten Mal in dieser Woche zum Leichenschauhaus. Selbst in der hellen Maisonne wirkte es düster, als prallte jegliche Wärme von den grau verputzten Mauern ab. Hier war nur Platz für Tod und Kälte.

Und natürlich für Cleo Morey.

Hoffentlich hat sie Dienst, dachte Grace, als er an der Tür klingelte. Zu seiner Freude öffnete sie ihm im üblichen grünen Kittel, der grünen Schürze und den weißen Stiefeln – anders hatte er sie noch nie gesehen – und begrüßte ihn herzlich.

Einen Moment stand er da, befangen und sprachlos wie bei seinem ersten Rendezvous. »Hi!« Und dann: »Wir müssen uns auch mal woanders treffen.«

»Furchtbar gern!« Ihre herzliche Antwort verblüffte ihn.

»Super. Wann – hm, wie wäre es mit morgen?«

»Montag ist immer gut.«

»Klasse. Hm –« Er durchforstete sein Gedächtnis nach einem passenden Lokal. In Brighton gab es eine Menge cooler Kneipen, doch wollte ihm partout keine einfallen. Eine ruhige Bar? Oder etwas, wo mehr los war? Ein Restaurant? Montags war es meist ruhig. Vielleicht auch einfach ein Pub, es war ja das erste Mal. »Wo wohnst du?«

»Ganz in der Nähe vom Level.«

»Kennst du *The Greys*?«

»Klar!«

»Sollen wir sagen um acht?«

»Einverstanden.«

Der Wasserkessel pfiff, und sie lachten sich an. Als Cleo Wasser in die Kanne goss, klingelte es an der Tür. Sie kam mit DC Nicholas zurück, dessen Bohnenstangenfigur in zwangloser Freizeitkleidung steckte. »Guten Tag, Roy.«

»Möchtest du Tee? Der Service ist erstklassig.«

»Earl Grey?«, offerierte Cleo. »Grüntee? Kamille? Darjeeling?« Verwirrt fragte der junge DC, der immer ausgesprochen ernst wirkte: »Haben Sie auch ganz normalen Tee?«

»Sicher doch«, sagte Cleo.

»Wie sieht es aus?«, kam Grace zum Thema.

»Gillian Harrison, Michaels Mutter, ist unterwegs, um den Toten zu identifizieren«, erklärte Nick.

»Ich habe ihn hergerichtet«, warf Cleo ein.

Sie war sehr geschickt darin, selbst entstellte Leichen unversehrt und friedlich aussehen zu lassen, wenn Verwandte oder andere ihnen nahe stehende Menschen kamen, um sie zu identifizieren. Manchmal gelangte jedoch auch sie an ihre Grenzen.

Sie gingen in den kleinen, mit Teppich ausgelegten Identifizierungsraum, den eine silberne Vase mit Plastikblumenstrauß schmückte und der auch als überkonfessionelle Kapelle für Menschen diente, denen die Religion Trost spendete. Grace schaute durch das Ansichtsfenster und stellte fest, dass Cleo auch diesmal ganze Arbeit geleistet hatte.

Der junge Mann lag auf dem Rücken, den Kopf auf ein Plastikkissen gebettet, das geschickt den eingeschlagenen Hinterkopf verbarg. Cleo hatte Gesicht und Hände gereinigt, das Haar gerichtet und die Kleider geordnet. Ohne die alabasterweiße Haut hätte er durchaus irgendein junger Typ sein können, der seinen samstäglichen Rausch ausschlief.

»Emma-Jane ist hinter den Gesprächsnachweisen her«, berichtete Nick Nicholas.

»Wir müssen vorher entscheiden, in welche Richtung wir ermitteln«, sagte Grace mit einem Blick auf die Leiche. »Erst mal abwarten, ob das hier wirklich unser Mann ist.« Von fern hörte er die Türklingel.

»Wir werden es gleich herausfinden«, sagte Cleo im Hinausgehen.

Sie führte eine aschfahle Gill Harrison herein. Ashley Harper hielt mit versteinertem Gesicht ihre Hand. Michael Harrisons Mutter sah aus, als käme sie von der Gartenarbeit: zerzaustes Haar, schmuddelige Windjacke über einem weißen T-Shirt, braune Synthetikhose und ramponierte Pantoffeln. Ashley hingegen wirkte mit ihrem marineblauen Kostüm und der weißen gestärkten Bluse wie aus dem Ei gepellt.

Die Frauen nickten Grace schweigend zu, worauf er beiseite trat. Er beobachtete aufmerksam, wie Cleo sie an das Fenster führte, kurz mit den Frauen sprach und dabei genau die richtige Mischung aus Mitgefühl und beruflicher Distanz fand. Je mehr er von ihr sah, desto besser gefiel sie ihm.

Gill Harrison sagte etwas und wandte sich schluchzend ab.

Ashley schüttelte den Kopf und drehte sich ebenfalls weg, wobei sie der Mutter ihres Verlobten tröstend den Arm um die Schultern legte.

»Sind Sie absolut sicher, Mrs Harrison?«, fragte Cleo.

»Das ist nicht mein Sohn«, schluchzte sie. »Das ist nicht Michael.«

»Es ist wirklich nicht Michael«, bestätigte Ashley und kam zu Grace herüber. »Ganz sicher nicht.«

Er spürte, dass die Frauen die Wahrheit sagten. Gill Harrisons Erregung war verständlich, doch hätte er bei Ashley Harper eigentlich etwas mehr Erleichterung erwartet.

61

ZWEI STUNDEN SPÄTER saßen Grace, Glenn Branson, der soeben aus Solihull zurückgekehrt war, Nick Nicholas, Bella Moy und Emma-Jane Boutwood in dem Arbeitsbereich, den man der Soko Salsa zugewiesen hatte.

Grace lächelte die neu hinzugekommene Emma-Jane ermutigend an. Sie war schlank und attraktiv, mit einem wachsamem Gesicht und blondem Pagenkopf. Dann las er ihnen den Bericht vor, den er nach dem Besuch im Leichenschauhaus diktiert und den Emma-Jane soeben geschrieben hatte. Er pflegte bei seinen Ermittlungen gern alles zur Diskussion zu stellen und zusammen mit den Kollegen zu überprüfen.

»Uhrzeit sechzehn Uhr fünfzehn, Sonntag, 29. Mai«, las er vor. »Dies ist der erste Zwischenbericht der Soko Salsa. Wir ermitteln im Fall des Verschwindens einer neunundzwanzigjährigen Person, männlich, Name Michael Harrison. Es ist Tag fünf danach. Ich fasse die bisherigen Ereignisse zusammen.«

Einige Minuten lang trug er die Zusammenfassung vor und ging dann zu den möglichen Verdächtigen über. »Zurzeit liegen uns keine Beweise für ein Verbrechen vor. Dennoch habe ich meine Zweifel bei Michael Harrisons Geschäftspartner Mark Warren und seiner Verlobten Ashley Harper. Auch erscheint mir Ashleys Onkel aus Kanada mit Namen Bradley Cunningham fragwürdig, denn mir scheint, dass er nicht der ist, der zu sein er vorgibt.«

Er trank einen Schluck Wasser. »*Ressourcen.* Die East Downs Division hat uns personelle Verstärkung angeboten. Wir begannen mit einer Suche in der näheren Umgebung des Unfalls, der sich am vergangenen Dienstag ereignete, und haben die Suche in den letzten Tagen ständig ausgeweitet. Ich ziehe nun die Tauchereinheit der Sussex Police hinzu und werde sämtliche Flüsse, Seen und Wasserbecken in der Umgebung absuchen lassen. Auch haben wir weitere Hubschrauberflüge angefordert – die Sicht hat sich durch die veränderten Wetterbedingungen beträchtlich gebessert.«

Er ging die weiteren Punkte durch. *Besprechungszyklen:* Grace verkündete, dass sie sich täglich um halb neun und um halb sieben kurzschließen würden. Das Computerteam sei bereits seit Freitag im Einsatz. Er las eine Liste mit dem Titel *Ermittlungsstrategien* vor, zu der auch der Punkt Kommunikation/Medien gehörte. Die nächste Sendung von *Crimewatch* würde über Michael Harrisons Verschwinden berichten, sofern er bis dahin nicht gefunden sein würde.

Als Nächstes kam *Forensik.* Grace erklärte, dass Erdproben von Mark Warrens Wagen und Erdproben von Kleidung und Händen der vier Toten analysiert und abgeglichen würden. Irgendwann am nächsten Tag sei mit einem ersten Bericht von Hilary Flowers zu rechnen.

Dann kam er zu *Weitere Fragen des Ermittlungsleiters* und berichtete ausführlich über die Unstimmigkeiten im Verhalten von Mark Warren und Ashley Harper – hinzu kam die Entdeckung des Kontos auf den Cayman Islands.

Zuletzt fasste Grace noch einmal die Theorien zusammen: »Die alternativen Szenarien stellen sich wie folgt dar:

Eins: Michael Harrison wurde irgendwo eingeschlossen und kann nicht entkommen.

Zwei: Michael Harrison ist tot – entweder infolge seines Eingeschlossenseins oder aufgrund eines Tötungsdeliktes.

Drei: Michael Harrison ist absichtlich untergetaucht.«

Dann erkundigte er sich, ob es Fragen im Team gebe. Glenn Branson meldete sich und wollte wissen, ob die bislang unidentifizierte Leiche Auswirkungen auf die Ermittlungen habe.

»Solange wir es nicht mit einem Serienmörder zu tun haben, der im Ashdown Forest junge Männer umbringt, wohl nicht.«

Das Gelächter folgte auf dem Fuß.

»Wem gehört das Mordopfer?«, fragte Branson.

»East Downs Division«, sagte Grace. »Wir haben schon genug zu tun.«

»Roy, hast du mal daran gedacht, Ashley Harper und Mark Warren beschatten zu lassen?«

Er hatte schon mit dem Gedanken gespielt, doch um eine effektive Vierundzwanzig-Stunden-Überwachung zu realisieren, brauchte man bei einem einfachen Fall schon um die dreißig Leute – drei Teams, die in Acht-Stunden-Schichten arbeiteten. Bei komplizierteren Fällen auch mehr. Der Personalaufwand war ungeheuer groß, und Grace wusste aus Erfahrung, dass seine Vorgesetzten nur im äußersten Notfall, beispielsweise bei großen Drogenrazzien oder wenn es um Menschenleben ging, eine solche Überwachung genehmigen würden. Doch wenn sie keine Fortschritte machten, musste er zwangsläufig einen derartigen Antrag stellen.

»Ja. Aber lassen wir das für den Moment beiseite. Ich möchte die

Filme sämtlicher Überwachungskameras aus Brighton and Hove vom letzten Donnerstag überprüfen lassen, und zwar von Sonnenaufgang bis ein Uhr morgens am Freitag. Mark Warren war mit seinem BMW-Geländewagen unterwegs – die Einzelheiten stehen in der Akte. Ich will wissen, wohin er gefahren ist.« Dann fügte er hinzu: »Ja, und Michael Harrison hat ein Boot im Jachthafen liegen. Jemand sollte nachsehen, ob es noch da ist. Wir würden schön blöd dastehen, wenn wir eine Riesensuche starten und der Typ sich mit dem Boot aus dem Staub gemacht hat.«

Er sah DC Boutwood an. »Sie können das zu sichtende Filmmaterial eingrenzen, indem Sie sich an die Gesprächsnachweise halten. Sie müssen nur die Filme aus den Gebieten überprüfen, in denen Harrison sich aufgehalten hat. Sind Sie schon weitergekommen?«

»Noch nicht, Sir. Ich fange gleich morgen früh damit an. Heute kann mir ohnehin niemand weiterhelfen.«

Grace sah auf die Uhr. »Ich muss morgen um zehn im Gericht sein – und weiß nicht, ob die mich den ganzen Tag brauchen. Also treffen wir uns vorher um halb neun hier.« Er wandte sich an Branson. »Unser Verbindungsmann bei der East Downs Division ist Detective Inspector Jon Lamb. Er hat mit seinem Team schon losgelegt – wäre gut, wenn du mal mit ihm redest.«

»Ich rufe ihn gleich an.«

Grace überflog seinen Bericht, ob er auch nichts übersehen hatte. Er musste mehr über den Charakter von Michael Harrison herausfinden. Über seine geschäftliche Verbindung zu Mark Warren. Über Ashley Harper. Dann schaute er seine Leute an. »Es ist beinahe halb acht, dazu Sonntagabend. Ihr solltet jetzt nach Hause gehen und euch ausruhen, die kommende Woche dürfte hart werden. Danke, dass ihr auf euren Sonntag verzichtet habt.«

Branson, der eine modische Sporthose und ein schickes Shirt mit Reißverschluss trug, ging mit ihm zum Parkplatz. »Was sagt dir dein Gefühl, großer Guru?«

Grace vergrub die Hände in den Taschen. »Ich war in den letzten Tagen einfach zu nah an der Sache dran. Und was sagt dir dein Gefühl?«

Branson raufte sich frustriert die Haare. »Mann, muss das wirklich immer sein? Kannst du nicht einmal meine Frage beantworten?«

»Keine Ahnung. Wieso?«

»Scheiße, manchmal gehst du mir echt auf die Eier!«

»Na super. Du hattest ein nettes Wochenende mit deiner Familie, hast mich deine Arbeit tun lassen – und jetzt gehe ich dir auf die Eier?«

»Nennst du drei Stunden Hin- und Rückfahrt auf der M1 samt einer streitlustigen Ehefrau und zwei brüllenden Kindern etwa ein *nettes* Wochenende? Nächstes Mal fährst du mit ihnen nach Solihull, während ich hier bleibe und deinen Scheiß erledige. Abgemacht?«

»Abgemacht.«

Grace ging zu seinem Wagen. Branson zögerte. »Also, was sagt dir dein Gefühl?«

»Es gibt mehr Dinge, Horatio – das sagt es mir.«

»Will heißen?«

»Ich kann es noch nicht deutlicher formulieren. Aber ich habe bei Mark Warren und Ashley Harper ein ganz schlechtes Gefühl.«

»Inwiefern?«

»Einfach so.«

Grace klopfte seinem Freund herzlich auf den Rücken, stieg ein und fuhr zum Sicherheitstor. Als er auf die Hauptstraße abbog, die einen herrlichen Blick auf Brighton and Hove, das Meer und die Sonne bot, die noch hoch am kobaltblauen Himmel stand, legte er Bob Bergs *Riddles* ein. Allmählich wurde er ruhiger. Und einige köstliche Momente lang verdrängte Cleo Morey alle Erinnerungen an den Fall.

Er lächelte.

Dann wanderten seine Gedanken wieder zur Arbeit, zu der langen Fahrt nach Südlondon und zurück, die vor ihm lag. Wenn er Glück hatte, wäre er um Mitternacht zu Hause.

62

MARK TIGERTE IN JEANS und Sweartshirt durch die Wohnung, ein Whiskyglas in der Hand. Er konnte sich einfach nicht ruhig hinsetzen und nachdenken. Der Fernseher lief ohne Ton. Der Schauspieler Michael Kitchen irrte mit versteinertem Gesicht durch eine vom Krieg geprägte südenglische Landschaft, die Mark vage vertraut vorkam – er vermutete sie irgendwo in der Nähe von Hastings.

Er hatte die Wohnungstür verschlossen und verriegelt. Der Balkon war ohnehin sicher, da er sich im vierten Stock befand.

Zehn Uhr. Es war fast dunkel. Noch drei Wochen bis zum längsten Tag des Jahres. Durch die Balkontür sah er ein einzelnes Licht, das draußen auf den Wellen tanzte. Ein kleines Boot oder eine Jacht.

Er und Michael waren seit Wochen nicht mehr mit ihrer Zehn-Meter-Rennschaluppe »Double M« hinausgefahren. Eigentlich hatte er heute im Jachthafen daran arbeiten wollen. Boote durfte man nie lange vernachlässigen, sonst gab es Lecks, Rost, Risse oder die Farbe blätterte ab.

In Wirklichkeit bedeutete das Boot eine Last für ihn. Er legte keinen Wert auf den ganzen Zirkus und hatte schreckliche Angst vor rauem Wetter. Doch für Michael war Segeln schon immer ein Teil seines Lebens gewesen. Und wenn er Michaels Geschäftspartner bleiben wollte, musste er wohl oder übel auch dessen Hobby teilen.

Natürlich hatten sie eine Menge Spaß gehabt. Viele schöne, windreiche Tage unter strahlend blauem Himmel. Wochenenden, an denen sie bis Devon und Cornwall oder auch hinüber zur französischen Küste oder den Kanalinseln gesegelt waren. Dennoch konnte er durchaus mit der Vorstellung leben, nie wieder einen Fuß auf eine Jacht zu setzen.

Wo zum Teufel steckst du, Michael?

Er trank Whisky, setzte sich aufs Sofa, lehnte sich zurück, schlug die Beine übereinander, fühlte sich ungeheuer verwirrt. Michael und Ashley hätten heute in ihre romantischen Flitterwochen starten sollen, was er lange verdrängt hatte. Dass Ashley mit Michael schlafen würde, und zwar mehr als einmal, gehörte schließlich dazu. Außer, ihr fiel eine Entschuldigung ein. Sie hatte ihm zwar versprochen, sich etwas einfallen zu lassen, aber das würde wohl kaum zwei Wochen lang funktionieren.

Zudem wusste er, dass sie bereits mit Michael geschlafen hatte, es war Teil ihres Plans. Immerhin hatte sie ihm erzählt, Michael sei im Bett nichts wert.

Falls sie denn die Wahrheit gesagt hatte.

Mark klapperte mit den Eiswürfeln im Glas und trank weiter. Die beste Lösung war noch, dass die Jungs es sich anders überlegt hatten – er wusste, dass es Pete sehr unwohl bei dem Gedanken gewesen war, Michael lebendig zu begraben. Vielleicht hatten sie ihn ja woanders eingesperrt?

Er hatte die Witwen von Pete, Luke und Josh und auch Robbos Vater angerufen und sich erkundigt, wann die Beerdigungen stattfinden würden. Doch das war nur ein Vorwand gewesen. In Wirklichkeit wollte er erfahren, ob die Jungs etwas über ihre Pläne verraten hatten, bevor sie sich am Dienstag auf den Weg machten.

Denn Michael war am Donnerstag noch im Grab gewesen, das wusste er genau. Er konnte sich das unmöglich eingebildet haben. Der Sargdeckel war fest verschraubt gewesen. Und Michael war nicht Houdini.

Wenn er also am Donnerstag noch drin gewesen war und jetzt nicht mehr, musste ihn jemand befreit und den Deckel wieder zugeschraubt haben. Aber wer?

Michaels typischer Humor?

Wieso war er dann nicht zur Hochzeit erschienen?

Er drehte sich mit seinen Überlegungen im Kreis. Ashley glaubte, Michael habe nicht im Sarg gelegen, und Mark habe sich die Stimme eingebildet. Manchmal glaubte er es ja selbst.

Er musste unbedingt noch einmal mit Ashley darüber sprechen. Wenn Michael nun doch irgendwie herausgekommen war und ihren Plan durchschaut hatte?

Aber dann hätte er mit Sicherheit schon längst versucht, einen von ihnen zur Rede zu stellen.

Er erhob sich und überlegte, ob er zu Ashley fahren sollte. Er fand ihr kühles Verhalten aufreizend, sie tat, als wäre alles seine Schuld. Doch er wusste schon jetzt, was sie zu ihm sagen würde.

Wieder lief er ruhelos durchs Zimmer. Was könnte Michael den E-Mails in seinem Palm Pilot entnehmen, falls er lebend aus dem Sarg gekommen war?

Plötzlich begriff Mark, dass er in der Panik der vergangenen Tage eine sehr einfache Möglichkeit übersehen hatte. Michael hatte den Inhalt seines Pilot immer auf dem Büroserver gesichert.

Er ging ins Arbeitszimmer, schaltete den Laptop ein und loggte sich in den Bürocomputer ein. Schimpfte los. Der verdammte Server lief nicht.

Und es gab nur einen Weg, ihn zum Laufen zu kriegen.

63

WENN ROY GRACE Max Candille begegnete, dachte er jedes Mal, wie unglaublich gut der Mann doch aussah. Er war Mitte zwanzig und erinnerte mit dem blond gefärbten Haar, den blauen Augen und ebenmäßigen Zügen an einen modernen Adonis. Er hätte durchaus als Model oder Filmstar arbeiten können, zog es aber vor, sich in einer bescheidenen Doppelhaushälfte im Londoner Vorort Purley seiner *Gabe* zu widmen. Doch auch so entwickelte er sich allmählich zum Medienstar.

Von außen verriet das Haus mit dem falschen Tudor-Fachwerk, dem gepflegten Rasen und dem Smart, der in der Einfahrt parkte, nur wenig über seinen Bewohner.

Von innen war es ganz in Weiß gehalten. Das galt zumindest für das Erdgeschoss, weiter war Grace nie gekommen. Wände, Teppich, Möbel, schlanke moderne Skulpturen, Gemälde und selbst die Katzen, Mini-Versionen der Tiger von Siegfried und Roy, waren weiß. Und vor ihm saß das Medium in einem reich verzierten Rokokosessel aus weißem Holz und Satin, gekleidet in einen weißen Rollkragenpullover, weiße Jeans von Calvin Klein und weiße Lederstiefel.

Candille hielt anmutig die Porzellantasse mit Kräutertee und fragte in geziertem, aber besorgtem Tonfall: »Sie sehen müde aus, Roy. Arbeiten Sie zu viel?«

»Ich möchte mich noch einmal entschuldigen, dass ich so spät gekommen bin«, sagte Grace und nippte an seinem Espresso.

»Die Geisterwelt unterliegt nicht den gleichen Zeitgesetzen wie die der Menschen, Roy. Ich betrachte mich nicht als Sklave der Uhr. Sehen Sie!« Er stellte die Tasse ab und hob die Hände, um zu zeigen, dass er keine Armbanduhr trug.

»Sie haben es gut.«

»Was die Zeit betrifft, ist Oscar Wilde mein Idol. Er war stets unpünktlich. Als er einmal ungewöhnlich spät zu einer Dinnerparty erschien, zeigte die Gastgeberin erbost auf die Uhr und fragte: *Mr Wilde, sind Sie sich eigentlich der Uhrzeit bewusst?* Worauf er erwiderte: *Teuerste, verraten Sie mir bitte, wie dieses üble Maschinchen wissen soll, was die große güldene Sonne gerade vorhat.*«

Grace grinste. »Das ist gut.«

»Wollen Sie mir nun sagen, was Sie heute herführt, oder soll ich raten? Hat es womöglich mit einer Hochzeit zu tun? Warm oder kalt?«

»Dafür gibt es keinen Punkt, Max.«

Candille grinste. Grace hielt große Stücke auf ihn. Er traf nicht immer ins Schwarze, doch seine Erfolgsquote lag hoch. Grace verfügte über lange Erfahrung und wusste, dass ein Medium nicht immer Recht hatte, weshalb er gern mit mehreren arbeitete und ihre Ergebnisse verglich.

Kein Medium hatte ihm bislang sagen können, was aus Sandy geworden war – und er war bei vielen gewesen. In den Monaten nach ihrem Verschwinden hatte er jedes Medium aufgesucht, das sich eines einigermaßen guten Rufes erfreute. Mit Max Candille hatte er es mehr als einmal versucht, obwohl er gleich bei ihrem ersten Treffen ehrlich gestanden hatte, dass er einfach keine Verbindung zu Sandy herstellen könne. Manche Menschen hinterließen Spuren, Schwingungen in der Luft oder ihren Besitztümern, hatte Max erklärt. Von anderen wiederum blieb nichts. Es war, als hätte Sandy nie existiert. Max konnte es nicht erklären, konnte nicht ermessen, ob sie selbst oder jemand anders ihre Spuren verwischt hatte. Auch wusste er nicht, ob sie überhaupt noch am Leben war.

Bei Michael Harrison schien Max sich hingegen sicher zu sein. Er nahm das Armband, das Grace von Ashley bekommen hatte, gab es Grace aber sofort zurück, als hätte er sich die Hand daran verbrannt. »Das gehört nicht ihm«, sagte er nachdrücklich. »Definitiv nicht.«

»Wirklich nicht?«, fragte Grace stirnrunzelnd.

»Ich bin mir absolut sicher.«

»Seine Verlobte hat es mir selbst gegeben.«

»Dann müssen Sie sie und sich selbst nach dem Grund dafür fragen. Jedenfalls gehört das hier definitiv nicht Michael Harrison.«

Grace wickelte das Armband behutsam in ein Taschentuch und steckte es wieder ein. Max Candille war ein emotionaler Mensch – und *nicht immer* im Recht. Doch wenn man seinen Kommentar zu dem Armband mit den Ansichten von Harry Frame kombinierte, sah die Sache schon anders aus.

»Was können Sie mir denn über Michael Harrison sagen?«

Candille deutete auf eine Ausgabe der *News of the World.* »Meine Lieblingszeitung«, verkündete er. »Ich weiß gern, wer mit wem fickt. Ist viel spannender als Politik.«

»Stimmt schon.« Grace las das Blatt ab und an selbst, gestand es aber ungern ein.

Max blätterte um und hielt die Zeitung hoch, damit Grace die Schlagzeile mit dem Foto von Michael Harrison darunter sehen konnte. SUCHE NACH VERMISSTEM BRÄUTIGAM.

Max Candille warf noch einen Blick darauf. »Sehen Sie, Sie werden sogar zitiert. *›Wir werten das Verschwinden von Michael Harrison nun als mögliches Kapialverbrechen‹, erklärte Detective Superintendent Roy Grace von der Sussex Police. ›Und wir verstärken die Einsatzkräfte, die das vermutete Gebiet durchkämmen ...‹*«

Dann sah er Grace an. »Michael Harrison lebt. Definitiv.«

»Wirklich? Und wo ist er? Wir müssen ihn finden, dazu brauche ich Ihre Hilfe.«

»Ich sehe ihn an einem kleinen, dunklen Ort.«

»Könnte es sich um einen Sarg handeln?«

»Das weiß ich nicht, Roy. Es ist zu verschwommen. Ich glaube, er hat nicht mehr viel Kraft.« Er schloss die Augen und drehte den Kopf hin und her. »Nein, er hat kaum noch Kraft, die Batterie ist beinahe leer, armer Kerl.«

»Wie meinen Sie das?«

Wieder schloss das Medium die Augen. »Er ist schwach.«

»Wie schwach?«

»Er schwindet dahin, der Puls ist langsam, viel zu langsam.«

Grace sah ihn erstaunt an. *Woher konnte Max das wissen?* Waren sie irgendwie über den Äther miteinander verbunden? Oder riet er einfach ins Blaue? »Könnte sich der kleine, dunkle Ort irgendwo im Wald befinden? Oder in einer Stadt? Über oder unter der Erde? Auf dem Wasser?«

»Ich kann es nicht sehen, Roy, wirklich nicht.«

»Wie viel Zeit bleibt ihm noch?«

»Nicht viel. Ich weiß nicht, ob er es schafft.«

64

»SIEH MAL, MIKE, man kann nicht immer Glück haben. Aber wir befinden uns in einer Ausnahmesituation – heute haben wir beide Glück. Wie findest du das?«

Michael war geschwächt vom Fieber und halb im Delirium. Er sah nur Dunkelheit um sich herum. Die Männerstimme erkannte er nicht, sie klang nach Australien und Südlondon, sprach rasch, mit nervöser Modulation. Einer von Daveys Akzenten? Nein, wohl kaum. Sein Gehirn raste. Er war durcheinander. Wusste nicht, wo er war. Noch immer im Sarg?

Tot?

Sein Herz hämmerte, seine Kehle war ausgedörrt, er wollte den

Mund öffnen, bekam die Lippen aber nicht auseinander. Eis quälte sich durch seine Adern.

Ich bin tot.

»Du warst in einem eklig feuchten Sarg, bist durchnässt, hättest fast Rheuma bekommen, aber jetzt liegst du in einem schönen, trockenen Bettchen. Wärst beinah gestorben. Vielleicht stirbst du ja nun doch nicht – Betonung auf *vielleicht*!«

Die Stimme verklang im Dunkeln. Michael sank hinab in einen Fahrstuhlschacht, tiefer, tiefer, die Wände rauschten vorbei. Er wollte rufen und konnte es nicht, brachte nur einen Laut der Panik hervor.

Dann wieder die Stimme, ganz nah, als stünde der Mann neben ihm im Fahrstuhl. »Schon mal was von Schrödingers Katze gehört, Mike?«

Sie fuhren noch immer nach unten. Wie viele Stockwerke? War es nicht egal?

»Hattest du in der Schule Physik?«

Wer war das? Und wo war er? Davey, wollte er sagen, brachte aber nur ein Murmeln zustande.

»Wenn du etwas über Naturwissenschaft wüsstest, hättest du davon gehört. Schrödingers Katze lag in einer Kiste und war gleichzeitig tot und lebendig. Genau wie du, mein Freund.«

Michael fühlte, wie er davonglitt. Der Fahrstuhl schwang jetzt an Seilen hin und her, die Dunkelheit kreiste um ihn. Er schloss die Augen. Dann spürte er eine Hitzewelle und sah etwas Rotes durch die Lider. Er öffnete die Augen, kniff sie vor dem grellen Licht aber wieder zu.

»Ich glaube, du solltest jetzt nicht schlafen, du musst wach bleiben, Mike. Ich kann dich doch nicht sterben lassen, du hast mich viel Mühe gekostet. Ich geb dir gleich wieder Wasser mit Traubenzucker, gewöhne dich allmählich an feste Nahrung, hab ich alles gelernt, du bist in guten Händen. Dschungeltraining, ich kann überleben und anderen dabei helfen. Dein Glück, dass ich dich gefunden habe. Jetzt musst du wach bleiben, wir plaudern noch ein bisschen, lernen uns besser kennen – okay?«

Michael wollte wieder sprechen. Konnte keine Worte bilden. Er grübelte, spürte, wie man ihn aus dem Sarg gehoben und in einem Lieferwagen auf etwas Weiches gebettet hatte – oder war das am Junggesellenabend gewesen? Sprach hier vielleicht einer seiner Freunde? Waren sie etwa gar nicht tot? Oder Mark? Er wollte nur noch schlafen.

Kaltes Wasser spritzte ihm ins Gesicht, schreckte ihn auf.

»War nicht böse gemeint, wollte dich nur wach halten, Kumpel.« Die Stimme klang jetzt eher nach Australien als nach Südlondon.

Michael zitterte; das Wasser hatte ihn ein bisschen aufgeweckt. Er versuchte, die Arme zu bewegen, es ging nicht. Die Beine rührten sich auch nicht, als wären sie gefesselt. Er wollte den Kopf heben, brachte aber keine Kraft auf.

»Möchtest wohl wissen, wer ich bin und wo wir sind.«

Michael kniff die Augen zu, als grelles Licht ihn überflutete und sich in seine Netzhaut brannte. Er stieß einen Grunzlaut aus.

»Schon gut, Mike, du brauchst nicht zu antworten, ist nur Klebeband. Ich rede, und du hörst einfach zu, bis es dir besser geht. Abgemacht?«

Michael war verängstigt und verwirrt zugleich. Das alles ergab keinen Sinn – er wusste nicht, ob er träumte oder halluzinierte.

»Zuerst mal die Hausordnung, Mike. Du fragst nicht nach meinem Namen und wo wir sind. Kapiert?«

Grunzen.

»Ich komme sowieso noch drauf zurück. Kennst du *Misery* von Stephen King?«

Michael hörte die Frage, war sich aber nicht sicher, ob sie ihm galt. *Misery*. Da war doch was. Kathy Bates. Er wollte fragen, ob Kathy mitgespielt habe, doch seine Lippen rührten sich nicht. »Mhhh.«

»Das war so ein Film, in dem James Caan von einem verrückten Fan, gespielt von Kathy Bates, gefangen genommen wird. Sie zerschlägt ihm mit einem Holzhammer die Beine, damit er nicht weglaufen kann. Kennst du den, Mike?«

»Mhhh.«

»Im Buch schneidet sie ihm sogar ein Bein ab und brennt die

Wunde mit einer Lötlampe aus. Dazu muss man ganz schön irre sein, was?«

Michael starrte ins Dunkel, wollte die Gesichtszüge des Mannes ausmachen, der Stimme ein Gesicht geben, herausfinden, aus welcher Richtung sie zu ihm sprach.

»Ist doch irre, oder?«

»Mhhh.«

»Ich hab dir fünf Tage zugehört, Mike. Dir und deinem Kumpel Davey. Warst vermutlich ganz schön genervt. Wär ich auch gewesen.« Der Mann lachte. »Ich meine, ist ganz schön hart, da ist man vergraben, und der einzige Mensch auf der ganzen Welt, der das weiß, ist ein Scheißhirni!« Er legte eine Pause ein. »Natürlich war ich auch bei dir, Mike, wollte dich aber nicht stören. So was tut man nicht, man fällt keinem ins Wort. Jedenfalls halte ich mich dran. Wie geht's denn so?«

Michaels Kopf pochte, die Dunkelheit umwirbelte ihn noch schneller als zuvor.

»Ist okay. Noch vierundzwanzig Stunden, und du hättest gleich im Grab bleiben können. Aber jetzt ist es okay. Ich bau dich wieder auf, bin bei den australischen Marines gewesen, Fernmeldetruppe, ich kenn mich aus mit dem Überleben, könntest gar nicht besser versorgt sein, Mike. Ist doch eine Menge wert, was? Eine Menge Geld, meine ich. Das ganz große Geld!«

»Mhhh.«

»Leider muss ich mich ein bisschen absichern, Mike. Verstehst du, was ich meine? Und du bist meine Sicherheit, kapiert?«

Michael schloss die Augen vor dem nächsten Lichtblitz. Dann sah er Stahl aufschimmern.

»Das tut jetzt weh, aber keine Sorge, ich bin nicht Kathy Bates, bin doch nicht verrückt und mach dich zum Krüppel. Muss mich nur absichern.«

Worauf Michael trotz des Deliriums einen unerträglichen Schmerz im linken Zeigefinger spürte. Er heulte gequält auf, ein Luftschwall stieg in seiner Kehle hoch und ließ ihn trotz des Klebebands wie eine Todesfee kreischen.

65

ALS ROY GRACE KURZ VOR MITTERNACHT wieder in Brighton eintraf, war er hellwach. Der Espresso, den Candille ihm großzügig serviert hatte, schien wie Raketentreibstoff zu wirken. Aus einer Eingebung heraus fuhr er einen kleinen Umweg vorbei am Büro von Double-M, das sich in der Straße unterhalb des Bahnhofs befand.

Beim Näherkommen stellte er überrascht fest, dass Warrens BMW vor der Tür parkte. Er setzte sich davor, stieg aus und sah an der Fassade empor. Im dritten Stock brannte Licht. Spontan ging er zur Tür und klingelte.

Bald darauf meldete sich die knisternde, überaus misstrauische Stimme von Mark Warren. »Hallo?«

»Mr Warren, hier ist Detective Superintendent Grace.«

Stille. Dann sagte Warren: »Kommen Sie rauf.« Ein Summen ertönte, das Schloss sprang hörbar auf. Grace stieg die schmalen Treppen hinauf.

Mark Warren öffnete die Tür mit der Glasscheibe, die in den Empfangsbereich führte. Er war kreidebleich und schien sich gar nicht wohl in seiner Haut zu fühlen. »Sie kommen ein wenig unverhofft«, sagte er.

»Ich fuhr zufällig vorbei und sah Licht brennen. Da habe ich gedacht, wir könnten schnell noch ein paar Worte reden. Sie möchten doch sicher auf dem neuesten Stand sein, oder?«

»Hm – ja, natürlich, danke.«

Mark warf einen nervösen Blick auf die offene Tür, die in das Büro führte, in dem er offenbar gearbeitet hatte. Er steuerte Grace in ein ungeheiztes, fensterloses Besprechungszimmer, schaltete Licht ein und bot ihm einen Stuhl am hochglanzpolierten Konferenztisch an.

Bevor Grace sich setzte, holte er das Armband aus der Tasche. »Das habe ich auf der Treppe gefunden – gehört es jemandem, der hier arbeitet?«

Mark sah es sich an. »Auf der Treppe?«

Grace nickte.

»Na so was, das gehört mir – es hat winzige Magneten an beiden Enden – ich trage es wegen meines Tennisarms. Keine Ahnung, wie es dahin gekommen ist.«

»Ein Glück, dass ich es entdeckt habe.«

»Ja, vielen Dank.« Mark schien reichlich durcheinander.

Grace bemerkte eine Reihe gerahmter Fotos an der Wand. Ein Lagerhaus am Hafen von Shoreham, ein mehrstöckiges Reihenhaus im Regency-Stil und ein moderner Büroblock, den er von der London Road am Stadtrand von Brighton kannte. »Alles Ihre?«

»Ja.« Mark spielte an dem Armband herum und schob es dann über sein rechtes Handgelenk.

»Beeindruckend«, meinte Grace. »Sieht aus, als würden die Geschäfte gut laufen.«

»Danke, wir können nicht klagen.«

Nachdem Ashley ihm den Kopf gewaschen hatte, bemühte er sich sehr, dem Kripobeamten höflich zu begegnen. »Darf ich Ihnen einen Kaffee oder etwas anderes anbieten?«

»Danke, nein. Gehört Ihnen die Firma zu gleichen Teilen?«

»Nein, Michael besitzt die Mehrheit.«

»Aha. Er hat also das Kapital eingebracht?«

»Ja, zwei Drittel. Der Rest kam von mir.«

Grace beobachtete Warrens Körpersprache. »Und hat das nicht zu Konflikten geführt?«

»Nein, wir verstehen uns gut.«

»Na schön.« Grace unterdrückte ein Gähnen. »Morgen verstärken wir die Suche. Wie Sie vielleicht gehört haben, gab es heute einen falschen Alarm.«

»Die Leiche des jungen Mannes. Wer war das eigentlich?«

»Ein Junge aus der Gegend – angeblich etwas zurückgeblieben. Die meisten Polizisten hier kannten ihn. Sein Vater hat ein Abschlepp- und Reparaturunternehmen und arbeitet oft für die Verkehrspolizei.«

»Der arme Kerl. Wurde er ermordet?«

»Sieht so aus«, antwortete Grace vorsichtig und fügte mit einem Blick auf Mark hinzu: »Ist es richtig, dass Sie und Michael Harrison ein Konto auf den Cayman Islands unterhalten?«

Gelassen erwiderte Mark: »Ja, wir haben dort eine Firma, HW Properties International.«

»Auch zwei Drittel zu ein Drittel?«

»Korrekt.«

Grace fiel ein, dass auf dem Konto mindestens eine Million Pfund lagen. Ein nettes Sümmchen. »Wie sind Sie und Michael Harrison versichert? Unterhalten Sie als Geschäftspartner gegenseitige Lebensversicherungen?«

»Wir haben die übliche Keyman-Versicherung – möchten Sie die Police sehen?«

»Nicht gerade jetzt, aber irgendwann schon. Vielleicht könnten Sie sie mir morgen zufaxen?«

»Kein Problem.«

Grace stand auf. »Ich möchte Sie nicht länger aufhalten. Arbeiten Sie oft am Sonntagabend?«

»Am Wochenende erledige ich meist den Papierkram. In der Woche klingelt ja ständig das Telefon.«

Grace lächelte. »Kommt mir bekannt vor.«

Mark sah zu, wie der Ermittler die Treppe hinunterging, schloss die Tür, verriegelte sie und kehrte in sein Büro zurück. Er schaltete den PC ein und machte sich wieder an die mühsame Aufgabe, mit der er vor einigen Stunden begonnen hatte, nämlich sämtliche Backups von Michaels Palm Pilot zu lesen, die Wochen zurückreichten, und alle Mails, in denen es um den Junggesellenabschied ging, zu löschen.

Ashley war nachmittags zu den Familien von Peter, Luke, Josh und Robbo gefahren und hatte in deren Laptops nach ähnlichen Hinweisen gesucht.

Grace schloss die Haustür hinter sich und ging zu seinem Wagen. Doch er zögerte noch, bevor er einstieg, und lehnte sich nachdenklich an die Beifahrertür. Sah hoch zum dritten Stock. Dachte nach.

Er mochte Mark Warren nicht. Der Mann log – und war ungeheuer nervös. Und Ashley Harper log ebenfalls. Sie hatte ihm absichtlich ein Armband gegeben, das nicht Michael Harrison gehörte.

Und was genau hatte Mark Warrens Armband bei ihr zu Hause zu suchen?

66

»OH, GOTT, O MEIN GOTT.« Michael weinte vor Schmerzen. Er hob die linke Hand so hoch, wie es das Klebeband erlaubte, mit dem seine Arme an den Körper gefesselt waren. Blut schoss aus seinem verstümmelten Zeigefinger, dessen erstes Glied plötzlich fehlte. Er schaute ins blendende Licht. *Was soll das, verdammt, was machen Sie da?*, wollte er fragen.

»Schon gut, Mike, entspann dich!«

Eine drahtige, behaarte Hand hielt seinen Arm eisern fest. Am Handgelenk erspähte er eine schwere Taucheruhr. Und jetzt konnte er auch den Kopf seines Peinigers erkennen, zwei Augen hinter den Schlitzen einer schwarzen Kapuze.

Weiße Salbe quoll aus einer Tube, sein Finger wurde plötzlich eiskalt. Er schrie auf, der Schmerz war beinahe unerträglich.

»Ich weiß genau, was ich tue, Mike, keine Sorge, es wird sich nicht entzünden. Ich möchte, dass du mich Vic nennst, okay? Vic.«

»Vhrrr«, keuchte Michael.

»Gut, jetzt sind wir also per du. Wir sind Geschäftspartner, da sollten wir uns auch duzen.«

Sein Peiniger legte einen langen, weißen Verband fest um die blutige Fingerspitze und wickelte ihn dann eng um die ganze Hand, sodass er als Aderpresse diente. Er klebte ihn mit Heftpflaster fest. »Sieh es mal so, Mike: Ich finde, ich habe dir das Leben gerettet – das muss doch was wert sein, oder? Und nach dem, was ich in den Zeitungen gelesen und im Fernsehen gesehen habe, scheinst du Knete zu haben. Ich aber nicht, das ist der Unterschied zwischen uns. Schluck Wasser?«

Michael nickte. Er wollte logisch denken, doch das dumpfe Pochen im Finger lenkte ihn ständig ab.

»Wenn du trinken willst, muss ich das Klebeband abnehmen. Vorausgesetzt, du schreist nicht. Abgemacht, Mike?«

Er nickte.

»Auf mein Wort ist Verlass. Auf deins auch?«

Er nickte wieder.

Ein Arm senkte sich herab. Dann war es, als hätte man ihm die halbe Haut vom Gesicht gerissen. Kinn und Wangen brannten höllisch, sein Mund klappte auf. Der Mann gab ihm etwas Wasser aus einer Plastikflasche. Es schmeckte kalt und köstlich, und Michael trank gierig, bis es ihm über Kinn und Hals rann. Er verschluckte sich und musste husten.

Die Flasche verschwand. Er hustete weiter. Als der Anfall vorüber war, fühlte er sich wacher. Es roch muffig und nach Motoröl, als befänden sie sich in einer Tiefgarage. Dann fragte er die Augenschlitze: »Wo bin ich?«

»Hast du aber ein schlechtes Gedächtnis, Mike. Du solltest doch nicht fragen, wo du bist und wer ich bin.«

»Du hast gesagt Vic, dass du Vic heißt, meine ich.«

»Für *dich* bin ich Vic.«

Schweigen.

Michaels Kopf wurde zunehmend klarer, und plötzlich war seine Angst vor diesem Mann noch größer als jene, die er im Sarg empfunden hatte. »Wie – wie hast du mich gefunden?«

»Hab die ganze Woche im Wohnmobil verbracht, Mike. Ich überprüfe in Südengland die Sendemasten der Telefongesellschaften. Höre den guten alten CB-Funk, plaudere mit Kumpels rund um den Globus. Wenn niemand zum Plaudern da ist, grase ich die Kanäle ab, höre manchmal auch Polizeifunk. Mit meiner Ausrüstung kann ich alle Gespräche abhören – auch Mobiltelefone. Hab doch erzählt, ich war in Australien bei der Fernmeldetruppe.«

Michael nickte.

»Also, am Mittwoch sitze ich abends nach der Arbeit so rum und stolpere über Davey und dich. Netter Plausch. Ich bleibe auf dem Kanal und höre die folgenden Gespräche ebenfalls mit. Hab auch die Nachrichten gesehen, die Geschichte mit dem Sarg. Also strenge ich meine grauen Zellen an und überlege mir, warum ich mit einem Sarg auf Sauftour gehen sollte. Vielleicht, um meinen Kumpel drin zu verstecken? Makabrer Streich oder so? Also fahre ich zum Bauamt nach Brighton und entdecke, dass deine Firma eine Baugenehmigung für ein Waldstück beantragt hat, das ihr letztes Jahr gekauft habt. Und zwar genau in der Gegend, wo eure Sauftour stattfindet. Konnte das wirklich Zufall sein? Dann habe ich mir weiter überlegt, dass deine Kumpels beim Saufen sicher faul sein würden. Die hätten keine Lust, dich allzu weit zu schleppen. Du musstest daher in der Nähe eines befahrbaren Weges sein.«

»Und dort bin ich auch gewesen?«

»Da wärst du ohne mich immer noch, Kumpel. Jetzt schieß mal los – wie ist das mit dem Geld, das du auf den Caymans gehortet hast?«

»Was soll das heißen?«

»Wie gesagt, ich hab den Polizeifunk abgehört. Du hast doch Geld auf den Cayman Islands, oder? Über eine Million. Wäre das nicht Grund genug, dein Leben zu retten? Du bist ein echtes Sonderangebot, Mike.«

67

AM NÄCHSTEN MORGEN traf Grace um zwanzig nach sieben in Sussex House ein. Der dunkelblaue Himmel war von weißen Wolkenfetzen überzogen. Ein Polizist, mit dem er vor Jahren Streife gegangen war, wusste alles über Wolkenformationen und konnte mit ihrer Hilfe das Wetter vorhersagen. Grace hatte einiges behalten und erkannte, dass es an diesem Tag Kumulus- und Nimbus-Wolken waren, die trockenes Wetter verhießen. Gut für die bevorstehende Suche.

Alle Mitarbeiter ärgerten sich, dass das aufwändig renovierte Gebäude keine Kantine besaß. Er ging zum Automaten und zog sich einen Milchkaffee. Auf dem Weg zu seinem Büro merkte er, wie müde er war. Er hatte sich die ganze Nacht im Bett gewälzt, das Licht eingeschaltet, sich Notizen gemacht, es ausgeschaltet, wieder angemacht. Seine Erkenntnisse zum Fall Harrison kamen tropfenweise wie bei einer Infusion, bis endlich das graue Licht durch die Vorhänge sickerte und die ersten Vögel vorsichtig loszwitscherten.

Das Armband. Der BMW, der schlammbedeckt auf seinem Parkplatz stand. Mark Warren, der noch spät am Sonntagabend im Büro arbeitete. Ashley Harpers kanadischer Onkel Bradley Cunningham. Ashley Harpers Gesichtsausdruck und ihr Verhalten im Leichenschauhaus. Die forensischen Ergebnisse zu den Erdproben, die heute eintreffen würden. Womöglich auch Resultate von den Überwachungskameras.

Er schaute ins Eingangsfach, in dem sich die unerledigte Post der vergangenen Woche stapelte, schaltete den PC ein und sah sich einem noch größeren Berg von E-Mails gegenüber. Die Tür öffnete sich. »Guten Morgen, Roy.«

Eleanor Hodgson, seine steife, effiziente Managementassistentin. Er hatte sie gebeten, früh zu kommen. Sie hielt ein Blatt Papier in der Hand.

»Wie war das Wochenende?«, erkundigte er sich.

»Sehr schön, ich war auf der Hochzeit meiner Nichte, und gestern hatte ich das Haus voller Verwandter. Und Sie?«

»Hab's geschafft, mal aufs Land zu fahren.«

»Ein bisschen Entspannung und frische Luft tun Ihnen sicher gut.« Sie schaute ihn genauer an. »Aber Sie sehen trotzdem blass aus.«

»Das können Sie laut sagen.« Er nahm das Blatt entgegen, seinen Terminplan für die kommende Woche, den sie seit ewigen Zeiten jeden Montagmorgen für ihn bereithielt.

Grace setzte sich. Der Kaffee duftete verlockend, war aber noch zu heiß. Er überflog den Plan, da er alles streichen würde, was er nicht unbedingt persönlich zu erledigen hatte. Der Fall Harrison hatte absolute Priorität.

Um zehn musste er wieder ins Gericht, das ließ sich nicht vermeiden. Um eins hatte er einen Zahnarzttermin in Lewes – verschieben. Morgen um drei war ein Treffen mit der Kripo Südwales geplant, um Informationen über einen bekannten Kriminellen aus Swansea auszutauschen, den man mit einem Billardqueue im Auge tot auf einer Müllkippe bei Newhaven aufgefunden hatte. Dafür musste ein neuer Termin angesetzt werden. Am Mittwoch stand in der Polizeiakademie Bramshill ein Aufbaukurs zum Thema genetischer Fingerabdruck an.

Der Höhepunkt am Donnerstag war ein Treffen der Kricketmannschaft des Polizeipräsidiums. Er hatte sich dazu hinreißen lassen, den Posten des Ehrenschriftführers zu übernehmen. Am Freitag bislang keine Termine, während für Samstag eine Terrorismusübung im Hafen von Shoreham geplant war, an der er jedoch nicht teilnehmen musste.

Eigentlich wäre es mit Ausnahme des Hossain-Prozesses eine geruhsame Woche gewesen – bis die Soko Salsa dazwischen kam. Doch nach seiner Erfahrung verliefen ohnehin nur die wenigsten Wochen so, wie sie geplant waren.

Er bat Eleanor, neue Termine zu vereinbaren, ging seine Post durch und diktierte in den dringendsten Angelegenheiten die Antworten. Dann überflog er die E-Mails und beantwortete sie, da er nur langsam tippte und die Zeit knapp war, ebenfalls per Diktat. Danach begab er sich in die Soko-Zentrale.

Die Besprechung um halb neun dauerte nicht lange. Über Nacht hatte es keine neuen Entwicklungen gegeben, und die Erkenntnisse, die er durch Max Candille und seinen Abstecher zu Double-M gewonnen hatte, behielt Grace erst einmal für sich.

Er fuhr nach Lewes und kaufte sich unterwegs an einer Tankstelle ein Sandwich mit Ei und Bacon, an dem er noch kaute, als er um zehn vor zehn die Treppe zum Gericht hinaufstieg. Er ahnte, es würde ein sehr langer Tag werden.

Die morgendliche Verhandlung fand auf Ersuchen der Anklage unter Ausschluss der Öffentlichkeit statt, sodass Grace nur im Warteraum herumhängen, Eleanor am Telefon etwas diktieren und ein paar Mal mit Glenn Branson sprechen konnte. Da ihm in der Mittagspause keine Zeit blieb, um ins Büro zurückzukehren, nahm er doch den halbjährlichen Vorsorgetermin beim Zahnarzt wahr. Zu seiner Erleichterung waren die Zähne in Ordnung, und er wurde lediglich ermahnt, das Zahnfleisch intensiver zu massieren. Besser als Plomben, vor denen hatte er schon immer Angst gehabt.

Als er um zwei Uhr wieder ins Gericht kam, erfuhr er, dass man ihn nicht mehr brauchen würde, und begab sich ins Büro, wo er versuchte, wenigstens einen Teil des aufgelaufenen Papierkrams zu erledigen.

Der Nachmittag verlief ereignislos, bis er um sechs Uhr dreißig zur Besprechung in die Soko-Zentrale kam. Er sah den Kollegen sofort an, dass es etwas Neues gab. Bella Moy fasste es in Worte.

»Eben hat Phil Wheeler angerufen, der Vater des ermordeten jungen Mannes.«

»Und?«

»Er wisse nicht, ob es von Bedeutung sei, aber sein Sohn hat ihm wohl erzählt, er habe über Walkie-Talkie mit Michael Harrison geredet – und zwar seit Mittwoch.«

68

ASHLEY TRAT HINTER MARK, der gebückt und mit roten Augen vor seinem Computer hockte und versuchte, Liegengebliebenes aufzuarbeiten. Er musste zahlreiche E-Mails von Architekt, Vermessungsbüro und Baufirma beantworten, die sich allesamt auf den Bauantrag für das bislang ehrgeizigste Projekt der Firma bezogen – die Errichtung von zwanzig Häusern im Ashdown Forest.

Sie schlang die Arme um seinen Hals, beugte sich vor und drückte ihr Gesicht gegen seine Wange. Er atmete ihr frisches Sommerparfum und den leichten Zitrusduft ihrer Haare ein.

Er hob die Arme und nahm ihr Gesicht in beide Hände. »Alles wird gut.«

»Natürlich. Etwas anderes kommt gar nicht in Frage.«

»Eben.«

Sie küsste ihn auf die Stirn.

Mark warf einen Blick durch die Bürotür, ständig getrieben von der Furcht, jemand könne unerwartet hereinkommen.

Sie küsste ihn noch einmal. »Ich liebe dich.«

»Ich dich auch.«

»Ehrlich? In den letzten Tagen habe ich nicht viel davon gemerkt.«

»Mag sein, aber du hast es mir auch nicht leicht gemacht.«

»Vergessen wir das.« Sie knabberte an seinem Ohr, knöpfte sein Hemd auf, schob die Hände hinein und spielte mit seinen Brustwarzen. Sie spürte seine Reaktion, er atmete hörbar ein, seine Brust spannte sich. Sie ließ die Hände weiter wandern, klickte mit der Maus, um das Programm zu beenden, und legte die Lippen an sein Ohr. »Fick mich.«

»Hier?«

»Hier und jetzt!«

Mark stand auf und sah nervös auf die Uhr. »Die Putzfrauen kommen um halb sieben – sie –«

Ashley öffnete seine Gürtelschnalle und den Reißverschluss, zog ihm mit einer raschen Bewegung Hose und Unterhose herunter. »Dann eben ein Quickie.« Sie warf einen anerkennenden Blick auf seinen erigierten Penis. »Wenigstens einer, der sich freut, mich zu sehen!«

Sie nahm ihn in den Mund.

Mark sah aus dem Fenster. Von gegenüber konnte man sie problemlos beobachten. Er wollte beiseite treten, stolperte beinahe über Hose und Unterhose. Er fingerte an den Knöpfen von Ashleys Bluse, schob die Hände hinein und öffnete ihren BH. Bald darauf lag er auf ihr, nur mit Schuhen und Socken bekleidet, drang tief in sie ein, und der staubige Nylongeruch des Teppichs vermischte sich mit Ashleys Duft.

Da summte die Sprechanlage.

»Scheiße!« Er geriet in Panik. »Wer ist das?«

Ashley zog ihn fester an sich heran, ihre Nägel krallten sich in seinen Rücken. »Vergiss es.«

»Und wenn es nun Michael ist?«

»Bist du ein Weichei!« Sie ließ ihn los.

Mark stemmte sich hoch, stolperte aus dem Zimmer zur Empfangstheke, an der normalerweise Ashley saß, und starrte auf den kleinen Schwarz-Weiß-Monitor der Überwachungskamera. Ein Mann mit Motorradhelm stand mit einem Päckchen in der Hand vor der Haustür. Mark ging an die Sprechanlage. »Ja, bitte?«

»Päckchen für Mr Warren, Double-M Properties.«

»Können Sie es in den Briefkasten stecken?«

»Ich brauche eine Unterschrift.«

Mark fluchte. »Bin gleich da.«

Er zog sich an, stopfte das Hemd in die Hose und hauchte Ashley einen Kuss zu. »Zwei Sekunden.«

»Keine Sorge«, sagte sie frustriert, »ich mache schon mal ohne dich weiter.«

Er eilte nach unten, öffnete die Tür und nahm einen kleinen Polsterumschlag entgegen, dessen gedrucktes Etikett seinen Namen trug, aber nichts über den Absender verriet. Er unterschrieb die Quittung und erhielt von dem Mann, auf dessen Lederanzug der Schriftzug FAST TRACK KURIERDIENST prangte, eine Kopie. Mark schloss die Tür und ging wieder nach oben.

Der handschriftliche Name des Absenders auf der Quittung hieß JK CONTRACTORS. Mark hatte keine Ahnung, was in dem Päckchen sein könnte. Die Planungen brachten so viel Papierkram mit sich, dass er das Gefühl hatte, darin zu ertrinken. Vermutlich wieder ein Haufen technischer Zeichnungen vom Vermessungsbüro. Typisch, sie per Kurier zu senden, wenn es auch die Post getan hätte. Er würde es später öffnen. Jetzt trieb ihn nur ein Gedanke. Ashley, die nackt in seinem Büro lag. Er war unheimlich geil.

Doch nach wenigen Sekunden war alles vorbei.

»Tut mir Leid«, sagte er und stützte sich auf die Ellbogen. »Ich –«

»Du stehst auf Motorradkuriere, was?«, fragte sie boshaft.

»Klar doch.«

»Viele Männer merken lange nicht, dass sie schwul sind. Du weißt, Biker in Lederklamotten können ganz schön erotisch sein.«

»Was soll das?«

»Was glaubst du denn, was das soll? Du lässt mich nackt hier liegen, kurz bevor ich komme, rennst runter zu einem Ledertypen und verschießt dein Pulver, obwohl du gerade erst drin bist.«

Er rollte sich von ihr hinunter und richtete sich auf. Seine Stimmung verdüsterte sich. »Tut mir Leid, aber ich habe im Moment den Kopf ganz schön voll.«

»Ich etwa nicht?«

»Vielleicht kommst du einfach besser damit klar.«

»Ich weiß nicht so recht, Mark. Ich dachte immer, du wärst der Starke und Michael der Schwache.«

Er beugte sich vor und vergrub das Gesicht in den Händen. »Ashley, wir beide stehen unter Druck.«

»Das kann nicht sein nach dem Orgasmus.«

»Okay, okay, ich habe mich entschuldigt. Soll ich weitermachen bei dir? Du weißt schon, mit der Hand?«

Sie stand unvermittelt auf und sammelte ihre Kleidung ein. »Vergiss es, mir ist die Lust vergangen.«

Beide zogen sich schweigend an. Ashley legte Lippenstift auf und brach endlich die Stille. »Kennst du den Spruch? Guter Sex macht ein Prozent einer Beziehung aus; schlechter Sex neunundneunzig Prozent.«

»Ich dachte, wir hätten guten Sex – normalerweise.«

Sie warf einen prüfenden Blick in ihren Taschenspiegel, als hätte sie noch etwas vor. »Ja, das dachte ich auch.«

Mark legte den Arm um sie. »Na komm schon, Liebes, ich habe mich entschuldigt, ist einfach stressig im Moment. Wir sollten ein paar Tage verreisen.«

»Das würde einen tollen Eindruck machen.«

»Wenn alles vorbei ist, meine ich.«

Sie sah ihn scharf an. »Wann genau ist denn alles vorbei?«

»Keine Ahnung.«

Sie steckte den Spiegel in die Handtasche. »Mark, mein Schatz, es wird nie vorbei sein, solange Michael am Leben ist. Das wissen wir beide. Wir haben am Donnerstagabend, als du den Schlauch herausgezogen hast, eine unwiderrufliche Entscheidung getroffen.« Sie küsste ihn auf die Wange. »Bis morgen.«

»Du gehst?«

»Ja. Ich gehe wie immer nach der Arbeit nach Hause, was dagegen? Ich dachte, wir sollten den Schein wahren.«

»Ich meine, ja, also –«

Sie schaute ihn prüfend an. »Reiß dich zusammen, Mann.«

Er nickte hilflos. Dann war sie weg.

Mark blieb noch eine Stunde und beschäftigte sich mit seinen E-Mails, bis ihn die Putzfrauen mit ihren Staubsaugern ablenkten. Er würde die restliche Arbeit mit nach Hause nehmen.

Auf dem Weg zur Tür riss er das Päckchen auf. Darin lag ein kleiner Gegenstand, der eng in Zellophan gewickelt und mit Klebeband versehen war.

Stirnrunzelnd fragte er sich, was das wohl sein mochte? Eine SIM-Card für sein Handy? Ein Ersatzteil für einen PC?

Er holte eine Schere aus der Schublade und schnitt ein Ende ab. Spähte hinein.

Zuerst hielt er es für einen Witz, einen künstlichen Finger, wie man sie in Scherzartikelläden kaufen konnte. Dann sah er das Blut.

»Nein.« Ihm wurde flau. »Nein. NEIN.«

Aus der Zellophanhülle rollte Michael Harrisons abgetrennte Fingerspitze und landete geräuschlos auf dem Teppich.

Entsetzt trat Mark zurück. Im Päckchen lag ein Zettel.

69

GRACE BOG VON DER HAUPTSTRASSE auf eine schmale Landstraße am Stadtrand von Lewes ab. Er kam an einem Landmaschinenhändler und einer Telefonzelle vorbei und sah dann zu seiner Linken einen hohen, teilweise eingesunkenen Maschendrahtzaun, der oben mit Stacheldraht versehen war. Zwei Tore, die aussahen, als hätte man sie seit Jahren nicht mehr geschlossen. An einem hing ein verblichenes, rissiges Schild mit der Aufschrift ABSCHLEPPDIENST WHEELER. Daneben eine kleine Warnung: VORSICHT BISSIGER HUND!

Das Gelände war mehr als heruntergekommen und so ziemlich das Unordentlichste, was Grace je erlebt hatte.

Auf dem Hof parkte ein großer, blauer Abschleppwagen zwischen ausgeschlachteten Autowracks, die teils verrostet, teils völlig zermalmt waren. Ein Toyota-Kleinwagen sah aus, als hätte man ihn dort abgestellt und alles geklaut, was nicht niet- und nagelfest war.

Überall stapelten sich Bretter und Holzstücke. Er bemerkte ein Holzgerüst, eine rostige Kreissäge, einen altersschwachen Bürocontainer, an dem ein mit Kreide beschriftetes Schild lehnte: WEIHNACHTSBAUMVERKAUF. Und einen Holzbungalow, der akut einsturzgefährdet schien.

Als Grace den Motor abstellte, empfing ihn lautes Gebell, das die Stille des warmen Abends durchbrach, und er blieb vorsichtshalber noch einen Moment im Wagen sitzen. Dann ging die Haustür auf, und ein Trumm von einem Mann erschien. Er war Mitte fünfzig, mit schütterem, fettigem Haar, dunklem Bartschatten und dickem Bierbauch, der sich über die Gürtelschnalle seiner braunen Arbeitshose wölbte.

»Mr Wheeler?«, fragte Grace und trat näher, horchte aber immer noch auf das Gebell, das ständig lauter wurde.

»Ja?« Der Mann hatte ein sanftes Gesicht mit großen, traurigen Augen und kräftige Hände. Er roch nach Tabak und Schmieröl.

Grace zeigte seinen Ausweis. »Detective Superintendent Grace von der Kripo Sussex. Das mit Ihrem Sohn tut mir sehr Leid.«

Der Mann stand reglos da, und Grace bemerkte, dass er zitterte. Er hatte die Hände geballt, eine Träne rollte über seine Wangen. »Wollen Sie reinkommen?«

»Gern, wenn Sie ein paar Minuten Zeit hätten.«

Im Haus roch es nach Kettenraucher. Grace folgte dem Mann in ein schäbiges Wohnzimmer mit Polstergarnitur und einem großen, alten Fernseher. Boden und Möbel waren flächendeckend mit Motorradzeitschriften, Country-und-Western-Heften und Plattenhüllen übersät. Auf dem Sideboard entdeckte er das Foto einer blonden Frau, deren Hände auf den Schultern eines Jungen mit Roller ruhten, daneben billige Nippfiguren aus Porzellan, doch die Wände waren kahl. Eine Uhr auf dem Kaminsims, die in den Bauch eines Rennpferdes eingelassen war, stand auf zehn nach sieben. Grace bemerkte überrascht, dass sie sogar halbwegs richtig ging.

Phil Wheeler schob einige Country-Plattenhüllen von einem Sessel und erklärte: »Davey mochte das Zeug, hat es ständig gehört, und er sammelte –«

Er verstummte und wandte sich zur Tür. »Tee?«

»Nein, danke«, sagte Grace, der lieber nicht – aber nun eben doch – an den hygienischen Zustand der Küche dachte.

Eigentlich hätte die erste Befragung durch einen jüngeren Kollegen erfolgen sollen, doch Grace hatte immer viel davon gehalten, als Ermittlungsleiter selbst vor Ort zu arbeiten. Es gehörte zu den Aspekten der Polizeiarbeit, die er persönlich am interessantesten und lohnendsten fand.

Nach einigen Minuten kam Phil Wheeler zurück, fegte weitere Plattenhüllen und Zeitschriften von der Schlafcouch, setzte sich hin und zog eine Tabakdose aus der Tasche. Er öffnete sie mit dem Daumennagel, holte Blättchen hervor und drehte sich mit einer Hand eine Zigarette. Grace sah fasziniert zu.

»Mr Wheeler, Sie haben gesagt, Ihr Sohn habe mit dem vermissten Michael Harrison über Walkie-Talkie kommuniziert.«

Phil Wheeler leckte über das Papier und verklebte die Zigarette. »Ich begreife nicht, wie jemand meinem Jungen was zu Leide tun konnte. Er war der freundlichste Mensch der Welt.« Er tippte sich mit der Zigarette an den Kopf. »Der arme Kerl hatte – Sie wissen schon – Wasser im Hirn, Enzephalitis. Er war langsam, aber die Leute mochten ihn gern.«

Grace lächelte mitfühlend. »Er hatte viele Freunde bei der Verkehrspolizei.«

»War ein anständiger Junge.«

»Das hat man mir auch so gesagt.«

»Er war mein Leben.«

Grace wartete ab. Wheeler zündete die Zigarette mit einem Streichholz an, dann wogte der süßliche Rauch zu Grace hinüber. Er atmete tief ein, genoss den Geruch, wenn auch nicht seine Aufgabe: Mit den Angehörigen der Opfer zu reden war ihm immer am schlimmsten erschienen.

»Können Sie mir etwas über diese Gespräche sagen? Über das Walkie-Talkie?«

Der Mann inhalierte, ließ Rauch aus Mund und Nasenlöchern quellen. »Ich war ganz schön sauer auf ihn – muss Freitag oder Samstag gewesen sein. Ich wusste ja nicht, dass er das verdammte Ding überhaupt hatte. Letztlich hat er mir dann erzählt, dass er es bei dem schrecklichen Autounfall am Dienstag gefunden hat. Dem mit den vier jungen Männern.«

Grace nickte.

»Er redete ständig von seinem neuen Freund. Ehrlich gesagt, hab ich nicht viel drauf gegeben. Davey lebte in – wie sagt man – in seiner eigenen kleinen Welt, redete mit Leuten, die nur in seinem Kopf existierten.« Er legte die Zigarette in einen Blechaschenbecher, betupfte seine Augen mit einem zerknüllten Taschentuch und zog die Nase hoch. »Er hat ständig geredet – da musste ich manchmal abschalten, sonst wäre ich durchgedreht.«

»Wissen Sie noch, was er über Michael Harrison gesagt hat?«

»Er war sehr aufgeregt, am Freitag war das, glaube ich. Jemand hätte gesagt, er könne ein Held werden. Er liebte nämlich amerikanische Krimiserien, wollte immer ein Held sein. Er wüsste angeblich, wo jemand sei, und dass er es als Einziger auf der Welt wüsste und dass er darum die Chance hätte, ein Held zu werden. Ich hatte viel zu tun, musste zwei Autowracks reinbringen, und hab nicht richtig geschaltet.«

»Haben Sie das Walkie-Talkie noch?«

Er schüttelte den Kopf. »Davey muss es mitgenommen haben.«

»Konnte er Auto fahren?«

Wheeler schüttelte den Kopf. »Nein. Er fuhr gern den Laster, auf ruhigen Straßen hab ich ihn gelassen, hatte dabei die Hand am Lenkrad. Aber richtig fahren lernen konnte er nicht, das ging nicht. Er hatte nur ein Mountainbike.«

»Man fand ihn knapp zehn Kilometer von hier. Meinen Sie, er wollte Michael Harrison suchen? Um ein Held zu werden?«

»Ich musste am Samstagnachmittag einen Wagen abschleppen. Er wollte nicht mitkommen, weil er was Wichtiges zu erledigen hatte.«

»Etwas Wichtiges?«

Phil Wheeler zuckte traurig die Achseln. »Er wollte gerne jemand sein.«

Grace lächelte und dachte, *genau wie wir alle.* Dann fragte er: »Haben Sie eine Ahnung, wo Michael Harrison sein könnte?«

»Nein, ich habe ja nicht geschaltet und nicht richtig zugehört, was er erzählte.«

»Dürfte ich mir das Zimmer Ihres Sohnes einmal ansehen, Mr Wheeler?«

Er deutete an Grace vorbei. »Im Bürocontainer. Davey hat sich da drin wohl gefühlt. Sie können rübergehen – verzeihen Sie, aber ich kann nicht –« Er zog wieder das Taschentuch hervor.

»Schon gut, das verstehe ich.«

»Die Tür ist offen.«

Grace ging über den Hof zum Bürocontainer. Der Hund, den er nach wie vor nicht entdecken konnte, bellte wieder los, noch aggressiver als zuvor. An der Wand neben der Eingangstür hing ein Schild: EINDRINGLINGE WERDEN ERSCHOSSEN!

Er öffnete die Tür. Der Boden war mit Teppichfliesen ausgelegt, die sich an den Rändern hochbogen. Darauf verstreut lagen Socken, Unterhosen, T-Shirts, Verpackungen von Süßigkeiten, eine offene Hamburgerschachtel, deren Deckel mit Ketchup verschmiert war, Autoteile, Radkappen, alte amerikanische Nummernschilder und mehrere Baseballkappen. Das Zimmer war noch unordentlicher als der Bungalow und roch nach Schweißfüßen. Grace fühlte sich an die Umkleideräume in der Schule erinnert.

Den meisten Platz nahmen ein Bett und ein flackernder Fernseher ein, der zwischen Bunt und Schwarz-Weiß hin- und hersprang. Gerade lief der Vorspann von *Law and Order.* Grace mochte keine britischen Fernsehkrimis, weil er sich immer über falsche Methoden und dämliche Entscheidungen der Ermittler aufregte. Amerikanische Serien schienen aufregender und handfester zu sein, aber das lag vielleicht auch nur daran, dass ihm das amerikanische Polizeiwesen weniger vertraut war.

Die Wände waren mit Werbeanzeigen aus Zeitschriften tapeziert. Als er näher hinsah, bemerkte er, dass es überall um amerikanische Produkte ging – Autos, Waffen, Essen, Getränke, Urlaub.

Er warf einen Blick auf den alten Dell-Computer, aus dem eine

Floppy Disk hervorlugte und der sich den improvisierten Schreibtisch mit einer Schachtel Twinkie-Riegel, einem Bart Simpson aus Plastik und einem Fetzen liniertem Papier teilte, auf dem etwas mit Kugelschreiber notiert war. Die Handschrift wirkte kindlich.

Grace sah sich die Notizen aufmerksam an und erkannte, dass es sich um eine grobe Zeichnung handelte. Neben vier parallelen Linien stand: A 26. NORD CROWBURG. DOPELGITER FÜR FIE. 3 KILOMEHTER. WEISSES HAUSS.

Eine Wegbeschreibung.

Darunter eine Ziffernfolge. 0771 52135. Schien eine Handynummer zu sein. Er wählte sie, nichts geschah.

Grace verbrachte weitere zwanzig Minuten damit, den ganzen Raum zu durchkämmen, doch er fand nichts mehr. Er ging mit dem Blatt in den Bungalow und zeigte es Phil Wheeler.

»Hat Davey mit Ihnen darüber gesprochen?«

»Nein.«

»Sagt Ihnen die Wegbeschreibung etwas?«

»Doppeltes Viehgitter, drei Kilometer, weißes Haus? Keine Ahnung.«

»Erkennen Sie die Nummer?«

Wheeler las die Ziffern laut vor. »Nie gesehen.«

Vermutlich würde er jetzt aus dem Mann nichts mehr herausbekommen. Er dankte ihm, sprach ihm noch einmal sein Beileid aus und verabschiedete sich.

»Fassen Sie das Schwein, Mr Grace. Tun Sie das für mich und Davey, versprochen?«

Grace erklärte, er werde sein Bestes tun.

70

MARK WARREN WAR NASS GESCHWITZT, als er vor der Wohnungstür stand. Der Schlüssel klemmte, Panik stieg in ihm auf. Als die Tür aufsprang, trat er vorsichtig ein, schloss hinter sich ab und legte die Kette vor.

Er stellte die Aktentasche ab, riss sich die Krawatte herunter, öffnete den obersten Hemdenknopf, warf Jackett und Krawatte aufs Sofa, ohne einen Blick auf die Post zu werfen, goss sich einen üppigen Whisky ein, gab Eiswürfel dazu und nahm einen tiefen Schluck.

Er öffnete die lederne Laptoptasche und holte den Polsterumschlag heraus. Er hielt ihn auf Armeslänge von sich weg und legte ihn auf einen schwarzen Lacktisch in der äußersten Zimmerecke, holte den Brief heraus und setzte sich damit an den Couchtisch.

Die Mitteilung auf dem Zettel war kurz und mit Computer auf DIN-A4-Papier gedruckt.

Lassen Sie den Abdruck von der Polizei überprüfen. Er ist von Ihrem Freund und Geschäftspartner. Ich schneide alle 24 Stunden ein größeres Stück von ihm ab. Bis Sie genau das tun, was ich verlange.

Keine Unterschrift.

Mark kippte den Whisky hinunter, goss sich noch mal das Gleiche nach. Las den Brief ein zweites Mal. Ein drittes Mal. Irgendwo erklang eine Sirene. Er fuhr zusammen. Die Türklingel summte. Er geriet in Panik. Trat an den Kameramonitor, hoffte verzweifelt, es möge Ashley sein. Ihr Handy war ausgeschaltet, als er sie vom Büro aus anrufen wollte, und vor ein paar Minuten hatte er es noch einmal vergeblich im Aufzug versucht.

Aber nein, vor der Tür stand ein Mann, den er in letzter Zeit für seinen Geschmack viel zu häufig sah. Detective Superintendent Grace.

Einen Moment lang spielte er mit dem Gedanken, einfach nicht zu öffnen. Andererseits brachte er vielleicht Neuigkeiten.

Mark hob den Hörer der Sprechanlage ab, bat Grace herein und betätigte den Türdrücker.

Schon stand der Polizist vor seiner Tür, und Mark konnte gerade noch Zettel und Polsterumschlag in einen Schrank stopfen.

»Guten Abend, Officer«, sagte er und spürte, dass er ein wenig angetrunken war. Seine Stimme klang irgendwie aufgesetzt. Er schüttelte Grace mit ausgestrecktem Arm die Hand, damit dieser seine Fahne nicht roch.

»Dürfte ich kurz hereinkommen?«

»Aber sicher, Officer – ich stehe Ihnen rund um die Uhr zur Verfügung. Was gibt es Neues? Darf ich Ihnen etwas zu Trinken anbieten?«

»Ein Glas Wasser, bitte.«

Sie setzten sich einander gegenüber auf die niedrigen Ledersofas. Grace betrachtete ihn eingehend. Der Mann wirkte fahrig, bewegte sich unkoordiniert und roch stark nach Alkohol. Grace sah ihm aufmerksam in die Augen. »Was haben Sie heute Mittag gegessen?«

Marks Augen schossen nach links, dann wieder in die Mitte. »Ich hatte ein Sandwich mit Truthahn und Preiselbeeren aus dem Laden um die Ecke. Warum fragen Sie?«

»Essen ist wichtig. Vor allem, wenn man unter Stress steht.« Grace lächelte Mark ermutigend an und trank einen Schluck Wasser. »Ich habe da ein Problem, bei dem Sie mir vielleicht weiterhelfen könnten.«

»Natürlich, gern.«

»Einige Überwachungskameras haben Donnerstagnacht einen BMW X5 aufgezeichnet, der auf Ihren Namen angemeldet ist und von Lewes nach Brighton fuhr –« Grace hielt inne und holte seinen elektronischen Terminkalender hervor. »Ja, das war um 00.29 Uhr und um 00.40 Uhr.« Grace verschwieg zunächst die Ergebnisse der Erdanalyse, die er vorhin bei der Besprechung erhalten hatte, und schlich sich wie ein Raubtier an die Beute heran. »Sind Sie vielleicht spätnachts noch durch den Ashdown Forest gefahren?«

Wieder sah er Mark fest in die Augen. Diesmal zuckten sie nicht nach links, wo bei ihm das Gedächtnis saß, sondern schossen nach rechts, nach links, wieder nach rechts und verharrten dort. *Erfindungsmodus.* Er wollte sich mit einer Lüge herauswinden.

»Kann sein.«

»*Kann* sein? Ist es nicht eher ungewöhnlich, nach Mitternacht noch durch den Wald zu fahren? Müssten Sie sich nicht genau daran erinnern?«

»Für mich ist es nicht ungewöhnlich«, antwortete Mark und umklammerte seinen Drink. Seine ganze Körperhaltung änderte sich. Nun fühlte Grace sich seinerseits unbehaglich und überlegte, was in seinem Gegenüber wohl vorgehen mochte. Mark lehnte sich zurück, ließ den Whisky im Glas kreisen. Die Eiswürfel klirrten. »Wir planen in diesem Wald unser nächstes großes Bauprojekt. Vor einer Weile haben wir die grundsätzliche Baugenehmigung für zwanzig Häuser auf einer Fläche von zwanzigtausend Quadratmetern mitten im Wald bekommen und arbeiten jetzt an den Details. Die Umweltgruppen machen Druck. Ich fahre bei Tag und Nacht im Wald herum, um die Umweltfaktoren zu überprüfen. Dazu gehört auch die Tierwelt bei Nacht. Ich erstelle einen Bericht, der unseren Antrag stützen soll.«

Grace war, als hätte man ihm den Boden unter den Füßen weggezogen. Er hatte fast tausend Pfund seines kostbaren Budgets auf die Erdanalyse verschwendet und kam sich nun wie ein Idiot vor. Warum hatte er nichts davon erfahren? Wusste denn nicht Glenn oder sonst jemand aus dem Team Bescheid?

Sein Gehirn raste, er versuchte, Ordnung in seine Gedanken zu bringen. Mark Warren sah noch immer fertig aus, und Grace spürte, dass dies nichts mit der Sorge um seinen Geschäftspartner zu tun hatte. Die Aggression, die er bei der Hochzeit gezeigt hatte, deutete auf etwas völlig anderes hin.

Mark Warrens Augen schossen zum dritten Mal in zehn Minuten in die Ecke des Zimmers, als sähe er dort etwas. Grace ließ absichtlich seinen Stift fallen und bückte sich danach, wobei er unauffällig in die Ecke schaute. Nichts zu entdecken. Nur die schicke HiFi-Anlage, interessante moderne Kunst und ein Schrank.

»Ich habe von dem jungen Mann aus dem Wald gelesen. Stand heute in der Zeitung. Schlimme Sache«, sagte Mark.

»Könnte sogar auf Ihrem Bauland gewesen sein.«

»Ich weiß nicht, wo genau man ihn gefunden hat.«

Grace konzentrierte sich wieder auf die Augen seines Gegenübers. Ihm fiel der Zettel aus Daveys Zimmer ein. »Kommt man vielleicht zu Ihrem Grundstück, wenn man auf der A26 von Crowborough her an einem weißen Haus vorbeifährt und ein doppeltes Viehgitter überquert?«

Mark brauchte nichts zu sagen. Die raschen Augenbewegungen, die gerunzelte Stirn, die gebeugte Haltung und das blasse Gesicht verrieten ihn.

»Könnte sein – ja.«

Nun fügte sich alles zusammen. »Wenn Sie und Ihre Freunde einen Kumpel lebend in einem Sarg begraben wollten, wäre es doch nahe liegend, es auf Ihrem eigenen Bauland zu tun, oder?«, fragte Grace. »An einem Ort, den Sie genau kennen.«

»Ich – ich nehme an –«

»Beharren Sie noch immer darauf, dass Sie keine Ahnung von dem Plan hatten, Michael Harrison lebendig zu begraben?«

Marks Augen zuckten hilflos umher. »Absolut. Ich wusste absolut nichts davon.«

»Gut, vielen Dank.« Grace warf noch einen Blick in seinen Terminkalender. »Ich hätte auch noch eine Telefonnummer, bei der Sie mir vielleicht helfen können.«

»Na gut.«

Er las die Nummer aus Daveys Wegbeschreibung vor.

»0771 52136«, wiederholte Mark. Seine Augen schossen nach links. Gedächtnismodus. »Klingt wie Ashleys Handynummer, aber es fehlen ein paar Zahlen. Müsste eigentlich 07771 521366 heißen. Warum?«

Grace trank sein Glas aus und erhob sich. »Man fand die Nummer in Davey Wheelers Zimmer – das ist der ermordete Junge. Zusammen mit der Wegbeschreibung, die ich Ihnen eben genannt habe.«

»Wie bitte?«

Grace trat an die Glastür, öffnete sie und trat auf den mit Teakholz ausgelegten Balkon. Er hielt sich am Geländer fest und blickte auf die verkehrsreiche Straße unter ihm. Nicht hoch, aber es reichte, er hatte schon immer unter Höhenangst und Schwindel gelitten.

»Wie ist der Junge an Ashleys Telefonnummer und die Wegbeschreibung zu unserem Grundstück gekommen?«

»Das wüsste ich auch gern.«

Wieder zuckten Marks Augen durch den Raum. War etwas in diesem Schrank? Aber was?

Grace hegte solches Misstrauen gegenüber Mark und Ashley Harper, dass er am liebsten ihre Wohnungen und Büros auseinander genommen hätte. Doch das war nicht so einfach. Die Richter verlangten für einen Durchsuchungsbefehl triftige Gründe und stichhaltige Beweise. Das Armband allein reichte nicht aus. Vage Gefühle ebenso wenig.

»Mark, ist das Gelände mit Hilfe der Beschreibung leicht zu finden? Weißes Haus, Viehgitter?«

»Sie müssen die Abzweigung kennen. Sie ist nicht ausgeschildert, man sieht nur ein paar Pfähle. Das Bauvorhaben sollte noch nicht publik werden.«

»Hört sich an, als wäre es der richtige Ort, um nach Ihrem Partner zu suchen. Und zwar möglichst schnell, oder?«

»Absolut.«

»Ich schalte mich mit der Polizei in Crowborough kurz. Sie führen bereits eine großflächige Suche durch, aber Sie sollten besser dabei sein. Sie können ihnen das richtige Gebiet zeigen. Kann ich in der nächsten halben Stunde jemanden schicken, der Sie abholt?«

»Selbstverständlich. Danke. Und – wie lange werden Sie mich in etwa brauchen?«

Grace runzelte die Stirn. »Na ja – Sie müssen uns eigentlich nur die Einfahrt zeigen und wo Ihr Land beginnt. Insgesamt eine Stunde, maximal. Falls Sie nicht selbst mitsuchen wollen.«

»Sicher, ich meine, ich tue, was ich kann.«

71

MARK SCHLOSS DIE TÜR HINTER GRACE, rannte ins Bad, kniete sich hin und kotzte in die Toilette.

Dann stand er auf und spülte sich den Mund mit kaltem Wasser aus. Seine Kleider waren nass geschwitzt, seine Haare klebten am Kopf. Weil das Wasser lief, hätte er beinahe das Telefon überhört.

Er meldete sich beim letzten Rufzeichen vor dem Anrufbeantworter. »Hallo?«

»Spreche ich mit Mark Warren?«, fragte eine Männerstimme mit australischem Akzent.

Etwas an der Stimme weckte seinen Argwohn. »Ich stehe nicht im Telefonbuch. Wer sind Sie?«

»Ich heiße Vic. Ich habe die Nummer von Ihrem Freund Michael. Er würde gern ein Wort mit Ihnen reden, geht das?«

»Ja.« Mark presste zitternd das Telefon ans Ohr. Dann hörte er Michaels Stimme, unverkennbar, doch er gab Laute von sich, wie Mark sie noch nie von ihm gehört hatte. Ein schmerzerfülltes Heulen, das tief in der Kehle begann und sich dann qualvoll Bahn brach.

Mark musste das Telefon vom Ohr nehmen. Das Schreien legte sich, Michael wimmerte, schrie wieder auf. »Nein, bitte nicht, nein, NEIN, NEIN, NEIN!«

Dann wieder Vic. »Ich wette, Sie fragen sich, was ich mit Ihrem Kumpel angestellt habe. Keine Sorge, das werden Sie herausfinden, wenn morgen die Post kommt.«

»Was wollen Sie?« Mark horchte angestrengt, konnte aber keinen Laut von Michael mehr hören.

»Sie müssen mir Geld von Ihrem Konto auf den Cayman Islands auf ein Konto überweisen, dessen Nummer ich Ihnen in Kürze durchgebe.«

»Das geht nicht – selbst wenn ich wollte. Man braucht für jede Transaktion zwei Unterschriften, Michaels und meine.«

»Im Safe Ihrer Firma liegt eine von Ihnen beiden unterzeichnete Vollmacht, die auf einen Rechtsanwalt auf den Cayman Islands ausgestellt ist. Sie haben sie dort deponiert, als Sie letztes Jahr für eine Woche Segeln gegangen sind und auf ein Immobiliengeschäft auf den Grenadinen hofften, das dann doch nicht zustande kam. Sie haben vergessen, die Vollmacht zu vernichten. Kommt mir persönlich sehr gelegen.«

Woher zum Teufel wusste der Kerl das alles?

»Ich möchte mit Michael sprechen – nur sprechen, er soll nicht vor Schmerzen schreien.«

»Sie haben für heute genug mit ihm geredet. Ich lasse Sie jetzt in Ruhe darüber nachdenken, Mark, später plaudern wir noch ein bisschen. Ach ja, und kein Wort davon zur Polizei, sonst könnte ich wirklich wütend werden.«

Die Verbindung wurde unterbrochen.

Sofort drückte Mark auf die Wiederholungstaste, war aber kaum überrascht, als eine Stimme vom Band erklang: »Leider liegt uns die Nummer des Anrufers nicht vor.«

Er versuchte es noch einmal bei Ashley. Zu seiner Erleichterung meldete sie sich.

»Gott sei Dank, wo bist du gewesen?«

»Wie meinst du das?«

»Ich habe versucht, dich anzurufen.«

»Ob du's glaubst oder nicht, ich war zur Massage. Einer von uns muss ja einen kühlen Kopf bewahren, oder? Dann hab ich bei Michaels Mum vorbeigeschaut und bin jetzt auf dem Heimweg.«

»Kannst du bei mir vorbeikommen? Ganz schnell?«

»Du klingst so komisch. Hast du getrunken?«

»Ich *muss* mit dir reden. Dringend!«

»Das kann bis morgen warten.«

»Kann es nicht.«

Sein zwingender Ton überzeugte sie. »Okay – aber ich weiß nicht, ob ich wirklich zu dir kommen soll – können wir uns nicht an einem neutralen Ort treffen – in einer Kneipe oder einem Restaurant?«

»Wo alle Welt uns zuhören kann? Na toll!«

»Wir müssen eben leise sprechen. Besser, als wenn mich jemand in deine Wohnung gehen sieht.«

»Mann, bist du paranoid!«

»Das musst *du* gerade sagen. Welches Restaurant?«

Mark überlegte. In einer halben Stunde würde ihn die Polizei abholen. Bis zum Baugelände fuhr man etwa eine halbe Stunde. Angenommen, sie blieben zehn Minuten dort und brauchten eine weitere halbe Stunde für die Rückfahrt. Er schlug vor, sich um zehn bei einem Italiener in der Nähe des Theatre Royal zu treffen, dessen großer Speisesaal im ersten Stock am Montagabend so gut wie leer sein würde.

Doch er irrte sich. Zu seiner Überraschung war das Restaurant brechend voll – Mark hatte vergessen, dass das Brighton Festival in vollem Gang war. Oben waren fast alle Tische besetzt, sodass er sich in eine Ecke hinter eine lärmende, aus zwölf Personen bestehende Gesellschaft quetschen musste. Das Lokal war im pseudoitalienischen Stil gehalten, weiße Wände, kleine Tische mit Kerzen in Chianti-Flaschen und temperamentvolle Kellner.

Die Fahrt nach Crowborough war ereignislos verlaufen. Die beiden jungen Ermittler im Zivilfahrzeug hatten auf dem Hinweg über Fußball und auf dem Rückweg über Kricket diskutiert. Sie schienen sich überhaupt nicht für ihn zu interessieren. Er erfuhr beiläufig, dass sie eigentlich seit einer Stunde Feierabend hatten und ziemlich scharf darauf waren, möglichst schnell nach Hause zu kommen. Mark nahm es als gutes Zeichen.

Er lotste sie zum Feldweg mit dem Viehgitter, worauf sie über Funk das örtliche Suchteam verständigten. Dann tauchte ein Konvoi aus mehreren Mannschaftswagen auf, der von einem Range Rover angeführt wurde.

Mark stieg aus, erklärte den Weg, bot aber nicht an, mitzukommen. Er wollte nicht dabei sein, wenn sie das Grab entdeckten.

Er hatte Durst und bestellte ein Peroni-Bier. Lenkte sich mit der Speisekarte ab. Dann trat Ashley an den Tisch.

»Trinkst du schon wieder?«, fragte sie zur Begrüßung und zwängte sich ohne einen Kuss auf ihren Stuhl. Sie warf einen missbilligenden Blick auf die lärmende Gruppe nebenan, die über irgendeinen Witz grölte, und stellte ihr rosa Prada-Täschchen auf den Tisch.

Ashley sah schöner aus denn je. Sie trug eine modische cremefarbene Bluse, die ihre Brüste betonte, eine enge Halskette und eine Hochsteckfrisur. Sie wirkte frisch und entspannt und duftete nach einem himmlischen Parfum, dessen Name ihm nicht einfiel.

Er schnüffelte an ihr. »Du siehst hinreißend aus.«

Ihre Augen schossen umher, als suchte sie nach einem Kellner. »Danke – du siehst beschissen aus.«

»Den Grund wirst du gleich erfahren.«

Sie hob die Hand und bestellte ein San Pellegrino.

»Möchtest du Wein?«, fragte Mark. »Ich nehme jedenfalls welchen.«

»Du solltest lieber Wasser trinken. In letzter Zeit säufst du ganz schön. Beherrsch dich endlich, ja?«

»Na gut. Vielleicht.«

Sie zuckte die Achseln. »Mach, was du willst.«

Mark berührte ihre Hand, doch sie zog sie weg, setzte sich kerzengerade hin und verschränkte demonstrativ die Arme.

»Denk dran, morgen wird Pete beerdigt. Zwei Uhr, The Good Shepherd, Dyke Road. Lukes Begräbnis ist am Mittwoch, aber ich weiß noch nicht wann. Wegen Josh und Robbo habe ich nichts gehört. Also, was ist nun Sache?«

Der Kellner brachte das Wasser, und sie bestellten Essen. Als er gegangen war, berichtete Mark von dem Finger.

Sie schüttelte entsetzt den Kopf. »Das kann nicht wahr sein, Mark.«

Er hatte den Umschlag samt Finger in den Kühlschrank gelegt, schob ihr nun aber den Begleitzettel hinüber.

Ashley las ihn und formte lautlos die Worte, als könnte sie es nicht fassen. Dann flackerte Zorn in ihren Augen auf, und sie fragte anklagend: »Das ist doch nicht etwa dein Werk, oder?«

Nun war es an ihm, entsetzt zu sein. »Was? Du glaubst, ich hätte Michael irgendwo versteckt und ihm den Finger abgeschnitten? Mag sein, dass ich ihn nicht sonderlich leiden kann, aber –«

»Du hast kein Problem damit, ihn in einem Sarg ersticken zu lassen, würdest ihm aber nie im Leben den Finger abschneiden? Komm schon, was soll der Scheiß?«

Er sah sich besorgt um, weil Ashley so laut gesprochen hatte, doch niemand schien von ihnen Notiz zu nehmen.

Mark konnte nicht fassen, dass sie ihn derart angriff. »Ashley, ich bitte dich, das passt nicht zu mir. Was ist nur in dich gefahren? Wir beide sind doch ein Team, das war so abgemacht. Wir lieben uns und arbeiten zusammen, oder?«

Sie gab nach, griff nach seiner Hand und führte sie sanft an die Lippen. »Ich liebe dich so sehr. Aber das war eben ein Schock.«

»Ich weiß.«

»Jeder geht wohl auf seine Weise mit solchen Erlebnissen um.«

Er nickte und küsste zärtlich ihre Hand. »Wir müssen etwas für Michael tun.«

Sie schüttelte den Kopf. »Versteh doch, die Sache ist perfekt. Wir tun einfach gar nichts! Dieser Vic glaubt tatsächlich, du würdest reagieren, nur weil du Michaels Geschäftspartner bist.« Sie grinste. »Einfach unglaublich!«

»Ich habe dir noch nicht alles erzählt.« Mark trank das Bier aus und hielt bereits Ausschau nach seinem Wein. Dann berichtete er von Vics Anruf und Michaels Schreien.

Ashley hörte schweigend zu. »Mein Gott, der arme Michael – er –« Sie biss sich auf die Lippe, eine Träne rollte über ihre Wange. »Ich meine – ach, Scheiße.« Sie schloss für einen Moment die Augen, dann sah sie Mark fest ins Gesicht. »Wie – wie hat dieser Typ ihn gefunden?«

Mark beschloss, den Besuch des Polizisten zunächst nicht zu erwähnen, Ashley war zu aufgewühlt. »Ich kann mir nur vorstellen, dass er zufällig auf das Grab gestoßen ist. Es war ja nicht sonderlich gut versteckt. Verdammt, die Jungs hatten mit ein, zwei Stunden gerechnet. Ich habe versucht, es zu tarnen – aber ein Wanderer hätte es mühelos entdecken können.«

»Der Kerl ist aber kein Wanderer.«

»Vielleicht war alles Zufall. Er findet Michael, erfährt, dass er der reiche Typ ist, nach dem alle suchen, und sieht die Chance seines Lebens. Er bringt ihn weg und schickt uns den Brief – samt Beweisstück.«

»Wie – wie sollen – wir – irgendjemand – ich meine, woher wissen wir, dass es Michaels Finger ist?«

»Vor ungefähr drei Wochen haben wir doch am Boot gearbeitet, an einem Samstagnachmittag. Dabei hat sich Michael den Finger geklemmt. Ist fluchend rumgehüpft und hat ihn unter kaltes Wasser gehalten. Ein paar Tage später zeigte er mir den schwarzen Streifen unter dem Nagel.« Er hielt inne. »Den hatte der Finger auch. Kapiert?«

Ashley wurde ein Teller mit Avocado, Mozzarella und Tomaten serviert, Mark eine große Tasse Minestrone. Als der Kellner weg war, fragte Ashley: »Willst du zur Polizei gehen? Und diesem Bluthund von Ermittler davon erzählen?«

Mark ließ es sich durch den Kopf gehen, während seine Suppe abkühlte. Wenn sie zur Polizei gingen und der Mann seine Drohung wahr machte, wäre die Situation auf elegante Weise gelöst. Doch Michaels Schmerzensschreie waren ihm bis ins Mark gedrungen. Bislang war ihm alles so unwirklich erschienen. Vier Freunde waren tot. Er war zum Grab gegangen und hatte den Luftschlauch herausgezogen. Selbst Michaels Rufe aus dem Sarg hatten ihn nicht richtig berührt. Doch diese Schmerzenslaute waren etwas anderes.

»Michael muss irgendwo seinen Palm Pilot haben. Wenn er überlebt, erfährt er, dass ich von dem Grab wusste.«

»Seit dem Unfall stand doch gar nicht mehr zur Debatte, ob er überlebt, oder?«, fragte Ashley bissig.

Mark schwieg. Sein sonst so geordneter, kühl kalkulierender Verstand brachte keinen klaren Gedanken zustande. Sie hatten Michael nie Schaden zufügen, ihm nur die dummen Streiche heimzahlen wollen. Zudem sah der Plan, den er mit Ashley geschmiedet hatte, ursprünglich nicht vor, Michael zu verletzen. Ashley sollte ihn heiraten und die Hälfte seiner Anteile an Double-M Properties an sich bringen. Sowie die Tinte auf den Dokumenten getrocknet war, würden Mark und sie die Firma kontrollieren, Michael aus dem Vorstand und dann aus dem Geschäft drängen, bis ihm nichts anderes übrig blieb, als seine restlichen Anteile zu einem Spottpreis zu verkaufen.

Warum nur hatte er geschwiegen, als er aus Leeds nach Hause kam und von dem Unfall erfuhr? Warum nur? Warum?

Natürlich kannte er den Grund. Pure Eifersucht. Denn er hatte nie die Vorstellung ertragen können, dass Ashley mit Michael in die Flitterwochen fahren würde und die Lösung war ihm praktisch in den Schoß gefallen.

»Oder, Mark?« Ashleys beharrliche Stimme bohrte sich in seine Gedanken.

»Oder was?«

»Hallo, jemand zu Hause? Hatte er denn jemals eine Chance zu überleben?«

»Nein, natürlich nicht.«

Ihr Blick war entschlossen und unbeirrbar.

Er sah sie an, hörte im Geist wieder und wieder die furchtbaren Schreie und dachte nur: *Du hast ihn nicht gehört, Ashley.*

72

MICHAEL LAG in der pechschwarzen Finsternis. Sein Herz hämmerte, er spürte den pochenden Schmerz im Zeigefinger, aus seinem Unterleib blitzte ein unerträglicher Schmerz bis in die Magengrube. Irgendwann, vor einer Stunde vielleicht, hatte das Schwein mit der Kapuze einen Zirkel an seine Hoden gehalten und diese unter Strom gesetzt.

Doch der Schmerz war nichts im Vergleich zu der eisigen, dunklen Angst, die ihn quälte. Er dachte an den Film *Das Schweigen der Lämmer*, den er letztens noch mit Ashley im Fernsehen gesehen hatte. Die Tochter einer Senatorin wurde von einem Serienmörder, der seine Opfer häutete, am Boden eines Brunnens gefangen gehalten. Michael zitterte unkontrolliert, wollte sich konzentrieren, nur ans Überleben denken.

Zu Ashley zurückkehren. Sie heiraten. Mehr nicht.

Er sehnte sich so nach ihr.

Michael konnte weder Arme noch Beine bewegen. Sein Entführer hatte ihn mit Eintopf und Brot gefüttert und ihm danach den Mund wieder zugeklebt. Er musste durch die Nase atmen, die ebenfalls leicht blockiert war. Er schniefte, geriet in Panik, sie könne sich ganz verschließen. Schniefte wieder, atmete tief und schnell durch die Nase ein, sein Herz raste.

Er versuchte herauszufinden, wo er sich befand. Es roch muffig und nach Motoröl. Er lag auf einer harten Fläche, und von unten bohrte sich etwas in seinen Rücken, was höllisch wehtat und zunehmend schlimmer wurde.

Trotz der Schmerzen fühlte er sich stärker, viel stärker als zuvor. Die Nahrung zeigte Wirkung. *Ich werde hier verdammt noch mal nicht verrecken. Ich habe nichts verbrochen. Das habe ich nicht verdient. Nein, verdammt noch mal, das darf nicht passieren.*

Er kämpfte gegen die Fesseln an. Atmete tief ein, als wollte er einschrumpfen, versuchte dann, die Muskeln durch Anspannung zu dehnen. Und spürte, wie etwas nachgab. Minimal. Wieder spannte und lockerte er die Muskeln. Gott im Himmel, er konnte den rechten Arm bewegen. Ein winziges bisschen. Dennoch! Er drückte gegen die Fesseln, bewegte die Muskeln, immer wieder. Der rechte Arm bekam mehr Spiel.

Noch mehr!

Er rollte sich auf die Seite, dann auf den Bauch. Der Geruch von Motoröl drang stärker in seine Nase, er lag mit dem Gesicht nach unten in dem Zeug, aber egal, immerhin war der Schmerz im Rücken vergangen.

Er tastete mit der rechten Hand über seine Hose. Berührte etwas.

Sein Ericsson Handy!

Er zog daran, es rutschte aus der Gesäßtasche.

Sein Herz überschlug sich fast. Eigentlich sollte es wasserdicht sein, aber er bezweifelte, dass es noch funktionierte.

Er fuhr mit den Fingern darüber, als streichelte er einen alten Freund. Drückte den Einschaltknopf. Horchte.

Ein ganz schwaches Piepsen. Dann ein gedämpftes Leuchten im Display. Genug, um senkrechte Wände rechts und links zu erkennen. Plötzlich wurde er hellwach, dachte konzentriert nach. Versuchte, das

Handy ans Gesicht zu heben, vergeblich. Die Fesseln lagen zu fest um seine Arme.

Dennoch.

Ruhig überlegen.

SMS.

Er könnte eine SMS senden.

Denk nach! Du schaltest das Handy ein, was dann? Zuerst die PIN eingeben. Wie die meisten Leute hatte er einen simplen Kode, 4444, seine Glückszahl.

Er befühlte mit dem Finger die Tastatur. Die 4 war in der zweiten Reihe ganz links. Er tippte sie an, ein Piepton erklang, genau wie bei den nächsten drei Zahlen. Unglaublich, das Ding hatte den Aufenthalt im Sarg überstanden! Was für ein Glück, dass er sich vor ein paar Wochen dieses geile Outdoor-Handy angeschafft hatte. War natürlich kein preiswerter Spaß gewesen. Reichte die Energie noch aus, um eine SMS zu schicken?

Nun wurde es schwierig.

Ganz langsam versuchte er, sich die Anordnung der Buchstaben ins Gedächtnis zu rufen. Die Menütaste befand sich oben links. Einmal drücken führte zu *Nachricht.* Zweimal drücken zu *Nachricht schreiben.* Beim dritten Drücken erschien ein leeres Display. Dann tippte er ein, was er für die richtigen Buchstaben hielt. *Lebe. Polizei rufen.*

Der nächste Tastendruck würde ihn hoffentlich zu *Senden* führen.

Danach zu *Telefonnummer.*

Er tippte Ashleys Nummer ein.

Danach *Absenden.*

Er drückte und hörte zu seiner unglaublichen Erleichterung einen Bestätigungston. Die Nachricht war versandt!

Dann Panik. Was würde sie nützen, selbst wenn sie bei Ashley und der Polizei ankam? Wie sollten sie ihn aufgrund einer SMS aufspüren? Er versank in noch tiefere Verzweiflung.

Doch er würde nicht aufgeben. Es musste eine Lösung geben. *Denk nach*!

Seine Finger glitten über die Tasten, er zählte mit.

Wählte 999. Drückte auf *Senden*. Ein schwaches Klingeln ertönte. Dann eine ferne Frauenstimme.

»Notruf, worum geht es?«

Er wollte verzweifelt sprechen, brachte aber wieder nur unartikulierte Laute zustande. Die Stimme fragte: »Hallo? Wer ist da? Hallo? Alles in Ordnung? Können Sie sich identifizieren? Hallo? Sind Sie in einer Notlage? Können Sie mich hören?«

Schweigen.

Dann wieder: »Hallo, sind Sie noch da?«

Er hängte ein, wählte erneut. Eine andere Frauenstimme, die nahezu das Gleiche fragte. Er hängte wieder ein. Sie würden sicher verstehen, was los war, wenn sich die Anrufe ständig wiederholten. Hoffte er jedenfalls.

73

GRACE BESTELLTE FÜR CLEO MOREY den zweiten Tequila Slammer und für sich eine Cola light. Mehr als einen großen Glenfiddich konnte er sich nicht erlauben, da er später wieder in die Einsatzzentrale musste.

Sie saßen auf gepolsterten Stühlen an einem Tisch in der Ecke. Im Pub war wenig los, der einarmige Bandit blinkte verloren vor sich hin.

Cleo sah toll aus. Das frisch gewaschene Haar fiel ihr glänzend auf die Schultern, und sie trug eine leichte Wildlederjacke über einem beigefarbenen Top. Die modische 7/8-Jeans enthüllte schlanke Fesseln über weißen Turnschuhen.

Grace war von Mark Warrens Wohnung in die Soko-Zentrale gerast, um das Team mit Kopien von Daveys Wegbeschreibung zu versorgen, und von dort aus unmittelbar ins Pub gefahren. Trotzdem kam er zwanzig Minuten zu spät. Natürlich war ihm keine Zeit zum Umziehen oder Frischmachen geblieben. Er trug noch seine Gerichtskleidung vom Morgen – marineblauer Anzug, weißes Hemd und blaue Krawatte –, hatte mittlerweile aber den obersten Knopf geöffnet und den Krawattenknoten gelockert. Verglichen mit Cleo kam er sich allerdings wenig präsentabel vor.

»Ich hab dich noch nie in Zivil gesehen«, scherzte er.

»Hätte ich in einem grünem Kittel und Gummistiefeln erscheinen sollen?«

»Der Wiedererkennungswert wäre sicher größer gewesen.«

Sie strahlte ihn an und hob ihr Glas. »Cheers!«

Sie hatte eine klasse Figur. Er bewunderte ihre blauen Augen, die kleine Nase, den Mund, der an eine Rosenknospe erinnerte, das Grübchen im Kinn, den schlanken Körper. Und sie roch hinreißend, als hätte sie in einem erstklassigen Parfum gebadet, während er sie gewöhnlich nur mit Desinfektionsmitteln in Verbindung brachte. Sie verströmte pure Weiblichkeit, ihre Augen blitzten vor Vergnügen, sie zog alle Blicke auf sich. Grace fragte sich, ob die anderen Männer auch so glotzen würden, wenn sie wüssten, womit Cleo ihr Geld verdiente.

Er goss sich Cola über Eis und Zitronenscheibe und stieß mit ihr an. »Schön, dich zu sehen.«

»Ganz meinerseits. Wie war dein Tag?«

»Das meinst du doch nicht ernst!«

Cleo beugte sich vor, kam ihm unglaublich nahe. Es tat ungeheuer gut, mit ihr hier zu sitzen, und für einen Moment vergaß Grace alle Sorgen. »Doch. Ich verlange einen minuziösen Bericht.«

»Wie wäre es mit der Kurzfassung? Aufgestanden, geduscht, unterwegs gewesen, mich mit Cleo getroffen. Reicht das?«

Sie lachte. »Fürs Erste ja. Und jetzt bitte die Details, die du ausgelassen hast.«

Er lieferte eine Zusammenfassung, die Zeit war kostbar. Es war Viertel nach neun, und er musste in einer Stunde wieder in der Soko-Zentrale sein. Eigentlich konnte er sich diese Verabredung gar nicht leisten, doch war es nicht sein gutes Recht, sich auch einmal zu amüsieren?

»Das Gespräch mit dem Vater muss schwer gewesen sein. Nach sieben Jahren müsste ich eigentlich daran gewöhnt sein, Leuten zu begegnen, die oft erst seit wenigen Stunden wissen, dass ein geliebter Mensch gestorben ist, aber ich finde es nach wie vor grauenhaft.«

»Es mag herzlos klingen, aber die ersten Stunden sind die besten«, meinte Grace. »Wenn Menschen gerade jemanden verloren haben, erleiden sie automatisch einen Schock. Und in diesem Zustand reden sie auch. Nach etwa zwölf Stunden rücken Freunde und Familie zusammen und machen dicht. Nach meiner Erfahrung findet man das Nützliche in den ersten Stunden heraus.«

»Magst du deine Arbeit?«

»Ja. Solange ich nicht mit Kollegen aneinander gerate, die einen beschränkten Horizont haben.«

Cleo schien mit ihrem Cocktailstäbchen etwas im Glas zu suchen und blickte dabei so konzentriert, als entnähme sie im Leichenschauhaus eine Gewebeprobe. Grace fragte sich, wie es wäre, mit ihr zu schlafen. Würde ihr nackter Körper ihn an die nackten Leichen erinnern, die sie sich zusammen angesehen hatten? Würde es ihn abstoßen, dass sich unter ihrer makellosen Haut die gleichen scheußlichen, schleimigen, fettumhüllten Organe wie bei allen Menschen verbargen?

»Roy, ich wollte dich schon lange etwas fragen. Natürlich habe ich letzte Woche das Zeug in der Zeitung gelesen. Woher rührt dein Interesse am Übernatürlichen?«

Nun spielte er mit seinem Getränk herum, drückte mit dem Cocktailstäbchen die Zitrone aus. »Als ich ein Kind war, wohnte mein Onkel, der Bruder meines Vaters, auf der Isle of Wight, in Bembridge. Ich bin jeden Sommer für eine Woche hingefahren, das fand ich toll. Sie hatten zwei Söhne, der eine war etwas jünger, der andere etwas älter als ich. Warst du schon mal in Cowes?«

»Ja, Daddy ist während der Regattawoche oft mit mir zum Segeln hingefahren.«

»Jedenfalls hatten sie ein winziges Cottage, aber gegenüber stand ein vierstöckiges elegantes Stadthaus. An einem großen Erkerfenster im obersten Stock saßen immer zwei reizende alte Damen und winkten uns zu. Als ich vierzehn war, verkauften meine Verwandten das Cottage und wanderten nach Neuseeland aus. Danach bin ich acht

Jahre nicht mehr dort gewesen. In dem Frühling, bevor Sandy und ich heirateten, machten wir eine Tour, bei der wir unsere Wurzeln entdecken wollten. Ich fand es nett, ihr Cowes zu zeigen, wo ich als Kind so viele schöne Ferien verbracht hatte.«

Er zündete sich eine Zigarette an, registrierte Cleos überraschten Blick und fuhr fort: »Als wir zum Cottage meines Onkels kamen, wurde das schöne Gebäude gegenüber gerade abgerissen, weil man dort ein Mehrfamilienhaus errichten wollte. Ich fragte die Bauarbeiter, was aus den alten Damen geworden sei, und sie machten mich mit dem Bauherrn bekannt. Er hatte sein ganzes Leben in Cowes verbracht und kannte alle und jeden. Er berichtete, das Haus stünde seit über vierzig Jahren leer.«

Er zog an der Zigarette. »Zwei alte unverheiratete Schwestern hatten darin gewohnt. Angeblich hatten beide ihren Mann im Ersten Weltkrieg verloren. Sie waren unzertrennlich. Als eine von ihnen an Krebs erkrankte, beschloss die andere, nicht allein zurückzubleiben. Also vergasten sie sich in dem Zimmer mit dem Erkerfenster. Das war 1947.«

Cleo überlegte. »Und draußen hast du die beiden nie gesehen?«

»Nein. Ich war ja noch ein Kind und hab nicht darüber nachgedacht, dass sie immer nur drinnen saßen.«

»Und dein Onkel und deine Tante?«

»Ich habe später mit ihnen darüber gesprochen, habe sie deswegen in Neuseeland angerufen. Sie sagten, sie hätten mit mir zu dem Fenster hinaufgewinkt, um mir eine Freude zu machen – sie hielten die alten Damen für Fantasiegestalten.«

»Während sie dir real erschienen?«

»Ich habe es in den Zeitungsarchiven nachgelesen. Es gab Fotos von beiden, unverkennbar. Für mich stand eindeutig fest, dass ich diesen Frauen zugewinkt hatte – und sie winkten mir zehn Jahre lang zurück.«

»Erstaunlich! Die Geschichte klingt ziemlich überzeugend. Und wie erklärst du sie dir?«

Er bemerkte ihr leeres Glas. »Noch einen?«

»Warum nicht? Aber die Runde geht auf mich.«

»Ich habe dich immerhin zwanzig Minuten warten lassen, also bist du eingeladen. Keine Widerrede!«

»Solange ich beim nächsten Mal dran bin. Abgemacht?«

Sie sahen einander tief in die Augen. »Abgemacht.«

Sie trommelte mit dem manikürten Finger auf den Tisch. »Na los, wie erklärst du dir die Geschichte?«

Grace bestellte Cleo einen dritten Tequila. »Ich habe mehrere Theorien über Geister. Ich meine, ich persönlich glaube, dass es drei Formen von Geistern gibt –«

Sein Handy piepste.

Er entschuldigte sich und meldete sich mit einem knappen: »Grace hier.«

DC Boutwood aus der Soko-Zentrale. »Verzeihen Sie, wenn ich störe, Sir, aber es gibt neue Entwicklungen. Sind Sie schon auf dem Rückweg?«

Er sah Cleo Morey bedauernd an und antwortete zögernd: »In fünfzehn Minuten bin ich da.«

74

IN DER GESCHÄFTIGEN ATMOSPHÄRE der Soko-Zentrale spielte die Uhrzeit kaum eine Rolle. Als Grace wenig später hereinkam, waren fast alle Tische besetzt. Nick kämpfte sich im Arbeitsbereich der Soko Salsa durch chinesisches Fastfood, Bella aß einen Apfel, und Emma-Jane starrte gebannt auf den Computer, wobei sie ein Trinkpäckchen leerte. Sie bemerkten ihn gar nicht.

»Hi, was gibt's?«, fragte Grace.

Drei Köpfe schossen hoch. Bella Moy sagte kauend: »Glenn musste schnell nach Hause, ein Problem mit der Babysitterin. Ist gleich zurück.«

»Na toll! Soll das etwa die neueste Entwicklung sein?«

DC Boutwood schaute ihn nervös an. Als Jüngste im Team wusste sie noch nicht, wann er scherzte und wann er wirklich wütend war. Sie spürte, dass es sich um einen Grenzfall handelte und Grace sehr erschöpft war. »Sir, wir haben auf dem Gelände von Double-M Properties einen Sarg in einem getarnten Grab gefunden – nach Ihrer Wegbeschreibung.«

»Das ist ja fantastisch!«

Die Blicke seiner Kollegen verrieten ihm, dass etwas nicht stimmte. »Und?«

»Leider ist die Nachricht nicht ganz so gut. Im Sarg war nämlich niemand.«

»Nur ein leerer Sarg in einem Grab?«

»Wie es aussieht, ja.« Ihre Nervosität verstärkte sich.

»Hat denn irgendwann jemand dringelegen?«

»Anscheinend gibt es – von innen, meine ich – bestimmte Spuren.«

»Das *Sir* können Sie vergessen. Ich heiße Roy.«

»Ja, Sir, Verzeihung, Roy.«

Er lächelte sie flüchtig an. »Welche Spuren?«

»Anzeichen dafür, dass jemand versucht hat, sich aus dem Sarg zu befreien.«

»Und ist es Michael Harrison oder wer immer darin war, auch gelungen?«

»Der Deckel lag lose auf, aber das Grab war mit Wellblech und Grünzeug bedeckt, als hätte jemand es tarnen wollen.«

Grace stützte sich müde auf den Tisch. »Mit wem haben wir es hier zu tun? Houdini?«

»Das ergibt doch keinen Sinn«, warf Nicholas ein.

»Es ergibt durchaus einen Sinn, Michael Harrison ist doch wegen seiner Streiche berüchtigt«, entgegnete Grace gereizt. Allmählich verging ihm die Lust an allem, er hätte lieber wieder mit der reizenden, warmherzigen Cleo Morey im Pub gesessen.

Vermutlich war sein Blutzuckerspiegel zu niedrig. Er hatte seit dem Sandwich am Mittag nichts mehr gegessen und stand kurz vor dem Verhungern. Also holte er sich einen doppelten Espresso, eine Flasche Wasser und ein Mars aus den Automaten im Flur. Als er kauend zurückkehrte, hielt Emma-Jane ihm den Telefonhörer hin.

»Ashley Harper. Sie besteht darauf, mit Ihnen zu sprechen, es sei sehr dringend.«

Grace schluckte und meldete sich. »Detective Superintendent Grace.«

»Ashley Harper.« Sie wirkte aufgelöst. »Ich habe soeben eine SMS von Michael erhalten. Er lebt!«

»Was schreibt er denn?«

»*Lebe. Polizei rufen.* Das lese ich jedenfalls heraus.«

»Sie lesen es heraus?«

»Die Schreibweise ist komisch, aber das ist bei SMS ja öfter der Fall.«

»Sonst steht da nichts?«

»Nein.«

»Kommt sie von seinem Handy?«

»Ja, es ist Michaels Nummer.«

Er hätte Nick oder Bella hinschicken können, beschloss aber, persönlich mit Ashley zu sprechen.

»Ich komme sofort.«

75

MARK BETRACHTETE im Rauchglasspiegel des Aufzugs sein düsteres Gesicht. Um ihn herum schien alles auseinander zu fallen.

Vor nicht einmal einer Woche hatte er in der Maschine aus Leeds gesessen, den Fahrbericht über den Ferrari 365 gelesen und überlegt, ob er ihn in Rot oder Silber bestellen und die aus der Formel 1 bekannte Paddelschaltung oder den üblichen Schalthebel wählen sollte.

Nun schwand die Hoffnung auf den Wagen dahin. Zusammen mit allen anderen Zukunftsträumen.

Was war nur mit Ashley los? Monatelang waren sie einander so nahe gewesen, näher als er es sich je erträumt hatte. Sie lachten über die gleichen Witze, hatten den gleichen Geschmack bei Essen, Trinken, Hobbys, waren ganz wild aufeinander und hatten in jeder freien Sekunde Sex – wobei Michael sie manchmal um ein Haar erwischt hätte. Sie war erstaunlich, hochintelligent und doch so liebevoll. Noch nie hatte er eine Frau wie sie kennen gelernt und ein Leben ohne sie konnte er sich gar nicht mehr vorstellen.

Warum also gab sie sich jetzt so schroff? Sicher, es war blöd gewesen, sich bei dem Empfang zu betrinken und diesem Klugscheißer von einem Bullen dumm zu kommen. Aber das Gerede darüber, Michael zu töten, machte ihm wirklich Sorgen. Ein Mord war nie geplant gewesen. Niemals. Und sie sprach von nichts anderem mehr. Er hatte noch ihre Worte aus der Trattoria im Ohr, es war keine halbe Stunde her.

»Seit dem Unfall stand doch gar nicht mehr zur Debatte, ob er überlebt, oder?«

Und er hatte mitgemacht. Nicht um Michael zu ermorden, das nicht, aber –

Nein, einen Mord hatte er definitiv nicht gewollt.

Ein Mord war doch geplant, oder? Vorsätzlich? Während das hier alles purer Zufall gewesen war. Michael wurde lebendig begraben, dann geschah der Unfall. Er mochte Michael nicht sehr. Michael war stets der Beste. In der Schule gewann er den 100-m-Lauf, räumte alle Preise ab. Er schoss beim Fußball die Tore, verlor als Erster die Unschuld – die Frauen hatten immer auf ihn gestanden. Wenn Mark und Michael in einem Pub saßen und ein paar hübsche Mädchen zu Michael kamen, pflegte er stets auch Mark vorzustellen. »Das ist mein Freund Mark.« Die Mädchen sagten lächelnd »Hi, Mark« und würdigten ihn danach keines Blickes mehr. Und das war ihm nicht nur einmal, sondern ständig passiert.

Genauso war es anfangs auch mit Ashley gewesen. Bei ihrem Vorstellungsgespräch damals hatte Michael wie üblich alles an sich gerissen, und Ashley schien völlig von ihm fasziniert, während sie Mark kaum zur Kenntnis nahm. Später hatte sie ihm erzählt, sie habe den Job so dringend gebraucht und den Tipp bekommen, dass die Firma eigentlich Michael gehöre.

Im ersten Monat hatte Mark hautnah erlebt, wie sehr Michael sich für Ashley interessierte. Er kannte seinen Freund gut genug, um die Signale zu deuten – er flirtete mit Witzen, Fragen, Komplimenten, Geschichten über sich selbst, so wie er mit allen Frauen flirtete, die ihm gefielen, und Mark hatte das alles sehr amüsiert beobachtet. Amüsiert und zufrieden. Denn zum ersten Mal hatte er sich ein Mädchen geangelt, auf das Michael stand. Nach fünfzehn Jahren Freundschaft fühlte er sich wie befreit, hatte die Fesseln endlich abgeschüttelt.

Der Plan stammte von Ashley. Mark empfand keine Skrupel, ihn störte nur die Tatsache, dass sie und Michael in die Flitterwochen fahren würden. Das fand er unerträglich. Tief im Herzen wusste er, dass er am Donnerstagabend nur deswegen so bereitwillig in den Wald gefahren war und den Luftschlauch entfernt hatte.

Doch konnte er zulassen, dass dieser Verrückte seinen Freund folterte? Umbrachte? Die Nerven hatte er nicht.

Als er die Wohnungstür aufschloss, klingelte das Telefon. Er stürzte ins Wohnzimmer, sah aufs Display, doch es wurde keine Nummer angezeigt.

»Hallo?«

Dieselbe australische Stimme. »Hallo, Kumpel, hier ist Vic. Bin ein bisschen neugierig wegen dem Bullen, der dich eben besucht hat. Dachte, du wolltest nicht mit denen reden.«

»Habe ich auch nicht. Ich hatte keine Ahnung, dass er kommen würde.«

»Ich weiß nicht so recht, ob ich dir das abkaufe. Willst du noch mal mit Michael plaudern, oder sind wir uns einig?«

»Ich glaube, wir sind uns einig.«

»Du tust also, was ich dir sage?«

»Ich höre.«

»Du fährst jetzt ins Büro, öffnest den Safe, holst die Dokumente, mit denen du und Michael dem Anwalt Julius Grobbe auf den Cayman Islands eine Vollmacht erteilst, und faxt sie ihm rüber. Gleichzeitig rufst du Julius Grobbe an und weist ihn an, die Summe von einer Million zweihundertdreiundfünfzigtausend siebenhundertzwölf Pfund von deinem Konto auf ein Nummernkonto in Panama zu überweisen, dessen Nummer ich ihm bereits zugefaxt habe. Ich rufe dich in exakt einer Stunde wieder an. Dann kannst du über deine Fortschritte berichten. Wenn du nicht rangehst, verliert dein Freund noch ein Stückchen von seinem Körper. Und zwar eins, bei dem es *richtig* wehtut. Kapiert?«

»Kapiert.«

Eine Million zweihundertdreiundfünfzigtausendundsiebenhundertzwölf Pfund – genau die Summe, die sich auf ihrem gemeinsamen Konto befand.

76

ROY GRACE HATTE Glenn Branson getroffen, als er gerade das Gebäude verlassen wollte. Nun saßen beide in Ashleys kühlem, minimalistischem Wohnzimmer und studierten im Display ihres zierlichen Handys die fehlerhafte SMS.

leBE, *#pOllizei rUUfe

Ashley saß ihnen gegenüber und rang die Hände. Ihr Gesicht war blass, die Augen schwammen in Tränen. Es schien, als wäre sie verabredet gewesen, dachte Grace, als er ihre cremefarbene Bluse, den Leinenrock, das hochgesteckte Haar und das starke Parfum registrierte. *Aber wo? Und mit wem?*

Eigentlich hätte sie ihm Leid tun müssen. Ihr Verlobter war verschwunden, die Hochzeit abgesagt; anstatt in den Flitterwochen zu sein, saß sie nun allein hier in Brighton. Doch er empfand kein Mitleid, sondern abgrundtiefes Misstrauen.

»Haben Sie versucht, ihn zurückzurufen?«

»Ja, und eine SMS habe ich auch geschickt. Aber es klingelt nur, und dann springt die Mailbox an.«

»Immerhin ein Fortschritt«, erklärte Grace. »Bisher meldete sich sofort die Mailbox.«

Branson tippte auf der Tastatur herum, er kannte sich mit technischen Dingen viel besser aus als Grace. »Die Nachricht kam von Michael Harrison, Rufnummer +447973134620«, verkündete er, drückte mit dem Daumen einen Knopf und sog nachdenklich an seiner Unterlippe. »Heute Abend um 22.28 Uhr.« Grace und Branson sahen auf die Uhr. Vor etwas über einer Stunde.

Zwanzig Minuten bevor sie angerufen hatte, dachte Grace. *Warum hatte sie zwanzig Minuten gewartet?*

Glenn Branson wählte die Nummer und hielt das Handy ans Ohr, während Grace und Ashley ihn gespannt ansahen. Dann meldete er sich: »Hier spricht Detective Sergeant Branson von der Kriminalpolizei Brighton. Dies ist eine Antwort auf Ihre Nachricht an Ashley Harper. Bitte rufen Sie an oder schicken Sie eine SMS an 0789 965018. Noch einmal zur Wiederholung: 0789 965018.« Er legte auf.

»Bekommen Sie öfter SMS von Michael?«

Sie zuckte die Achseln. »Keine Riesenmengen, aber kleine Liebesbotschaften, das schon.« Sie lächelte unvermittelt. Ihr Gesicht wirkte plötzlich warm und wunderschön, und Grace verstand, warum sie alle Herzen zum Schmelzen brachte.

Branson grinste. »Tippt er immer so katastrophal?«

»Nein.«

Wieder las Grace die Worte. leBE, *#pOllizei rUUfe

Es sah aus, als hätte ein Kind sie geschrieben. Außer natürlich, Michael hatte es eilig gehabt oder war dabei Auto gefahren. Grace wusste aus eigener Erfahrung, dass das nicht so einfach war.

»Was sagt Ihnen die Nachricht?«, wollte Ashley wissen.

Grace entschied spontan, ihr nichts zu verraten, und stieß Branson mehrfach vorsichtig an, damit er ihm nicht widersprach. »Leider nicht allzu viel. Einerseits ist es natürlich gut, dass er am Leben ist, doch scheint er eindeutig in Schwierigkeiten zu stecken. Immer vorausgesetzt, dass die SMS nicht auch Teil eines Scherzes ist.«

Grace hatte die ganze Zeit über ihre Körpersprache studiert; alles war durchdacht, nichts geschah spontan.

»Sie können doch nicht allen Ernstes glauben, dass Michael noch scherzt, oder?«, fragte sie ungläubig, was Grace gewollt theatralisch erschien. Er berichtete ausführlich, wie sie den Sarg entdeckt hatten.

»Also ist er entkommen – das glauben Sie doch auch, oder?«

»Mag sein. Oder er war nie drin.«

»Ach so, er hat also vorher von innen den Deckel zerkratzt.«

»Das wäre eine denkbare Möglichkeit. Wenn auch nicht unbedingt die richtige.«

»Ach, kommen Sie, mal ehrlich. Diese SMS klingt verzweifelt. Und Sie sitzen hier und wollen mir den Mist über einen Scherz verkaufen?«

»Ashley, es ist uns sehr ernst damit«, entgegnete Grace ruhig. »Wir haben eine Sonderkommission zusammengestellt, über hundert Beamte suchen nach Michael Harrison, die Medien berichten im großen Stil darüber – wir tun wirklich alles Menschenmögliche.«

Jetzt wirkte sie zerknirscht, ein kleines, verängstigtes Mädchen, das die Polizisten mit aufgerissenen Augen ansah und sich mit einem Taschentuch die Tränen wegtupfte. »Tut mir Leid«, schniefte sie, »ich wollte Sie nicht angreifen, Sie beide haben bis jetzt so toll gearbeitet. Aber ich bin so – so –« Sie begann zu zittern, wieder flossen Tränen.

Grace erhob sich verlegen und ging mit Branson zur Tür.

»Wir finden allein hinaus.«

77

MARK WÄHLTE DIE NUMMER, doch das Fax ging erst nach fünf Versuchen durch. Beim ersten Mal hatte er das Blatt schief eingelegt und einen Papierstau verursacht. Dann hatte er kostbare Minuten damit verbracht, das Dokument herauszuziehen, ohne es zu zerreißen.

Er war ins Büro gefahren, obwohl er zu viel getrunken hatte, doch zu Fuß wäre es zu weit gewesen. Auch hätte er sich nicht darauf verlassen können, noch ein Taxi zu erwischen.

Als er nun drei Minuten vor Ablauf des Ultimatums in seine Wohnung stürzte, lief er geradewegs zum Barschrank, goss sich drei Fingerbreit Balvenie ein und kippte ihn in einem Zug. Er spürte, wie der

Whisky in der Kehle brannte, sich heiß im Magen ausbreitete, und schloss flüchtig die Augen.

Sein Handy piepste. Eine SMS.

Er holte es aus der Tasche. *»Gut gemacht, Kumpel! Knapp geschafft.«*

Seine Hand bebte. Wo zum Teufel steckte dieser Vic? Er drückte auf *Optionen*, wollte sehen, woher die Nachricht kam. Eine Nummer, die er nicht kannte. Mit zitternden Fingern tippte er: *»Sind wir quitt?«* Drückte auf *Senden*. Ein leises Piepsen bestätigte, dass die Nachricht hinausgegangen war.

Seinen Nerven half der Whisky jedenfalls nicht. Er tappte unsicher zum Barschrank. Erneutes Piepsen. Noch eine Nachricht.

Geh auf den Balkon, Kumpel. Sieh auf die Straße runter!

Mark öffnete die Balkontür und trat neben den beiden Liegestühlen ans Geländer. Schaute hinunter. Aus dem schwulen Nachtklub ein paar Häuser weiter wummerte Musik, er erkannte die kahlen Schädel der beiden Türsteher. Ein Paar schlenderte Arm in Arm vorbei. Drei betrunkene Mädchen stießen sich kichernd an. Ein steter Strom von Autos rollte vorbei.

Er schaute die Straße entlang, konnte aber nur ein schmusendes Pärchen entdecken. Er tippte die Nachricht ein: *Ich kann Sie nicht sehen.* Schickte sie ab. Suchte wieder die Straße ab.

Es piepste. Er las die Antwort: *Ich bin genau hinter dir!*

Schon packte eine starke Hand ihn an Gürtel und Kragen. Sekundenbruchteile später verlor er den Boden unter den Füßen. Er ließ das Handy fallen, tastete verzweifelt nach dem Balkongeländer, doch er war zu weit oben, seine Finger griffen ins Leere.

Noch bevor er schreien konnte, wurde er wie ein Speer über das Geländer geschleudert und stürzte auf den Gehweg.

Er landete flach auf dem Rücken. Seine Wirbelsäule brach an sieben Stellen, sein Schädel zersprang.

Ein Mädchen kreischte.

78

GRACE UND BRANSON hörten den Notruf im Polizeifunk, kurz bevor sie Sussex House erreichten. Ein mutmaßlicher Selbstmörder hatte sich vom Van Alen Building an der Promenade von Kemp Town gestürzt.

Sie sahen sich an. Grace holte das Blaulicht aus dem Handschuhfach, setzte es aufs Dach und gab Gas. Sie wurden von einer Kamera geblitzt, doch das war in dieser Situation vertretbar.

Sieben Minuten später bremste Grace ab und bog in die Marine Parade ein. Schon von weitem waren die flackernden Blaulichter, die Menschenmenge und zwei Krankenwagen zu erkennen.

Sie parkten in zweiter Reihe, sprangen aus dem Wagen, drängten sich durch die Menge bis zu zwei Uniformierten, die gerade die Unfallstelle absperrten.

Sie zeigten ihre Ausweise vor, krochen unter dem Absperrband hindurch und entdeckten zwei Sanitäter, die nutzlos neben der Gestalt eines Mannes standen, dessen Kopf in einer dunkelroten, mit Gelb durchsetzten Lache lag.

Im bernsteinfarbenen Licht der Straßenlaternen konnte Grace die Gesichtszüge erkennen. Kein Zweifel, es war Mark Warren. Er kämpfte gegen die aufsteigende Übelkeit und wandte sich an einen der Uniformierten.

»Was ist passiert?«

»Das wissen wir noch nicht, Sir. Ich habe eben mit einer Zeugin gesprochen. Sie ging mit ihren Freundinnen spazieren, als er praktisch vor ihren Füßen landete. Sie liegt im hinteren Krankenwagen, schwerer Schock.«

Grace warf Branson, der unsicher auf den leblosen Körper hinuntersah, einen Blick zu. Mark Warrens Augen waren vor Entsetzen aufgerissen.

Gott im Himmel. Erst vor wenigen Stunden hatte er mit ihm gesprochen. Der Mann hatte nach Alkohol gestunken, ein nervöses Wrack. Plötzlich musste er an Cleo denken. In etwa einer Stunde würde sie sich im Leichenschauhaus an die Arbeit machen, ihn für die Verwandten, die ihn identifizieren mussten, herrichten. Darum beneidete er sie nun wirklich nicht.

»Kennt jemand diesen Mann?«, fragte eine Stimme.

»Scheiße, ja, ich. Mein Nachbar.«

Grace hörte eine Sirene, die sich näherte. »Ich kenne ihn auch. Ich meine, ich kannte ihn.«

Robert Allison, ein raubeiniger Detective Inspector und ehemaliger Billardchampion der Sussex Police, trat aus der Haustür. Grace und Branson gingen ihm entgegen.

»Roy, Glenn«, begrüßte er sie. »Was habt ihr denn hier zu suchen?«

»Ein bisschen frische Luft schnappen.«

»Gefährliche Gegend«, meinte Allison und deutete auf den Toten. »Der wollte auch nur frische Luft schnappen.« Ein Polizeiarzt und ein Fotograf waren eingetroffen. Allison sprach kurz mit ihnen und kam dann zu Grace und Branson zurück.

»Schon klar, was passiert ist?«

»Noch nicht.«

»Ich kannte ihn«, erklärte Grace. »Habe ihn heute Abend noch befragt. Um acht Uhr. Er ist der Geschäftspartner des Vermissten, du weißt schon, der Junggesellenabschied, die vier Unfallopfer von letzter Woche.«

Allison nickte.

»Können wir uns die Wohnung ansehen?«

»Ich war gerade oben – der Hausmeister hatte einen Schlüssel. Soll ich mitkommen?«

»Warum nicht?«

Die drei Beamten betraten die Wohnung. Der Hausmeister, ein muskulöser Mann Mitte fünfzig in Shorts und Unterhemd, wartete vor der Tür.

Grace ging durchs Wohnzimmer auf den Balkon, auf dem er noch wenige Stunden zuvor gestanden hatte. Von oben sah er die Menschen, die beiden Krankenwagen, die Streifenwagen, das Blitzlicht des Polizeifotografen, das Absperrband um die Gestalt von Mark Warren, die dunkle Flüssigkeit um seinen Kopf herum.

Er dachte an den Empfang, bei dem Mark sich so aggressiv verhalten hatte. Heute Abend hatte er sich als betrunkenes Wrack gezeigt. Grace wusste aus Erfahrung, dass Überlebende von Unfällen mit Toten oft von Schuldgefühlen gequält wurden; manche gingen daran zugrunde. Doch war Mark Warren wirklich deshalb vom Balkon gesprungen?

Denkbar, dass er an dem Abend, an dem er mit dem schlammbedeckten Wagen nach Hause kam, zur Unfallstelle gefahren war, an der er seine Freunde verloren hatte. Doch warum war er bei dem Hochzeitsempfang so aggressiv geworden? Das passte nicht ins Bild. Grace hatte bei Mark kein gutes Gefühl gehabt. Ein Trauzeuge, der die Pläne für den Junggesellenabschied nicht kannte?

War das glaubhaft?

Nachdenklich kehrte er ins Wohnzimmer zurück. »Wir schauen uns noch ein bisschen um.« Grace trat an den Schrank, zu dem Marks Blicke ständig gewandert waren, fand in der ersten Schublade aber nur zwei verstaubte Blumenvasen und eine leere Kiste Cohiba Robustos.

Sorgfältig ging er auch die anderen Fächer und Schubladen durch. Als er sich zum Kühlschrank in der offenen Küche vorgearbeitet hatte und die Tür öffnete, fettarme Milch, Joghurt, exklusive Salatmischungen und mehrere Flaschen weißen Burgunder und Champagner registrierte, hätte er beinahe den Polsterumschlag übersehen.

Er zog ihn hervor und schaute stirnrunzelnd hinein. Kippte den kleinen Plastikbeutel auf die Arbeitsplatte aus schwarzem Marmor.

»Herr im Himmel«, sagte Branson und starrte auf die Fingerspitze.

»Gut, allmählich ergibt es einen Sinn«, warf Robert Allison ein. »Das hier habe ich nämlich bei dem Opfer gefunden, als ich nach Papieren suchte.« Er holte ein gefaltetes DIN-A4-Blatt aus der Tasche, das er Grace aushändigte.

Lassen Sie den Abdruck von der Polizei überprüfen. Er ist von Ihrem Freund und Geschäftspartner. Ich schneide alle 24 Stunden ein größeres Stück von ihm ab. Bis Sie genau das tun, was ich verlange.

»Ich glaube, das verrät uns zweierlei«, sagte Grace.

Die Kollegen sahen ihn an. Grace überlegte, bevor er bedächtig weitersprach.

»Erstens haben wir es nicht mit einem Selbstmord zu tun. Und zweitens können wir von Glück sagen, wenn wir Michael Harrison noch lebend finden.«

79

WIEDER DAS HANDY! Zum dritten Mal! Immer hatte er wie wild die Tasten gedrückt, damit Vic nichts merkte. Hatte dann auf der Tastatur herumgefingert und die Mailbox angewählt. Und jedes Mal dieselbe verdammte Frauenstimme gehört: *»Sie haben keine neuen Nachrichten.«*

Doch nun teilte sie ihm etwas anderes mit: *»Sie haben eine neue Nachricht.«* Und dann: *»Hallo, Michael Harrison, hier spricht Detective Sergeant Branson von der Kriminalpolizei Brighton. Dies ist eine Antwort auf Ihre Nachricht an Ashley Harper. Bitte rufen Sie an oder schicken eine SMS an 0789 965018. Noch einmal zur Wiederholung: 0789 965018.«*

Das Schönste, was Michael je im Leben gehört hatte.

Er versuchte, im Dunkeln eine Antwort zu tippen: »Ihc wEEde gEfaagen –«

Grellweißes Licht.

Vic.

»Hast du etwa ein Handy, von dem du mir nichts verraten hast, Mikey? So ein ungezogener Junge aber auch. Das nehme ich dir lieber mal weg, bevor du Probleme kriegst.«

Michael grunzte.

Vic entriss ihm das Handy.

»Das ist nicht fair, Mike«, verkündete Vic vorwurfsvoll. »Ich bin sehr enttäuscht von dir. Du hättest mir von dem Telefon erzählen sollen. Also ehrlich.«

Michael zitterte vor Panik. Er sah die Augen durch die Schlitze der Kapuze glitzern, nur wenige Zentimeter vor seinem Gesicht. Grüne Augen wie die einer Wildkatze.

»Soll ich dir wieder wehtun, Mikey? Möchtest du das? Mal sehen, wen du anrufen wolltest.«

Kurz darauf hörte Michael von fern die Stimme des Polizeibeamten.

»Na so was«, sagte der Australier. »Ruft seine Verlobte an. Nett, aber ungezogen. Zeit für die Bestrafung. Soll ich dir noch einen Finger abschneiden – oder willst du noch mal den Zirkel an den Eiern?«

»Nnn.«

»Tut mir Leid, du sprichst so undeutlich. Was hättest du am liebsten? Mir ist es egal. Dein Freund Mark ist übrigens ein unhöflicher Kerl. Stell dir vor, er hat gar nicht Auf Wiedersehen gesagt.«

Michael blinzelte. Wovon redete der Typ? Wohin mochte Mark gefahren sein, ohne sich zu verabschieden?

»Mikey, hier eine kleine Denkaufgabe. Du hast eine Million zweihunderttausend Pfund auf den Cayman Islands gehortet. Ein schöner Notgroschen, was?«

Wie viel der Mann über ihn und sein Leben wusste. War er etwa hinter diesem Geld her? Sollte er es doch haben, jeden Penny, wenn er ihn nur laufen ließ. Michael versuchte, es ihm zu sagen.

»Das ist reizend von dir, Mikey, was immer es auch heißen soll. Ich weiß deine Bemühungen wirklich zu schätzen. Dein Problem ist nur, dass ich das Geld bereits habe. Will sagen, ich brauche dich nicht mehr.«

80

ALS GRACE UM KURZ VOR MITTERNACHT wieder auf den Parkplatz von Sussex House bog, nickte er dem Wachmann müde zu. Auf der Rückfahrt hatten er und Branson wenig gesprochen und meist in Gedanken versunken dagesessen.

Als Grace einparkte, gähnte Branson herzhaft. »Meinst du, wir können jetzt ein bisschen schlafen?«

»Dir fehlt es an Durchhaltevermögen, Kleiner.«

»Und du bist natürlich hellwach, was? Läufst auf allen Zylindern. Ich habe gehört, dass man ab einem bestimmten Alter weniger Schlaf braucht, was sich gut trifft, da man ohnehin dauernd aufstehen und pinkeln muss.«

Grace lächelte.

»Ich freue mich nicht gerade aufs Älterwerden«, sagte Branson. »Du etwa?«

»Ehrlich gesagt, ich denke nicht oft darüber nach. Wenn ich einen Typen wie Mark Warren, mit dem ich vor wenigen Stunden noch gesprochen habe, zerschmettert auf dem Gehweg liegen sehe, lebe ich lieber von einem Tag zum nächsten.«

Branson gähnte erneut.

»Ich mache mich wieder an die Arbeit. Du kannst dich verziehen, wenn du möchtest.«

»Manchmal bist du ein Arsch«, sagte Branson und folgte ihm zögernd durch den Haupteingang.

Emma-Jane Boutwood war die Letzte in der Soko-Zentrale. Grace ging zu ihr und deutete auf die leeren Arbeitsplätze. »Wo sind die alle hin, E-J?«

Sie beugte sich vor, als wollte sie etwas Kleingedrucktes auf dem Bildschirm lesen, und antwortete zerstreut: »Vermutlich nach Hause.«

Grace betrachtete ihr müdes Gesicht und klopfte ihr leicht auf die Schulter. »Ich glaube, Sie sollten auch Schluss machen, es war ein langer Tag.«

»Darf ich noch eine Minute dranbleiben, Roy? Ich habe da etwas, das Sie, Sie beide, meine ich, interessieren könnte.«

»Jemand Kaffee? Wasser? Cola?«, fragte Grace.

»Gibst du einen aus?«

»Nein, das geht auf Kosten der Steuerzahler. Wenn wir bis Mitternacht arbeiten sollen, müssen sie uns auch den Kaffee finanzieren.«

»Ich nehme eine Cola light«, sagte Branson. »Nein, lieber eine normale, ich brauche jetzt den Zuckerschub.«

»Ich hätte gern einen Kaffee«, fügte Emma-Jane hinzu.

Grace ging in den Aufenthaltsbereich, wo sich die Küchenzeile und die Verkaufsautomaten befanden. Er fischte Kleingeld aus der Tasche, zog einen doppelten Espresso für sich, einen Cappuccino für Emma-Jane und Bransons Cola und stellte alles auf ein Papptablett.

Als er zurückkam, deutete die junge Ermittlerin gerade auf ihren Bildschirm, während Branson ihr konzentriert über die Schulter blickte. Dann sagte er, ohne sich umzudrehen: »Roy, das musst du dir ansehen!«

»Ich sollte doch Ashley Harpers Hintergrund durchleuchten«, ergänzte Emma-Jane.

»Stimmt. Und was haben Sie herausgefunden?«

»Eine ganze Menge«, sagte sie stolz.

»Dann mal los.«

Sie blätterte in einem Notizbuch, dessen Seiten mit ihrer ordentlichen Handschrift bedeckt waren. »Sie hatten mir gesagt, Ashley Harper sei in England geboren, ihre Eltern seien bei einem Autounfall in Schottland umgekommen, als sie drei war; sie sei bei Pflegeeltern aufgewachsen, zuerst in London, später in Australien. Mit sechzehn sei sie nach Kanada gegangen und habe dort bei Onkel und Tante gelebt, die Tante sei kürzlich verstorben. Der Name ihres Onkels sei Bradley Cunningham, der Vorname der Tante ist nicht bekannt.«

Sie las weiter: »Ashley Harper kehrte vor etwa neun Monaten nach England zurück. Sie sagten, sie habe früher in Toronto in der Immobilienbranche gearbeitet, und zwar bei einer Tochterfirma der Bay-Gruppe.« Sie schaute hoch, als suchte sie Bestätigung.

»Das stimmt«, sagte Grace.

»Okay. Ich habe heute mit der Personalleitung der Bay-Gruppe in Toronto gesprochen, bei der es sich übrigens um eine der größten Warenhausketten Kanadas handelt. Sie besitzt keine Tochterfirma in der Immobilienbranche und hat niemals eine Ashley Harper beschäftigt. Ich habe nachgehakt und herausgefunden, dass es in Kanada keine einzige Immobilienfirma gibt, in der das Wort Bay vorkommt.«

»Interessant.« Branson öffnete den Ringverschluss seiner Cola.

»Es wird noch interessanter. Weder in den Telefonbüchern von Toronto noch in denen von ganz Ontario findet sich ein Bradley Cunningham. Bisher hatte ich noch keine Zeit, im übrigen Land nachzuforschen. Aber –«, sie nippte an dem kakaobestreuten Milchschaum ihres Cappuccino. »Eine Freundin von mir arbeitet als Journalistin beim *Glasgow Herald*. Sie hat die Archive aller schottischen Zeitungen durchsucht. Wenn eine Dreijährige durch einen Unfall zur Waise wird, ist das doch Futter für die Presse, oder?«

»Normalerweise schon.«

»Ashley behauptet, sie sei achtundzwanzig. Meine Freundin hat die fünfundzwanzig Jahre alten Zeitungen und alle, die bis zu fünf Jahre vorher und nachher erschienen sind, durchsucht. Der Name Harper taucht nirgendwo auf.«

»Sie könnte den Namen ihrer Pflegeeltern angenommen haben«, gab Branson zu bedenken.

»Sicher. Aber was ich Ihnen als Nächstes zeige, schränkt diese Möglichkeit beträchtlich ein.«

Grace warf der jungen Ermittlerin einen bewundernden Blick zu. Ihr Selbstvertrauen entwickelte sich vor seinen Augen. Smart, fleißig, jung, entschlossen – genau das frische Blut, das die Polizei so dringend brauchte.

»Ich habe wie besprochen den Namen Ashley Harper ins Holmes-Netzwerk eingegeben«, sagte sie zu Grace. »Unter dem Namen Ashley Harper ist nichts zu finden. Dann aber wird es interessant. Verbindet man die Initialen AH mit dem Begriff Immobilien, spuckt Holmes folgende Informationen aus: Vor achtzehn Monaten heiratete eine junge Dame namens Abigail Harrington in Lymm in Cheshire einen reichen Immobilienunternehmer namens Richard Wonnash. Er war ein begeisterter Fallschirmspringer. Drei Monate nach der Hochzeit starb er, weil sich sein Fallschirm bei einem Absprung nicht öffnete. Vor vier Jahren heiratete in Toronto eine gewisse Alexandra Huron einen Immobilienunternehmer namens Joe Kerwin. Fünf Monate nach der Hochzeit ertrank der beim Segeln auf dem Ontario-See. Vor sieben Jahren heiratete eine gewisse Anne Hampson in London einen Immobilienunternehmer namens Julian Warner, einen begehrten Junggesellen, der um die Zeit des Immobiliencrashs Anfang der

Neunziger riesige Beteiligungen in den Londoner Docklands besaß. Sechs Monate und zwei Tage nach der Hochzeit vergaste er sich in einer Tiefgarage in Wapping.«

»Die gleichen Initialen. Aber was beweist das schon?«, fragte Branson.

»Viele Künstler behalten ihre Initialen, wenn sie ein Pseudonym annehmen«, erklärte Emma-Jane. »Das habe ich auf der Polizeiakademie gelernt. An sich beweist es noch nichts, aber wie steht es hiermit?« Sie tippte auf die Tastatur, worauf ein schwarz-weißes Zeitungsfoto auf dem Bildschirm erschien. Eine junge Frau mit kurzem, dunklem Haar. Ashley Harper – oder ihre Doppelgängerin.

»Das ist aus dem Artikel, der nach Julian Warners Tod im *Evening Standard* erschien.«

Grace und Branson studierten eingehend das Foto. »Scheiße, sieht wirklich aus wie Ashley Harper.«

Wortlos tippte Emma-Jane erneut auf der Tastatur herum. Das nächste Schwarz-Weiß-Foto erschien. Eine Blondine mit schulterlangem Haar, die Ashley Harper noch ähnlicher sah. »Aus dem *Toronto Star*, vier Jahre alt, ein Artikel über den Tod von Joe Kerwin.«

Grace und Branson waren sprachlos.

»Das nächste stammt aus der *Cheshire Evening Post*, erschien vor achtzehn Monaten mit einem Bericht über den Tod von Richard Wonnash. Abigail Harrington als schöne, trauernde Witwe.« Das nächste Foto war in Farbe. Rotes Haar, eleganter Kurzhaarschnitt. Doch das Gesicht gehörte mit an Sicherheit grenzender Wahrscheinlichkeit wieder Ashley Harper.

»Verdammte Scheiße!«, stieß Branson hervor.

Grace sah nachdenklich auf den Bildschirm. »Gut gemacht, Emma-Jane.«

»Danke, Roy.«

»Also, es ist zwanzig vor eins. Welchen Richter möchtest du wecken, Glenn?«

»Wegen eines Durchsuchungsbefehls?«

»Schlauer Junge.« Branson schnitt eine Grimasse, doch Grace erhob sich und sagte gelassen: »Emma-Jane, Sie gehen jetzt schlafen.«

Branson gähnte. »Und darf ich auch schlafen gehen?«

Grace legte ihm schwer die Hand auf die Schulter. »Tut mir Leid, mein Freund, dein Tag fängt gerade erst an.«

81

WENIGE MINUTEN SPÄTER telefonierte Grace mit einer verschlafenen Justizbeamtin, die sich erkundigte, ob die Angelegenheit nicht Zeit bis zum Morgen habe.

»Wir ermitteln in einer mutmaßlichen Entführung, es geht um Leben und Tod«, erklärte Grace. »Ich brauche einen Durchsuchungsbefehl, das kann unter gar keinen Umständen warten.«

»Na gut, Mrs Quentin ist die Dienst habende Richterin.«

Grace grinste. Hermione Quentin schätzte er ganz und gar nicht, seit sie sich vor einigen Monaten vor Gericht wegen eines Verdächtigen gestritten hatten, den er weiterhin in Haft belassen wollte, was sie jedoch ablehnte. In seinen Augen gehörte sie zur schlimmsten Sorte, war mit einem reichen Börsenmakler verheiratet, lebte in einem vulgären Haus und sah aus wie eine alternde Diva, die keine Ahnung vom echten Leben hatte. Außerdem hatte sie es sich zum Anliegen gemacht, den Umgang der Polizei mit Kriminellen von Grund auf zu ändern. Er würde es geradezu genießen, sie frühmorgens aus dem Bett zu holen, damit sie ihm den Durchsuchungsbefehl unterschrieb.

Grace und Branson verbrachten weitere zehn Minuten am Telefon und stellten ein Team zusammen, das sich um fünf in Sussex House treffen würde. Dann schickte Grace seinen Kollegen aus Mitleid nach Hause, damit er wenigstens ein paar Stunden schlafen konnte.

Als Nächstes rief er DC Nicholas an, entschuldigte sich für die Störung und bat ihn, Ashley Harpers Haus zu beobachten.

Um zwei Uhr morgens betrat Grace samt unterzeichnetem Haftbefehl sein Haus, stellte den Wecker auf Viertel nach vier und fiel todmüde ins Bett.

Als er den Knopf drückte und automatisch aus dem Bett sprang, hörte er das erste Vogelzwitschern. In der Dusche fiel ihm ein, dass es nicht mal mehr einen Monat bis zum längsten Tag des Jahres, dem 21. Juni, war.

Um fünf war er wieder in Sussex House. Angesichts von nur zwei Stunden Schlaf fühlte er sich erstaunlich munter. Bella und Emma-Jane waren bereits dort, ebenso Ben Farr, ein bärtiger Sergeant mit rundem Gesicht, der die Beweisstücke sichern würde, und Joe Tindall. Kurz darauf traf Glenn Branson ein.

Beim Kaffee instruierte Grace sein Team. Um kurz nach fünf trugen alle Sicherheitswesten und starteten in einem Ford Transit und einem gekennzeichneten Zivilfahrzeug, das Branson fuhr. Grace saß neben ihm.

In der Straße, in der Ashley wohnte, parkte Branson neben Nicks eigenem Astra und kurbelte das Fenster hinunter.

»Alles ruhig.«

»Braver Junge.« Ashley Harpers Audi TT stand wie immer vor dem Haus. Er wies Nicholas an, die Straße dahinter zu sichern, und fuhr weiter. Sie parkten in zweiter Reihe neben dem Audi. Grace führte den Trupp zur Haustür und klingelte.

Nichts rührte sich.

Er klingelte wieder, dann ein drittes und viertes Mal. Er nickte Ben Farr zu, der zum Transit ging und eine schwere Ramme von der Größe eines Feuerlöschers herausholte. Er richtete sie auf die Haustür, betätigte den Hebel, die Tür flog auf.

Grace ging als Erster hinein. »Polizei! Hallo? Polizei!«

Nur das Blinken der HiFi-Anlage begrüßte ihn. Das Team ging nach oben und blieb auf dem Treppenabsatz stehen. »Hallo!«, rief er wieder. »Miss Harper?«

Stille.

Er öffnete eine Tür, dahinter befand sich ein kleines Bad. Daneben ein offensichtlich unbenutztes Zimmer. Die verbliebene Tür führte in ein großes Schlafzimmer mit ordentlich gemachtem Doppelbett. Grace drückte den Lichtschalter, die Deckenspots glommen auf.

Der ganze Raum wirkte verlassen, fast wie ein Hotelzimmer, das auf neue Gäste wartet. Eine makellos glatt gestrichene Daunendecke auf dem breiten Bett, ein Fernseher mit Flachbildschirm, ein Radiowecker. An den Wänden einige Swimmingpoolbilder von Hockney.

Aber keine Spur von Ashley Harper.

Wo zum Teufel steckte sie?

Grace spürte eine leise Panik, sah Glenn Branson fragend an. Beide ahnten, dass man sie überlistet hatte, aber wann und wo war das geschehen? Einen Moment lang dachte er an die drohende Standpauke von Alison Vosper. Immerhin hatte er eine Richterin in aller Herrgottsfrühe aus dem Bett geklingelt, um sich einen letztlich nutzlosen Durchsuchungsbefehl unterschreiben zu lassen.

Natürlich konnte Ashley Harpers Abwesenheit diverse Gründe haben. Grace spürte eine flüchtige Wut auf seinen Freund. Glenn hatte ihn in diesen verdammten Fall hineingezogen, mit dem er eigentlich gar nichts zu tun hatte. Jetzt steckte er in der Scheiße, und es wurde immer schlimmer.

Er überlegte, wie er seinen Arsch retten könnte, wenn Nr. 27 ihn zu sich zitierte und eine Erklärung verlangte. Welche Argumente für den Durchsuchungsbefehl sprachen: Mark Warrens Tod. Die Mitteilung. Der Finger im Kühlschrank. Emma-Janes Entdeckungen. So vieles stimmte nicht an diesem Fall. Mark Warren, der sich beim Empfang so feindselig verhielt. Bradley Cunningham, aalglatt und versnobt.

»Nehmt das Haus auseinander«, wies er seine Leute müde an. »Durchkämmt jeden Winkel. Findet heraus, wem es gehört. Auch der Fernseher, die HiFi-Anlage, der Audi, die Teppiche, die Bilder. Ich will verdammt noch mal alles über Ashley Harper wissen. Ich will sie besser kennen, als sie sich selbst kennt. Kapiert?«

Auch nach einer zweistündigen Suche gab es noch keine Ergebnisse. Es war, als hätte Ashley Harper das Haus mit einem Riesenstaubsauger traktiert. Geblieben waren nur die Möbel und im Kühlschrank ein Becher Biojoghurt, Sojamilch, ein Bund Radieschen und eine halbe Flasche schottisches Mineralwasser von Sainsbury.

Glenn Branson trat neben Grace, der gerade die Matratze vom

Gästebett hob. »Mann, das ist unglaublich – als hätte sie gewusst, dass wir kommen.«

»Warum wussten wir dann nicht, dass sie abhauen würde?«

»Na bitte, schon wieder eine Frage als Antwort.«

»Ja«, sagte Grace, der allmählich die Geduld verlor, »das kommt vielleicht daher, dass du auch immer fragst, statt zu antworten.«

Branson hob die Hand. »Immer sachte, Roy.«

»Schon gut.«

»Wo zum Teufel steckt sie?«

»Hier jedenfalls nicht.«

»Das weiß ich selbst.«

»Sehen Sie sich das an, Roy. Meinen Sie, es hat was zu bedeuten?« DC Nicholas kam mit einem Stückchen Papier herein und zeigte es Grace.

Eine Quittung von einer Firma namens Century Radio an der Tottenham Court Road in London. Darauf stand: *AR5000 Cyber Scan, £ 2.437,25.*

»Woher haben Sie die?«

»Aus dem Mülleimer hinter dem Haus«, erwiderte Nicholas nicht ohne Stolz.

»Zweitausendvierhundertsiebenunddreißig Pfund für einen Scanner?«, fragte Grace. »Welches Gerät ist denn so teuer? Doch kein normaler Computerscanner.« Dann fügte er hinzu: »Und warum sollte sie die Rechnung wegwerfen? Selbst wenn es keine Geschäftskosten sind, hebt man die Quittung doch wegen der Garantie auf, oder nicht?«

»Ich schon«, meinte Branson.

Grace las das Datum. Vergangenen Mittwoch. Kaufzeit 14.25 Uhr. Am Dienstagabend verschwindet ihr Verlobter. Am Mittwochnachmittag kauft sie einen sündhaft teuren Scanner. Das ergibt keinen Sinn – noch nicht. Er sah auf die Uhr, kurz nach acht. »Ich weiß nicht, wann Century Radio öffnet, aber wir müssen herausfinden, was es mit dem Gerät auf sich hat.«

»Hast du eine Idee?«, wollte Branson wissen.

»Jede Menge. Zu viele. Um Viertel vor zehn muss ich im Gericht in Lewes sein.«

»Um deinen Freund Suresh Hossain zu besuchen?«

»Ich hoffe, er vermisst mich. Wie wäre es mit einem Frühstück? Mit Eiern, Speck und allem drum und dran?«

»Cholesterin ist schlecht fürs Herz.«

»Soll ich dir was verraten? Das ist mir mittlerweile auch egal.«

82

ALS GRACE DEN GEDRÄNGT VOLLEN WARTERAUM der drei Gerichtssäle betrat, die in dem hübschen georgianischen Bau untergebracht waren, stellte er zunächst sein Handy leise. Immerhin hatte Claudine eingesehen, dass es keinen Sinn hatte, ihm weitere SMS zu schicken.

Er gähnte. Sein Körper war bleischwer, und das üppige Frühstück hatte ihm keinen neuen Schwung verliehen, ganz im Gegenteil. Am liebsten hätte er sich irgendwo hingelegt und geschlafen. Seltsam, vor einer Woche hatte sich sein ganzes Denken noch um diesen Prozess gedreht, doch nun galt es nur noch, Michael Harrison zu finden.

Andererseits war der Prozess durchaus wichtig. Beispielsweise für die Witwe und die Kinder von Raymond Cohen, den Hossain selbst oder dessen Gorillas mit einem genagelten Stock zu Brei geschlagen hatten. Das Verfahren war für alle anständigen Bürger von Brighton and Hove wichtig, denn sie hatten das Recht, vor Ungeheuern wie Hossain geschützt zu werden. Und auch wichtig für Grace' Glaubwürdigkeit. Er musste unbedingt die Müdigkeit überwinden und sich auf die bevorstehende Aufgabe konzentrieren.

Er suchte sich eine ruhige Ecke und beantwortete zunächst einen Anruf von Eleanor, die seine Post und Mails bearbeitete. Dann schloss er die Augen, stützte den Kopf in die Hände, verdrängte das Türenschlagen, die fröhlichen Begrüßungen, die klickenden Schlösser der Aktenkoffer, das Gemurmel von Anwälten und Mandanten.

Nach einigen Minuten holte er zweimal tief Luft, um Sauerstoff zu tanken, stand auf und sah sich um. Bald würde er wissen, ob man ihn heute brauchte oder nicht. Er suchte nach Liz Reilly von der Staatsanwaltschaft, von der er sich die gewünschte Auskunft erhoffte. Im Raum befanden sich an die hundert Menschen, darunter einige Anwälte in Robe. Schließlich erspähte er Liz, eine elegant gekleidete, konservativ aussehende Frau Ende dreißig, die ein Klemmbrett hielt und mit einem ihm unbekannten Anwalt ins Gespräch vertieft war.

Sie gab ihm ein Zeichen, er solle einen Moment warten. Als der Anwalt gegangen war, schaute sie Grace aufgeregt an. »Möglicherweise haben wir eine neue Zeugin!«

»Tatsächlich? Wen?«

»Ein Callgirl aus Brighton. Sie hat gestern Abend die Staatsanwaltschaft angerufen und erklärt, sie habe in der Zeitung von dem Prozess gelesen. Sie gibt an, Suresh Hossain habe sie während eines Besuchs verprügelt. Der Sexbesuch fand am Abend des 10. Februar letzten Jahres in Brighton statt.«

An diesem Abend sollte Hossain den Mord begangen haben.

»Er hat ein bombenfestes Alibi. Zwei Freunde sagten aus, dass sie an dem betreffenden Abend in London mit ihm gegessen haben.«

»Stimmt, aber sie arbeiten beide für ihn. Das Mädchen nicht. Sie fürchtete sich vor ihm – darum ist sie auch erst jetzt damit herausgerückt. Man hat ihr mit Mord gedroht. Der Polizei traut sie nicht über den Weg, darum ist sie zu uns gekommen.«

»Wie glaubwürdig erscheint sie Ihnen?«

»Sehr glaubwürdig. Wir brauchen Zeugenschutz. Vielleicht reicht es schon, sie anonym aussagen zu lassen, aber ich vermute, dass weitergehende Maßnahmen erforderlich sind.«

»Sie bekommt, was immer sie haben will.« Grace war aufgeregt, hätte Liz Reilly am liebsten umarmt. Das waren zur Abwechslung einmal erstklassige Neuigkeiten.

»Allerdings muss jemand sie davon überzeugen, dass die Polizei ihr das Geschäft nicht kaputtmacht.«

»Wo ist sie gerade?«

»Zu Hause.«

Grace sah auf die Uhr. »Ich könnte sofort zu ihr fahren. Geht das?«

»Nehmen Sie ein neutrales Fahrzeug.«

»Eine Polizistin wird mich begleiten, um sie zu schützen. Hossain darf auf keinen Fall an sie herankommen. Ich möchte sie überreden, gleich heute mitzugehen.«

»Wenn Sie behutsam vorgehen, rennen Sie offene Türen ein.«

Plötzlich war Grace überhaupt nicht mehr müde.

83

KURZ NACH MITTAG war er wieder in der Soko-Zentrale. Bei der Zeugin Shelley Sandler hatte er ein gutes Gefühl. Mitte zwanzig, intelligent, sprachgewandt, verletzlich – sie würde vor Gericht sehr glaubwürdig erscheinen. Hauptsache, sie verlor nicht in letzter Minute die Nerven, was leider häufig vorkam. Doch sie war fest entschlossen, sich gegen Hossain zur Wehr zu setzen.

Eine wirklich gute Nachricht. Nach den unsicheren Tagen sah es nun so aus, als würde Grace das erhoffte Urteil bekommen.

Das ganze Team war bereits versammelt, dazu zwei neue Assistenten, ein junger Mann und eine ältere Frau.

Sie sprachen leise, da die anderen Arbeitsbereiche ebenfalls belegt waren. Nick Nicholas meldete sich als Erster zu Wort. »Roy, ich habe Informationen über die Quittung von heute Morgen.«

»Und?«

Nicholas schob ihm einige ausgedruckte Internetseiten hinüber. »Wir haben es alle schon gelesen.«

AR-5000 Scanner »Cyberscan« – ein unglaublicher Frequenzbereich von 10 KHz bis 2600 MHz! Der A-R5000 Tischscanner beschreitet völlig neue Wege, bietet eine exzellente Signalführung, hohe Empfindlichkeit und breite Frequenzabdeckung mit Mikroprozessor-Einrichtungen (inklusive 5 unabhängige VFOs, 1000 Speicherplätze, 20 Bänke, Cyberscan-Schnellscan und –suche, darunter sämtliche Mobilfunkkanäle). Die Scan- und Suchgeschwindigkeit beträgt 45 Kanäle pro Sekunde …

Er wandte sich an Branson. »Du bist unser bester Techniker. Aber ich glaube, ich kann erraten, um was es sich handelt. Bestätigung, bitte.«

»Das ist ein hochmoderner Scanner, ein Breitbandempfänger. So was benutzen CB-Freaks, um neue Freunde zu finden und den Polizeifunk oder Mobiltelefone abzuhören.«

Grace nickte und wandte sich an Emma-Jane. »Haben wir Beweise dafür, dass Ashley Harper heute oder in einer ihrer früheren Identitäten je mit CB-Funk zu tun hatte?«

»Nein.«

Er betrachtete das Farbfoto des Scanners. Eine große silberne Kiste auf Standfüßen, vorn mit einer großen Skala und einer verwirrenden Anzahl von Tasten, wie man sie an jedem Funkempfänger findet. »Also, am Dienstagabend verschwindet ihr Verlobter. Am Mittwoch um halb zwei saust sie nach London und kauft einen Scanner für zweieinhalbtausend Pfund. Ich bitte um gute Vorschläge. Und woher zum Teufel weiß sie, wie man damit umgeht?«

»Verzweiflung?«, wagte sich Nick Nicholas vor.

»Glaub ich nicht.«

»Offenbar wusste sie wirklich nicht, wo Michael ist«, meinte Bella Moy.

Grace nickte zerstreut. Es ergab zwar einen Sinn, doch die Lösung gefiel ihm nicht.

»Möglicherweise wusste sie, dass Michael Harrison ein Walkie-Talkie dabeihatte, und wollte mit ihm kommunizieren«, sagte Emma-Jane Boutwood. »Oder aber sie wollte hören, mit wem er kommuniziert.«

Grace war beeindruckt. »Gut geschaltet. Irgendwelche anderen Theorien? Dann bleiben wir fürs Erste dabei. Sonst noch Fortschritte?«

»Ja«, meldete sich Nick Nicholas. »Nachdem Sie Ashley Harpers Haus verlassen hatten, fing Joe Tindall an, die Dielenbretter aufzustemmen. Dabei entdeckten wir hinter einer Kommode einen Briefumschlag voller Quittungen – entweder war er versehentlich dahinter gerutscht oder dort versteckt worden. Die meisten Quittungen erschienen uns nicht sonderlich interessant. Bis auf die hier.«

Sie war auf die Summe von £ 1.500 ausgestellt und stammte von einer Firma in der Maddox Street, London W1. Unter dem Namen standen die Worte: *Diskrete, charmante Begleiter für jede Gelegenheit – männlich und weiblich.* Zwei Daten waren aufgeführt: der vergangene Samstag, an dem die Hochzeit stattfinden sollte, und der Montag davor, an dem die Probe stattgefunden hatte.

»Dreh sie rum, Roy.«

Auf der Rückseite stand mit Kugelschreiber der Name *Bradley Cunningham.*

Grace' Gedanken wanderten zu der Unterhaltung, die er am Freitagabend mit Ashley geführt hatte. Sie hatte niedergeschlagen dagesessen und von ihrem Onkel aus Kanada erzählt. *»Wir stehen uns sehr nahe. Er hat sich die ganze Woche freigenommen, damit er letzten Montag zur Probe kommen konnte.«*

»Sie hat einen falschen Onkel gebucht?«, fragte er verblüfft.

»Hier ist mehr als nur der Onkel falsch, E-J erzählt es dir gleich. Aber sieh dir mal das hier an«, sagte Branson.

Er reichte Grace ein DIN-A4-Blatt. Es handelte sich um eine gefaxte Anweisung an die Bank Hexta auf Grand Cayman Island, den Betrag von einer Million zweihundertdreiundfünfzigtausend siebenhundertzwölf Pfund auf ein Nummernkonto bei der Banca Aliado in Panama zu transferieren. Sie war von Michael Harrison und Mark Warren unterzeichnet. Die Meldezeile lautete auf 23.25 Uhr am vergangenen Abend.

Grace las den Text zweimal, bevor er Branson stirnrunzelnd ansah. »Etwa zwanzig Minuten, bevor er vom Balkon gestürzt ist.«

»In der Tat.«

Grace dachte an die Mitteilung, die er in Mark Warrens Tasche gefunden hatte. »Also hat er das Geld überwiesen, um seinem Freund das Leben zu retten. Und springt dann vom Balkon?«

»Vielleicht hatten sie Schulden. Panama, das könnte auf eine Verbindung nach Kolumbien hindeuten, zur dortigen Mafia. Ein Darlehen, nach dessen Rückzahlung sie ruiniert waren. Worauf Mark Warren sich das Leben nahm.«

»Eine schlüssige Theorie«, sagte Grace. »Aber die beiden haben gut verdient, das riesige Projekt in Ashdown, zwanzig Häuser, die hätten ihnen mehrere Millionen einbringen können. Warum sollte er sich wegen ein paar läppischen hunderttausend Pfund umbringen?«

»Dann tätigt er eben die Überweisung und wird danach ermordet.«

»Schon eleganter. Ich habe eben mit Cleo Morey gesprochen. Ein Pathologe vom Innenministerium ist unterwegs. Vermutlich bekommen wir später ein paar Informationen.«

DC Bella Moy berichtete von den Aussagen der Telefongesellschaft. Vodafone hatte zwischen 22.22 Uhr und 23.00 Uhr am vergangenen Abend Aktivitäten von Michael Harrisons Handy verzeichnet, und es hatte mehrere Verbindungen zum Notruf 999 vom selben Mobiltelefon aus gegeben, doch der Anrufer meldete sich nicht und beantwortete keine Fragen.

»Was ist mit dem Sendemast?«

»Dazu komme ich gleich, Roy. Vodafone hat sich sehr hilfsbereit gezeigt und heute Morgen die Position des nächstens Mobilfunkmastes durchgegeben«, sagte sie.

»Und wo steht der?«

Ihr Gesicht verzog sich. »Das ist weniger erfreulich. Er steht in Newhaven und ist der einzige Sendemast für das gesamte Umland.«

»Na ja, immerhin ein Hinweis. Kann es Zufall sein, dass der Ort einen Kanalhafen hat?«

»Wir haben alle Häfen alarmiert.«

»Welche Namen?«

»Ashley Harper und Alexandra Huron – den hat sie vor vier Jahren in Kanada verwendet. Außerdem habe ich ihren Audi TT überprüft. Sie hat ihn unter eigenem Namen vor einem Jahr bei einem Händler in Hammersmith geleast. Immer pünktlich die Raten gezahlt. Das Gleiche gilt für ihr Haus, das ebenfalls gemietet ist. Allerdings wurde der Vertrag zum Monatsende gekündigt.«

»Wegen der Hochzeit?«

»Denkbar. Dann habe ich die Neuen spontan auf alle Mietwagenfirmen im Umkreis angesetzt und ihnen auch Ashley Harpers bisherige Namen genannt. Bei *Harper* kam nichts heraus, aber um zehn nach zwölf heute früh hat eine Frau namens Alexandra Huron bei Avis am Flughafen Gatwick eine Mercedes-Limousine gemietet. Und zwar mit einer Kreditkarte der Toronto Dominion Bank of Canada. Der Angestellte hat sie nach den Fotos eindeutig als Ashley Harper identifiziert.«

»Die Überwachungskameras –«, sagte Grace. »Was ich –«

Glenn Branson hob die Hand. »Wir sind schon dran und lassen sämtliche Kameras zwischen Gatwick und Newhaven ab dem Zeitpunkt, an dem sie den Wagen abgeholt hat, überprüfen.«

»Sie hat das Haus, etwa eine Stunde bevor Sie hingefahren sind, verlassen«, sagte Grace zu DC Nicholas. »Wissen wir, wie sie zum Flughafen gekommen ist?«

»Nein.«

Grace schwieg. Die anderen ebenfalls. Er ließ sich den zeitlichen Ablauf des Abends und der Nacht durch den Kopf gehen: wann er bei Mark Warren gewesen war, wann er und Glenn mit Ashley gesprochen hatten. Mark Warren, der den Polizisten half die richtige Zufahrt zum Grundstück zu finden. Die Überweisung. Mark Warrens Tod. Ashley, die unter falschem Namen einen Wagen mietete.

Nun wusste er, worauf sie aus war. Und auch, dass sie sie um jeden Preis finden mussten. Nur darauf kam es jetzt an.

Falls es nicht schon zu spät war.

84

»VIER KOFFER, bist du übergeschnappt? Was ist nur los mit dir, Alex?«

»Was soll das heißen?«

»Dass ich nicht vorhabe, deine vier beschissenen Koffer zu schleppen.«

»Dann nehmen wir uns eben einen Gepäckträger.«

»Und was ist mit dem Zuschlag fürs Übergepäck?«

»Entspann dich, Vic. Wir fliegen Business Class, da sind sie großzügiger.«

»Entspannen? Warum kannst du den ganzen Mist nicht hier lassen und dir in Sydney was Neues kaufen? Da gibt es auch Geschäfte!«

Ashley stand in Prada-Jeansanzug und Pumps im Wohnzimmer des abseits gelegenen Häuschens in Newhaven, umgeben von ihren Koffern, die Hände trotzig in die Hüften gestemmt. Das Haus lag auf einer Anhöhe, und man blickte durchs Fenster auf die ganze Stadt und den Hafen hinunter.

Die Fähre glitt an der Mole vorbei aufs Meer. Ein grauer, schwülwarmer Tag. Sie schwitzte, wodurch sich ihre Laune weiter verschlechterte, und rechnete zudem jeden Moment mit ihrer Periode.

»Ach ja?«, fragte sie in ätzendem Ton. »In Sydney gibt es Geschäfte? Und da kann man richtige Sachen kaufen?«

»Halt die Schnauze, du blödes Weib, ich bin nicht dein Dienstbote.«

»Fick dich! Warum sollte ich das ganze Zeug hier lassen? Das ist mein Leben.«

»*Das* da?«

Vic war kaum größer als sie, doch sie hatte ihn immer als hoch gewachsen empfunden, weil er den drahtigen, muskulösen Körper und die Persönlichkeit eines geborenen Kämpfers besaß. Auch die tätowierten Arme, der Stoppelschnitt und das raue, attraktive Gesicht passten ins Bild. Er bevorzugte Militärmontur, diesmal eine Bomberjacke über schwarzem T-Shirt, eine weite Khakihose und schwarze Stiefel.

»Du meinst, Michael ist dein Leben? Oder Mark? Diese Idioten sollen dein Leben gewesen sein? Hab ich da was falsch verstanden? Ich dachte, ich bin dein Leben, du Schlampe.«

»Das dachte ich auch«, sagte sie und kämpfte mit den Tränen.

»Was zum Teufel soll das also heißen?«

»Nichts.«

Er packte sie an den Schultern und drehte sie zu sich herum. »Entspann dich, Alex, wir sind fast zu Hause. Wir müssen Ruhe bewahren.«

»Ich bin vollkommen ruhig. Du bist doch total aufgedreht.«

Er zog sie an sich. Schaute in ihre grünen Augen. Strich ihr zärtlich die Haare aus der Stirn. »Ich liebe dich. Ich liebe dich so sehr, Alex.«

Sie legte die Arme um seinen Hals und küsste ihn leidenschaftlich. »Ich liebe dich auch, Vic. Schon immer.«

»Und doch hast du bedenkenlos mit Michael und Mark gefickt. Und vorher noch mit einem Haufen anderer Typen.«

Sie trat wütend zurück und stolperte fast über einen Koffer. »Himmelherrgott, was ist bloß in dich gefahren?«

»In mich? Wir haben diesmal Scheiße gebaut.«

»Ach, Vic, es ist doch was dabei rausgesprungen.«

»Lausige eins Komma zwei Millionen? Und dafür haben wir ein Jahr unseres Lebens geopfert?«

»Keiner von uns konnte mit diesem Unfall rechnen, meine ich.«

»Wir hätten anders an die Sache rangehen sollen. Du hättest Michael rausholen, die Hochzeit durchziehen und die Hälfte von seinem Geld und dem seines Partners einsacken können.«

»Es hätte Monate, vielleicht Jahre, gedauert, die Planungen für das große Bauprojekt sind noch nicht abgeschlossen. Und so haben wir einen schnellen Profit. Hättest du nicht unser halbes Kapital verspielt, wären wir gar nicht hier, okay?«

Er schaute betreten auf die Uhr. »Wir müssen los.«

»Ich bin fertig.«

»Du hast keine Ahnung, wie schlimm das für mich ist, oder? Ich warte in den Kulissen, immer mit dem Gedanken, dass du gerade mit Michael und Mark fickst, dass du vorher diesen Idioten Richard in Cheshire gefickt hast, von Joe Kerwin und Julian Warner ganz zu schweigen.«

»Ich kann das einfach nicht glauben, Vic. Ich habe das nur gemacht, weil es Teil der Abmachung war. Okay?«

»Nichts ist okay.«

»Am Ende hast du immer deine Rache genießen können. Und so, wie es dieses Mal gelaufen ist, habe ich dir immerhin meine Flitterwochen mit Michael erspart.«

Er schaute besorgt auf die Uhr. »Wir reden im Auto weiter – eins muss ich aber noch erledigen.« Er schleppte ihre Koffer in den Flur, kehrte ins Wohnzimmer zurück und schob das Sofa quer durch den Raum. Dann kniete er sich hin und klappte den Teppich zurück.

»Vic«, sagte sie.

»Was ist los?«

»Können wir ihn nicht einfach hier lassen?«

»Hier lassen?«

»Er haut doch nicht ab. Er kann nicht mal schreien, hast du gesagt.«

»Ich mache ihn kalt, erlöse ihn von seinem Elend.«

»Lass ihn doch. Niemand wird ihn je finden.«

»Ich brauche nur zehn Sekunden, um ihm den Hals umzudrehen.«

»Aber wieso?«

»Hast ihn wohl gern, Schlampe, was?«

Sie errötete. »Ganz und gar nicht.«

»Du hast dir nie Gedanken gemacht, wenn ich die anderen beseitigt habe. Was ist denn so Besonderes an Mikey Boy?«

»Nichts.«

Er ließ den Teppich wieder fallen, stand auf, schob Sofa und Couchtisch an Ort und Stelle. »Du hast Recht, er kann ja sowieso nicht raus. Warum sollten wir den kleinen Arsch von seinem Leiden erlösen? Soll er doch im Dunkeln verhungern. Zufrieden?«

Sie nickte. »Hast du heute die Zeitung gelesen?«

»Nein, ich habe hier aufgeräumt. Aber ich habe die von gestern, und die von heute kaufen wir am Flughafen.« Er grinste. »Und danach machst du dir gefälligst keine Sorgen mehr.«

Fünf Minuten später waren Ashleys Koffer und Vics große Reisetasche im Mercedes verstaut. Er schloss die Haustür ab und steckte die Schlüssel ein.

»Meinst du, wir sollen sie abgeben?«

»Der Mietvertrag läuft noch fünf Monate! Willst du etwa, dass jemand im Haus rumschnüffelt? Eins sage ich dir, in ein, zwei Wochen wird es da drinnen übel riechen.«

Sie schnallte sich schweigend an und warf einen letzten Blick auf das Haus. Es war für ihre Zwecke wie geschaffen, weil es so abgeschieden lag. Der nächste Nachbar wohnte mehrere hundert Meter entfernt.

Vic startete den Motor. In einer Stunde würden sie den Flughafen Gatwick erreichen. Morgen – oder noch heute, sie kam immer mit den Zeitzonen durcheinander –, würden sie wieder in Australien sein. Zu Hause. Nieselregen spritzte auf die Windschutzscheibe. Sie setzte dennoch die Gucci-Sonnenbrille auf. Vic hatte ihr die Haare geschnitten, da für einen Friseurbesuch keine Zeit mehr blieb, und sie trug jetzt eine dunkle Kurzhaarperücke. Auf dem Flughafen würde man, wenn überhaupt, nach Ashley Harper suchen. Allenfalls noch nach Alexandra Huron. Lächelnd warf sie einen Blick in ihren Pass, der noch zwei Jahre gültig war. Nach Anne Hampson würde niemand Ausschau halten.

Vic öffnete das Seitenfenster und schrie hinaus: »Bye-bye, Arschloch, schöne Tage auch noch!«

»Vic?«

»Ja?« Er raste die holprige Straße hinunter, die die Stadtverwaltung vergessen zu haben schien. »Was ist los, vermisst du schon Mikeys Schwanz?«

»Soll ich dir was sagen? Er hat einen größeren als du.«

Vic holte aus und schlug ihr ins Gesicht, der Wagen schoss auf den grasbewachsenen Seitenstreifen, zurück auf die Straße, holperte durch ein Schlagloch.

»Macht dich das an?«, fragte sie.

»Blöde Hure.«

Sie kamen an eine Einmündung und bogen nach rechts in ein Neubaugebiet mit frisch gepflanzten Bäumen ab.

»Und du bist ein Schläger. Ein Sadist. Geht dir dabei einer ab? Komm schon, es macht dich geil, wenn du jemanden wie Michael quälen kannst.«

»Und dich macht es geil, wenn er dich bumst.« Er funkelte sie zornig an und bog auf die Hauptstraße ab.

Es ging so schnell, dass sie es kaum wahrnahm. Ein ungeheurer Knall, ein heftiger Ruck, ihre Ohren wurden taub, es roch verbrannt. Und die Hupe ging los.

»Oh, Scheiße, Scheiße, Scheiße!« Vic hämmerte aufs Lenkrad. Der Fahrerairbag baumelte wie ein benutztes Kondom vor seiner Nase, ein weiterer hing schlaff neben seinem Kopf.

»Alles klar?«, fragte er Ashley.

Sie nickte und schaute auf die Motorhaube, die schräg vor ihr aufragte. Der Mercedesstern war nicht mehr zu sehen. Einige Meter weiter stand ein weißer Saab quer auf der Straße.

Vic wollte aussteigen, doch die Tür klemmte, bis er sich mit aller Gewalt dagegenwarf. Kreischend schwang sie auf.

Ashley schnallte sich ab und stieg zitternd aus, hielt sich die Nase zu und schnaubte kräftig. Eine grauhaarige Frau saß fassungslos am Steuer des Saab, dessen Kühler auf halbe Größe zusammengedrückt war.

Vic untersuchte den Schaden an dem Mietwagen. Ein Vorderrad war verbogen und bis in den Motorraum gedrückt worden. Keine Chance, auch nur einen Meter weiterzufahren.

»Blöde Kuh!«, brüllte er zu dem Saab hinüber.

Ashley sah einen weiteren Pkw und einen Lieferwagen aus der Gegenrichtung kommen. Und einen jungen Mann, der auf sie zu rannte. »Vic«, drängte sie, »wir müssen was tun!«

»Weiß ich selbst. Hast du eine Idee?«

85

IN DER SOKO-ZENTRALE brüllte Nick Nicholas plötzlich: »Roy, Leitung sieben, schnell, gehen Sie ran!«

Grace drückte den Knopf und hob den Hörer. »Roy Grace.«

Mark Tuckwell, ein Detective Sergeant von der Wache in Brighton. »Roy, es geht um den Mercedes, den Sie suchen lassen, blaue Limousine, amtliches Kennzeichen L-J-0-4-P-X-L.«

»Ja?«

»Er wurde soeben in einen Verkehrsunfall in Newhaven verwickelt. Die Insassen, ein Mann und eine Frau, haben ein Fahrzeug entführt.«

Grace richtete sich abrupt auf, sein Adrenalinspiegel schoss in die Höhe. »Geiseln?«

»Nein.«

»Personenbeschreibungen?«

»Wenig hilfreich. Der Mann ist weiß, untersetzt, kurzes Haar, Mitte vierzig, die Frau hat kurzes, dunkles Haar, Ende zwanzig, Anfang dreißig.«

Er griff nach einem Stift. »Der Wagen, den sie genommen haben?«

»Land Rover Freelander, grün, amtliches Kennzeichen W-S-9-6-L-A-Y.«

Grace notierte die Angaben. »Wagen schon gesichtet?«

»Noch nicht.«

»Wie lange ist es genau her?«

»Zehn Minuten.«

Grace überlegte. Zehn Minuten, da konnte man verdammt weit kommen. Er bedankte sich, wies den DS an, die Leitung freizuhalten, und instruierte sein Team. »Nick, Fahrzeugbeschreibung an alle umliegenden Grafschaften – Surrey, Kent, Hampshire. Und an die Londoner Polizei. Schnell!«

Die Straßen, die von Newhaven nach Osten verliefen, führten nach Eastbourne und Hastings. Über die Schnellstraßen im Norden erreichte man rasch die Flughäfen Gatwick und London. Im Westen lag Brighton. Wenn sie den Land Rover behielten, würden sie vermutlich nach Norden fahren. »Bella, Sie fordern den Hubschrauber an. Er soll die Straßen nördlich von Newhaven auf einer Länge von fünfundzwanzig Kilometern absuchen.«

»In Ordnung.«

»Danach lassen Sie sämtliche Überwachungskameras der großen Bahnhöfe checken, falls sie in den Zug umsteigen sollten.«

Er trank einen Schluck Wasser. »Emma-Jane, Sie rufen die Verkehrspolizei an, deren Wagen sollen ab sofort die A23 überprüfen. Danach alarmieren Sie den Hafen von Newhaven und die Flughäfen Gatwick und Shoreham.«

Im Geiste ging er seine Checkliste durch. Bahnhöfe, Seehäfen, Flughäfen, Straßen. Oft fuhren Leute die entführten Wagen nur kurze Zeit und stiegen dann um. »Glenn, lass die ganze Gegend um Newhaven durchkämmen, falls sie den Wagen schon abgestellt haben. Einige Streifenwagen sollen sich hier bereithalten.«

»Wird gemacht.«

Grace rief Tuckwell zurück und teilte ihm mit, dass er den Zwischenfall übernähme, wobei er von einer neuen Entwicklung erfuhr. Ein Wagen, auf den die Beschreibung passte, hatte an einer Ampel mehrere Autos gestreift, weil er sie auf dem Gehweg überholte, um noch über die Drehbrücke von Newhaven zu gelangen, die gerade geschlossen wurde. Die Nachricht war gerade zwei Minuten alt.

86

VIC DELANEY trat hart auf die Bremse, als sie auf der Landstraße in eine unerwartet scharfe Rechtskurve bogen. Die Vorderräder blockierten, sie schossen geradewegs auf eine Pappel zu. Er kämpfte mit dem unhandlich großen Lenkrad. Ashley kreischte.

Der Wagen schlingerte heftig nach rechts, dann stark nach links, wo die nächste Pappel wartete. Das Gepäck polterte im Kofferraum umher. Dann endlich hatte Vic den Wagen wieder unter Kontrolle.

»Verdammt, fahr langsamer!«

Vor ihnen kroch ein schwerer Sattelzug über die Straße, schon klebten sie hinter ihm. Keine Chance, zu überholen. »Oh, Scheiße!« Er bremste, hämmerte frustriert aufs Lenkrad.

Alles war schief gegangen. *Wie immer*, dachte er. Sein Dad hatte sich zu Tode getrunken, als er noch ein Teenager war. Kurz vor seinem achtzehnten Geburtstag hatte er den Liebhaber seiner Mutter verprügelt, weil der Typ sie beschissen behandelte. Zum Dank hatte sie ihren Sohn aus dem Haus geworfen.

Aus Abenteuerlust war er zur Armee gegangen und hatte sich bei den Marines sofort zu Hause gefühlt. Leider fand er auch Spaß am

Geld. An viel Geld. An schicken Klamotten, Autos, Glücksspiel und Nutten. Doch vor allem genoss er den Respekt, den man ihm entgegenbrachte, wenn er in einem eleganten Anzug ein Kasino betrat. Und was schmeichelte dem Stolz eines Mannes mehr, als so viel zu gewinnen, dass er sich ein Steak zum Abendessen und ein nettes Hotelzimmer leisten konnte?

Im zweiten Jahr in der Armee erlebte er eine Glückssträhne, doch das nachfolgende Pech ruinierte ihn völlig.

Er tat sich mit einem kriminellen Quartiermeister namens Bruce Jackman zusammen, der für das Waffendepot zuständig war, und sie machten das schnelle Geld, indem sie übers Internet Waffen, Munition und anderes Militärzubehör verkauften. Als ihre Vorgesetzten Wind davon bekamen, erdrosselte er Jackman ohne mit der Wimper zu zucken und hängte ihn samt einem Abschiedsbrief in seinem Zimmer auf.

Das Leben war ein Spiel, in dem nur die Klügsten überlebten. In Vics Augen begingen die meisten Menschen den Fehler, sich von den Tieren unterscheiden zu wollen. Dabei herrschte überall das Gesetz des Dschungels.

Was nicht bedeutete, dass es keine Liebe gab. Vom ersten Moment an war er Alex völlig verfallen. Sie hatte Stil, Klasse, Schönheit, einen tollen Körper und war ein richtiges Luder im Bett. Sie besaß alles, was er sich bei einer Frau wünschte, und noch mehr. Zudem war sie die einzige Frau, die noch ehrgeiziger zu sein schien als er selbst – und auch einen Plan verfolgte, mit dem sie ihre Ziele verwirklichen wollte: schnell das große Geld zu machen und danach das Leben zu genießen. Ein Mordsspaß.

Nun mussten sie nur noch zum Flughafen Gatwick und sich in den Flieger verdrücken.

Der Sattelzug, der keine fünfzig schaffte, nebelte sie mit Dieselgestank ein. Vic fuhr vorsichtig in die Straßenmitte, lenkte aber sofort wieder ein, als ein Lkw in Gegenrichtung an ihnen vorbeidonnerte. Er wurde immer ungeduldiger, folgte dem Sattelzug durch eine steil abfallende S-Kurve, vorbei am Hinweisschild eines Steinbruchs, eine Anhöhe hinauf, wobei der Lkw noch langsamer wurde. Er griff zu Ashley hinüber und drückte ihre Hand. »Alles wird gut, mein Engel.«

Sie drückte zurück.

Im Rückspiegel sah er plötzlich einen blauen Blitz. Kalte Angst peitschte durch seinen Körper.

Er behielt den Spiegel im Auge. Hinter ihnen waren nur Asphalt, Gras und Bäume zu sehen. Wieder das blaue Blitzen, diesmal unverkennbar. *Scheiße.* Sie konnten jeden Moment hinter ihnen auftauchen.

Dann entdeckte er rechts einen öffentlichen Fußweg, riss das Lenkrad herum und schoss knapp vor einem Lieferwagen quer über die Straße in die Einmündung. Er holperte über den unebenen Pfad in ein tiefes, wassergefülltes Schlagloch. Das Polizeiauto fuhr auf der Straße vorbei, viel zu schnell, um sie zu sehen. Hoffte er jedenfalls.

»Wieso bist du abgebogen?«

»Polizei.« Vic gab Gas, die Räder drehten durch, fanden wieder Halt. Sie kamen an einem Bauernhof mit leeren Pferdeboxen und einem Traktor vorbei. In einem Wellblechschuppen gähnten verlassene Hühnerställe.

»Wohin fahren wir?«

»Keine Ahnung.«

Am Ende des Weges bog er auf eine Schotterstraße ab, passierte mehrere Häuser und erreichte schließlich eine stark befahrene Hauptstraße. Er öffnete das Fenster, der Schweiß lief ihm übers Gesicht. »Das hier ist die A27, die zur A23 und zum Flughafen führt, oder?«

»Schon, aber wir können nicht die Hauptstraße nehmen.«

»Mal überlegen –«

Beide hörten das Rattern des Hubschraubers. Vic streckte den Kopf aus dem Fenster und schaute nach oben. Ein dunkelblauer Helikopter schraubte sich aus dem Himmel zu ihnen herunter. Als er einen Bogen flog, konnte er unterhalb des Cockpits den weißen Schriftzug POLIZEI erkennen.

»Verdammte Scheiße.« Keine Verkehrslücke. Geradeaus zu fahren war unmöglich. Also schoss er vor einem Jaguar, der sich mit lautem Hupen empörte, nach links auf die Straße. Der Verkehr vor ihnen kam zum Stehen. Scheiße! Er spähte rechts an einem Wohnwagen vorbei und entdeckte den Grund für den Stau. Starrte geradeaus, wie gelähmt vor Panik.

Ein Streifenwagen hatte die Durchfahrt blockiert, zu beiden Seiten standen große Straßensperren.

87

»SIE HABEN SOEBEN eine Straßensperre beim Beddingham-Kreisverkehr durchbrochen und fahren jetzt in westlicher Richtung auf der A27«, teilte ihm Jim Robinson von der Verkehrspolizei gerade mit. »Sie können nach anderthalb Kilometern am nächsten Kreisverkehr abbiegen, dort geht es rechts Richtung Lewes oder links Richtung Kingston Village.«

»Haben wir jemanden am Kreisverkehr?«, fragte Grace.

»Ein Motorrad ist unterwegs, könnte gerade noch klappen.«

»Hat keinen Zweck. Wir müssen sie einkreisen. Immerhin fahren sie kein schnelles Auto. Wir brauchen vier Wagen – welche sind am nächsten dran?«

»Einer auf der Kreuzung zur A23. Er steht auf einer Brücke. Einer ist von Shoreham unterwegs, braucht etwa noch drei Minuten bis zur Kreuzung A23/A27, zwei halten sich hier in Sussex House bereit, einer kommt aus Haywards Heath und ist in etwa zwei Minuten da.«

»Hat der Hubschrauber sie noch im Blick?«

»Fliegt genau über ihnen.«

Grace schloss kurz die Augen und stellte sich die Straße vor. Die Verdächtigen hatten den Fehler begangen, sich ausgerechnet für die Straße zu entscheiden, die er jeden Tag zur Arbeit fuhr und vermutlich besser als jede andere Straße auf diesem Planeten kannte. Grace überblickte sämtliche Abzweigungen und Möglichkeiten, ins freie Gelände abzubiegen, was ihnen in dem Freelander trotz des durchweichten Bodens keine allzu großen Schwierigkeiten bereiten würde.

»Können wir einige Geländewagen dazunehmen?«, fragte Grace. »Positionieren Sie sie so nahe wie möglich an der Kreuzung A23/A27.«

Er sah auf die Uhr. Viertel vor zwei. Dienstag. Vermutlich herrschte viel Verkehr, sie mussten Rücksicht auf andere Fahrer nehmen. Die Polizei hatte in den vergangenen Jahren eine schlechte Presse gehabt, nachdem bei leichtsinnigen Verfolgungsjagden Unbeteiligte ums Leben gekommen waren.

Am besten, man kreiste sie ein, ein Wagen davor, einer dahinter, einer seitlich, um sie abzubremsen. Das wäre dann ein Happy End wie aus dem Handbuch.

Doch hatte Grace, seit er der Zeit der Märchen entwachsen war, nur allzu selten ein Happy End erlebt.

88

VIC RASTE AUF DER ÜBERHOLSPUR auf einen abschüssigen Hang zu, der Tacho zeigte über 200. Er wusste, bald würde die Kreuzung vor ihnen auftauchen, er musste eine rasche Entscheidung treffen. In den vergangenen Minuten hatte er nur das eine gedacht, während der Hubschrauber über ihnen kreiste:

Welche Stellen würde ich sichern, wenn ich ein Cop wäre?

Die Flughäfen waren abgeriegelt, ebenso die Fährhäfen. Aber eins hatte die Polizei nicht bedacht – vermutlich, weil sie gar nichts davon wusste. Sie mussten allerdings unbedingt den Hubschrauber abschütteln. Und ein paar Kilometer weiter gab es eine Stelle, die dafür wie geschaffen war.

Die vierspurige Straße stieg steil an, rechts lag welliges Ackerland, links das Häusermeer von Brighton and Hove. Und vor ihnen erhob sich ein hoch aufragender Schornstein, das Wahrzeichen des Hafens von Shoreham. Vorher mussten sie aber noch etwas erledigen.

»Warum bist du weitergefahren, Vic?«, fragte Ashley nervös. »Ich dachte, wir wollen nach Gatwick.« Er antwortete nicht.

Auf der Innenspur zuckelte ein alter Mann in einem bronzefarbenen Toyota vor sich hin, der mindestens zehn Jahre alt war. Perfekt!

Jeden Moment konnte der Tunnel kommen. Vic schätzte ihn aus der Erinnerung auf etwa vierhundert Meter. Sie passierten das Überholverbotsschild und tauchten in die dämmrige Röhre. Vic fuhr noch immer fast 180. Er wechselte abrupt auf die rechte Spur, trat auf die Bremse und schaltete den Warnblinker ein.

»Vic – was zum Teufel –?«

Doch er beachtete Ashley nicht, sondern schaute in den Rückspiegel, sah eine Reihe Wagen vorbeizischen. Dann näherte sich der Toyota. Vic spannte die Muskeln, diesmal musste sein Timing hundertprozentig stimmen. Der Toyota setzte den Blinker zum Überholen, wurde aber von einem laut hupenden Porsche gestoppt und schlingerte zurück auf die rechte Spur.

Klasse!

Vic riss die Handbremse des Land Rover hoch, wohl wissend, dass der Wagen ohne Bremsleuchten zum Stehen kommen würde. »Pass auf!«, schrie er, ließ die Bremse los und trat aufs Gas.

Hinter ihnen kreischten Reifen, doch als der Toyota gegen sie prallte, hatten sie schon wieder an Tempo gewonnen. Ein leichter Stoß, kaum zu spüren, Glas splitterte.

»Raus!«, brüllte Vic, stieß die Fahrertür auf, sprang hinaus und besah sich den Schaden. Ihn interessierte nur der Kühler des Toyota. Er sah gut aus – der Grill war eingedrückt, ein Scheinwerfer fehlte, aber es sickerte kein Öl oder Wasser heraus.

»Hol die Koffer!«, schrie er Ashley an, die verwundert auf ihn zu kam. »Die Scheißkoffer, na los!«

Vic riss die Fahrertür des Toyota auf. Der Mann wirkte noch zerbrechlicher als vorhin beim Überholen, war gut und gerne über achtzig, mit leberfleckigem Gesicht, schütterem Haar und Glasbausteinen vor den Augen.

»Hey, was soll das, was wollen Sie –?«

Vic löste den Gurt und nahm dem Fahrer die Brille ab. Hinter ihnen hatte ein Auto gehalten. »Ich bring Sie zum Krankenwagen, Kumpel.«

»Ich brauche keinen –«

Vic zerrte ihn aus dem Toyota, warf ihn über die Schulter, trug ihn zum Rücksitz des Land Rover und schloss die Tür. Ein bierbäuchiger Mann mittleren Alters, der aus einem Ford-Bus gestiegen war, kam angelaufen. »Kann ich Ihnen helfen?«

»Ja, der arme Kerl, scheint einen Schlaganfall zu haben – schlingerte kreuz und quer über die Straße.«

Ein Lkw donnerte vorbei, gefolgt von zwei Motorrädern. Ashley rief: »Mein Gott, Vic, nun hilf mir doch, die Koffer sind zu schwer!«

»Lass den Scheiß hier!«

»In einem sind alle meine Papiere –«

Vic sah den argwöhnischen Blick, mit dem der bierbäuchige Mann Ashley betrachtete, und machte kurzen Prozess. Er war sofort k.o., und Vic lehnte ihn gegen die Motorhaube des Ford.

Sie luden eilig Vics Reisetasche und zwei von Ashleys Koffern in den Toyota und sprangen hinein. Vic setzte zurück, wobei der Keilriemen entsetzlich quietschte, sah in den Rückspiegel und schoss an dem Land Rover vorbei auf das Licht am Ende des Tunnels zu.

Ashley sah ihn verblüfft an. »Das war clever.«

»Siehst du irgendwo den Hubschrauber?« Er blinzelte, als sie wieder ins Helle fuhren.

Sie reckte den Hals in alle Richtungen. »Er kommt uns nicht mehr nach! Er hängt noch über der Tunneleinfahrt, jetzt fliegt er zum Ende!«

»Super!«

Vic nahm die erste Ausfahrt und tauchte in den Vorort Southwick, der Brighton and Hove von Shoreham trennt und eine gemischte Bebauung aus Wohnhäusern und Gewerbe aufweist. Sie hatten einige Minuten Vorsprung, dann würde die Polizei die Daten dieses Wagens durchgeben. Mit etwas Glück konnte sich der alte Kerl nicht an sein Nummernschild erinnern, was die Bullen zusätzlich Zeit kostete.

»Okay, wohin fahren wir, Vic?«

»An den einen Ort, an dem uns die Polizei nicht suchen wird.«

»Und der wäre?«

»Michael und Mark haben doch ein Boot, eine richtige Jacht.«

»Klar, ich war ein paar Mal mit ihnen auf einem Törn.«

»Und sie ist groß genug, um damit den Kanal zu überqueren?«

»Der Typ, dem sie vorher gehörte, ist damit über den Atlantik gesegelt.«

»Wunderbar. Segeln können wir ja.«

Ashley erinnerte sich an die Ferien, die sie in Australien und Kanada verbracht hatten. Allein auf einer gecharterten Jacht. Es waren die glücklichsten und friedlichsten Stunden ihres Lebens gewesen.

»Nun weißt du, wohin wir fahren. Oder hast du eine bessere Idee?«

»Du willst einfach das Boot nehmen?«

»Wir legen im Dunkeln ab.«

Sie befuhren jetzt eine verkehrsreiche Hauptstraße, die rechts und links von Doppelhaushälften mit großen Vorgärten flankiert wurde. Er bremste an einer roten Ampel. Auf einmal füllte grellweißes Licht den Rückspiegel. Er hörte die Zweitonsirene, sah Blaulicht blitzen, rechts neben ihm röhrte ein Motor auf, als ein Motorradpolizist anhielt und ihn zum Aussteigen aufforderte.

Stattdessen trat Vic aufs Gas, schoss geradewegs auf die Kreuzung und nahm einem Schwerlaster die Vorfahrt.

»Scheiße«, stöhnte Ashley.

Die Sirene heulte auf, das Motorrad war wieder neben ihnen, der Fahrer deutete streng nach links an den Straßenrand. Doch Vic riss das Steuer scharf nach rechts, rammte absichtlich das Motorrad, das umkippte. Im Spiegel sah er den Polizisten über die Straße rollen.

Er entdeckte eine ruhige Seitenstraße und bog scharf ab, Koffer rumpelten über den Rücksitz, als er in die baumgesäumte Straße schoss. Es begann wieder zu regnen, er fummelte an den Schaltern, bis sich die Scheibenwischer in Bewegung setzten. Sie erreichten eine Straßeneinmündung. Vor ihnen lag eine Kirche.

»Weißt du, wo wir hier sind?«

»Der Hafen kann nicht mehr weit sein«, sagte er und schlängelte sich durch ein Labyrinth von Wohnstraßen, bis sie in einer engen, verkehrsreichen Geschäftsstraße landeten. »Da!« Vic deutete nach vorn. »Der Hafen!«

Sie gelangten zur Küstenstraße, die durch ganz Brighton and Hove bis zum Hafen von Shoreham und an den Ufern des Adur entlangführt, bis sie ins Landesinnere abzweigt.

»Wo liegt das Boot?«

»Im Sussex Motor Yacht Club«, sagte Ashley. »Wir müssen nach links.«

Ein Bus näherte sich rasch. Vic wollte ihn schon vorbeilassen, als er aus dem Augenwinkel ein weißes Aufblitzen bemerkte. Kaum zu glauben, ein Polizeimotorrad, das sich durch den Stau fädelte. War das etwa der Typ, den er eben erst von seiner Maschine geholt hatte?

Mit kreischenden Reifen schoss Vic vor dem Bus auf die Straße. Da raste aus dem Nichts ein schwarzer BMW mit Blaulicht auf sie zu, überholte den Bus und seinen Toyota und schnitt ihm den Weg ab. Vic trat auf die Bremse. Über der Stoßstange des BMW blinkten in Rot die Worte STOPP! POLIZEI! auf.

In blinder Panik machte er kehrt und fuhr in die Gegenrichtung, bis er vor einem Kreisverkehr zum Stehen kam. Das Motorrad war dicht hinter ihm, die Sirene heulte. Vic rollte mit zwei Rädern auf den Gehweg, drückte die Hupe, dass die Passanten nur so davonstoben, quetschte sich an den wartenden Autos vorbei und fuhr in den Kreisverkehr. Es gab drei Möglichkeiten: rechts schien es wieder nur ein Labyrinth von Nebenstraßen zu geben, geradeaus herrschte Stau. Links überspannte eine Trägerbrücke den Fluss.

Er bog nach links ab, dicht gefolgt von dem Motorrad, holte alles aus dem alten Toyota heraus. Das Kreischen des Keilriemens wurde zunehmend schlimmer. Es war Ebbe, vertäute Boote lagen auf der Seite.

Jenseits der Brücke floss der Verkehr wieder, doch der BMW holte auf. Plötzlich überholte ihn das Motorrad, scherte aus, wollte ihn zum Bremsen zwingen. »Ich dachte, du hättest deine Lektion gelernt«, knurrte Vic und versuchte, die Maschine erneut zu rammen. Doch der Fahrer wich geschickt aus.

Verzweifelt sah Vic hin und her. Links eine Werkstatt, Geschäfte, Wohnhäuser. Rechts der Flugplatz von Shoreham, der von Privatmaschinen und kleinen Gesellschaften im Kanalverkehr genutzt wurde. Die Einfahrt zum Flugplatz tauchte auf.

Ohne den Blinker zu setzen, bog er in die schmale Straße ein. Links verlief eine Betonwand, rechts die offene Fläche des Flugplatzes, die von Hangars, kleinen Privatmaschinen und Hubschraubern übersät war. Das weiße Towergebäude hatte einen Anstrich nötig. Vic spielte mit dem Gedanken, ein Flugzeug zu entführen, beispielsweise die zweimotorige Beechcraft, die gerade heranrollte, wenn es ihm nur gelang, die Polizei für ein paar Minuten abzuschütteln.

Als hätte der BMW, der sich plötzlich mit ihnen auf einer Höhe befand, genau das erwartet, drängte er den Toyota gegen die Betonmauer. Ashley schrie auf, als der Wagen dagegenprallte und das Metall der Karosserie funkensprühend über den Boden schrammte. »Tu doch was, Vic!«

Vic saß da, umklammerte das Lenkrad. Wusste nur zu gut, dass sie gegen den BMW und das Motorrad kaum eine Chance hatten. Er ahnte, was die Polizei plante – überholen und sie stoppen. Also trat er auf die Bremse. Der überraschte Fahrer des BMW schoss an ihm vorbei, worauf Vic das Steuer herumriss und auf den Flugplatz rollte.

Das Motorrad blieb an ihm dran, dann tauchte auch der BMW wieder auf. Er holperte über das Gras zum erstbesten Flugzeug, fuhr dabei Zickzacklinien, um die Polizei abzuschütteln, suchte nach jemandem, der gerade zu einer Maschine ging oder ausstieg. Als er auf eine Lücke zwischen einem Grumman Executive Jet und einer Piper Aztec zuhielt, rammte ihn der BMW. Obwohl sie angeschnallt war, knallte Ashley mit dem Kopf gegen die Windschutzscheibe und schrie auf vor Schmerz.

Er hörte das Röhren des BMW-Motors. Die Landebahn lag genau vor ihm, er sah die zweimotorige Maschine, die soeben zum Landen ansetzte. Er trat das Gaspedal durch, schoss auf den Asphalt und unter dem Flugzeug hindurch. Dann, eine Sekunde lang, waren Motorrad und BMW verschwunden! Er raste weiter, das Motorengeräusch wurde verdächtiger, ein beißender Geruch stieg ihm in die Nase. Der Zaun mit der schmalen Straße dahinter rückte näher.

»Vic, das schaffen wir nicht! Wir müssen raus und uns verstecken.«

»Ich weiß«, sagte er verbissen. Panisch suchte er nach einer Lücke im Zaun. »Wo ist die Scheißausfahrt?«

»Fahr einfach durch den Zaun.«

Er hielt drauf zu, bremste erst kurz davor ab. Der Maschendraht gab ein dumpfes Geräusch von sich und verbog sich unter der Last des Autos. Dann waren sie auf der Straße, zur Linken das schlammige Flussufer, zur Rechten den Flugplatz. Motorrad und BMW schon wieder hinter ihnen. Ein Mercedes-Sportwagen kam ihnen entgegen. Vic fuhr weiter. Im letzten Moment schoss der Mercedes auf den Seitenstreifen.

Sie erreichten eine Einmündung, vor sich eine schmale Straße, kaum mehr als ein Weg. Links parkte ein Umzugswagen vor einem Haus und blockierte die Sicht.

Vic bog nach rechts ab. Hier konnte der BMW wenigstens nicht überholen. Das Motorrad ging in Position. Konnte jeden Augenblick vorbeizischen. Vic scherte warnend aus. Sie fuhren hundertzehn, hundertzwanzig, kamen zu einer schmalen Holzbrücke, die den Fluss überspannte.

Kurz davor tauchten am anderen Ende der Brücke zwei kleine Jungen mit Fahrrädern auf, mitten auf der Straße. »Scheiße, oh, Scheiße!«, schrie Vic, trat auf die Bremse, hupte, doch zu spät, sie würden nicht anhalten, er kam nicht an ihnen vorbei. Ashley kreischte.

Der Wagen schlingerte. Prallte gegen das rechte Brückengeländer, dann gegen das linke, prallte wieder ab, beschrieb eine halbe Drehung, kippte aufs Dach, durchbrach das Geländer und stürzte hinunter. Die Hintertüren flogen auf, die Koffer versanken im Schlamm, der weich und trügerisch war wie Treibsand.

Der Motorradfahrer stieg ab und hinkte zu dem Loch im Brückengeländer.

Aus dem Schlamm ragte nur die schwarze, schmierige Unterseite des Toyota. Der Rest war bereits versunken. Er starrte auf das Bodenblech, das Auspuffrohr und die vier Räder, die sich noch drehten. Blasen erschienen wie in einem brodelnden Kessel, und der Schlamm verschluckte jetzt auch den Boden und die Räder. Noch dickere Blasen stiegen auf, als hätte man ein Seeungeheuer in seiner Ruhe gestört. Dann nur noch Stille.

89

DIE EINSETZENDE FLUT behinderte die Bergungsarbeiten. Man hatte die Stelle, an der der Wagen von der Brücke gestürzt war, weiträumig abgesperrt, was die Zuschauer am anderen Ufer jedoch nicht entmutigte. Auf der Straße parkten ein Feuerwehrauto, zwei Krankenwagen, ein halbes Dutzend Streifenwagen und ein Abschleppwagen.

Trotz gewisser Sicherheitsbedenken hatte man einen Kran auf die alte Brücke gefahren. Grace stand daneben und sah zu, wie Polizeitaucher sich bemühten, die Haken der Hebevorrichtung sicher am Toyota zu befestigen. Der Himmel hatte sich in der vergangenen Stunde aufgeklärt, jeden Moment konnte die Sonne hervorkommen.

Der feste Schlamm hatte verhindert, dass der Wagen allzu tief einsank, und sie hatten nur die Hoffnung, dass die Fensterscheiben intakt waren und den Insassen genügend Luft geblieben war. Was angesichts der Glassplitter auf der Brücke allerdings reichlich optimistisch schien.

In dem verlassenen Land Rover hatte man zwei Koffer sichergestellt, die nur Damenkleidung enthielten. Kein Fetzchen Papier, das auf Michael Harrisons Verbleib schließen ließ. Grace vermutete, dass der Hinweis in dem zu bergenden Fahrzeug steckte.

Glenn Branson sagte: »Weißt du, woran mich das erinnert? *Psycho*, den alten Film von Hitchcock. Da holen sie doch den Wagen mit der Leiche von Janet Leigh aus dem See.«

»Ja, ich erinnere mich.«

»Ein cooler Film. Das Remake war Scheiße. Keine Ahnung, warum die sich immer an Remakes versuchen.«

»Geld. Für Geld tun Leute eine ganze Menge.«

Nach einigen Minuten saßen die Haken an Ort und Stelle. Die Bergung begann. Grace und Branson hörten das saugende Geräusch des Schlamms, der seine Beute nur widerwillig hergab.

Langsam schwebte der bronzefarbene Toyota nach oben, von der Flut sauber gewaschen, der Kofferraum klaffte auf wie ein Maul.

Schlamm quoll aus den Fenstern. Der Wagen sah übel aus, das Dach war eingedrückt. Kein einziges Fenster schien intakt zu sein.

Zuerst wurden nur die Silhouetten der Insassen sichtbar, dann auch ihre reglosen Gesichter.

Der Kran schwang den Wagen ans Ufer und senkte ihn neben einem verrottenden Hausboot ab. Feuerwehrleute, Polizisten und Arbeiter, die zum Kranteam gehörten, hakten die Hebevorrichtung aus und richteten den Toyota auf. Die Gestalten darin schlackerten vor und zurück wie Dummys beim Crashtest.

Zögernd folgte Grace seinem Kollegen, beugte sich vor und schaute ins Wageninnere. Trotz der Schlammflecken und der ungewohnt kurzen Haare handelte es sich zweifellos um Ashley Harper, die mit weit offenen Augen ins Leere starrte. Grace schauderte, als eine langbeinige Krabbe über ihren Schoß kroch.

»Gott im Himmel«, stieß Branson hervor.

Wer zum Teufel war der Mann neben ihr? Ein kräftiger Typ, der aussah, als wäre mit ihm nicht gut Kirschen essen.

»Sieh zu, was sie bei sich hat«, wies Grace Branson an, öffnete die Fahrertür und überprüfte die durchweichte Kleidung. Er fand eine lederne Brieftasche, die einen australischen Reisepass enthielt.

Das Foto zeigte den Mann im Auto. Victor Bruce Delaney, zweiundvierzig. Unter *Im Notfall benachrichtigen* stand: *Mrs Alexandra Delaney* und eine Anschrift in Sydney.

Glenn Branson wischte Schlamm von einer gelben Handtasche, öffnete den Reißverschluss und holte einen britischen Pass heraus, den er Grace hinhielt. Das Foto zeigte ohne Frage Ashley Harper, doch sie trug eine schwarze Kurzhaarfrisur und hieß angeblich *Anne Hampson.* Es war keine Person eingetragen, die im Notfall benachrichtigt werden sollte.

Brieftasche und Handtasche enthielten Kreditkarten, sonst nichts. Keinen Hinweis auf Start oder Ziel ihrer Reise.

»Houston, wir haben ein Problem«, sagte Branson leise zu Grace, doch es klang gar nicht belustigt.

»Und ob.« Grace stand auf und wandte sich ab. »Und es ist sogar noch größer geworden.«

»Wie zum Teufel sollen wir Michael Harrison jetzt finden?«

»Ich hätte eine Idee, aber sie wird dir nicht gefallen«, erklärte Grace nach kurzem Zögern.

Branson warf einen unbehaglichen Blick auf die Insassen des Wagens. »Im Moment gefällt mir eigentlich gar nichts.«

90

ANDERTHALB STUNDEN SPÄTER half Grace Harry Frame in dem Ford Mondeo, den er und Branson an diesem Nachmittag fuhren, beim Anschnallen.

Das pferdeschwänzige Medium mit dem Ziegenbärtchen roch stark nach Patschuli, trug den üblichen Kaftan mit Arbeitshose und hielt einen Stadtplan von Newhaven auf dem Schoß. In der Hand hatte er einen Metallring an einer Schnur.

Grace hatte beschlossen, die Sache ohne Branson durchzuziehen. Er wusste, dass Harry Frames Energie äußerst sensibel reagierte, und wollte keine negativen Schwingungen.

»Sie haben mir etwas mitgebracht?«, fragte Frame, als Grace sich ans Steuer setzte. Er holte eine Schachtel aus der Tasche. Frame öffnete sie und holte ein paar goldene Manschettenknöpfe heraus.

»Sie gehören definitiv Michael Harrison, ich habe sie selbst aus seiner Wohnung geholt.«

»Perfekt.«

Von Harry Frames Haus in Peacehaven war es nicht weit nach Newhaven. Er hielt die Manschettenknöpfe fest in der Hand, während sie an der endlosen Reihe von Geschäften und Schnellimbissen vorbeifuhren. »Newhaven, sagten Sie?«

»In Newhaven gab es heute einen Unfall mit einem Wagen, den wir beobachtet haben. Und von dort kam auch Michael Harrisons Handysignal. Ich dachte, wir fahren zu der Stelle, mal sehen, ob Sie eine Spur aufnehmen können. Was halten Sie davon?«

»Ich nehme bereits etwas auf«, sagte Frame mit seiner hohen Stimme. »Wir sind nahe dran. Eindeutig.«

Grace folgte Frames Anweisungen und drosselte das Tempo. Reifenspuren, ein Ölfleck und Glassplitter zeigten ihm, wo der Mercedes in den Unfall verwickelt gewesen war. Er bog nach rechts in eine Neubausiedlung mit kleinen frei stehenden Häusern und frisch angelegten Gärten und hielt am Straßenrand.

»Okay. Genau hier hat sich heute Morgen der Unfall ereignet.«

Harry Frame ließ das Pendel über dem Stadtplan schwingen, holte tief Luft, schloss die Augen, die Manschettenknöpfe fest in der Hand. »Fahren Sie weiter, Roy, einfach geradeaus. Langsam.«

Grace gehorchte.

»Wir kommen näher heran! Zweifellos. Ich sehe eine Abzweigung zur Linken – vielleicht nur ein Feldweg.«

Nach etwa hundert Metern bog tatsächlich links ein Weg ab. Man hatte vor Jahren eine Schotterschicht aufgeschüttet, die jedoch völlig vernachlässigt wirkte. Dieser Weg schlängelte sich bergauf durch windgepeitschtes Ödland und schien ins Nichts zu führen.

»Nach links, Roy!«

Grace sah Frame verwundert an und fragte sich, ob er heimlich linste. Nein, der Mann saß mit geschlossenen Augen und gebeugtem Kopf da. Grace fuhr etwa dreihundert Meter den Weg entlang, dann tauchte auf der Hügelkuppe ein hässliches, frei stehendes Haus auf. Außer einer schönen Aussicht über Newhaven und den Kanal hatte es nicht viel zu bieten.

»Ich sehe ein Haus, es steht allein. In diesem Haus befindet sich Michael Harrison«, sagte Frame, die Stimme schrill vor Aufregung.

Grace parkte genau davor. Das Pendel beschrieb einen engen Kreis, und Harry Frame zitterte, als hätte er die Hand in der Steckdose.

»Hier?«

»Ja«, sagte er, ohne die Augen zu öffnen.

Grace ließ ihn im Wagen sitzen, blieb vor dem Gartentor stehen und betrachtete den vernachlässigten Rasen und die von Unkraut überwucherten Beete. Etwas war seltsam an dem Haus, doch er konnte es nicht genau benennen. Es schien aus den dreißiger, vielleicht auch aus den frühen fünfziger Jahren zu stammen und wirkte seltsam asymmetrisch.

Er schritt über einen Weg aus Betonplatten, zwischen denen Unkraut wuchs, und drückte auf den gesprungenen Plastikklingelknopf. Ein schriller Ton, doch niemand öffnete. Noch ein Versuch. Nichts.

Grace beschrieb einen Bogen um das Haus und spähte in jedes Fenster. Alles wirkte einsam und verlassen. Die Möbel sahen aus, als wären sie zwanzig, dreißig Jahre alt, was auch für die Kücheneinrichtung galt. Dann entdeckte er zu seiner Überraschung einen Stapel Zeitungen auf dem Küchentisch.

Grace schaute auf die Uhr. Kurz nach sechs. Eigentlich brauchte er einen Durchsuchungsbefehl, aber das würde mehrere Stunden dauern – und ihre Chancen, Michael Harrison lebend zu finden, schwanden mit jeder Minute.

Inwieweit konnte er Harry Frame vertrauen? Das Medium hatte in der Vergangenheit mehrfach richtig gelegen – sich aber auch ebenso oft geirrt.

Verdammter Mist.

Der Gedanke an das, was Alison Vosper zu einem Einbruch ohne Durchsuchungsbefehl sagen würde, bereitete ihm Kopfschmerzen.

Er hatte nicht genug in der Hand, um sich zu rechtfertigen, aber egal. Michael Harrisons Uhr lief ab.

Also schlug Grace mit einem Ziegelstein, den er im Garten gefunden hatte, ein Küchenfenster ein, entfernte die gröbsten Glassplitter, die noch im Kitt steckten, entriegelte das Fenster und kletterte hinein.

»Hallo! Jemand da?«

Alles sah schäbig aus und roch auch so. Die Küche wirkte unbenutzt, und außer den Zeitungen vom Vortag gab es keine Anzeichen, dass in letzter Zeit jemand das Haus bewohnt hatte. Grace überprüfte die Zimmer im Erdgeschoss – einen großen Wohnraum, der entsetzlich trostlos aussah und nur mit einigen gerahmten Meeresbildern als Dekoration aufwartete. Im Teppich waren Abdrücke zu erkennen, als hätte jemand das Sofa verrückt. Das Esszimmer war noch düsterer, ein Eichentisch mit vier Stühlen, an den Wänden Flocktapete. Dann gab es noch ein kleines WC mit gesticktem *Gott schütze dieses Haus.*

Auch im Obergeschoss wirkte alles lieblos und unbewohnt. Drei Schlafzimmer mit nackten Matratzen und alten, vergilbten Kopfkissen ohne Bezug. Ein kleines Bad mit Durchlauferhitzer, fleckigem Waschbecken und Badewanne.

Über dem Bett im kleinsten Zimmer befand sich eine Klapptür. Er platzierte einen Stuhl auf die Matratze, kletterte hinauf und drückte die Klappe auf, um hineinzuspähen. Zu seiner Überraschung fand sich neben der Tür ein funktionstüchtiger Lichtschalter, und Grace erkannte sofort, dass er hier nicht weiterzusuchen brauchte. Nur ein kleiner Wassertank, ein alter Teppichklopfer und ein aufgerollter Teppich.

Grace öffnete jede Schublade und jede Tür. Oben lagen Bettwäsche und Handtücher gefaltet im Schrank. Die Küchenschränke enthielten Kaffee, Tee, einige Konserven, doch das Haus konnte durchaus auch ein, zwei Jahre unbewohnt sein. Keine Spur von Michael Harrison.

Nirgendwo.

Er prüfte im Dielenschrank, ob sich dahinter eine Kellertür verbarg, obwohl nur wenige Häuser aus der nachviktorianischen Zeit einen Keller besaßen. Er musste herausfinden, wem das Haus gehörte und wann es zuletzt bewohnt gewesen war. Vielleicht waren die Eigentümer gestorben und es wurde von den Testamentsvollstreckern verwaltet. Kam vielleicht gelegentlich eine Putzfrau her?

Die alle überregionalen Tageszeitungen las?

Grace verließ das Haus durch die Hintertür und ging um die Ecke, wo zwei Mülleimer standen. Er hob den ersten Deckel, und schon sah alles ganz anders aus. Eierschalen, Teebeutel, eine leere Milchpackung mit aktuellem Verfallsdatum, eine Lasagneschachtel von Marks & Spencer, deren Verfallsdatum noch nicht abgelaufen war.

Erneut überlegte er, was an der Bauweise des Hauses nicht stimmte. Und dann begriff er: Rechts von der Tür, wo sich ein Fenster mit hässlichem Kunststoffrahmen befand, hätte eigentlich eine Einbaugarage hingehört. Natürlich, auch die Ziegelsteine passten farblich nicht zum Rest des Hauses. Jemand hatte die Garage irgendwann zum Wohnzimmer umgebaut.

Und dann kam ihm eine Erinnerung aus der Kindheit, an seinen Vater, der gern an Sachen herumwerkelte. Er schraubte mit Vorliebe an seinem Wagen herum, wechselte das Öl, erneuerte die Bremsbeläge, um sich Kosten für die Halsabschneider, wie er die Werkstätten nannte, zu sparen.

Er erinnerte sich an die Inspektionsgrube in der Garage, wo er seinem Vater viele glückliche Stunden lang zur Hand gegangen war und mit an dessen diversen Fords herumgebastelt hatte, bis er von oben bis unten voller Öl und Schmiere war.

Und er dachte an die Abdrücke im Wohnzimmerteppich, wo jemand das Sofa verrückt hatte.

Auf diese Ahnung hin kehrte Grace ins Haus zurück. Schob Couchtisch und Sofa beiseite.

Bemerkte, dass sich eine Teppichecke hochbog. Er kniete sich hin, sie ließ sich mühelos anheben. Viel zu mühelos. Statt Staubflocken fand er darunter eine dicke Schicht, die man normalerweise nicht unter Teppichen findet. Er wusste genau, was es war. Schalldichtes Material.

Seine Aufregung wuchs. Er warf einen Blick über die Schulter und schälte die schwere, graue Isolierung ab, bis er auf eine Sperrholzplatte stieß. Grace schob die Finger unter die Kanten, was nicht einfach war, da sich die Platte fast nahtlos in den Boden fügte, zog sie hoch und drückte sie zur Seite.

Er musste würgen.

Der Gestank nach Schweiß, Urin und Fäkalien war überwältigend.

Grace hielt die Luft an, spähte vorsichtig in die fast zwei Meter tiefe Grube und entdeckte eine erbarmungswürdige Gestalt am Boden. Hände und Füße waren gefesselt, den Mund bedeckte ein breites Klebeband.

Zuerst hielt er diesen Menschen für tot. Dann zwinkerten die Augen. Angstvolle Augen.

Himmel, er war am Leben! Freude durchflutete Grace. »Michael Harrison?«

Er antwortete mit einem gedämpften Laut.

»Detective Superintendent Grace, Kripo Sussex«, sagte er und stieg in die Grube hinunter, ohne auf den Gestank zu achten. Er musste wissen, in welchem Zustand sich der junge Mann befand.

Grace kniete sich hin und schälte ihm vorsichtig das Klebeband von den Lippen. »Sind Sie Michael Harrison?«

»Ja«, krächzte er, »Wasser. Bitte.«

Grace drückte sanft seinen Arm. »Ich hole sofort etwas. Gleich sind Sie hier raus.«

Er kletterte aus der Grube, eilte in die Küche, füllte ein Glas, rief über Funk einen Krankenwagen und brachte Michael Harrison das Wasser.

Er hielt es ihm an den Mund, und Michael trank gierig, wobei nur wenige Tropfen von seinem Kinn perlten. Als Grace das Glas wegnahm, fragte Michael: »Wie geht es Ashley?«

Grace überlegte und lächelte dann zuversichtlich. »Sie ist in Sicherheit.«

»Gott sei Dank.«

Wieder drückte er Michaels Arm. »Noch Wasser?«

Michael nickte.

»Gut, und dann löse ich die Fesseln.«

»Gott sei Dank, sie ist in Sicherheit«, sagte Michael mit zitternder Stimme. »Ich habe immer nur an sie gedacht, ich – ich –«

Grace kletterte aus der Grube. Irgendwann würde er Michael alles erzählen müssen, doch war jetzt nicht die Zeit und der Ort dafür.

Und er musste sich überlegen, wie er überhaupt damit anfangen sollte.

Danksagung

Das Schreiben wird immer als einsame Beschäftigung angesehen, aber für mich ist es eine Teamarbeit, und ich schulde vielen Menschen Dank, die mir viel Zeit und Input geschenkt haben. Besonderen Dank schulde ich meinem Freund Detective Superintendent Dave Gaylor von der Sussex Police, der mir viele Anregungen für diesen Roman gab, unermüdlich das Manuskript in all seinen Facetten las, und mir den Zugang zu sehr vielen Abteilungen der Sussex Police ermöglichte – ohne ihn hätte dieses Buch nicht geschrieben werden können. Und ich möchte den vielen Polizeibeamten und –beamtinnen der Sussex Police Force danken, die überaus freundlich und hilfsbereit waren, insbesondere Detective Sergeant Keith Hallett von der Sussex Police Holmes Unit, Detective Inspector William Warner, und Senior Scenes of Crime Investigator Stuart Leonhard.

Ich danke Dr. Nigel Kirkham MRCPath und seinem Team vom Brighton and Hove Leichenschauhaus, wo ich hoffentlich noch lange nur ein Tagesbesucher und kein Übernachtungsgast sein werde; James Simpson, meinem Film- und Fernseh-Schreibpartner, Carina Coleman, meiner inoffiziellen Lektorin, die mir sehr wertvolle Tipps gab; Peter Wingate Saul, Polizeiarzt und Bestatter Dr. Peter Dean. Helen Shenston, die mir auch an den schwärzesten Tagen Mut und Enthusiasmus zusprach.

Ich möchte meiner wunderbaren neuen Agentin Carole Blake dafür danken, dass sie so sehr an mich glaubt, und ihrem fantastischen Team bei Macmillan. Ganz besonders David North und Geoff Duffield, meinem Lektor Stef Bierwerth, der ein ganz besonderer Schatz ist. Und wie immer meinem treuen Jagdhund Bertie, und meinem neuen Hund Phoebe, die beide meine Arbeit als kurze Pause zwischen ihren Spaziergängen tolerierten. Und mein ganz besonderer Dank gilt meinem Darling Helen für ihren unablässigen Glauben und ihre nicht enden wollende Unterstützung.

Peter James
Sussex, England
www.peterjames.com